Sharyn McCrumb

Ein Sarg aus *Rosenholz*

Roman

Wunderlich

«Small Farms Disappearing in Tennessee» von Jim Wayne Miller aus Brier, His Book *mit freundlicher Genehmigung von Gnomon Press.*
Die Kapitelüberschriften sind entnommen aus Daniel Boone: The Life and Legend of an American Pioneer
von John Mack Faragher, erschienen bei Henry Holt & Co. New York

1. Auflage Juli 1998

Die Originalausgabe erschien 1996 bei Dutton, New York

Umschlag- und Einbandgestaltung Notburga Stelzer
(Foto: ZEFA – SIS)
Satz New Baskerville PostScript Page One
Gesamtherstellung Clausen & Bosse, Leck
Printed in Germany
ISBN 3 805206100

Für meine Schriftstellerkollegen aus den Appalachen
Garry Barker, David Hunter und Clyde Kessler –
Nachkommen der Pioniere

Kleine Farmen verschwinden jetzt in Tennessee

Manchmal wird eine ganze Farmerfamilie
plötzlich in der Nacht wach,
zusammengedrängt in dunkler Enge
bei Motorengedröhn.
Und sie stellen fest, daß ihre Farm
wie ein Teppich aufgerollt wurde,
sie selbst mittendrin.
Rausgeschüttelt werden sie
auf die Straßen von Cincinnati
oder Dayton oder Detroit.

Es ist ein Bandensyndikat, das Farmen
abbricht in dunkler Nacht,
die Seriennummer abfeilt,
sie nach Norden schmuggelt,
wie gestohlne Autos,
Stück um Stück gestohlen, beiseite geschafft.

Teile von Farmen kommen ans Licht
an unwahrscheinlichen Plätzen:
verwitterte graue Planken
einer knorrigen Tabakscheune aus Tennessee
stehen plötzlich vor der Wand
eines Geschäftshauses in Ohio
und verleihen ihm einen rustikalen Effekt.

Eine Dorfkirche aus Tennessee
verkleidet plötzlich die Front
eines Kaufhauses im Herzen Chicagos.
Spuren von Farmen aus Tennessee

finden sich an den Hängen von Gesängen,
geschrieben in Bakersfield, California.
Eine verschwundene Farm wurde gefunden
– unbeschädigt – an der Quelle eines
herabstürzenden Baches
in einer kürzlich erschienenen Erzählung.
Eine andere Farm, die spurlos verschwand,
kam wieder ans Licht in der herzhaft
volkstümlichen Ausdrucksweise eines Hausmeisters,
der Gebäude und Gelände einer Staatsuniversität
betreut.
Und eine ganze Farm tauchte wieder auf
in den Gesichtszügen von Miss Hattie Johnson,
Patientin eines Genesungsheims in Michigan.

Proben von Schmutz unter Fingernägeln
von Ford-Arbeitern eines Zweigwerks bei Nashville
stimmen genau überein mit der Erde
einiger Farmen, die kürzlich im Osten
des Staates verschwanden.
Eine 70-Acre-Farm erschien im Traum
einem Prüfungskandidaten eines Chicagoer
Traumforschungsprojektes.
Damit sie nicht verloren geht,
hat man sie auf Mikrofilm abgespeichert

Taucher, die auf dem Grund eines Staubeckens
des Army Corps of Engineers nach einem
gestohlenen Auto suchten,
entdeckten eine Wegbefestigung,
ein Silo, einen Wassertrog und
die Fundamente eines Kuhstalls.

Eine Reihe kleiner Farmen aus Tennessee
konnte man im Safe eines
Bauunternehmers ausfindig machen,
im Tresorraum einer Provinzbank, nachdem
ein Bankangestellter dort hinabgestiegen war,
um dem Hähnekrähen und dem Muhen von Kühen
im Safe auf den Grund zu gehen.

Die Landwirtschaftsbehörde des Staates setzt seit
kurzem einen Hubschrauber im Kampf
gegen das Phänomen der verschwindenden Farmen
ein.
«Jede Woche kommen hier Leute rein», berichtet
Behördenchef Claude Bullock, «ganze Familien
rücken auf Traktoren an und behaupten,
ihre Farm sei verschwunden.»

Die Spezialeinheit «Kleine Farmen» zu leiten
ist auch für Bullock keine gewöhnliche Aufgabe,
geboren und aufgewachsen ist er auf so einer
kleinen Tennessee-Farm. «Wir tun wirklich unser
Bestes», sagt Bullock, ein gewinnend freundlicher
Mann mit gefurchter Stirn wie ein gut gepflügtes
Feld, über blauen Augen, die dich wie Farmteiche
ansehen.
«Aber heutzutage», fügt er hinzu, «kannst du
eine ganze Farm, gerade eine von diesen kleinen,
auf eine Diskette laden. Bis zu einem halben
Dutzend
gehen da drauf. Du speicherst sie
einfach ab. Mit einem Hubschrauber sind sie
da natürlich schlecht zu entdecken.»

Bullocks eigene kleine Farm, ein 30-Acre-
Relikt aus seinen Kindheitstagen, verschwand
vor vierzehn Monaten, kurz bevor er
zur Spezialeinheit «Kleine Farmen» stieß.

Jim Wayne Miller
Kentucky Poet Laureate

Prolog

Ich glaube, daß die Zukunft einfach die Vergangenheit ist, die man durch ein anderes Tor betritt.
Pinero

Auf dem Berg weinte ein Kind.

Nora Bonesteel saß im Schaukelstuhl an ihrem Kamin, fügte Quadrate eines Jerusalemquilts zusammen und hörte mit einem Ohr auf das, was ihre Besucherin an Ereignissen der vergangenen Woche aufzählte: ein Kleinkindergeburtstag, ein Picknick beim Rettungsdienst, eine kranke Nachbarin. Nora hielt sich gern über die Geschehnisse im Tal auf dem laufenden, auch wenn sie altersbedingt und aus eigener Neigung nicht mehr oft aus dem Haus ging.

Es war Sitte geworden, daß Jane Arrowood sie am Sonntag nach dem Abendgottesdienst heimfuhr. Dort saßen sie dann zusammen und verbrachten die langen Abendstunden mit Handarbeiten und Erzählen.

Noras blau geäderte Hände tasteten sich im Dämmerlicht ruhig und sicher an den gleichmäßigen Stichen des Quilts entlang. Sie warf beim Nähen kaum einen Blick auf die bunten Baumwollreste und sagte nicht mehr als sonst, aber wenn Jane den Gesprächsfaden einmal abreißen ließ, stellte Nora rasch eine weitere Frage nach Blumen oder Rezepten, um die Stille zu verscheuchen. Das war so untypisch für sie, daß Jane drauf und dran war zu fragen, ob irgendwas nicht in Ordnung sei. Dann aber sagte sie sich, daß die alte Frau wohl unter der Einsamkeit litt und froh war, wieder einmal den Klang einer menschlichen Stimme zu hören.

Draußen rüttelte der Nachtwind an den Fensterläden und schlug mit Eichenästen auf das Blechdach ein. Dicke Wolken jagten über den Mond, so daß die Landschaft von einem ständig wechselnden Muster aus Hell und Dunkel überzogen wurde.

Jane Arrowood, die gerade die ersten Krokusse in ihrem Garten abgehandelt hatte, hielt ihre Handarbeit prüfend ans Licht der Tischlampe. «Hör dir den Sturm an», sagte sie und nickte zu den Fenstern hin, deren Vorhänge geschlossen waren. «Kaum zu glauben, daß wir Frühling haben.»

Nora Bonesteel schloß die Augen und lauschte einen Augenblick. «Es ist noch früh im Jahr», sagte sie. «Nicht ausgeschlossen, daß wir, ehe das Wetter umschlägt, noch einen Schneesturm bekommen.» Als sie das bestürzte Gesicht ihrer Besucherin sah, setzte sie hinzu: «Aber nicht heute abend, Jane. Heute ist es nur der Wind. Keine Angst, du kommst wohlbehalten nach Hause. Ich mach uns einen Tee.»

«Nein, laß nur, ich muß sowieso bald los. Es ist fast zehn, und Spencer ruft abends immer noch an, weil er wissen will, ob ich gut heimgekommen bin.» Jane stand auf und streckte sich. Sie selbst konnte ihren Sohn, den Sheriff, nicht anrufen, um ihm zu sagen, daß sie später kommen würde, denn auf dem Ashe Mountain gab es kein Telefon. Außer Nora Bonesteel wohnte hier niemand. Im Haus war es warm und behaglich. Vor dem Panoramafenster standen die wolkenverhangenen Bergketten, ganz vorn grün leuchtend, dahinter blau und am Horizont, wo man Berge und Wolken kaum mehr unterscheiden konnte, in dunklem Purpur. Sah man aus dem

Fenster, wenn die Bäume unbelaubt waren, erkannte man einen schwarzen Streifen, der einst die Wilderness Road gewesen war, jener große Weg nach Westen, auf dem sich vor über zwei Jahrhunderten Pioniere mit ihren Planwagen über die Berge von Carolina in die fruchtbaren Täler von Tennessee gequält hatten. Heute abend aber sah Jane Arrowood nur die schweren Vorhänge, die die Schwärze dahinter verdeckten. Anders Nora Bonesteel.

«Um den Sheriff brauchst du dir keine Gedanken zu machen», sagte sie und ging gemächlich zur Küche. «Er kommt heute später. Und hat wohl auch an anderes zu denken.»

Ihre Besucherin setzte sich wieder, ohne Zweifel an der Feststellung ihrer alten Freundin anzumelden. Nora Bonesteel wußte um gewisse Dinge. Auch wenn Dunkelheit über dem Berg lag, das Radio nicht lief und meilenweit kein Telefon war. «Also schön, dann trinke ich doch einen Tee.» Jane zögerte einen Augenblick, dann setzte sie hinzu: «Es ist doch alles in Ordnung mit dem Sheriff?»

Sie hörte, wie Wasser in den Kessel gefüllt wurde, hörte Geschirr klappern. «Es ist nur der Job, der ihm Probleme macht», rief Nora aus der Küche. «Wahrscheinlich ist jemand mit dem Wagen liegengeblieben. Denen wird ein Stein vom Herzen fallen, wenn sie den Streifenwagen kommen sehen. Der Sheriff ist für viele Leute wie ein Engel vom Himmel.» Jane lächelte über den biblischen Ausdruck und stellte sich die Reaktion des Sheriffs vor. «Ein dunkler Engel», würde er wohl antworten und dabei an all das denken, was er den Menschen mit Haussuchungsbefehlen und Vorladungen und der Nachricht von geliebten Menschen, die nicht mehr zurückkehren würden, an Leid und Kummer zumuten mußte. Wenn er heute abend jemandem helfen konnte, war das ein schöner

Ausgleich für ihn. Bei seinem Anruf würde er ihr von einem Autofahrer erzählen, der auf einer der kleinen Straßen um Hamelin liegengeblieben war, und sie würde sich die Geschichte anhören, ohne zu verraten, daß sie schon Bescheid wußte, denn Nora Bonesteels Gabe des Zweiten Gesichts war Spencer – wie den meisten Leuten im Tal – nicht recht geheuer. Nora sprach nie darüber, wenn es nicht unbedingt sein mußte, aber Jane kannte sie von klein auf, das heißt seit sechzig Jahren, und weil sie so ungezwungen miteinander umgingen, erlaubte sich Nora schon hin und wieder ein offenes Wort, vorausgesetzt, Jane machte keinen weiteren Gebrauch davon. Mit ihrem Sohn aber sprach Jane nie über Noras Gesichte. Spencer war fest entschlossen, nicht an solche Dinge zu glauben, und gegenteilige Beweise machten ihn nur wütend.

Jane griff wieder zu ihrer Stickerei, aber dann hörte sie plötzlich ein Geräusch vor dem Haus, bei dem ihr das Sticktuch aus der Hand fiel und der Atem stockte. «Was ist das für ein Geräusch da draußen, Miz Bonesteel?» rief sie.

«Der Wind, was sonst?»

«Nein, hör doch!» Sie rührte sich nicht. Da war es wieder. «Es klingt, als ob jemand weint. Fast wie ein Kind.»

«In der Gegend schleicht ein Silberlöwe herum.» Nora stand in der Tür und beobachtete Jane. «Jäger sehen ihn ab und zu vorbeistreichen. Vielleicht ist er heute abend unterwegs.»

Jane schüttelte den Kopf. «Ich kenne den Ruf des Pumas. Er kann einem das Blut in den Adern gefrieren lassen, aber das hier klingt ganz anders. Mehr wie ein Klagelaut. Ein Kind jammert so, wenn es friert oder Hunger hat. Hörst du denn nichts?»

«Nein.» Nora Bonesteel drehte sich um und ging wieder in die Küche.

«Es war wohl doch der Wind», sagte Jane, als das Schweigen fortdauerte. «Manchmal, wenn ich allein in meinem Zimmer bin und der Wind um die Bäume und das Blechdach heult, könnte ich schwören, daß da draußen Stimmen sind. Es hört sich an wie ein Chor, der auf lateinisch singt, ich höre ihn so deutlich, daß ich die Melodie mitsummen könnte. Aber es ist nur der Wind.»

Sie griff wieder nach ihrer Stickerei, einem Zierkissen, das für den Bazar des Frauenkreises im Juni bestimmt war. Der Wind hatte sich gelegt, und jetzt hörte sie den Kessel pfeifen, hörte das Klicken, als der Herd abgestellt wurde, und den dumpfen Laut, mit dem das kochende Wasser in die Teekanne mit dem Rosenmuster lief, die Noras Großmutter gehört hatte. Jane wartete auf das Schurren von Noras Hausschuhen auf dem Kiefernboden, aber einen Moment blieb alles still. Dann hörte sie Schritte aus einer anderen Richtung, als liefe jemand über Noras vordere Veranda, aber es waren leichte Schritte. Wie von einem kleinen Tier – oder einem Kind.

«Da draußen ist jemand», sagte Jane laut.

Nora Bonesteel stand mit dem Teetablett in der Tür. «Nein», sagte sie.

«Aber ich habe es genau gehört. Gerade eben, als der Wind sich gelegt hatte. Als wenn etwas Kleines auf die Veranda gesprungen ist.» Jane ging zur Tür.

«Nicht aufmachen», stieß Nora hervor und setzte dann ruhiger fort: «Da draußen ist niemand, Jane. Komm, setz dich, der Tee wird kalt.»

Die nächste Stunde verbrachten die beiden Frauen mit Nähen und Sticken, indes der Wind heulte und die Zweige auf das Blechdach schlugen und das Weinen sich zu einer langgezogenen Klage steigerte, die kaum von dem Sturm zu unterscheiden war. Nora Bonesteel summte ein altes Kirchenlied, und Jane sah unverwandt auf ihre Handarbeit und zwang sich, das Klagen, die Schritte, schließlich das Klopfen zu überhören. «Da draußen ist niemand», hatte Nora gesagt. Jane vermied es, zu den dunklen Fenstern hinzuschauen, weil sie nicht wollte, daß das, was nicht da war, ihr unversehens ins Gesicht sah.

Frühjahr 1824

Die alte Frau hatte den Berg erstiegen, um einen letzten Blick auf den Frühling zu tun und sich von der schönen Welt zu verabschieden, die sie verlassen mußte, wenn der Tod sie holen kam. Sie war, wie sie es ihr ganzes Leben lang gewohnt war, vor Morgengrauen aufgestanden, eingedenk der Jäger, die mit ihren Pfeilen darauf warteten, die Seelen der Cherokee zu erlegen, die sie nach Tagesanbruch schlafend vorfanden. Vielleicht beobachteten die sie jetzt, da sie alt geworden war, besonders aufmerksam, aber ihre Seele sollten sie nicht bekommen. Sie wachte regelmäßig auf, wenn es noch dunkel war, und begrüßte den Sonnenaufgang mit einem Dankgesang an Selu, die Kornmutter, die ihr noch einen Tag an diesem grünen, heiligen Ort geschenkt hatte.

Der Berg hieß Udawoguda – der Kahle Berg. Hier hatte der große Shawnee-Medizinmann Groundhog's Mother gegen eine mit Zauberkräften ausgestattete Riesenechse gekämpft, der er auf der Suche nach dem Schlangenmonster Utkena begegnet war. Baumlos und ständig sturmgezaust, hielt der Kahle Berg noch Winterschlaf; kein Frühlingshauch hatte das gelbe Gras berührt. Auf den Hängen aber hatte sie blühenden Huflattich und den weißen Gischt blühender Ebereschen gesehen. Sie blieb vor den gelben Blüten eines Gewürzstrauches stehen, brach einen Zweig, sog den schweren aromatischen Duft ein und erinnerte sich des Frühlings vergangener Jahre.

Jetzt hatte sie den Gipfel erreicht, und die Welt lag ihr zu Füßen. Nach dem Gang durch das Frühjahr stand sie jetzt wieder mitten im Winter. Im Tal erblühte neues Leben, doch das lag hinter ihr. Vielleicht war so der Tod: Man konnte die Welt der Lebenden sehen, war selbst aber in Düsternis verloren an einem anderen Ort. Dunstige Berge umschlossen die Täler wie die Wände einer schön geschwungenen Schale. Selbst an ganz klaren Tagen konnte sie die Bergkämme jetzt nur noch verschwommen ausmachen, in ihrem Herzen aber standen sie glasklar vor ihr. Droben hörte sie Vogelrufe, die ihr sagten, daß die Habichte und die kleineren Vögel des Nordens heimkehrten. Sie hatten ihren eigenen Warriors Path; an den Bergketten entlang fanden sie, nachdem die Erde sich erwärmt hatte, den Weg zu ihren Nistplätzen.

Am liebsten wäre sie im Winter gestorben, wenn der Verlust der Erde nicht ganz so schmerzlich war. Noch schmerzlicher war ihr der Gedanke, das Land zu verlieren, die Feste der Berge und die Täler, die sich in ihren Schutz schmiegten. Sie hatte viel für das Land hingegeben: einen Ehemann, das Leben ihrer Blutsverwandten, letztlich sogar die Achtung von Angehörigen ihres eigenen Volkes, die ihr Verrat vorwarfen, weil sie sich nicht denen angeschlossen hatte, die meinten, nur durch Kampf könnten sie an dem festhalten, was ihnen gehörte. Das Land würde ihr fehlen, mehr noch als ihre Familie, mehr als der kleine Urenkel, der an warmen Nachmittagen zu ihren Füßen im Gras spielte.

Vielleicht würde im Jenseits ihrem Geist sogar der Anblick der Berge verwehrt sein, weil das Land nun bald nicht mehr ihrem Stamm gehören würde. Sie sah den Tag kommen – deutlicher als die fernen Berge vor sich. Aus den Tälern hinter dem ersten Höhenzug stieg Rauch aus Schornsteinen hoch, vermischte sich mit den Wolken und zeigte an, daß dort Farmen standen, wo einst nur Wiesen und Wälder gewesen waren und es genug Elen und Büffel gegeben hatte, um die Stämme der Cherokee, der Shawnee und der Cutawba zu ernähren, ohne daß es Streit gab oder sie etwas entbehren mußten. Sie hatten gedacht, die Weißen könnten ihre Sitte annehmen, sich das Land zu teilen, aber das war nicht ihre Art, auch wenn manche auf ihre Weise das Land ebenfalls liebten. Sie hatten ein Stück Erde für jeden einzelnen haben wollen und mit ihren langen Flinten die großen Herden allein um der Häute willen abgeschlachtet und das Fleisch auf den Wiesen verfaulen lassen. Es ist wohl eine andere Art von Liebe, dachte sie. Ihr Volk liebte das Land so, wie Kinder eine Mutter lieben, die Liebe der Weißen aber war wie das Verlangen von Männern nach einer schönen, fruchtbaren Frau.

Sie war inzwischen über achtzig – eine Greisin zu einer Zeit, da die Menschen mit fünfundvierzig als alt galten. Normalerweise hätte ihr jetzt ihr Stamm um ihrer Jahre und ihrer Weisheit willen den Ehrentitel Ghighau verliehen. In der Sprache der Cherokee hieß das *Geliebte Frau* und bedeutete, daß die Götter durch sie sprachen und dem Stamm durch ihre Entscheidung ihren Willen kundtaten.

Unwillkürlich ging ein Lächeln über ihr Gesicht, denn sie war seit über sechzig Jahren Ghighau.

Sie konnte sich kaum noch an die Zeit erinnern, da sie nicht den Schwanenflügel getragen hatte, das Machtsymbol der Geliebten Frau. Damals hatte die Welt anders ausgesehen. In die Freude über die Ehrung hatte sich Trauer um den jungen Ehemann gemischt. Wie er aussah, wußte sie gar nicht mehr recht. Aber an sein glänzendes Haar erinnerte sie sich, das ihm offen bis zur Taille gefallen war, nur vor dem linken Ohr zu einem schmalen Zopf geflochten, dem Zeichen des Kriegers.

Lange hatte sie sich bemüht, nicht an ihn zu denken, weil die Erinnerung mit Schlachtenlärm verbunden war. Sie lagen im Streit mit den Muskogee – die Weißen nannten sie Creek –, und ihr Mann Kingfisher war ein Krieger, dessen Haß auf die Eindringlinge sie derart entflammt hatte, daß sie ihn und die anderen Krieger in das vom Feind besetzte Gebiet begleitet hatte. Auf dem Warriors Path waren sie über die Berge dem Feind entgegengezogen und hatten sich ihm in der Schlacht von Taliwa gestellt. Selbst die Namen hatten sich seither geändert. Das Gebiet «über den Bergen», wie ihr Volk es genannt hatte, war für die weißen Siedler «Georgia», und sie selbst hieß nun Nancy Ward. In jenen fernen Tagen aber, da für sie die ganze Schöpfung noch jung und frisch gewesen war, hatte die Frau des Kriegers den Namen Nanyehi getragen. Sie war von vornehmer Herkunft und von kindlicher Anmut und Würde und deshalb schön in den Augen der Menschen.

In Taliwa hatte es einen erbitterten Kampf gegeben. Sie hatte die weichen Bleikugeln ihres Mannes flachgekaut, so daß sie große Wunden in das Fleisch der Muskogee rissen. Als Kingfisher getroffen worden war und sterbend neben ihr lag, hatte sie in ihrer Bedrängnis das Wort Tapferkeit nicht einmal gedacht. Später überlegte sie, daß es wohl nicht nur die Wut auf den Mörder ihres Mannes, sondern auch Angst um das eigene Leben gewesen war, was sie aus der Deckung der mächtigen Kastanie hatte treten lassen, um sich Kingfishers Flinte zu greifen und schreiend und schießend auf den Feind zuzulaufen.

Sie gewannen die Schlacht. Vielleicht hatte der Gegner beim Anblick dieser rasenden Kriegersfrau, die auf ihre Reihen zustürmte, einen Augenblick zu lange gezögert.

Oder vielleicht glaubten beide Seiten, die Geisterkrieger kämpften auf der Seite der jungen Frau, weil ihre Schüsse trafen und sie selbst im Schlachtengetümmel unversehrt blieb.

Die Cherokee lobten, als sie heimkehrten, die Frau, die so gut gekämpft hatte, in den höchsten Tönen, und als der jahrzehntelange Krieg gegen die Muskogee wenig später zu Ende war, beschlossen der Stammesrat in Chota und der Sprecher der Sippe, die junge Nanyehi zur Ghighau zu ernennen.

Was für die junge Frau eine Ehre gewesen war, wurde für die reife Nancy Ward zur Last, denn die Welt war im Wandel, und der Rat der Ghighau konnte für den Stamm eine Entscheidung auf Leben und Tod sein. Sie saß am Stammesfeuer und konnte, wenn sie den Schwanenflügel hob, ein Urteil fällen oder vom ganzen Rat getroffene Entscheidungen umstoßen. Was, wenn die Götter, die durch sie sprachen, sich irrten? Selbst sie kannten sich wahrscheinlich mit diesen fremden weißen Siedlern nicht so recht aus.

Die Weißen hatten ein Abkommen unterzeichnet, in dem sie versprachen, den Indianern ihre Jagdgründe zu lassen. Kein Siedler sollte eine Farm in den Jagdgebieten in den Bergen errichten. Sie beschworen es mit Worten auf einem Blatt Papier. Aber Nanyehi hatte sich als zweiten Mann einen Weißen genommen, einen Händler namens Bryan Ward, und aus Nanyehi war Nancy geworden. Es hieß, Ward habe sie geheiratet, weil die Cherokee weiße Händler nur dann auf ihrem Territorium duldeten, wenn sie in den Stamm einheirateten. Vielleicht hatte die Ghighau den Iren aber auch geheiratet, um die Gebräuche der Weißen zu verstehen. Er war nicht jung und nicht so hübsch wie Kingfisher und achtete – was am schwersten wog – Frauen nicht so hoch, wie ihr Volk dies tat. Er war der sonderbaren Meinung, Frauen müßten wie Dienstboten sein, und glaubte, der Schöpfer habe das so gewollt. Wie mußte Selu sich darüber amüsiert haben! Bryan Ward und die Ghighau bekamen ein Kind, Elizabeth, aber die Verbindung hatte keinen Bestand.

Doch Nancy lernte viel von diesem Ehemann. Sie lernte, daß sein Stamm so viele Köpfe zählte, wie Bäume im Gebirge stehen, während die Cherokee nur wenige waren. Die Weißen mit ihren Flinten und ihren Pferden und ihren sonderbaren Sitten würden nicht eines Tages wieder abziehen, wie die Muskogee es getan hatten. Die Weißen führten keinen Krieg gegen die Cherokee; sie waren wie Wasser, das über den Fels spült. Gewiß, der Fels ist hart und alt, doch das unermüdliche Wasser wäscht ihn aus. Nancy Ward wußte, daß ihr Volk, wenn es gegen die Flut der Siedler ankämpfte, nur sinnlos sterben und der Strom der Weißen trotzdem nicht versiegen würde. Sie riet dazu, in Frieden mit den Fremden zu leben.

Macht euch mit ihren Sitten und Gebräuchen vertraut, sagte sie jedesmal, wenn die roten Häuptlinge zum Krieg rieten. Lernt das Spinnen, lernt das Pflügen. Sie selbst lernte, Handel zu treiben wie die weißen Siedler, sie beschäftigte sich mit der Landwirtschaft und erwarb Pferde und Vieh. Wenn wir werden wie sie, argumentierte sie, werden sie uns akzeptieren, und wir können alle in Frieden leben.

Die Versammlung in Sycamore Shoals im März 1775 zeigte ihr, daß diese Ansicht falsch war, aber sie wollte es nicht wahrhaben. Über tausend Cherokee unter Führung des großen Häuptlings Little Carpenter und seines Sohnes Dragging Canoe hatten am Walangafluß bei Sycamore Shoals, im Herzen des weißen Siedlungsgebietes, ihr Lager aufgeschlagen. Daniel Boone war da und sprach für diejenigen unter seinen Leuten, die auf dem Land im Westen siedeln wollten. Er hatte es genau erkundet und ließ über Halbblut-Dolmetscher verkünden, daß er und seine Leute das Land kaufen wollten.

Sie hatten sechs Planwagenladungen mit Handelsgut mitgebracht, das sie auf Decken ausbreiteten, und forderten die Cherokee auf, sich im Tausch für jenes ferne Land zu nehmen, was sie wollten.

Die jungen Krieger waren wie verhext von den Wollwaren und den Glasperlen und mehr noch von den Flinten und den Kisten mit Whiskey, die ihnen bei diesem Handel winkten. Sie befingerten die schönen Sachen und flüsterten sich zu: «Warum verkaufen wir diesen Männern nicht das Land im Westen? Schließlich gehört es uns ja nicht. Wenn sie wollen, können sie von uns auch die Sonne kaufen.» Und sie lachten. «Nur Narren geben gute Flinten und Decken für etwas, was man nicht kaufen kann, was die Cherokee nicht zu vergeben haben. Laßt uns die Gaben des weißen Mannes nehmen und ihm dafür versprechen, was er verlangt. Was bedeutet schon ein Wort?»

Die älteren Häuptlinge hatten eingewilligt, das Schriftstück zu unterschreiben. Sie wagten es nicht, den jungen Kriegern die Flinten und das Feuerwasser zu versagen, an die sie ihr Herz gehängt hatten. Entweder wir unterschreiben, hatten sich die Häuptlinge gesagt, oder wir müssen uns auf einen Aufstand in den eigenen Reihen gefaßt machen. Der alte Oconostota aber, der Kriegshäuptling, hatte die Weißen darauf hingewiesen, daß sein Volk keinen Rechtsanspruch auf die Gebiete jenseits der Cumberlands besaß, daß sie Land weggaben, das ihnen nicht gehörte. Dragging Canoe hatte sich kategorisch gegen das Abkommen ausgesprochen. Wenn wir den Weißen das Land in Kentucky geben, hatte er gesagt, werden sie eines Tages auch das Land dazwischen, das Land der Cherokee, haben wollen. Wütend stampfte er mit dem Fuß auf, als die Weißen ein «Wegerecht» verlangten, die Erlaubnis, eine Straße durch das Gebiet der Cherokee zu legen, um zu ihren neuen Ländereien in Kentucky zu gelangen. «Wir geben euch davon ab!» sagte er und deutete nach Westen.

Schließlich war das Abkommen unterzeichnet und das Wegerecht bewilligt, doch als sich die beiden Seiten trennten, schüttelte Oconostota Daniel Boone die Hand und sagte: «Wir haben euch ein gutes Land gegeben, mein Bruder, aber ich glaube, ihr werdet euch schwertun, es zu besiedeln.»

Dragging Canoe wurde immer zorniger.

Ein Jahr später – im Frühjahr 1776 – lagen die Weißen im Krieg mit England. Die Briten, die um das Mißtrauen der Cherokee gegenüber den Siedlern wußten, machten dem Stamm einen Vorschlag. Wenn sie und die anderen Stämme des Bundes sich auf die Seite der Briten schlagen würden, wollten sie die Siedler von ihrem Land vertreiben. «Dann bekommt ihr eure Gebiete zurück», versprachen die Engländer.

Die Anführer kamen in Chota zusammen, um den Plan zu besprechen: Die Shawnee, die Delaware, die Mingo, die Irokesen und die Mohawk. Viele der Stammesältesten sprachen sich gegen den Krieg aus.

«Tut es nicht», sagte Nancy Ward. «Wir sind gerade dabei zu lernen, wie man in Frieden miteinander lebt.»

Dragging Canoe aber verhöhnte die Alten, die nicht mehr kämpfen konnten, und die alte Ghighau, die sogar mal einen Weißen zum Mann gehabt hatte. «Uns bleibt nur der blutige Weg», sagte er. Nur so könne die Lebensweise seines Volkes bewahrt werden.

Viele Jahre waren seitdem vergangen, und noch immer überlegte sie, ob sie es richtig gemacht hatte. War sie zur Verräterin an ihrem Volk geworden, wie Dragging Canoe sie genannt hatte, oder hatte sie viele Menschenleben gerettet und größeres Unglück verhütet?

Sie hatte es gut gemeint. Sie hatte dem Abschlachten von Cherokee und Weißen ein Ende setzen wollen, und doch waren viele gestorben. Sie hatte einen Frieden zwischen den beiden Völkern zustande bringen wollen, der es ihnen ermöglicht hätte, sich das Land zu teilen, damit die Cherokee in den Bergen ihrer Vorfahren bleiben konnten. Inzwischen wußte sie, daß sich ihre Hoffnungen zerschlagen hatten. Früher oder später würde ihr Volk ins Exil gehen müssen. Zum Kämpfen war es zu spät. Die Weißen waren zahlreicher als die Sterne am Himmel, ihre Armee unbesiegbar. Hatten sie nicht zweimal ihre Herren, die Briten, vernichtend geschlagen? Welche Chance hatten die Cherokee gegen so eine Übermacht? Die Tage, da Dragging Canoe noch vom Sieg träumen konnte, waren vorbei. Sie mochten sich in die Zeit zurückträumen, da das Land ihnen gehört hatte, doch nicht einmal die Tapfersten unter den jungen Kriegern glaubten wirklich, daß sie noch einmal wiederkehren würde. Ihre Sonne war im Sinken. Die alte Frau war froh, daß sie die Nacht nicht mehr erleben würde.

Nancy Ward – Nanyehi – war alt. Bald würde sie in das Land der Dunkelheit gehen, ihre Seele würde nach Westen ziehen, in das Land der Toten, um das Leben im Jenseits zu beginnen. Auch der Stamm der Cherokee würde bald nach Westen ziehen, in neue Gebiete, um als Volk ein neues Leben zu beginnen, während immer mehr Siedler hereinströmten, die Land für ihre Felder und ihr Vieh brauchten. In den Bergen hatte man Gold gefunden. Bei dem weißen Mann war die Gier nach Gold noch stärker ausgeprägt als die Liebe zum Land. Jetzt konnte es nicht mehr lange dauern.

Sie würde gehen müssen, und ihr Volk würde gehen müssen. In den Wäldern und Bergen, die Selu und Kanatu so liebten, siedelte eine neue Rasse. Dies war ihre Zeit, aber eines Tages würden auch die Nachfahren dieser Siedler das Land verlassen, dann würden auch sie erfahren, wie weh es tut, sich von einem Ort zu trennen, mit dem man verwachsen ist. Was für eine Art von Menschen würde ihnen wohl nachfolgen?

1

Neugier ist etwas der Seele des Menschen Natürliches.
(Erste Worte der *Adventures of Colonel Daniel Boone* von John Filson, 1784)

Das Sterben kostet nichts, und man braucht keine Gesellschaft dazu; wäre es anders, hätte Randall Stargill vielleicht ewig gelebt. So aber löste er sich Zoll für Zoll von seinem Dasein. Innerhalb von Monaten schrumpfte sein Wirkungskreis: Statt in den Wäldern und auf den Wiesen, die er als Jäger durchstreift hatte, bewegte er sich nur noch in dem Garten, der das kleine weiße Holzhaus umschloß. Von dort trieb ihn der scharfe Herbstwind auf die hintere Veranda und schließlich auf die Wohnzimmercouch vor den alten Schwarzweißfernseher. Die streunenden Tigerkatzen, die in der leeren Scheune hausten und von Feldmäusen und Essensresten lebten, warteten immer öfter vergeblich auf die dürftigen Futtergaben und zogen weiter. Randall rief noch ein- oder zweimal nach ihnen, dann vergaß er sie.

Die schon immer kurzen und seltenen Briefe an seine erwachsenen Söhne, die alle aus dem Haus waren und in dem nahe gelegenen Jonesborough, in Tennessee und in Cincinnati, Ohio, lebten, hörten ganz auf. Mit nachlassender Sehkraft wurde seine Schrift größer und ausladender, und er füllte viele Seiten eines liniierten Blocks mit seinen Gedanken, aber diese Seiten schickte er nicht weg. Die Fahrten in die Stadt mit dem alten Pickup stellte er fast ganz ein, da ihm jetzt auch am hellichten Tag die Augen den Dienst versagten. Zum Schluß hatte er nicht mal mehr Interesse für seine letzten Gefährten, die Freunde auf der Mattscheibe, die ihm stundenlang Gesellschaft leisteten, ohne Ansprüche zu stellen, und an deren Gesichter er sich auch dann noch erinnerte, als die seiner toten Mutter und seiner verstorbenen Frau Clarsie ihm aus dem Bewußtsein geschwunden waren. Als es Winter geworden war, kam er den Hang zu der Familiengrabstätte nicht mehr hoch, und bald wirkten die Gräber ungepflegt. Die neue Granitplatte für seine Frau stand gleich neben dem schmiedeeisernen Törchen, ein paar Meter unterhalb der rundgeschliffenen Grabsteine der älteren Stargills und in gebührendem Abstand zu den aufrecht stehenden Steinplatten ohne Namen und Daten. Es gab jetzt niemanden mehr, der noch wußte, wessen Gräber diese primitiven Male bezeichneten. Schon Anfang des Jahrhunderts waren sie alt gewesen, und Randall hatte die Älteren nie gefragt, wessen Gebeine dort ruhten.

Die Farm gehörte seit 1793 den Stargills; allerdings war Familiengeschichte ihnen nie besonders wichtig gewesen. Kein Stargill hatte je für den Kongreß kandidiert, ein Heer geführt oder genug Wohlstand erworben, um sich den Honoratioren der Gemeinde zuzurechnen. Sie hatten sich damit begnügt, getreulich ihren Berg zu beakkern und ihn über zwei Jahrhunderte und durch einen Bürgerkrieg hindurch der Familie zu erhalten. Gleichgültig, welche Partei gerade am Ruder war – die Stargills zogen den Kopf ein und hielten sich aus allem heraus. Im «Krieg zwischen den Staaten» hatten sie sich vor der Einberufung gedrückt, denn in den Bergen von Tennessee war man schon dadurch, daß man Partei ergriff, auf der falschen Seite. Sie hatten von ihren keltischen Vorfahren mehr geerbt als die blauen Augen und die geringe Körpergröße. In ihrem Blut war das Wissen, daß die Identität an das Land gebunden ist, unabhängig davon, welche Regierung die Wahl gewinnt oder wessen Fahne darüber weht. Das Land blieb sich gleich, und auch die Stargills waren sich mehr oder weniger gleich geblieben. Wenn sie starben, wurden sie eins mit dem Land.

Ein Grab fehlte – das von Randalls zweitem Sohn Dwayne. Er war ein wilder, halsstarriger Junge gewesen, der die Schule selten von innen gesehen und sich auch bei der Arbeit auf der Farm immer rar gemacht hatte. Mit siebzehn hatte er sein Elternhaus und seine Berge verlassen und ein trunkenes, wurzelloses Leben geführt, das auf einer dunklen Autobahn in Florida zu Ende gegangen war – in Dwaynes zerschmettertem Wagen, der vier unschuldige Menschen in den Tod gerissen hatte. Clarsie hatte ihn heimholen wollen, aber das hatte Randall abgelehnt. Sie schickten Geld für die Einäscherung, und Clarsie fuhr hin und verstreute seine Asche auf dem Meer. Zum ersten und letzten Mal hatte sie bei dieser Gelegenheit Tennessee verlassen. Ohne Randall.

Und auch Fayre ruhte nicht auf dem Familienfriedhof, denn sie war ja keine Stargill. Wäre sie dort gewesen, hätte er vielleicht trotz seiner schwindenden Kräfte den Hang noch bewältigt. Ein Bild von ihr, eine Zeichnung, lag – billig gerahmt – in einer der Schubläden der Nußbaumkommode. Es war ein Ausriß aus einer alten Zeitung, deren Papier mittlerweile so brüchig war, daß es an den Falzen auseinanderging.

Auf der Skizze war ein fast durchsichtig mageres Kind mit großen Augen zu sehen, die zu alt für das schmale Gesichtchen waren. Der Zeichner hatte sein Modell nie persönlich kennengelernt, sondern sich auf Beschreibungen und Familienähnlichkeiten stützen müssen und die Augen der Mutter naturgetreu abgezeichnet. Sie waren blau wie die der Tochter, aber die müde Trauer in ihnen war Fayre erspart geblieben. Auch als er noch besser sehen konnte, hatte Randall Stargill die Zeichnung nur sehr selten angeschaut. Sie stand ihm auch so deutlich genug vor Augen.

Im Januar hatte der Weihnachtskranz aus Plastik, der auf Clarsies Grab lag, seinen Glanz verloren und vom Frost Sprünge bekommen, aber diesen trostlosen Anblick bekam Randall zum Glück nicht zu sehen. Den Kranz hatten sein ältester Sohn und dessen Frau am Weihnachtsabend aus Cincinnati mitgebracht. Am nächsten Morgen hatte Robert Lee den Kranz zum Friedhof gebracht, und als er vom Grab seiner Mutter zurückkam, war sein Gesicht gerötet von der Kälte, und auf seinen Wangen waren gefrorene Tränenspuren. Dann hatten Rob und Lilah rechts und links von Randall auf dem Sofa gesessen, ihm vergnügt schwatzend die Hand getätschelt und ihm zugeredet, die mitgebrachten Plätzchen zu probieren. Er hatte matt gelächelt und darauf gewartet, daß sie endlich gingen.

Er fühle sich bestens, hatte er immer wieder beteuert und sich geduldig für die Geschenke – die Hausschuhe und das Rasierwasser – bedankt, die wie vergessen auf dem Beistelltisch in der Wohnstube lagen. Die beiden Jüngeren hatten angerufen: Garrett aus dem Ausland, Charles Martin aus einem Hotel in Kalifornien. Er war den ganzen Dezember über auf Tournee mit den Statler Brothers.

Spätabends war Clayt, der Jüngste, gekommen und hatte ihm angeboten, mit ihm zum Essen zu fahren oder ihm in der Küche, die Lilah gerade geputzt hatte, ein paar Eier in die Pfanne zu schlagen. Aber Randall hatte gesagt, er sei müde und habe keinen Hunger. Sie hatten noch ein paar verlegene Worte gewechselt, dann hatte Clayt ihm fröhliche Weihnachten gewünscht und war wieder gegangen, was Randall sehr recht war. Er hatte seinen Söhnen nie viel zu sagen gehabt, hatte ihnen höchstens die Leviten gelesen, wenn sie was angestellt hatten, aber zu Clarsies Lebzeiten war das nicht so aufgefallen. Nach ihrem Tod war eine große Stille entstanden, und weder der Vater noch die Söhne machten sich die Mühe, sie sinnvoll auszufüllen.

Zum Jahreswechsel rief niemand an.

Die Wochen vergingen. Wenn er gerade daran dachte, aß er, was er noch in der Speisekammer fand oder was von Lilahs alten Plätzchen übrig war. Sein Leib verfiel.

Anfang März zwangen ihn der kalte Wind und zunehmende Gebrechlichkeit, sich ins Bett zu legen. Dort blieb er, in einer Schneewehe verschmutzter Bettücher und klebriger Kopfkissen vergraben, und dämmerte vor sich hin; der Lebensanker war schon gelichtet, die große Fahrt aber hatte noch nicht begonnen.

Er träumte.

Der weiße Kopfkissenbezug wurde zu einem Meer von Apfelblüten, und er saß rittlings auf dem Ast eines alten Baumes in der Wiese am Hang. Er war klein – es war weit bis zum Erdboden –, und die Hände, die den Ast umklammerten, waren runde, glatte Kinderhände. Die baumelnden Füße waren nackt, und nachdem sie schon seit einem Monat ohne Schuhe über steinige Hänge gestreift waren, entsprechend abgehärtet.

Von unten kläffte ein braunweißer Welpe zu dem Jungen hoch, aber der achtete nicht auf ihn. Er hielt Ausschau nach Fayre.

Am Rand der Wiese sah er eine Bewegung, sah etwas Goldenes aufblitzen – da stand sie und winkte ungeduldig. Mit einem Satz war er unten und lief zu ihr. Sie war sieben, zwei Jahre älter als er, aber zum Umpusten dünn in ihrem Hängerkleidchen, und das von blonden Locken umrahmte, herzförmige Gesicht wirkte ganz durchsichtig in der Morgensonne.

«Was hattest du auf dem Baum da zu suchen?» fragte sie, die Hände auf die Hüften gestützt.

«Ich bin fast bis ganz nach oben gekommen, Fayre.»

«Bist du nicht! Du warst auf einem Ast, der höher war als du. Und du weißt, daß Mama gesagt hat, du sollst nicht auf den Apfelbaum klettern. Du knickst die Blüten ab, und dann haben wir im Herbst keine Äpfel. Und am Ende brichst du dir noch den Hals.» Diese Möglichkeit schien allerdings ihre geringste Sorge zu sein.

«Ich hab mich vorgesehen.»

«Auf Apfelbäume klettern kann jedes Baby. Möchtest du nicht lieber was erkunden?»

«Wir sollen doch nicht streunen.»

«Es braucht ja nicht weit zu sein. Solange wir noch hören können, wenn uns jemand ruft, kann nichts passieren. Ich will nach dem Baum mit der Schrift suchen.» Sie nickte zu dem dunklen Wald hinüber. «Ich möchte wissen, ob ich sie lesen kann.»

Randall trat von einem Fuß auf den anderen. «Wir beide ganz allein?»

«Du bist doch nicht etwa bange?» Sie rümpfte verächtlich die sommersprossige Nase. «Meinst du vielleicht, dich holt ein Bär?»

«Tree sagt, daß es im Wald Bären gibt. Wenn das stimmt und nicht auch bloß ein Märchen ist wie das von der Bohnenranke.» Randall tat, als hielte er nicht viel von der Bärengeschichte, aber er spähte besorgt an ihr vorbei in die dichte Schwärze hinter dem Kastanienwäldchen.

«'türlich stimmt es», sagte Fayre. «Schließlich hat uns Mama davon erzählt, und sie hat nicht mit ‹Es war einmal› angefangen, wie sie es bei Märchen macht. Sie hat gesagt, daß hier auf dem Berg ein Baum steht, in den Daniel Boone eigenhändig was reingeschnitzt hat. Und daß sie den Baum ganz oft gesehen hat, als sie klein war. Ich denke, er muß am Bachrand stehen. Hilfst du mir nun beim Suchen, Randy, oder nicht?»

Er zog den Kopf ein und steckte die Hände in die Taschen seines Overalls. «Warum können wir denn nicht Mama bitten, daß sie mit uns hingeht?»

Fayre sah ihn verächtlich an. «Weil sie zuviel zu tun hat, jetzt, wo dein Daddy weg ist. Außerdem geht sie sowieso nie mehr in den Wald. Ich glaube fast, als Mädchen darf man überhaupt keinen Spaß mehr haben, wenn man groß ist.»

Der Teil von ihm, der nicht mehr fünf war, regte sich und wollte protestieren, aber der kleine Junge auf der Wiese nickte. Nur einen kurzen, flüchtigen Blick warf er noch auf das schäbige Holzhaus unter ihnen, dann nahm er seine Halbschwester an der Hand und ging mit ihr in den Wald.

So war es nicht gewesen, aber nach über einem halben Jahrhundert hatte er die Geschichte so oft erzählt, daß sie selbst in seiner Phantasie irgendwie wahr klang.

Randall Stargill lebte nun schon zweieinhalb Tage nur noch in seinen Träumen, als Angie Jordan anfing, sich Gedanken zu machen. Sie hatte mit den für ihn bestimmten Werbebriefen und Versandhauskatalogen vor seinem Briefkasten gehalten, und als sie die Klappe aufmachte, sah sie, daß die Post von gestern und dem Tag davor noch drinsteckte. In den meisten Häusern hätte Angie sich das mit einem Versehen oder der Abwesenheit der Bewohner erklärt, hätte die heutige Sendung bedenkenlos dazugesteckt und ihre Runde fortgesetzt, aber Randall Stargill war alt und gebrechlich, und sein Pickup stand noch genauso in der Auffahrt wie bei ihrer letzten Tour. Sie legte die Werbepost in den Briefkasten und fuhr weiter, aber die Sache ließ ihr keine Ruhe.

Am nächsten Briefkasten erwartete sie J. Z. Stallard, der von seinem Haus aus den Hang heruntergekommen war, weil er wieder mal Briefmarken zum Bezahlen seiner Rechnungen brauchte. Sie erkundigte sich bei ihm nach dem Alten, denn die Stallards und die Stargills waren Nachbarn, seit ihr Berg in dem verlorenen Staat Franklin statt im Staate Tennessee lag. Außerdem waren für die vierundzwanzigjährige Angie der straffe, silberhaarige J. Z. Stallard, mit seinen fünfundsechzig Jahren, und der dürre, klapprige, achtundsiebzigjährige Stargill mehr oder minder Altersgenossen. «Ist Mr. Stargill bei seinen Söhnen zu Besuch?» fragte sie, während sie das Wechselgeld abzählte.

J. Z. schüttelte den Kopf. «Nicht daß ich wüßte. Seit Clarsie nicht mehr ist, fährt er fast gar nicht mehr weg. Er ist nie gern gereist. Warum fragen Sie?»

«Ich hab mich nur gewundert, daß er schon seit ein paar Tagen die Briefe nicht mehr rausgenommen hat. Hätte ja sein können, daß er verreist ist und vergessen hat, seine Post abzubestellen. Man kann nur staunen, wie viele Leute in Urlaub fahren, ohne uns Bescheid zu sagen.»

J. Z. Stallard nickte. Für seinen Geschmack hatten sie schon lange genug geredet. «Ich denke, er würde mich bitten, bei ihm nach dem Rechten zu sehen, wenn er verreisen wollte. Ich schau gleich mal vorbei.»

Während Angies Kombi langsam anfuhr, angelte Stallard die Autoschlüssel aus der Tasche und ging zu seinem

Lkw. Hoffentlich sprang er an. Er hätte einen neuen Vergaser gebraucht, aber er wollte die Ausgabe nach Möglichkeit hinausschieben, bis seine Steuerrückzahlung gekommen war.

Während er die halbe Meile zur Stargill-Farm fuhr, versuchte J. Z. Stallard sich all die schlimmen Dinge vorzustellen, die Randall Stargill womöglich zugestoßen waren – von einer Herzattacke bis zu einem Überfall bewaffneter Räuber, die den alten Mann gefesselt und das Haus geplündert hatten. Er glaubte nämlich so halb und halb daran, daß gewisse schlimme Dinge nicht passieren würden, wenn man sich vorher in Gedanken mit ihnen beschäftigt hatte. Nach seiner Erfahrung kamen Katastrophen immer unerwartet – wie der Blitz, der im Oktober in das Scheunendach eingeschlagen war. Die Feuerwehr war noch so rechtzeitig gekommen, daß die Außenmauern stehengeblieben waren, aber das Dach war schwer lädiert, und für die Reparatur kam keine Versicherung auf. Heutzutage galt die Landwirtschaft mehr oder weniger als Nebenerwerbsjob, aber er hatte nie etwas anderes gelernt, und zum Umsatteln war er inzwischen zu alt.

Wäre er ganz ehrlich sich selbst gegenüber gewesen, hätte er wohl zugeben müssen, daß ihm Randall Stargill nicht besonders sympathisch war. Der Alte mied die Menschen. Vielleicht hatte er sich das schon als junger Mann angewöhnt, als die Leute sich noch an das lange zurückliegende Unglück erinnerten und entweder einen großen Bogen um ihn machten oder versuchten, in der Familiengeschichte herumzuschnüffeln. Er schien von vornherein damit zu rechnen, daß jedermann ihn ablehnte, und dieser Argwohn weckte in seinen Mitmenschen ein unerklärliches Unbehagen, so daß die meisten sich gar nicht erst auf ihn einließen.

Als Clarsie noch lebte, hatten die Stargills regelmäßig

den Gottesdienst besucht, und wenn es ein gemütliches Beisammensein im Dorf gab, waren sie zusammen hingegangen, Clarsie hatte sich mit den anderen Gästen unterhalten, und Randall hatte mit einem Teller in der Hand herumgestanden und so wenig wie möglich gesagt. Als Witwer ließ er sich kaum mehr jenseits des Gatters seiner Farm sehen. Heute allerdings taten Randalls ablehnende Art und sein wenig nachbarliches Verhalten nichts zur Sache. Er war Stallards Nachbar, vielleicht sogar – wenn man auf den Familienseiten seiner Bibel weit genug zurückging – ein weitläufiger Verwandter, und es war J. Z. Stallards verdammte Pflicht und Schuldigkeit, für ihn zu tun, was er konnte.

Er stellte den Laster hinter dem ausgeblichenen Ford F-100 ab, den Randall seit über zehn Jahren fuhr. Daß er noch dastand, hatte in J. Z. Stallards Augen überhaupt nichts zu sagen. Womöglich war Randall längst im Krankenhaus, und Einbrecher hätten diese Rostlaube bestimmt nicht mitgenommen. Auf dem Weg zum Haus hielt er nach zerbrochenen Fensterscheiben oder anderen Anzeichen gewaltsamen Eindringens Ausschau. Er überlegte, ob er vielleicht Sheriff Arrowood hätte anrufen sollen. In seinem Alter traute er es sich nicht mehr zu, einer Gang zerstörungswütiger Rabauken gegenüber den Helden zu spielen. Aber alles schien friedlich zu sein.

Die Hintertür war unverschlossen, und als sich auch nach mehrmaligem Klopfen nichts rührte, betrat er das Haus. In der Küche roch es nach verdorbenem Essen und schmutzigem Geschirr, aber von Eindringlingen war nach wie vor nichts zu sehen. Die Unordnung, die er vorfand, war das ganz gewöhnliche Chaos eines einsamen Mannes, dem es längst gleichgültig geworden war, wie es im Haus aussah, ja, sogar, wie es im Haus roch. Stallard ging ins Wohnzimmer, um dem Gestank in der Küche zu entkommen, legte die Hände vor den Mund und rief nach Randall, aber alles blieb still. Also war er wohl krank.

Während er von Zimmer zu Zimmer ging – von denen eins unordentlicher als das andere war –, konnte er nur inständig hoffen, daß er nicht im Dämmerlicht über die sterblichen Überreste seines Nachbarn stolpern würde. Er fand ihn unter einem Berg von Quilts und Decken in dem kleinen hinteren Schlafzimmer. Die Augen waren geschlossen, das Gesicht fahl und eingefallen, aber als Stallard die Decke wegzog, sah er, daß sich die Brust des Alten leicht bewegte, und atmete auf. Es war also noch nicht zu spät.

Stargill war nicht tot, aber sein Nachbar bekam ihn nicht wach. Er ging in die Küche, um den Rettungsdienst anzurufen, und hatte schon den Hörer in der Hand, als er den weißen Umschlag sah, der auf einem Adressenverzeichnis neben dem Telefonbuch lag, und auf dem stand «An alle, die es angeht». J. Z. legte den Hörer wieder auf. Da er in bester Absicht gekommen war, konnte er sich wohl zu denen zählen, die es «anging». Hoffentlich kein Abschiedsbrief, dachte er, denn gerade war ihm siedend heiß eingefallen, daß er womöglich als einziger für den armen Randall Stargill so was wie ein Freund gewesen war, und er wollte sich keine Vorwürfe machen müssen, wenn sein Nachbar am Leben verzweifelt war. Ich hätte öfter mal rübergehen können, dachte er, während er den Umschlag aufriß, auch wenn man bei Stargill nie den Eindruck gehabt hatte, daß er sich über Besuch freute.

Sekundenlang überlegte er, ob er in dem Brief vielleicht eine Erklärung für jenes alte Unglück finden würde. Hoffentlich nicht. Am besten holte man diese Geschichte nicht mehr aus der Versenkung, in der sie verschwunden war; ihn ging sie nichts an, und er war nicht bereit zu entscheiden, was mit der Wahrheit geschehen sollte.

«ICH WILL NICHT WEG VON ZU HAUSE» stand in zittrigen Blockbuchstaben auf einem liniierten Bogen. «ICH WILL HIER STERBEN.»

Darunter hatte Stargill die Namen seiner Söhne geschrieben: Robert Lee; Dwayne (verstorben); Charles Martin; Garrett; Clayton. Telefonnummern waren nur für den Ältesten und für den Jüngsten angegeben. Neben dem Namen Charles Martin stand: *«Geheimnummer. Ändert sich ständig.»* Und hinter Garretts Namen stand in Klammern «Warrant Officer» und die Anmerkung: *Im aktiven Dienst. Schwer zu finden.* Auf den folgenden Seiten wurde die Schrift immer krakeliger, die Worte liefen ineinander, eine Seite nach der anderen war mit Anweisungen bedeckt. J. Z. besah sich die Blätter mit großen Augen und überlegte, was er damit anfangen sollte.

Der alte Stargill klammerte sich noch ans Leben, aber er lag im Koma. Für Stallard stand fest, daß sein Nachbar ins Krankenhaus in Johnson City gehörte. In knapp einer Stunde konnte der Krankenwagen ihn hinbringen, aber was er schriftlich festgelegt hatte, war ganz eindeutig: Er wollte zu Hause bleiben. Stallard überlegte, ob so ein Schriftstück ihn rechtlich der Verantwortung entheben würde, dem Alten Hilfe zu beschaffen.

Was war, wenn Stargill wirklich das Ende seines langen Lebensweges erreicht hatte? Er war fast achtzig und sehr gebrechlich, seine Familie war in alle Winde verstreut. Die im Krankenhaus verhinderten häufig das Sterben eines Patienten, ohne ihm eine echte Chance zum Weiterleben zu bieten. Sie konnten den alten Stargill an surrende Maschinen anschließen, die ihn ernährten und für ihn atmeten, ohne ihn ins Bewußtsein zurückzuholen, und so konnte er noch monatelang dahinsiechen, für den Rest seines Lebens in ein Pflegeghetto gesperrt, in dem er von lauter fremden Gesichtern umgeben war.

Und billig war es auch nicht. In der Kirche hatte jemand von einer alten Tante erzählt, die ins Pflegeheim gekommen war, und zum Schluß hatten die Kinder die Farm verkaufen müssen, um ein Dahindämmern zu finanzieren, das ihr selbst vielleicht unerträglich war. J. Z. konnte nur hoffen, daß seine Tochter Dovey, wenn er jemals in die Lage kam, nicht leben und nicht sterben zu können, vernünftig genug sein würde, rasch ein Ende mit ihm zu machen. Er wollte nicht ratenweise unter Fremden sterben.

Er besah sich noch einmal das Gekrakel auf dem linierten Papier. Auch der alte Stargill wollte keinen Tod auf Raten, soviel war klar. Ebenso klar war aber auch, daß J. Z. sich nicht einfach umdrehen und wegstehlen konnte, als habe er den kranken Mann nicht gefunden. So eine Lieblosigkeit konnte er nicht mit seinem Gewissen vereinbaren.

Er griff zum Telefon, zögerte abermals, überlegte und wählte dann seine eigene Nummer. Er ließ es zehn-, zwölfmal läuten für den Fall, daß Dovey draußen an der Wäscheleine oder beim Vieh war. Eine Anguskuh stand kurz davor, das erste Mal zu kalben. Endlich meldete sich seine Tochter ein wenig atemlos, und während sie Luft schöpfte, erstattete er Bericht.

Als er fertig war, hörte er sie seufzen. «Einen Krankenwagen hast du nicht gerufen?»

«Nein, Dovey, noch nicht. Er ist offenbar strikt dagegen, so steht es in seinem Brief, aber ich denke, wir müßten zumindest den Jungs Bescheid sagen, die können dann das Notwendige veranlassen. Aber jemand sollte bei ihm bleiben, und an einem Krankenbett bin ich nicht zu gebrauchen.»

Wieder ein Seufzer. «In Ordnung, Dad. Bin gleich da.»

Eine Stunde später kam Dovey Stallard aus dem Schlafzimmer und wischte sich die Hände an einem schmierigen Handtuch ab. «Ich habe ihn erst mal saubergemacht und das Bett frisch bezogen», sagte sie zu ihrem Vater, der am Küchentisch saß. «Verschlimmert hat sich sein Zustand nicht. Und jetzt? Hast du seine Leute benachrichtigt?»

J. Z. schüttelte den Kopf. «Ich konnte nicht stillsitzen. Und dann hab ich auch versucht, hier ein bißchen Ordnung zu schaffen. Ich hab den Müll in Säcke verstaut und gefegt, damit es nicht so stinkt, wenn die Jungs heimkommen.» Er nahm wieder Randall Stargills Brief zur Hand. «Vor den Anrufen wollte ich die Küche fertig haben. So früh sind sie wahrscheinlich sowieso noch nicht zu Hause. Und ehrlich gesagt reiß ich mich auch nicht drum, mit ihnen zu sprechen. Eine vertrackte Sache ist das mit diesem Brief.»

«Was ist es denn? Ein Testament?»

«Nicht direkt. Stargill schreibt, daß er nicht von hier weg will. Daß er zu Hause sterben möchte. Seine Söhne sollen den Sarg für ihn zimmern. Ich denke mir, daß er zum Schluß schon ein bißchen wirr war. Aber er gehört auf die Intensivstation. Vielleicht ist es eine Sache, die man behandeln kann. Vielleicht ist seine Zeit noch nicht gekommen.»

«Also ich weiß nicht recht ...», sagte Dovey und warf einen Blick auf die krakelige Schrift. «Er muß fast achtzig sein, und er liegt im Koma. Aber was ist, wenn wir ihn ins Krankenhaus bringen, er sich dort wieder erholt und uns verklagt, weil wir uns nicht an seine Anweisungen gehalten haben?»

Stallard zuckte die Schultern. «Bei mir ist nicht viel zu

holen, Dovey. Nach dem Brandschaden an der Scheune kann ich in diesem Jahr nicht mal die Steuern zahlen.»

«Er könnte uns aus lauter Ärger tatsächlich verklagen, und einen Anwalt können wir uns nicht leisten. Laß die anderen entscheiden, was mit ihm geschehen soll. Du hast deine Pflicht getan.»

«Wir könnten uns beim Gericht erkundigen», sagte Stallard.

Dovey schüttelte den Kopf. «Hast du schon mal von einem Juristen eine Antwort gekriegt, mit der was anzufangen ist? Und wir müssen die Entscheidung jetzt treffen, nicht erst nächste Woche. Ruf bei Stargills Söhnen an, es hat doch keinen Zweck, so was vor sich herzuschieben.»

J. Z. Stallard zögerte. Er haßte das Telefon. «Clayt wohnt noch hier in der Gegend, nicht?»

Seine Tochter seufzte. «Er erzählt überall herum, daß er in der Hauptstadt des Staates wohnt.» Ihr Vater sah sie verständnislos an. «Du weißt schon ... in Jonesborough.» Das Dorf hatte ein Geschäftsviertel, das aus einer Straße bestand, und eine Bevölkerung von ein paar tausend Seelen, aber in jenem Abschnitt der Geschichte, dem Clayt Stargills ganze Liebe galt, war Jonesborough tatsächlich vorübergehend zu Hauptstadtehren gekommen. Als 1788 der verlorene Staat Franklin wieder von North Carolina und Tennessee eingemeindet wurde, war die kurze Herrlichkeit vorbei, und Jonesborough wurde wieder zu einem Bilderbuchstädtchen in den Bergen, in dem Norman Rockwell sich zu Hause gefühlt hätte.

Dovey Stallard drehte den Heißwasserhahn auf und stapelte schmutzige Kaffeebecher und verkrustete Teller in die Spüle. «Wenn wir schon beim Aufräumen sind, kann ich auch gleich abwaschen.»

J. Z. Stallard konstatierte erleichtert, daß Doveys Gesichtsausdruck sich bei der Erwähnung von Clayt nicht verändert hatte. Als junge Frau war sie sehr von den Stallard-Söhnen angetan gewesen, aber welcher ihr das Herz gebrochen hatte, hätte er nicht sagen können. Ihre Gefühle hatte Dovey immer weitgehend für sich behalten.

«Was macht Clayt jetzt?» wollte er wissen.

Dovey lachte. «Gute Frage! Clayt ist unverändert. Er macht zehn Dinge gleichzeitig und kann davon mit knapper Not leben. Er macht mit Gruppen Wildwasserfahrten, fotografiert, zeichnet, arbeitet für die Nationalparkverwaltung – allmählich blicke ich da nicht mehr durch. Ein so gescheiter Junge – und keine Spur von Ehrgeiz. Na ja, er war der Jüngste.»

«Ich hab immer gedacht, daß aus ihm mal ein guter Farmer werden würde», sagte ihr Vater.

«Zum Armsein hat er entschieden Talent», bestätigte Dovey. «Aber von der Praxis hat er nicht viel Ahnung. Eigentlich erstaunlich, daß Charles Martin Stargill seinem Vater nicht eine Hilfe für den Haushalt bezahlt hat. Er muß gutes Geld verdienen. Ich hab ihn letzten Monat im Nashville Network gesehen, da ist er zusammen mit einer Frau aufgetreten. Könnte Louise Mandrell gewesen sein.»

J. Z. Stallard zog ein skeptisches Gesicht. «Charles Martins Nummer haben wir nicht, und so bekannt, wie er ist, werden wir sie wohl von der Auskunft auch nicht bekommen. Außerdem ist er womöglich auf Tournee und schlecht zu erreichen, ebenso wie Garrett in der Army.»

«Schade», sagte Dovey. «Garrett traue ich es noch am ehesten zu, daß er die Sache in die Hand nimmt. Er ist der einzige, der Entscheidungen treffen und sich dann auch daran halten kann. Als wir Kinder waren, hat immer er bestimmt, was gespielt werden und wer auf welcher Seite sein sollte.»

«Ich denke, wir versuchen es erst mal bei Clayt, der ist am nächsten dran, und dann bei Robert in Cincinnati.»

Dovey zuckte die Schultern. «Schön. Sieh zu, ob du ihn erreichst.» Stallard wählte die Nummer in Jonesborough und bewegte beim Warten stumm die Lippen, um schon mal zu üben, was er sagen wollte. Nach fast einer Minute legte er auf. «Niemand zu Hause.»

«Das hab ich mir gedacht. An so einem schönen Nachmittag hockt Clayt bestimmt nicht in seinen vier Wänden. Wahrscheinlich streunt er irgendwo durch die Gegend und nennt das wissenschaftliches Arbeiten. Ruf du Robert Lee in Cincinnati an, Dad. Wenn ich mit dem Abwasch fertig bin, fahre ich mal bei Clayt vorbei. Viel ist nicht mit ihm anzufangen, aber zumindest wohnt er ganz in der Nähe. Wenn er noch nicht zu Hause ist, leg ich ihm einen Zettel vor die Tür und mache mich auf die Suche. Ich kenne ja seine Schlupfwinkel.»

J. Z. Stallard sah beklommen zu dem dunklen Gang hin. «Soll ich hierbleiben?»

«Am besten wär's schon.» Und weil sie merkte, wie ungern er mit dem Sterbenden allein blieb, setzte Dovey hinzu: «Ich komme mit Clayt zurück, so schnell ich kann. Und wenn du mit Robert sprichst, laß dir nach Möglichkeit die Nummer von den anderen beiden geben. Vielleicht ist einer so vernünftig, dir zu sagen, daß du einen Krankenwagen bestellen sollst.»

Der alte Mann im Hinterzimmer schlief weiter.

Clayt Stargill war bis zu der höchsten Bergwiese gestiegen, weil er den nahen Frühling – genaugenommen den Frühling des Jahres 1761 – sehen und erfahren wollte, obgleich er wußte, daß ihm das, so weit er sich auch in unwegsames Gelände hinausgewagt hatte, nie ganz gelingen würde.

Auf so einem Berggipfel in den Smokies hatte auch Daniel Boone auf einer seiner langen Jagdexpeditionen nach dem Frühling Ausschau gehalten, und Clayt versuchte, sich in seine Sehweise, in seine Gedanken hineinzuversetzen. Schon als Junge hatte er Geschichten über Daniel Boone gehört, hauptsächlich von den Alten im Dorf, aber auch in der Schule. Der Pionier aus dem 18. Jahrhundert war ein Lieblingskind der Bergbewohner, es gab kaum einen Ort, an dem er nicht gewesen war. Vor seinen Erkundungsfahrten nach Kentucky hatte Boone auf der Virginia Blue Ridge und dann am Yadkin River in North Carolina gelebt. Von dort hatte er seine Winterexpeditionen in die gemeinsamen Jagdgründe der Cherokee, Catawba und Shawnee gemacht, die den Siedlern verschlossen waren, bis die Amerikanische Revolution den Vertrag der Briten null und nichtig machte. Im Frühling kam er dann zu seiner Familie in der Siedlung am Yadkin, am Rande der Zivilisation, zurück und brachte Felle mit, die sie verkauften, um sich damit das Notwendigste für ihr Pionierleben anzuschaffen.

Daniel Boone hatte ein Lager in der Nähe des jetzigen Boone in North Carolina gehabt und die Flußtäler des Clinch und des Holston auf der Suche nach Wild durchstreift. Der Sage nach hatte er auf einer Waldwiese am Roan Mountain ein sterbendes Pferd zurückgelassen, und als er ein paar Monate später wiederkam, war das Tier gesund und munter: So fruchtbar war das Land. Viele Landkreise in Tennessee und im südwestlichen Virginia behaupteten, früher mal einen Baum gehabt zu haben, in dessen Stamm Boones Name eingeschnitzt war.

Auch in den alten Familiengeschichten der Stargills kam so ein Boone-Baum vor. Clayt hatte ihn nie gefunden, sich aber nicht davon abbringen lassen, daß es ihn irgendwo in dem unwegsamen Gelände hinter dem Zaun der Stargills geben mußte. *D. Boon töhtete einen beren – 1761.* Unbeholfene Worte, in die Rinde eines alten Baumes geschnitzt, die an den ständigen Kampf eines großen Mannes gegen die Wildnis erinnerten, die letztlich doch größer gewesen war als er. Clayt und seine Brüder hatten viele Stunden mit der Suche nach diesem sagenhaften Baum verbracht, der, wie sein Vater steif und fest behauptete, irgendwo im Wald auf Stargill-Land lag, aber selbst mitgesucht hatte der alte Stargill nie, und es schien ihn auch nicht zu kümmern, ob sie ihn fanden oder nicht.

Schon als kleiner Junge hatte Clayt das Land geliebt und alles über die Pflanzen und Tiere seiner Umgebung wissen wollen, aber seine Kenntnisse hatte er sich ganz allein aneignen müssen. Falls Randall Stargill sich in diesen Dingen auskannte, hatte er das für sich behalten. Mit Daniel Boone war es genauso gewesen: In einer ländlichen Quäkergemeinde in Pennsylvania geboren, galt er mit seiner Liebe zur Wildnis für seine seßhafte Familie als aus der Art geschlagen. Clayt Stargill fand, daß er und der große Pionier viel Ähnlichkeit miteinander hatten – nur war es im 18. Jahrhundert leichter gewesen, in der Wildnis zu leben als im zwanzigsten.

Clayt war eins siebzig groß, ein kräftiger Mann mit dunklem Haar und blaugrauen Augen, wie Boone sie gehabt hatte, und wenn er sein Kostüm anzog – lederne Kniehosen und Mokassins, einen langen Überrock nach der Mode des 18. Jahrhunderts und einen Biberhut, wie ihn die Quäker trugen –, war eine gewisse Ähnlichkeit zwischen ihnen nicht zu leugnen. Sobald er in der Rolle des Daniel Boone zu einem seiner Vorträge über lebendige Geschichte in eine Schulklasse kam, mußte er den Kindern erklären, warum er den Biberhut trug. Nein, sagte er geduldig immer wieder, eine Waschbärmütze habe Boone nie gehabt – oder nur im Fernsehen, und solche Fehler kamen da ja häufig vor.

Wäre der Wind nicht gewesen, wäre ihm das Boone-Outfit hier oben durchaus warm genug gewesen, so aber war er froh, daß er Stiefel und seinen modernen Daunenparka anhatte. Dem Kalender nach war es noch Winter. Der Wind, der über das offene Feld fegte, ließ seine Wangen erstarren und stach ihm beim Luftholen in die Lungen, aber beim Anblick der Vorboten kommender Pracht wurde ihm wärmer als in seinem kleinen zentralbeheizten Haus im Tal. Dort wartete Arbeit auf ihn – ein Beihilfeantrag und Korrespondenz mit Stellen, die sich für seine Vorträge interessierten –, aber das mußte jetzt erst einmal zurückstehen. Solche Frühlingstage waren selten genug, da war es schade um jede im Haus verschwendete Stunde. Auch das ist schließlich wissenschaftliche Arbeit, sagte er sich. Wenn er überzeugend wirken wollte, mußte er seine Rolle mit Leben erfüllen.

Noch wochenlang würde es hier in den Höhenlagen kalt sein, aber man sah, daß der Frühling im Anzug war. Die Ahornäste auf den fernen Kämmen jenseits des Tals hatten rote Knospenansätze, und hier und da flammte zwischen den kahlen Eichen und Hickorybäumen ein früh blühender Judasbaum. Das kräftige Pink, das als einziger Farbtupfer aus dem Sepiabraun der Wälder hervorleuchtete, erinnerte ihn an den brennenden Busch im zweiten Buch Moses. Boone hatte einen seiner Söhne «Israel» genannt. Hatte er sich als Moses gesehen, der sein Volk ins Gelobte Land Kentucky führte?

Clayt legte sich auf den Rücken und sah in den blauen Himmel, an dem nur ein paar ferne, fedrige Zirruswölkchen standen. Es war ein idealer Tag zur Beobachtung der Reisenden auf der himmlischen Autobahn. Für die Zugvögel war die zweitausend Meilen lange Bergkette eine Navigationshilfe. Die Habichte nutzten die Thermik zwischen Gipfeln und Tälern, und die kleineren Vögel folgten den von Nord nach Süd gehenden Höhenzügen auf ihrer Reise vom Winter in den Sommer.

Ein Schwarm glänzend schwarzer Stare kam vorbei, und Clayt schickte ihnen einen bösen Blick nach. Stare gehörten nicht hierher. Sie waren nicht auf der Durchreise wie die Falken und Schneevögel, sondern Eindringlinge, die sich auf Dauer hier festgesetzt hatten – lärmende, unnütze Störenfriede, die ein Habitat überfielen, es kahlfraßen und die Singvögel vertrieben. Schlimm genug, wenn es einheimische Vögel gewesen wären, aber daß ein wohlmeinender Trottel sie eigens nach Amerika gebracht hatte, fand Clayt immer besonders ärgerlich.

Er hätte gern vor zweihundert Jahren in dieser Gegend gelebt, geologisch gesehen erst gestern, in mancher Beziehung aber vor einer halben Ewigkeit; damals hatte es hier keine Stare gegeben.

Daniel Boone hatte zeit seines Lebens keinen Star zu Gesicht bekommen.

Clayt versuchte sich vorzustellen, wie der Berg wohl 1761 ausgesehen hatte. Zuerst mußte er sich dazu vor Augen halten, daß man damals neunzig Meilen weit sehen konnte, während man es heutzutage bei klarem Wetter gerade mal auf armselige zwölf brachte. Die Luftverschmutzung hatte die Aussicht ruiniert und der Kahlschlag die Wälder. Was hätte er mit einem Blick von neunzig Meilen von dieser Bergwiese aus sehen können? Asheville? Die Virginia Blue Ridge? Vor derlei wundersamen Vorstellungen versagte seine Phantasie.

1761 hatte es in den Bergen von North Carolina und Tennessee Elen und Büffel gegeben, von denen heute nur noch Ortsnamen kündeten: Banner Elk, Elk River, Buffalo Mountain. Und drüben in Mitchell County gab es einen Ort, der Pigeon Roost hieß. Diesen Namen verdankte er den großen Wandertaubenschwärmen, die – großen, bläulichen Trauertauben ähnlich – im Flug zu Millionen den Himmel verdunkelt hatten. Wandertauben waren die verbreitetste Vogelart Nordamerikas gewesen. Die letzten waren 1914 verschwunden – in weniger als zweihundert Jahren zunichte gemacht von Jägern, die sie tonnenweise abgeschlachtet hatten und dann nicht fassen konnten, daß es diese Vögel einfach nicht mehr gab. «Sie sind weggeflogen», sagten sie. «Nach Australien.» Jetzt lebten kaum noch Menschen, die mit eigenen Augen eine Wandertaube gesehen hatten. Ein trauriges Federbündel, das als Staubfänger irgendwo im Museum lag – das war alles, was von einer stolzen Art geblieben war.

Clayt sah zu den fernen Höhenzügen hinüber, auf die kahle Ahornzweige ein silbriges Muster zeichneten, und überlegte, wie sie wohl zu Boones Zeiten ausgesehen hatten. An den Hängen hatten damals Kastanien gestanden. Bis vor sechzig Jahren hatten diese Riesen des Waldes mit den an die sechs Meter dicken Stämmen die breiten Kronen bis zu dreißig Meter in den Himmel gereckt, aber auch sie waren nicht mehr da. Der Pilz einer importierten Pflanze hatte ihnen den Garaus gemacht. Die letzte große Kastanie war in den dreißiger Jahren hier in diesen Bergen eingegangen, aber manchmal traf Clayt tief im Wald auf die Leiber der gefallenen Riesen, die in der grünen Stille moderten. Der größte Teil des Gebirges gehörte jetzt zum Nationalpark. Clayt fragte sich, ob die staatlichen Umweltschutzmaßnahmen etwas an dem überall wahrnehmbaren Prozeß der Zerstörung ändern würden.

Ein einzelner Star flatterte an Clayt Stargill vorbei, und er scheuchte ihn mit der Hand weg, weil er ihn als

Schandfleck in der Landschaft empfand. Aber war es denn an ihm zu entscheiden, ob dieser Vogel in die Appalachen gehörte oder nicht? So sehr er sich nach den Bergen seiner Vorfahren, der Pioniere, zurücksehnte, wußte er doch, daß das Land ständig im Wandel begriffen und jede Spezies irgendwann neu in diese Gegend eingedrungen war. Er begriff, wie scheinheilig es im Grunde war, je nach Lust und Laune einigen Arten Bleiberecht zu gewähren und andere auszugrenzen. Gerechterweise mußte er sich selbst (und den Teilnehmern seiner Naturlehrwanderungen gegenüber) zugestehen, daß das für Kentucky so typische Bluegrass nicht weniger fremd im Land war als die Stare – mit dem Unterschied, daß es eine erfreuliche Zugabe war und die Menschen vergessen hatten, daß es keine einheimische Pflanze war, weil sie schon hundert Jahre vorher ins Land gekommen war. In der Pionierzeit hatte man das Timotheusgras, wie es in England hieß, als Packmaterial für empfindliches Handelsgut benutzt, und auf den Handelswegen waren immer wieder Samen aus den Ballen gefallen, die in der neuen Umgebung aufgingen und sich verbreiteten. Wer die Stare aus seiner vollkommenen Welt verbannen wollte, mußte auch auf das Bluegrass verzichten.

Welche Zeit war für ihn eigentlich die «echte»?

Die Gebirge wirkten zeitlos, weil sie innerhalb eines Menschenlebens keinerlei Wandel unterworfen waren, aber er wußte natürlich, daß sie sich im Lauf der Jahrtausende ständig verändert hatten. Berge hatten sich aufgetürmt, waren zu Staub zerfallen und neu erstanden, als die Kante Afrikas gegen den alten Rotsandsteinkontinent gestoßen war und Dellen hinterlassen hatte, aus denen die Gipfel und Täler der südlichen Appalachen geworden waren. Die Höhenzüge waren einst höher und gewaltiger als die Rockies gewesen, inzwischen aber waren sie alt geworden und würden früher oder später wieder zu Staub werden. In jenen jungen, schroffen Bergen aber hätte er sich nicht heimisch gefühlt. Sie gehörten zu einer tropischen Zeit, als warme, farnbewachsene Sumpfgebiete ganz Kentucky und West Tennessee bedeckt hatten, deren Vegetation in den nachfolgenden Jahrtausenden zu Kohle geworden war.

Vor zwölftausend Jahren also. Als die Eiszeit den Rückzug in den Norden angetreten hatte und sich vielleicht zum erstenmal Menschen in den Bergen niederließen. Die erstaunlichsten Geschöpfe gab es damals in dieser Gegend – die zottigen Elefanten, die Mastodons hießen, amerikanische Löwen, gegen die ihre neuzeitlichen afrikanischen Vettern die reinsten Zwerge sind, Säbelzahntiger, Faultiere, die größer als ein Pickup, Bären, die doppelt so groß wie die heutigen Grizzlies waren, Raubvögel mit einer Flügelspanne von siebeneinhalb Metern, Moschusochsen und Kamele und Pferde. Vielleicht kam aus diesem Bestiarium das Material für die von einer Generation zur nächsten überlieferten Sagen der Cherokee mit ihren Fabelwesen und Ungetümen. Wild und wundersam mußte es zugegangen sein in jenem Frühling nach der Eiszeit.

Das Land hier hätte er so, wie es damals war, nicht wiedererkannt: karg und frostig, mit Kiefern und Fichten bestanden, die gegen die Kälte besser gerüstet waren als Eiche und Hickory der wärmeren Gegenwart. Auch wenn sich die Gletscher damals, vor zwölftausend Jahren, langsam zurückzogen, waren die Hochebenen der südlichen Höhenzüge noch eine Tundra, über die heftige Winde wehten, in denen sich nur die robustesten Pflanzen halten konnten. Diese rauhe Bergwelt brachte trotz all ihrer Wunder, trotz der Tiger und wolligen Mastodons in einem Königreich aus Eis, sein Blut nicht in Wallung. Er hatte keinen Platz darin.

Immer wieder kam er zurück auf das Jahr 1761.

Das Land in seiner damaligen Gestalt wäre ihm vertraut, aber es wäre sauberer gewesen als jetzt, nicht so verfremdet, noch nicht verdorben von den Eindringlingen – den Siedlern und den Staren.

2

Die Geschichte meiner Heimreise und meiner Rückkehr mit der Familie ist eine einzige Kette von Schwierigkeiten, darüber zu berichten würde Bände füllen.
Daniel Boone

Charles Martin Stargill schaltete das schnurlose Telefon aus und legte es aufs Sofa neben sich, aber er griff nicht wieder nach der Gitarre. Ein paar Minuten saß er nur da und starrte mit leerem Blick, als lausche er auf den Nachhall des eben geführten Gesprächs, das gerahmte Foto an, das ihn mit Johnny Cash zeigte. Er wirkte immer noch abwesend, als Kelley hereinkam und ihm das Bier brachte, um das er gebeten hatte.

«Was ist, Schatz?» fragte sie, als sie ihn wie erschlagen dasitzen sah. Dann entdeckte sie das Telefon auf dem Sofa. Eine schlechte Nachricht also … Hoffentlich war ihnen damit jetzt nicht der ganze Tag verdorben. Auf den PR-Fotos war das Lächeln Charles Martin Stargills Markenzeichen, aber hinter der Bühne, wenn die Scheinwerfer erloschen waren, hatte er seine Launen und konnte sehr ungemütlich werden. Dann war es klüger, einen großen Bogen um ihn zu machen.

In den wenigen Monaten ihrer Beziehung hatte Kelley sich an sein grübelndes Schweigen, ja, sogar an seine Wutanfälle gewöhnt – Anwandlungen, die seine Fans nie für möglich gehalten hätten und von denen sie, was Kelley anging, auch nichts erfahren sollten. Um die Presse machte sie nach Möglichkeit einen großen Bogen, denn über Interviews konnte man, wenn man mit einem Star befreundet war, ganz schnell stolpern. Und sie hatte keine Lust, wieder zu dem Job mit fünf Dollar Stundenlohn und zu ihrer schäbigen Einzimmerwohnung mit zwei Schlössern an der Tür und papierdünnen Wänden zurückzukehren. Charles Martins Anwesen war zwar nicht Graceland, aber auf dem zwanzig Acres großen Grundstück gab es sogar einen Teich mit handtellergroßen Goldfischen und einen kleinen Wasserfall. Als sie ihn zum erstenmal dort besucht hatten, war Kayla sich vorgekommen wie in Disney World.

Er war noch immer mehr ein Junge vom Land, fand Kelley, als ein Country-Star, und das gefiel ihr an ihm. Manchmal war er fast so naiv wie Kayla, aber er konnte auch knallhart sein. Das erste nahm sie für ihn ein, das zweite hatte ihn reich gemacht. Aber in der Beziehung ging es ihr nicht nur ums Geld. Als er sie zum erstenmal ausgeführt hatte, wußte sie noch gar nicht, daß er ein Prominenter war, für sie war er einfach ein netter, anständiger Typ, der nicht auf das Übliche aus war.

Bisher war es besser gelaufen, als sie gedacht hatte. Gewiß, er hatte seine Mucken, aber Kelley wußte, daß alle Leute, die in der Musikbranche arbeiteten, unter unglaublichem Druck standen. Kein Wunder, daß es mit seinen Nerven nicht zum besten stand. Er nahm keine Drogen und prügelte weder sie noch die sechsjährige Kayla. Er brauchte einfach – besonders wenn er seine Songs schrieb – gewisse Freiräume, und die mußten sie respektieren. Kelley versuchte, ihm soweit wie möglich den Alltag zu erleichtern, damit er nicht mal wie Elvis endete.

Charles spielte sich Kayla gegenüber nicht als Daddy auf, aber er war nett und rücksichtsvoll zu ihr und hörte ihr zu wie einer Erwachsenen, was man von ihrem richtigen Daddy nicht behaupten konnte. Der schickte alle paar Monate einen Scheck, vergaß aber regelmäßig ihren Geburtstag. Ob die Beziehung Bestand haben würde, war noch nicht raus – Kelley hatte bisher noch nie viel Glück mit Männern gehabt –, aber im Augenblick waren sie fast so was wie eine Familie, und mehr konnte man eigentlich nicht verlangen.

Da Charles Martin immer noch mit leerem Blick vor sich hinsah, stellte sie das Bier ab und machte einen neuen Anlauf. «Wenn das Telefon dich stört, nehme ich es mit. Arbeitest du an einem Song?»

Er zuckte die Schultern. «Jetzt nicht mehr. Mein Bruder Clayt hat angerufen.» Er lächelte so wie damals, als er den Country-music-Preis nicht bekommen hatte. «Zuerst hab ich gedacht, er will Geld, aber es war was anderes. Daddy geht es schlecht, und er meint, ich soll nach Hause kommen.»

«Das tut mir aber leid.» Kelley versuchte, sich ihre Erleichterung nicht anmerken zu lassen. Dieser Kummer war etwas, was sie gemeinsam bewältigen konnten – anders als die geschäftlichen Sorgen, von denen er sie immer mit der Bemerkung ausschloß, davon verstünde sie sowieso nichts, das müsse er allein durchstehen. Familiäre Sorgen waren etwas, womit Frauen besser umgehen konnten als Männer. Nie würde sie vergessen, wie hilflos ihr Großvater gewesen war, als die Mama gestorben war. «Ich kann Charles Martin helfen, diese Sache durchzustehen», dachte sie. «Jetzt braucht er mich wirklich.» Denn Männer können bekanntlich nicht weinen und haben keine Ahnung, was bei einem Todesfall in der Familie zu tun ist. Sie stehen da wie Kinder, die am gedeckten Tisch darauf warten, daß ihnen das Essen vorgesetzt wird, und müssen sich jede Kleinigkeit – bis hin zu dem, was sie zur Beerdigung anziehen sollen – sagen lassen.

Sie überlegte, ob ihn die Nachricht wirklich berührt hatte oder ob es nur der Schock war. Charles Martin hatte nie viel von seiner Familie erzählt, die im östlichen Tennessee lebte, und seit sie zusammen waren, hatte niemand von dort angerufen oder ihn besucht. Ein Bruder war in Fort Campbell, aber die Beziehung zwischen den beiden war allem Anschein nach nicht besonders herzlich.

Kelley wußte wenig mehr als das, was in dem verschnulzten Lebenslauf stand, den seine Fans in den Konzertprogrammen nachlesen konnten: *Charles Martin Stargill stammt aus einem lauschigen Winkel des östlichen Tennessee, wo sich seine Vorfahren Ende des siebzehnten Jahrhunderts ansiedelten. Er wuchs mit vier Brüdern auf der Farm ber Familie auf, sang im Kirchenchor und bei Dorffesten und arbeitete als Holzfäller und Trucker, ehe er mit einer Gitarre und einem Traum in Nashville auftauchte* ... Zu dem Artikel gehörten Schwarzweißfotos von Charles Martin: ein feixender Fünfjähriger mit einer ramponierten Ukulele; ein mürrischer Teenager, der eine Kettensäge in der Hand hält; und sein erstes PR-Foto – der letzte Country-Kitsch, wie er mal gesagt hatte –, in dem er ungelenk in einem Cowboyanzug mit weißen Fransen dastand.

Kelley setzte sich neben ihn und nahm ihn in die Arme. «Tut mir wirklich leid, die Sache mit deinem Dad. Dann willst du sicher heute abend noch weg?»

«Wird mir wohl nichts anderes übrigbleiben. Hoffentlich ist es vorbei, ehe die Boulevardpresse Wind davon kriegt. Ich möchte nicht, daß die Beerdigung zu einem Medienrummel wird.»

Kelley dachte sich, daß die Medien wohl kaum Interesse an dem natürlichen Tod eines alten Mannes haben würden, dessen Sohn zufällig ein nicht mal sehr berühmter Country-Sänger war, aber das Ego von Stars ist empfindlich, und deshalb fragte sie nur: «Hattest du ein gutes Verhältnis zu deinem Dad?»

Charles Martin zuckte die Schultern. «Ich habe ihm sämtliche Artikel geschickt, in denen ich erwähnt war, weil ich wohl gehofft habe, ihm damit imponieren zu können. Und in dem Jahr, als der Plattenvertrag mit MCA zustande kam, hab ich ihm zu Weihnachten eine Rolex geschenkt.»

Kelley ließ sich seine Antwort kurz durch den Kopf gehen und schluckte herunter, was sie hatte sagen wollen. «Ein Jammer, daß du nicht öfter nach Hause fahren konntest», sagte sie statt dessen.

«Im Grunde kommen wir auf Distanz besser miteinander aus. Mir wird ganz komisch, wenn ich daran denke, daß wir wieder mal alle beieinander sein werden. Das erste Mal seit Mamas Tod.»

«Dann wirst du deine Termine umstellen müssen. Soll ich Mr. Iselin anrufen?»

«Nein, mit Ray muß ich schon selber sprechen.» Er lächelte ein bißchen und tätschelte ihren Schenkel. «Du kannst inzwischen schon mal packen, Schatz.»

Demnach sollte sie mitkommen. Sie stand auf und ging zum Schlafzimmer. «Du weißt, was du für mich in den Koffer tun mußt?» rief Charles Martin ihr nach.

«Deinen guten Anzug und Oberhemden, Seidenkrawatten, italienische Slipper und fürs Haus Jeans und so Sachen.»

Er lächelte wieder, aber ohne Heiterkeit. «Nicht für Wake County, Schätzchen. Das hab ich ein-, zweimal gemacht, aber inzwischen weiß ich es besser. Die Leute zu Hause wollen ihre Lokalgröße nicht in ganz normalen Klamotten sehen. Sie wollen mich den anderen im Lebensmittelgeschäft zeigen oder sich auf der Straße mit mir fotografieren lassen, und alle sollen auf den ersten

Blick sehen, daß ich ein Country-Sänger bin. Total normal machen Promis nichts her. Pack die Lederhemden ein, den Schlangenledergürtel und das Outfit, das ich tagsüber für Interviews trage.»

Kelley setzte zu einer weiteren Frage an, aber er hatte schon das Telefon in der Hand und tippte Zahlen ein. Sie hatte ein bißchen Angst. Auch die Heimkehr würde so was wie eine Vorstellung sein, und sie wußte nicht recht, welche Rolle ihr darin zugedacht war.

Als Robert Lee Stargill in Cincinnati von der Arbeit kam, stand seine Frau in der Küche und siebte Mehl, während die Tränen ihr über die fülligen Wangen liefen.

Es war früher Abend, und Robert hatte noch das himmelblaue Jackett mit dem schmalen Schlips an, das er in dem Autohaus, dessen stellvertretender Verkaufschef er war, gewissermaßen als Uniform trug. Hin und wieder versuchte Lilah Rose ihn zu einer Neuerung zu überreden – ihre letzte Empfehlung war ein hübscher konservativer dunkler Anzug gewesen –, aber Robert lehnte es ab, etwas an seiner äußeren Erscheinung zu ändern. «Von einem Autoverkäufer erwarten die Leute, daß er aussieht wie ich, Lilah», sagte er. «Wenn ich wie ein Collegeprofessor daherkäme, würden sie mich für einen eingebildeten Pinsel halten. Sie würden sich nicht trauen, mir zu sagen, daß sie einen Kredit über fünf Jahre brauchen, weil sie höhere Raten nicht aufbringen können, und würden denken, daß ich über die Rostlaube, die sie in Zahlung geben wollen, die Nase rümpfe. Und dann würden sie zu einem anderen, wahrscheinlich einem jüngeren Verkäufer gehen. Klar, der modebewußte Herr von heute würde dieses alte Ding nicht mehr anziehen, aber für meinen Job ist es goldrichtig. Es vermittelt meinen Kunden das Gefühl, daß sie mir – so wenig sie auch haben – einen

Tick überlegen sind, und das ist gut fürs Geschäft.» Das waren zweifellos triftige Gründe. Erschwerend aber kam hinzu, daß ihm das himmelblaue Jackett wirklich ans Herz gewachsen war.

Robert Lee betrachtete das tränenüberströmte Gesicht seiner Frau, die Mehlflecken auf ihrem türkisfarbenen Hauskleid und die auf den Arbeitsflächen verteilten Backzutaten und überlegte, ob er sie nach dem Grund für ihre Tränen fragen sollte oder ob es eine Frauensache war, die er als Mann besser ignorierte.

«Wie geht's, mein Schatz?» fragte er.

Sie wischte sich mit dem Handrücken die Augen. «Mir geht's gut, Robert. Ich mach mir deinetwegen Sorgen.»

Sein Magen verkrampfte sich. Er war einundfünfzig – noch jung genug, um zunächst mal davon auszugehen, daß schlechte Nachrichten eher Geldsorgen bedeuteten als Probleme mit der Gesundheit. Der Heizkessel? Die Waschmaschine? Das Getriebe von Lilahs Wagen? Er setzte sich an den Küchentisch, versuchte ruhig durchzuatmen und fragte sich wieder einmal, warum das Leben zu einer endlosen Kette demütigender Bagatellen geworden war, an deren Ende Angst und Schrecken standen. Waren die alten Zeiten, als die Menschen jung und unter tragischen Umständen zu Tode gekommen waren, vielleicht doch besser gewesen? «Ja, was ist denn, Lilah?» fragte er.

Lilah schwenkte wieder den Holzlöffel, und bald war in der Schüssel kein Mehl mehr zu sehen, sondern nur noch goldgelber Teig. «Ich habe mir Gedanken über den Tod gemacht», sagte sie. «Und ich backe einen Napfkuchen. Wenn man Kummer hat, sagte Rudy, muß man sich was zu tun suchen. Erstaunlich, daß Engel soviel Verständnis dafür haben, wie wir auf den Tod reagieren, denn aus ihrer Sicht ist er ja im Verlauf unseres ewigen

Lebens so belanglos, als wenn ein Blatt auf die Seite des Buches fällt, das wir gerade lesen. Das habe ich auch zu Rudy gesagt, als die Nachricht kam, und weißt du, was er geantwortet hat? ‹Hat ein Kind etwa weniger Angst, weil das Monster im Schrank nicht wirklich da ist?›»

«Gut gesagt, Schatz.» Robert machte sich auf weitere Betrachtungen über Lilahs Engel gefaßt, ehe sie damit herauskam, was sie bedrückte, und er faßte sich in Geduld. So wie er Lilah kannte, war es der Tod eines Filmstars. Immerhin, dachte er erleichtert, scheint es nicht um Geld zu gehen.

Es kostete Robert Lee Stargill manchmal sehr viel Nerven und Nachsicht, auf die Wahn- oder Phantasievorstellungen seiner Frau einzugehen. An der Sache selbst dagegen störte er sich kaum. Ein Engel war weit weniger lästig als ein kläffender kleiner Köter und billiger als eine Sammlung putziger Kinderfiguren aus Porzellan.

Zuerst hatte er ernsthaft erwogen, gutes Geld für einen Therapeuten auszugeben – die Leute sollten schließlich nicht denken, daß Lilah übergeschnappt war! –, aber niemand aus ihrem kleinen Freundeskreis hatte jemals auch nur die leiseste Andeutung in dieser Richtung gemacht. Selbst die skeptischsten Nachbarn reagierten höflich. Engel zu sehen war heutzutage völlig normal, und an so einer Erscheinung zu zweifeln galt fast schon als Sakrileg. Billy Graham hatte sogar ein Buch über Engel geschrieben. Außer Robert Lee schienen sich alle gut zu unterhalten, wenn Lilah die neuesten Aussprüche ihres Engels zum besten gab. Wenigstens klagte sie nicht endlos über ihre Krankheiten wie Mrs. Rickey oder bekam bei Parties von zu vielen Drinks das heulende Elend wie Alma Henson.

Robert Lee sagte sich, daß sie sich wahrscheinlich einsam fühlte.

Zum Glück war Rudy keiner dieser übereifrigen Engel, die verlangten, man solle dreimal in der Woche zur Kirche gehen oder seine Habe an die Armen verschenken. Wenn er ihnen hin und wieder ein Werk der Nächstenliebe abverlangte, beschränkte er sich auf einen gelegentlichen Scheck zur Rettung verhungernder Elen in Wyoming oder für Erdbebenopfer in Japan. Immer noch billiger als der Pudelsalon, sagte sich Robert. Eigenartig war nur, daß Lilahs Schutzengel schwarz war – ein Mann mit schmalem Schnurrbärtchen, Adlerschwingen und Alabama-Akzent. Lilah war in der Zeit vor der Rassenintegration in Cincinnati aufgewachsen und hatte so wenig Südstaatliches an sich, daß sie an ihren Kartoffelsalat sogar Möhren gab. Auf den Alabama-Engel angesprochen, hatte Lilah – und das kam wohl von Rudy – nur gesagt: «Wunderbar sind die Wege des Herrn.»

«Warum hast du dir Gedanken über den Tod gemacht?» fragte Robert.

Lilah traten wieder Tränen in die Augen. «Wegen deines Vaters. Er liegt im Sterben.»

Das Rumoren in Robert Stargills Eingeweide legte sich. Eine traurige Nachricht, aber in Relation zu seinem täglichen Überlebenskampf keine Katastrophe, wie es etwa die Kündigung gewesen wäre. «Er hatte ein gutes Leben, Lilah.» Dann fiel ihm etwas ein. «Hast du das von Rudy?»

«Aber nein, Robert. Du weißt, daß er sich da nie einmischt. Der Nachbar deines Vaters, Mr. Stallard, hat angerufen. Er meint, wir sollten am besten gleich hinfahren.»

«Und was ist mit Clayt? Der wohnt doch da.»

«Er ist wohl irgendwo unterwegs, sie suchen noch nach ihm.»

Robert verzog ärgerlich den Mund. «Clayt war schon immer ein hoffnungsloser Fall. Demnach liegt Dad im Krankenhaus?»

«Nein, aber es geht ihm sehr schlecht, und er hat offenbar schriftlich festgelegt, daß er zu Hause sterben will. Und nun sollt ihr alle heimkommen, um darüber zu beraten. Das wäre wohl auch in Clayts Sinn, haben sie gesagt.»

Robert Lee warf einen kurzen Blick auf den Kalender. Der Monat war erst zur Hälfte vorbei, und er war mit seinem Verkaufssoll etwas im Rückstand. «Ich bin eigentlich dafür, erst mal abzuwarten», sagte er. «Man kann ja nie voraussagen, wie so was läuft. Es könnte länger dauern. Du weißt doch, wie die sich in der Firma anstellen, wenn man mal frei haben will.»

«Aber wenn du ihnen klarmachst ...»

Darauf ging er gar nicht ein. Als Verkäufer hatte man nichts klarzumachen. «Für die Beerdigung müssen wir auch Zeit einkalkulieren, und hinterher wird es einiges zu regeln geben.» Außer zu seiner Frau hätte er so etwas nie laut gesagt. Außenstehenden – selbst seinen Brüdern – gegenüber hätte er sich sofort bereit erklärt, heimzufahren und so lange wie nötig zu bleiben, weil die Leute solche Äußerungen, solche Verhaltensweisen von einem erwarten, aber er hatte nun mal einen richtigen Beruf. Einen, in dem man nicht so ohne weiteres länger wegbleiben konnte. Das Leben war eben keine Seifenoper, in der alle sich Gefühle leisten konnten.

Wenn seine jüngeren Brüder alles stehen- und liegenließen, um heimzufahren, war das nicht weiter tragisch. Charlie war Country-Sänger, Garrett war bei der Army und bekam von Vater Staat – natürlich auf Kosten des Steuerzahlers – jede Menge Vergünstigungen, freie Tage und kostenlose Krankenversicherung. Clayt, dieser dilettierende Naturbursche, hatte keine berufliche Position, um die er hätte bangen müssen, und wohnte noch dazu ganz in der Nähe. Der konnte leicht sagen, sie sollten heimkommen. Nur Robert Lee war durch die Rücksichten, die seine Familie ihm abverlangte, wieder mal schwer in die Klemme geraten.

«Rudy meint, wir sollten heimfahren, Robert. Man muß seinen Frieden mit den Sterbenden machen.»

«Ich habe nie in Unfrieden mit Daddy gelebt», schnauzte Robert. «Wäre Rudy bereit, für mich Autos zu verkaufen, während wir nach Tennessee gondeln?»

Lilah seufzte. «Du mußt auf die Vorsehung vertrauen, Robert.»

«Das kostet mich etliche Urlaubstage», murrte er. «Warum kann der liebe Gott Katastrophen nicht aufs Wochenende legen?»

Lilah horchte lächelnd ins Leere, aber Robert wandte sich ab. Die Antwort dieses neunmalgescheiten Engels interessierte ihn nicht.

Es war fast Mitternacht, als Chief Warrant Officer Garrett Stargill heimkam. Trotzdem fand er es nicht weiter bemerkenswert, daß in der Küche noch Licht brannte. Er wußte, daß Debba auf ihn wartete. Sie machte sich immer Sorgen, wenn er zu einer Nachtübung eingeteilt war. Schon lange fand er diese Sorge nicht mehr schmeichelhaft. Schon lange machte er sich nicht mehr die Mühe, ihr zu sagen, daß er ein alter Hase war und deshalb kaum etwas riskierte, daß er den Kitzel genoß, mit einem Fallschirm in einen Himmel voller Sterne zu stürzen, und daß er im freien Fall vermutlich weniger gefährdet war als auf der zweispurigen Straße, auf der er vom Stützpunkt heimfuhr. Debba mit so etwas zu kommen war sinnlos, denn Angst war Debbas ständiger Begleiter. Hatte man sie von einer Obsession befreit, ließ sie sich prompt etwas Neues einfallen. Wenn er bei seinen Fallschirmsprüngen mit heiler Haut davongekommen war, ängstigte sie sich vor Terroristen oder Bazillen im Trinkwasser. Er hörte kaum mehr hin.

Er kam durch die Hintertür herein. «Ich bin's, Deb!» rief er. Obwohl er es kategorisch abgelehnt hatte, ihr eine zweite Waffe zu kaufen, betrat er das Haus stets geräuschvoll und meldete sich mit lauter Stimme an, denn er mußte immer damit rechnen, daß sie sich selbst eine besorgt hatte, vielleicht bei einem von einer Army-Familie veranstalteten Flohmarkt. An Pistolen kam man in einer Gegend, in der viele Leute vom Militär wohnten – und auch sonst in Tennessee – leicht heran.

Jetzt stand sie schmal und zart in der Küchentür. In dem Frotteebademantel, das Gesicht gerötet vom Waschen, das Haar über den Ohren zu Zöpfen geflochten, sah sie aus wie zwölf. «Hi, Garrett.» Ihr Lächeln war so kläglich, daß er sie am liebsten geschüttelt hätte. Früher hatte er ihre Verletztheit als reizvoll, ihren kurvenreichen Körper als sexy empfunden. Jetzt konnte er sich das überhaupt nicht mehr erklären.

«Alles ist bestens gelaufen. Ist Kaffee da?» Sie nickte zur Kaffeemaschine hinüber. Er schenkte sich eine Tasse ein. «Die Jungs waren nervös, aber voll bei der Sache. Wir brauchten keinen aus der Maschine zu schubsen, und der Wind hat nicht aufgefrischt, so daß wir alle punktgenau gelandet sind.» Er gähnte. «Aber es war ein langer Tag.»

Sie nickte. «Ich hab mir die Sieben-Uhr-Nachrichten angesehen. Wenn was passiert wäre, hätten sie es da wohl gebracht. Schön, daß du wieder da bist.» Sie legte die Arme um ihn, und er tätschelte ihr den Kopf wie einem verängstigten Kind. Der Bademantel schlug auf, und er sah, daß sie als Nachthemd sein schwarzes T-Shirt trug, eins von denen, die seine Einheit extra hatte anfertigen lassen. «Wir beherrschen die Nacht», stand drauf.

Der Anrufbeantworter blinkte.

«Hat jemand angerufen, Debba?»

Sie nickte und vergrub das schuldbewußte Gesicht an seiner Schulter. «Ich dachte, es ist der Stützpunkt. Vielleicht ein Unfall. Oder Alarm für deine Einheit. Du bist doch gerade erst zurück.»

«Wenn Not am Mann ist, muß ich trotzdem noch mal raus.» Er drückte auf den Knopf und wartete, bis das Band zurückgelaufen war. «Hast du die Nachricht abgehört?»

«Nein. Als das Telefon anfing zu läuten, hab ich den Fernseher lauter gestellt.»

Ein Klicken, dann die Stimme seines Bruders Clayton. «Wir müssen nach Hause», sagte Garrett zu seiner Frau. Sie sah ihn erschrocken an. Wenn Debba statt eines Hubschrauberpiloten einen Buchhalter geheiratet hätte, wäre sie vermutlich auch nicht besser dran gewesen. Die Angst verließ sie nie. Eine Reise ins östliche Tennessee war für sie nicht weniger furchterregend, als eine Expedition nach Haiti oder Somalia es gewesen wäre.

Clayt Stargill lief auf dem Plattenweg im Garten des väterlichen Hauses hin und her und sah dabei immer wieder auf das Leuchtzifferblatt seiner Uhr.

«Es kann noch Stunden dauern, bis sie kommen», sagte Dovey, die auf den Verandastufen saß. «Von Nashville aus fährt man gute fünf Stunden, von Cincinnati noch länger. Vielleicht kommen sie ja auch erst morgen früh. Hier können sie doch nichts machen.»

«Ich weiß», sagte Clayt. «Ich kann ja auch nichts machen. Außer hin- und herlaufen.»

Als er bei Sonnenuntergang von einem Besuch auf Beverly Tiptons Farm nach Jonesborough zurückgekommen war, versperrte ein schwarzer Wagen die Einfahrt. Am Steuer saß Dovey Stallard und las im schwindenden

Licht ein Taschenbuch. Ohne Vorrede eröffnete sie ihm, was mit seinem Vater los war, und ging mit ihm ins Haus, während er Dr. Banner anrief, der nach fast fünfzigjähriger Tätigkeit als praktischer Arzt mehr oder weniger im Ruhestand war, sich aber bereit erklärte, zur Stargill-Farm zu fahren und Clayt dort zu erwarten.

Dovey fuhr hinter Clayts Truck bis Wake County und den Berg hinauf zu dem alten, von zwei Ahornbäumen flankierten Farmhaus, deren Zweige das Wellblechdach streiften. Alton Banner war schon im Haus und kümmerte sich um seinen Patienten.

«Wird er sich wieder erholen?» fragte Clayt, als er das Zimmer seines Vaters betrat.

«Kaum», sagte Dr. Banner. «Es ist ein schwerer Schlaganfall, und mit seinem Herzen war sowieso nicht viel los. Aber hier könnt ihr ihn nicht liegenlassen. Ohne Flüssigkeitszufuhr geht es ganz schnell zu Ende mit ihm.»

«Er will nicht ins Krankenhaus.» Dovey Stallard reichte dem Arzt den gelben Block. «Mr. Stargill hat alles aufgeschrieben.»

«Was er will, spielt jetzt keine Rolle», sagte Clayt. «Tun Sie, was getan werden muß, wenn noch was zu retten ist.»

Alton Banner überflog die erste Seite von Randall Stargills Aufzeichnungen. «Er will keine lebensverlängernden Maßnahmen. Nicht an Maschinen gehängt werden, so drückt er es aus. Den Gefallen können wir ihm tun, aber zunächst gehört er mal ins Krankenhaus, da bekommt er ein sauberes Bett, einen Tropf und eine reelle Chance. Ich rufe gleich den Rettungsdienst an. Haben Sie Ihre Brüder verständigt?»

«Robert haben wir heute nachmittag in Cincinnati erreicht», sagte Dovey. «Garrett und Charles Martin stehen in keinem Telefonbuch, da mußten wir auf Clayton warten.»

Clayt nickte. «Wenn Sie die Sache mit dem Krankenwagen geregelt haben, rufe ich an.»

Während sie auf den Krankenwagen warteten, fiel kaum ein Wort. Clayt war froh, daß Dovey nicht das Bedürfnis hatte, das Schweigen mit leerem Gerede zu überbrücken. Sie hatte darauf bestanden, bei ihm zu bleiben, und ihm angeboten, Kaffee und Sandwiches zu machen und im Haus aufzuräumen, während er auf dem geflochtenen Teppich im Wohnzimmer auf und ab ging.

«Ich fahre mit», sagte Clayt, als der Krankenwagen vor der Tür stand. «Wegen der Formalitäten und um zu hören, was die Ärzte sagen. Schönen Dank, daß du mitgekommen bist.»

«Ich warte hier, Clayt. Für den Fall, daß einer deiner Brüder ein Flugzeug genommen hat. Fahr bitte auf dem Rückweg bei Kroger's Supermarkt vorbei. Die Speisekammer ist leer, und du hast ab morgen das Haus voller Leute. Hier ist eine Liste.»

Es war nach zehn, als Clayt zurückkam. Dovey lag zusammengerollt auf dem Sofa und schlief. Der Fernseher lief in voller Lautstärke. Er stellte die Lebensmitteltüten auf dem Küchentisch ab. Sollte er sie wecken? Es war spät, sie mußte nach Hause.

«Wie geht es ihm?» fragte sie gähnend. «Ich hab dich kommen hören.»

«Sein Zustand ist stabil, aber er ist immer noch ohne Bewußtsein. Es wäre sinnlos, die ganze Nacht an seinem Bett zu sitzen. Ich fahre morgen wieder hin, wenn die anderen da sind. So langsam mußt du wohl los.»

«Ich mache nur rasch den Thunfischsalat, falls sie spät kommen und Hunger haben. Du würdest einfach nur Mayonnaise reinklatschen und fertig.»

Er überlegte, ob sich Dovey trotz der vor Jahren auseinandergegangenen Beziehung noch immer der Familie verbunden fühlte, fragte aber nicht weiter. Vielleicht war es nur eine gutnachbarliche Geste. Seit der Beerdigung seiner Mutter hatte er sie nicht mehr gesehen. Er holte ihr Zwiebeln und Gürkchen und sah zu, wie sie beides kleinschnitt und unter den Thunfisch hob. «Allzuviel brauchen wir nicht vorzubereiten», sagte er. «Garrett und Robert Lee bringen ihre Frauen mit.»

Dovey warf ihm einen vielsagenden Blick zu, dann tat sie etwas Mayonnaise in die Glasschüssel.

Als sie fertig war, deckte sie die Schüssel mit Alufolie ab und stellte sie in den Kühlschrank. «Laß sie nicht draußen herumstehen», mahnte sie. «Sonst liegt ihr demnächst noch alle im Krankenhaus.»

Schließlich war im Haus nichts mehr zu tun. Dovey zog ihren Mantel über und ging hinaus. «Ich bring dich zum Wagen», sagte Clayt. «In diesen vier Wänden halte ich es nicht aus. Ich setze mich ein bißchen draußen hin.»

Dovey nickte. «Wenn du im Freien bist, kommst du noch am ehesten zur Ruhe. Das war schon immer so.»

Clayt holte tief Luft. «Es ist nicht kalt. Setzt du dich noch einen Augenblick zu mir?»

«Gut, aber nur ein paar Minuten.» Ihr war so friedlich zumute wie schon lange nicht mehr. Das machten wohl die Nachtgeräusche, die aus dem Wald kamen, und die Sterne, die über den Bergen glitzerten. Sie wußte selbst nicht recht, warum sie unbedingt hatte dableiben und helfen wollen, und jetzt war nicht der Zeitpunkt, über so etwas zu reden. Die Dunkelheit war kalt und klar, und Dovey ließ das Schweigen zwischen ihnen wachsen, bis sie merkte, daß die Nacht weder still noch stumm war.

Eine Fledermaus flatterte in den Scheinwerferstrahl am Ende der Scheune und schnappte sich die vorbeifliegenden Nachtfalter. Fern auf dem Hügel hörte sie einen Vogel rufen.

«Eine Schleiereule?» fragte sie leise.

Clayt blieb stehen und horchte mit dem ganzen Körper, bis der Ruf wiederkam. «Waldohreule», entschied er. «Schleiereulen kreischen oder zischen. Da, hörst du? Dieses leise Hu-huh … das ist sie. Sie wird heute nacht die Karnickel jagen, die ihre Liebesspiele machen.»

«Es heißt, daß jemand sterben muß, wenn eine Eule schreit.»

«Zumindest auf Feldmäuse dürfte das zutreffen.» Zum erstenmal an diesem Tag lächelten sie sich an. Er hielt in seiner ruhelosen Wanderung inne und setzte sich neben sie auf die Betonstufe. «Es ist lange her, seit wir zusammengesessen und geredet haben, Dovey.»

Sie fröstelte. «Weißt du noch, wie wir uns als Kinder an Sommerabenden noch lange nach Einbruch der Dunkelheit draußen herumgetrieben haben? Damals haben wir Glühwürmchen in Marmeladengläsern gefangen und Versteck gespielt, auch wenn wir überhaupt nichts mehr sehen konnten.»

«Und beim Pionierspielen war ich immer Daniel Boone …»

«Das bist du ja nach wie vor, Clayt!»

«Ja, wenn ich meine Vorträge zur lebendigen Geschichte halte. Aber als Kind, wenn ich mir einfach was ausdenken konnte, hat es mehr Spaß gemacht. Ich weiß noch, wie Dwayne und Garrett und ich dich in unserem Spiel zur Indianerprinzessin machen wollten.»

«Und irgendwann hab ich euch ja dann den Gefallen getan …»

Er lachte. «Allerdings! Wie alt warst du damals? Zehn? Du mußt Stunden in der Bücherei von Hamelin verbracht haben, um dich darauf vorzubereiten.» Er ahmte ihre Kleinmädchenstimme nach. *«Okay, Jungs, ich bin eine Cherokee-Prinzessin. Ich bin Nancy Ward!»*

«Und dann hast du uns alle umgebracht, und auf unseren Protest hin hast du von zu Hause das Buch geholt und es uns unter die Nase gehalten.» Er schüttelte noch im nachhinein einigermaßen fassungslos den Kopf. «Da stand tatsächlich, wie sie für ihren Mann im Krieg der Cherokee gegen die Creeks die Bleikugeln flachgekaut und sich, als er gefallen war, seine Flinte gegriffen und das Kriegsglück gewendet hat. Aber ich hätte weiterlesen sollen – du hast uns nämlich reingelegt. Daß sie den Weißen nie etwas getan, sondern sie immer in Schutz genommen hat, auch vor dem Zorn der Cherokee, hast du uns nicht erzählt.»

«Natürlich nicht! Ich wollte ja kämpfen und nicht Frieden stiften. Deshalb habe ich mir keine x-beliebige Indianerprinzessin, sondern Nancy Ward ausgesucht. Hätte ich etwa, während ihr Jungen Abenteuer erlebt habt, ewig als Rebecca Boone das Räucherhaus fegen sollen? ‹Sei schön vorsichtig, Dan'l›», piepste sie spöttisch.

Clayt Stargill lächelte in die Dunkelheit hinein. «Von Nancy Ward habe ich damals zum erstenmal gehört. Jetzt erzähle ich den Kindern bei meinen Schulvorträgen von ihr.»

«Das finde ich gut. Kleine Mädchen brauchen noch andere Vorbilder als die braven Ehefrauen von Pionieren und diese gräßlich tugendhaften Pocahontas. Was erzählst du denn so von Nancy Ward?»

«Ich trete ja als Daniel Boone auf, und der muß sie gekannt haben – sie waren vermutlich beide in der gleichen Gegend und zur gleichen Zeit bedeutende Persönlichkeiten –, und deshalb erzähle ich, daß sie meine Freundin war und eine Freundin aller Siedler in den westlichen Bergen. Sie hat versucht, den Frieden zwischen den Cherokee und den Weißen zu bewahren. Ich erzähle, wie sie Fort Watauga vor dem von Dragging Canoe geplanten

Angriff warnte und wie sie Mrs. Bean vor dem Scheiterhaufen rettete, indem sie selbst die Flammen austrat und ihren Stammesgenossen versprach, wenn sie die Gefangene verschonten, würde die allen das Buttern und das Käsemachen beibringen. Ich erzähle ihnen, daß Nancy Ward als ganz junge Frau zur Ghighau wurde, obgleich diese Ehre normalerweise nur sehr alten und hochgeachteten Frauen zukommt. Das hören die Mädchen immer besonders gern.»

«Hoffentlich machst du auch deutlich, daß Frauen bei den Cherokee eine wichtige Rolle spielten und eine echte Machtposition hatten.»

«Wir sollten das Geschäft gemeinsam betreiben, Dovey», sagte Clayt. «Mit deinem dunklen Haar und ein bißchen Schminke über den irischen Sommersprossen wärst du eine großartige Nancy Ward. Vielleicht hast du ja sogar wirklich ein bißchen Cherokee-Blut. Ich würde dich mit einem Pionierkostüm ausstaffieren, und als Zeichen von Nancy Wards Autorität, dem Schwanenflügel, müßten eben Truthahnfedern herhalten.»

«Nein, danke, Clayt.» Sie seufzte. «Ich glaube, Männer spielen zeit ihres Lebens gern Theater. Bei uns Frauen verwächst sich das mit den Jahren.»

«Wo wollen die denn mit den Hunden hin, Grandma Flossie?»

Nora Bonesteel war fünf, ein ernsthaftes Kind mit großen Augen, das wenig sprach, aber vieles wahrnahm. An einem Mainachmittag saß sie auf der hinteren Veranda und sah ihrer Großmutter zu, die Kartoffeln zum Abendessen schälte. In dem leichten Wind roch Nora die Apfelblüten, die sich weiß wie ihr Hängerkleidchen vor den grünen Bergen abhoben. Sie sah einem Trauerfalter nach, der um die Gruppen der purpurfarbenen Iris im

Garten ihrer Mutter neben dem Räucherhaus herumflatterte, lauschte dem alten Kirchenlied, das ihre Großmutter sang, und stimmte in den Refrain ein: «Stets in Deinem Schutz zu gehn, lieber Gott, laß es geschehn.»

Das Hundegebell zerstörte den Frieden, der um die alte Frau und das kleine Mädchen war. Als Nora aufblickte, sah sie ihren Vater und Vetter Roy auf den neben der Scheune gelegenen Verschlag für die Hunde zugehen. Sie öffneten die Holztür im Maschendrahtzaun, ließen die winselnden Hunde heraus und setzten sich auf die Ladefläche von Sam Teagues Ford. Plötzlich hatte Nora Angst, und erst nach einer Weile wußte sie, warum. Die Männer arbeiteten wortlos und mit seltsam starrer Miene, statt zu lachen und zu schwatzen wie sonst, wenn sie die Hunde holten, und winkten nicht zur Veranda hinüber. Sie trugen zwar Stiefel und Jagdzeug, aber daß sie so spät am Tag noch zur Jagd wollten, war unwahrscheinlich, außerdem hatten sie keine Flinten mit. Sie sah zu ihrer Großmutter hoch. Die blickte düster schweigend zu den Männern hin, während sie die Jäger sonst immer gutgelaunt verabschiedete. Irgend etwas stimmte nicht. Nora hütete sich zu fragen, ob sie mitfahren dürfe. «Wo fahren sie hin?»

Grandma Flossie seufzte. «Sie suchen nach einem Kind, Nora. Einem kleinen Mädchen, das auf dem Berg verlorengegangen ist. Es heißt, sie habe sich im Wald verirrt, und dort wollen sich die Männer mit den Hunden jetzt nach ihr umsehen.»

«Was ist denn das für ein kleines Mädchen?»

«Ein flachshaariges, kleines Ding von der Stargill-Farm drüben, ungefähr so alt wie du. Hast du sie vielleicht gesehen?» Nora begriff, daß die Frage zwei Bedeutungen hatte. Natürlich wollte die Großmutter zunächst wissen, ob Nora das kleine Mädchen im Wald hatte spielen sehen, aber da war noch ein Zweites, ein Geheimnis zwischen ihnen: Hatte Nora etwas *gesehen*, was andere Leute normalerweise nicht sahen? Ein schwarzes Band an einem Bienenstock vielleicht oder einen Berg Blumen vor dem Altar, der, wenn man die Hand danach ausstreckte, plötzlich nicht mehr da war? Derlei Dinge waren Nora schon widerfahren, so wie sie Grandma Flossie widerfuhren, aber gesprochen wurde nicht darüber. Nicht in der Familie und erst recht nicht Fremden gegenüber. Erwähnt wurden diese Dinge allenfalls zwischen Großmutter und Enkelin, aber Nora hatte schon früh begriffen, daß die Gabe des Zweiten Gesichts etwas war, was man besser für sich behielt. Es machte die Leute nervös, wenn ein kleines Mädchen Dinge sah, die gar nicht da waren – zumal es fast immer schlimme Dinge waren. Das ärgste daran war, daß ein paar Tage oder ein paar Wochen später auch sie diese Dinge sehen würden: Eine abgebrannte Scheune, ein frisches Grab, eine leere Wiege ...

Hast du etwas gesehen?

Nora schüttelte den Kopf.

«Es ist traurig, ein Kind zu verlieren», sagte Grandma Flossie.

«Vielleicht bringen Daddy und die Hunde sie wohlbehalten zurück.»

«Es ist über zwei Tage her», sagte die alte Frau. Sie winkte feierlich, als der schwarze Laster mit seiner kläffenden Fracht langsam an ihnen vorbeirollte. «Im Mai sind die Bergnächte noch kalt.»

«Geht es um das verschwundene kleine Mädchen?» Noras Mutter stand an der Fliegentür und betrachtete die beiden stirnrunzelnd. «Daß du dem Kind keine Flausen in den Kopf setzt, es ist auch so schon verdreht genug. Am Ende denkt Nora noch, daß sie die nächste ist.»

«Ich lauf bestimmt nicht weg», versprach Nora.

Grandma Flossie sah ihre Schwiegertochter an. «Nora wird nichts geschehen», sagte sie.

«Nein», bestätigte Noras Mutter. «Weil sie nicht so dumm ist, sich allein im Wald herumzutreiben. Und weil sie weiß, wo sie hingehört – im Gegensatz zu der armen Kleinen bei den Stargills, deren Mutter von dem einen Mann verlassen und vom nächsten der Familie aufgehängt worden ist, bevor er sich davongemacht hat. Ich an Stelle der Frau wäre – Kinder hin, Kinder her – mit Ashe Stargill nach Norden gegangen, statt auf der Farm ständig vor seiner Mutter kuschen zu müssen. Die Stargills mochten Luray nicht, das weiß ich, mußten sie aber akzeptieren, weil sie ihnen einen Enkel geschenkt und Ashe Stargill sie daraufhin geheiratet hat. Aber ich kann mir vorstellen, daß in diesen schweren Zeiten das andere Kind nur stört. Ich will ja nichts gesagt haben, aber ich wette, daß ihnen ein Stein vom Herzen gefallen ist, als die Kleine sich davongemacht hat. Wahrscheinlich hat sie gewußt, daß sie nicht erwünscht ist.»

«Du solltest lieber beten», sagte Grandma Flossie streng, «statt dem Kind angst zu machen.» Sie nickte zu Nora hinüber, die an ihrem Kleidchen herumknautschte und sichtlich den Tränen nah war.

Als der Schatten ihrer Mutter von der Schwelle verschwunden war, beugte sich Nora zu ihrer Großmutter hinüber und flüsterte: «Was meinst du, ob wir das kleine Mädchen zu uns nehmen könnten, wenn die Stargills es nicht wollen?»

Flossie Bonesteel seufzte. «Ich glaube nicht, daß deine Mutter davon sehr erbaut wäre, Nora. Bei den Stargills mag es sich tatsächlich so verhalten, wie sie sagt, aber der liebe Gott wird es schon richten. Vielleicht hat es die Kleine jetzt besser …»

Das klang so kummervoll, daß Nora in der Maisonne

fröstelte. «Was meinst du, wo sie abgeblieben ist, Grandma?»

Die alte Frau winkte Nora, sich neben sie zu setzen. Sie nahm die nächste Kartoffel zum Schälen aus dem Eimer. «Das weiß ich nicht genau», sagte sie leise. «Aber die Cherokee, die hier im Gebirge lebten, wußten von Leuten zu berichten, die ihr Dorf verließen und auf Nimmerwiedersehen verschwanden. Tief in den Bergen, erzählen die Cherokee, gibt es Gewölbe, in denen ein Volk kleiner Leute lebt, die Nunnehi. Diese Gewölbe sind keine finsteren Höhlen, sondern ein helles, schönes Land, in dem immer Hochsommer ist.»

«Wie sehen die kleinen Leute aus?»

«Soweit ich weiß, ist kein Mensch zurückgekommen, um von seinen Erlebnissen zu berichten, aber die Indianer meinten, sie sähen aus wie kleine Cherokees mit kupferfarbener Haut und langem schwarzen Haar. Ich habe mir immer vorgestellt, daß sie spitze Ohren und Katzenaugen und Haare wie Krähenfedern haben – schwarz und glänzend. Aber ich habe mir nie gewünscht, einem der kleinen Leute zu begegnen. Es heißt, daß du auf Erden nie wieder glücklich werden kannst, wenn du mit den Nunnehi gehst und ihr schönes Land gesehen hast. Und daß dir, wenn du bei ihnen etwas ißt, der Himmel für immer verschlossen bleibt. Wenn du aber die Erde verläßt und bei den kleinen Leuten lebst, wirst du nie alt.»

«Ich bin froh, daß du nicht zu den kleinen Leuten gegangen bist», sagte Nora. «Du würdest mir schrecklich fehlen.»

«Vielleicht tu ich es eines Tages», sagte ihre Großmutter. «Es heißt, daß sie gut zu denen sind, die ihnen nichts zuleide tun. Wenn mein Rheuma so schlimm wird, daß ich nicht mehr stehen kann, und meine Augen so schlecht werden, daß ich meine Nadel nicht mehr sehe und es nicht mehr zur Versammlung schaffe, besuche ich vielleicht die kleinen Leute und bleibe eine Weile in ihrem schönen, hellen Land. Ich stelle es mir herrlich vor, im ewigen Sommer wieder jung zu sein. Du würdest mir auch fehlen, Nora, aber ich möchte nicht, daß du traurig bist, wenn ich gehe. Wer bei den kleinen Leuten lebt, heißt es, ist immer fröhlich.»

«Glaubst du, daß das kleine Mädchen im Wald fröhlich ist?»

«Ich denke, daß sie ihren Frieden gefunden hat und ... nie mehr zu hungern und zu frieren braucht. Sie wird nie alt werden.» Tränen glänzten auf den Wangen der alten Frau. Sie wischte mit dem Handrücken darüber hin und machte sich wieder ans Kartoffelschälen.

Nora überlegte, warum ihre Großmutter traurig war, wenn das kleine Mädchen es doch bei den kleinen Leuten so gut hatte. Was für ein Segen, nie mehr hungern oder frieren zu müssen! Danach schlug sie sich die ganze Geschichte aus dem Kopf. Auch als die Männer nach Einbruch der Dunkelheit zurückkamen, die schmutzigen, erschöpften Hunde wortlos und ohne Lächeln einschlossen und sich schweigend zu einer kalten Abendmahlzeit setzten, machte sie sich keine Gedanken.

3

Gäbe es eine Stimme in den Bäumen des Waldes, riefe sie dir zu, die skrupellosen Eindringlinge zu vernichten, die ihn verwüsten.
Simon Girty, von den Shawnee adoptierter Weißer, aus *John Bradford's Historical Notes on Kentucky*

Auch wenn er nicht damit beschäftigt war, Kunden von einem Grundstück zum nächsten zu karren, verwandte Frank Whitescarver viel Zeit darauf, in seinem Jeep Cherokee auf Nebenstraßen durch den Landkreis zu fahren, um nach geeigneten Grundstücken Ausschau zu halten. Der März war günstig für solche Unternehmungen. Die im Winter vereisten oder schlammbedeckten Straßen wurden jetzt wieder befahrbar, und durch die noch unbelaubten Bäume hatte man einen besonders guten Blick. Heutzutage war den Leuten offenbar das Land, das sie von ihren Grundstücken aus sehen konnten, wichtiger als das Grundstück selbst. Im März versperrten ihnen noch keine Laubdächer die Sicht, andererseits war es nicht mehr zu kalt für einen Gang durch den Wald und über alte Holzwege zu Grundstücken, die abseits der Straße lagen, und die Schlangen, die das Eindringen in ihren Herrschaftsbereich hätten übelnehmen können, waren noch nicht aus dem Winterschlaf erwacht.

Whitescarver machte seine Erkundungsfahrten nach Möglichkeit Anfang März, so daß er, wenn seine potentiellen Käufer das Frühjahrsfieber packte, eine stattliche

Auswahl an Grundstücken zu bieten hatte. Im Frühjahr, wenn der Hartriegel blühte und die Autos aus Charlotte, Knoxville, Roanoke und den umliegenden Ortschaften die Straßen des Blue Ridge Parkway verstopften, griff der aufstrebende Mittelstand aus dem östlichen Tennessee begierig nach den Maklerbroschüren, die auf den Regalen der Kroger-Supermärkte und in den Restaurants vor Ort auslagen. Sehnsuchtsvoll lasen sie blumig formulierte Anzeigen, in denen Grundstücke in den Bergen angepriesen wurden. («Mit dem Hochwild auf Du und Du in einem Paradies in der Wildnis, das Ihnen ganz allein gehört ... Rundumblick ... Einzugsgebiet von Johnson City und East Tennessee State ...») Und dann wählten sie seine Nummer.

Seine Kunden waren hauptsächlich Städter, auch wenn sie selbst sich nicht so bezeichnet hätten. Sie hatten allesamt den gleichen Wunsch, der unerfüllbar war – vor allem deshalb, weil es das, was sie sich wünschten, nicht gab, aber auch, wie Whitescarver wußte, weil sie, hätten sie es bekommen, sich sehr unwohl damit gefühlt hätten. «Wir wünschen uns eine kleine Farm, Mr. Whitescarver», verkündeten gertenschlanke Blondinen in erdfarbenen Kaschmirpullovern und erzählten mit andächtiger Miene, wie laut und beengt das Leben in den Vororten sei und daß sie Platz brauchten, damit ihre Kinder ungefährdet vom Verkehr und von verdächtigen Fremden spielen konnten. Vermutlich hatten in ihren zentralgeheizten Villen mit versetzten Wohnebenen in Greensboro oder Lexington Seifenopern wie «Die Waltons» oder «Unsere kleine Farm» ihre Kindheit geprägt, und nun träumten sie von einem ähnlich idyllischen Dasein, ohne eine Vorstellung davon zu haben, wie es in Wirklichkeit auf einer Farm zuging.

Ihre Ehemänner, Professor X oder Dr. Y, betrachteten

ein Grundstück als gute Geldanlage und murmelten etwas von ein bißchen Gartenarbeit. Ein parzelliertes Grundstück allerdings paßte nicht zu dem Bild, das sie von sich hatten, es bedrohte ihr Prestige, warf sie in einen Topf mit der großen Masse der Protze und Großtuer. Was sie sich wünschten, war ein Lehen, ein Landsitz, der dank seiner Exklusivität als Erfolgssymbol herhalten konnte. Whitescarver pflegte sich dieses Gewäsch, beflissen nikkend, anzuhören und fuhr sie dann über verdreckte Straßen zu umsichtig ausgewählten, mit Brombeersträuchern überwucherten Grundstücken, auf denen nur Krüppelkiefern standen, weil man die wertvollen Hölzer, die Tausende von Dollars an Gewinn brachten, stets schlug, ehe das Land zum Verkauf ausgeschrieben wurde. Die potentiellen Pioniere wunderten sich immer darüber, daß die Wälder so dürftig aussahen, aber sie fragten den Makler nie nach dem Grund, und unaufgefordert rückte er damit natürlich nicht heraus.

Während seine Kunden aus der Stadt sich auf der Suche nach der versprochenen Aussicht (auf weitere Krüppelkiefern) durchs Unterholz kämpften, setzte Whitescarver ihnen in seinem gewinnendsten Provinzheini-Tonfall auseinander, wieviel es sie kosten würde, eine befestigte Straße bis zu ihrem Grundstück bauen zu lassen, damit sie im Winter zur Arbeit fahren konnten. «Schätze, daß Sie sich einen Geländewagen zulegen müssen, wie ich einen habe», sagte er gemütlich lachend. Bis er sich zu dem risikoreichen Geschäft des Brunnenbohrens, den Ausgaben für die Verlegung von Leitungen für die Stromversorgung und dem nicht vorhandenen Kabelfernsehen vorgearbeitet hatte, waren die L. L. Beans schlammverkrustet, die Begeisterung fürs Landleben merklich gedämpft und die Aufmerksamkeit seiner Kunden hauptsächlich darauf gerichtet, den Boden nach den

Klapperschlangen abzusuchen, die der Makler in gekonnt beiläufigem Ton erwähnt hatte.

Frank Whitescarver beherrschte die psychologische Kunst, haargenau den Moment abzupassen, in dem das Paar aus der Stadt endgültig genug von Buschland und Unterholz hatte. Dann nämlich war es reif für die Fahrt zu Boone's Mountain, einer Luxussiedlung mit Backsteinhäusern in allen nur denkbaren Baustilen – von Tudor bis modern – auf landschaftlich ansprechenden Fünf-Acre-Grundstücken mit schönem Blick, Wasser- und Stromanschluß, befestigter Straße und Kabelfernsehen ab $ 250 000. 27 geschickt angeordnete Häuser auf einer Bergkuppe, die Frank Whitescarver gekauft und selbst erschlossen hatte. Schöne Bergkuppen für $ 1000 pro Acre gab es schon deshalb nicht, weil das Land, sobald es angeboten wurde, sofort von Frank Whitescarver aufgekauft wurde, der es in Fünf-Acres-Parzellen zu $ 30 000 das Stück aufteilte und von seiner Baufirma mit zwei Dutzend Häusern bebauen ließ. Bei Auslagen von $ 100 000 konnte er mit einem Gewinn von bis zu einer Million rechnen.

Die Möchtegern-Gutsherren fanden fast immer ein Haus nach ihrem Geschmack auf Boone's Mountain oder Deer Meadow oder in einer der anderen von ihm gebauten Luxussiedlungen. Dort gab es Leute ihres Schlages, die die richtigen Autos fuhren, Golf spielten, ebenfalls leitende Positionen hatten und sich auf nicht allzu enger Tuchfühlung zu ihnen befanden. Mit fünf Acres von Nachbar zu Nachbar kann man schließlich leben. Wenn dann der Mann sagte: «Also eine Parzelle ist es ja nicht direkt …», war es Zeit, den Vorvertrag aus der Tasche zu ziehen. Die Trumpfkarte aber war Franks beiläufige Bemerkung, während er den Kunden seinen Kugelschreiber hinstreckte: «Und noch eins, ihr Lieben: Da, wo ihr einzieht, stellt keiner seinen Wohnwagen neben euer schönes Heim.» Wohnwagensiedlung – das wußte Frank nur zu gut – hatte in den Ohren der Yuppies den gleichen Klang wie Leprakolonie. Der Trick zog fast immer.

Er parkte den Jeep dicht am Graben eines alten Holzweges und stieg aus, um sich die Gegend anzusehen. Eine Formation von Kanadagänsen zog über die Wipfel hin – ein sicheres Zeichen dafür, daß der Frühling nicht mehr weit war. Der Vogelzug hatte begonnen. Bald würden sich auch bei den Städtern Frühlingsgefühle und Wanderlust regen. Er war bereit.

Er hatte sein ganzes bisheriges Leben im östlichen Tennessee verbracht, kannte die meisten alten Farmen und wußte, wer verkaufen wollte oder nach dem Tod eines Elternteils oder in finanzieller Bedrängnis verkaufen mußte. Auch die Prozeßberichte verfolgte er aufmerksam. Man konnte nie wissen, was sich ergab. Sehr bald würde er Nachschub an Land brauchen. Es wurde Zeit, daß die alten Pioniere das Feld räumten und den neuen Platz machten.

«**D**u hast nie viel von deiner Familie erzählt», sagte Kelley.

Charles Martin Stargill zuckte die Schultern. «Wir haben keine sehr engen Beziehungen», sagte er und machte das Radio aus. Kelley atmete auf. Er stellte immer einen Country-Sender ein, und wenn sie nicht innerhalb von einer halben Stunde seine Platte oder die Platten bestimmter Kollegen spielten, verspannte er sich, zog eine finstere Miene und vergaß manchmal zu antworten, wenn sie ihn etwas fragte. Hin und wieder fuhr er auch im Takt der Musik, was ihr große Angst machte, aber sie klagte nicht, zumal sie wußte, daß er sie nie ans Steuer lassen würde. Als es unvermittelt still geworden war, lösten sich ihre geballten Fäuste, und sie atmete tief aus. So redete es sich besser.

Sie hatten sich darauf geeinigt, nicht in der Hauptverkehrszeit loszufahren, weil sie im Stau die durch den frühen Aufbruch gewonnene Zeit wieder verloren hätten. Danach fing Charles Martin an zu telefonieren und seine Termine umzustellen, so daß er erst nach neun die von Kelley gepackten Koffer begutachten konnte. Weil er inzwischen müde war, legten sie sich hin und standen vor fünf wieder auf, um Nashville hinter sich zu lassen, ehe der Pendlerverkehr einsetzte.

Kayla schlief, in eine alte Steppdecke gewickelt, auf dem Rücksitz, Sally, ein Kamel von Steiff, das Charles Martin ihr von einer Deutschlandtournee mitgebracht hatte, fest an sich gedrückt. Eingelullt von der Dunkelheit und dem leisen Summen des Lexusmotors, war sie kurz vor der Auffahrt auf die I-40 östlich von Nashville eingeschlafen. Jetzt lag eine friedliche Fahrt vor ihnen, so daß Kelley gern auf eine Kaffeepause verzichtete, um ihre Tochter nicht zu wecken.

Ehe Kelley etwas sagen konnte, merkte Charles Martin, wie still es war, und machte das Radio wieder an. «Aber die Gitarre hast du von deiner Familie bekommen», stellte sie fest.

Er nickte. «Eine Vorkriegs-Martin aus Rosenholz. Ich könnte schwören, daß ich ihr meinen Vornamen verdanke.»

Die Gitarre lag wie stets in ihrem Kasten auf dem Boden hinter dem Fahrersitz, wo Charles Martin sie immer unterbrachte. Immer wieder ermahnte er Kayla, sie solle den Kasten nicht anfassen. Auch Kelley traute sich kaum, ihn zu berühren. Sie wußte, daß die Gitarre sehr wertvoll und seit mehr als fünfzig Jahren in der Familie Stargill war, aber nicht deshalb hatte sie gewisse Hemmungen vor dem Instrument, sondern weil die Gitarre wie ein Teil von Charles Martin und er zu ihr eine Verbindung hatte, die man manchen Zwillingen nachsagte. Er wußte immer, wo das Instrument war, und manchmal nahm er es heraus und fuhr im Gespräch oder beim Fernsehen mit einem Ledertuch über die Saiten oder streichelte sie wie einen Hund. Auch wenn er in seinem Elternhaus nicht einen einzigen Akkord hätte spielen wollen, war es für Kelley klar, daß die Gitarre mit auf die Reise gehen mußte, wie immer, wenn er Nashville länger als für einen Tag verließ.

«Hat sie deinem Vater gehört?» fragte sie.

«Meiner Großmutter. Seiner Mutter. Es heißt, daß ich mein musikalisches Talent von ihr geerbt habe. Manchmal überspringt es angeblich eine Generation. Daddy hat erzählt, daß sie alle Balladen von früher kannte und jedes Instrument spielen konnte, das sie in die Hand bekam, auch wenn sie nie Unterricht gehabt hat und keine Noten lesen konnte.»

«Hat sie auch Country-Musik gesungen?»

«Nein. Für die Frauen aus den Bergen kam das Showbusineß damals noch nicht in Frage. Es heißt, sie habe eine selbstgebaute Gitarre gehabt, die sich anhörte, als wenn zwei rollige Katzen schreien, und mein Großvater habe ihr die Martin zu Weihnachten geschenkt, von dem Geld, das er beim Holzfällen in Carter County verdient hatte. Vielleicht hat er sie auch im Holzfällerlager beim Poker gewonnen. Sie hat mir das Instrument geschenkt, als ich vier war, weil ich der einzige Stargill war, der sauber singen konnte. Sie selbst hat damals nicht mehr gesungen. Sie habe lange vor meiner Geburt damit aufgehört, hat Daddy erzählt.»

«Du hast die Gitarre seit deinem vierten Lebensjahr?» Auf dem glänzenden Rosenholz war kein Kratzer, und die Griffleiste wirkte wie neu.

«Ja, aber da hab ich sie noch nicht gespielt. Mommy hat sie aufgehoben, bis ich älter war, und dafür werde ich ihr ewig dankbar sein, auch wenn ich mich damals angeblich deswegen mächtig aufgeregt habe. Zum Glück hat sie weder die Saiten abgenommen noch die Gitarre in eine Truhe auf dem Boden gepackt. Von ihrem Wert hat sie gar nichts gewußt, sondern sie einfach deshalb so pfleglich behandelt, weil sie ein Familienerbstück war. Ich wette, die Gitarre ist mehr wert als Daddys Farm. Schon erstaunlich, was?»

Clayt verbrachte die Nacht auf der Farm. Er legte sich in seinen Sachen aufs Sofa, weil er sich nicht dazu aufraffen konnte, eins der Schlafzimmer im Obergeschoß herzurichten, in dem vermutlich der Staub knöcheltief lag. Außerdem mußte er jeden Augenblick damit rechnen, daß einer seiner Brüder eintraf, und er wollte ihr Klopfen nicht überhören. Womöglich rief auch das Krankenhaus an, um ihm mitzuteilen, daß sein Vater gestorben war. Aber als er die Augen aufmachte und in das graue Morgenlicht blickte, war noch alles ruhig.

Er setzte Kaffee auf, lief ans Fenster, sobald er einen Wagen vorbeifahren hörte, trank schließlich drei Tassen allein und schüttete den Rest weg. Demnach waren sie nicht sofort losgefahren. Er stellte sich unter die Dusche. Zu spät fiel ihm ein, daß er nichts zum Wechseln mitgebracht hatte. Die Sachen seines Vaters waren ihm zu klein, aber er nahm sich saubere Socken und tat die schmutzigen in den Wäschekorb. Er mußte sowieso noch mal nach Jonesborough, am Nachmittag hatte er einen Auftritt in einer Schule und brauchte sein Kostüm. Randall Stargills Zustand sei unverändert, erfuhr er, als er im Krankenhaus anrief. «Ich komme im Lauf des Vormittags vorbei», sagte Clayt zu der Schwester.

Als Robert und Lilah um elf eintrafen, fanden sie einen Zettel an der Haustür. *«Hereinspaziert! Daddy ist im Krankenhaus, und ich halte in einer Schule einen Vortrag über Daniel Boone. Bin so schnell wie möglich zurück. – Clayt.»*

Die Drittkläßler, die im Halbkreis in ihrem Klassenzimmer saßen, sahen teils reserviert, teils mit unverhohlener Begeisterung zu dem Pionier hoch. Hände fuchtelten in der Luft herum, noch ehe er den Mund aufgemacht hatte, aber die hübsche Lehrerin brachte ihre Schar rasch zur Ruhe und sagte, ihr Besucher werde Fragen beantworten, wenn er fertig sei.

«Hallo, ich bin Daniel Boone!» Clayt beugte sich vor und schüttelte einem Jungen und einem Mädchen in der ersten Reihe die Hand. «Ihr wundert euch wahrscheinlich, daß ich keine Waschbärenmütze trage wie im Film – aber so ein Ding hab ich zeitlebens nicht auf dem Kopf gehabt. Ich lege nämlich auch als Pionier wert darauf, ein Gentleman zu sein. Was ihr hier seht, ist ein Biberhut, wie sie die Quäker in Pennsylvania tragen, wo ich aufgewachsen bin. Das Hirschlederhemd und die Gamaschen und Mokassins sind mein Pionier-Outfit und praktisch für die Jagd. Sonst habe ich immer ein großes Messer am Gürtel hängen, aber Mrs. Sampson meint, das hätte der Direktor nicht gern gesehen.» Er machte ein trauriges Gesicht. «Und meine lange Flinte habe ich auch nicht mitbringen dürfen.»

Eine Welle von Gelächter ging durch die Reihen der Neunjährigen. Jetzt war der Bann gebrochen, der Vortrag konnte beginnen. Sie hatten ihm einen hölzernen Stuhl mit gerader Lehne hingestellt, aber Clayt dachte nicht daran, vor Kindern im Sitzen zu reden. Er stützte einen Fuß auf den Stuhlsitz und lehnte sich entspannt vor, als wolle er am Lagerfeuer Geschichten zum besten geben.

Er mußte die Kinder ins Grenzland Tennessee zurückversetzen, sie vergessen lassen, daß sie in einem Klassenraum aus Glas und Hohlblocksteinen saßen und auf den Tischen hinter ihnen Computer standen.

«Ihr denkt wahrscheinlich, ich wäre in einer Blockhütte in Kentucky zur Welt gekommen, was? Ganz falsch! Geboren bin ich in einem ordentlichen Holzhaus im östlichen Pennsylvania im Jahre 1734. Damals war Amerika noch eine englische Kolonie, und mein Vater war zwanzig Jahre vor meiner Geburt als junger Mann aus England gekommen, um sein Glück in der Neuen Welt zu machen. Meine Eltern waren Quäker und Farmer wie die meisten Dorfbewohner. Aber ich wollte nicht Farmer werden.» Er lächelte. «Die Schule hat mir keinen besonderen Spaß gemacht. Wenn ich im Klassenzimmer saß oder auf der Farm arbeiten mußte, war es nichts mit dem Jagen. Nur gelesen hab ich immer gern. Bei meinen langen Jagdausflügen in die Wildnis hatte ich immer ein Buch dabei. Meine erste Expedition habe ich mit sechzehn gemacht. Aus dem östlichen Pennsylvania, das 1750 schon richtig zivilisiert war, zogen wir ins Hinterland, in die Wildnis.» Die letzten Worte sprach er mit erhobener Stimme, dabei beugte er sich vor und verzog in gespieltem Entsetzen das Gesicht. «Da war alles noch furchtbar primitiv, ja richtig gefährlich.»

Er wartete einen Augenblick. Seine kleinen Zuhörer fröstelten erwartungsvoll.

«Und was glaubt ihr wohl, wo ich gelandet bin?»

Alles blieb still.

«Genau hier», sagte er laut und mit großem Nachdruck.

Fünf Herzschläge lang ließ er sie diese Feststellung verdauen, dann fuhr er fort:

«Hier im östlichen Tennessee! Natürlich nicht sofort.

An so gefährliche Gegenden muß man sich langsam heranpirschen. Zuerst hat sich die Boone-Sippe im Landkreis Bedford, Virginia, angesiedelt, das ist unten an den Blue Ridge Mountains, danach auf einer Farm am Yadkin-Fluß in North Carolina. Von da aus bin ich bis nach Tennessee gepirscht und monatelang auf der Jagd geblieben. Damals gab es dort in den Bergen jede Menge Hochwild. Und Elen. Und Bären. Und Büffel.» Er sah auf ein zarthäutiges Mädelchen herunter. «Hast du schon mal Büffelfleisch gegessen?»

Sie sah ihn einen Augenblick sprachlos an, dann schüttelte sie langsam den Kopf.

«Solltest du mal probieren. Viel gesünder als Rindfleisch. Schön mager. Ja, jede Menge Wild gab es da in den Bergen. Die Cherokee, die Shawnee und die Catawba hatten dort ihre gemeinsamen Jagdgründe und waren nicht sehr erbaut davon, daß nun Fremde herkamen und ihr Wild schossen. Aber schließlich, sagte ich mir, ist genug für alle da. Ich schlug mein Lager irgendwo in den Bergen auf, manchmal in der Nähe des heutigen Boone, North Carolina, und jagte den ganzen Winter über. Ein- oder zweimal traf ich auf Cherokee- oder Shawnee-Indianer, aber sie haben mir nie was zuleide getan, nur meine Häute haben sie mir weggenommen und mich dann wieder laufenlassen.»

Er wurde ernst. «Trotzdem waren diese Streifzüge natürlich nicht ungefährlich. Einen großen Kummer habe ich im Powell-Tal erlebt, wo Tennessee, Virginia und North Carolina zusammenstoßen.

Das war im Jahre 1773, ich hatte inzwischen Rebecca Bryan geheiratet, und von unseren Kindern waren einige schon fast erwachsen. Wir wollten mit einer Gruppe von Pionieren nach Kentucky, um dort eine Siedlung zu gründen, es war eine richtige Karawane hoch beladener

Packpferde samt Vieh und Frauen und Kindern, ganze Familien, die nach Kentucky wollten, um ein neues Leben anzufangen. Kein Planwagenzug, wohlgemerkt, wie man sie in den Westernfilmen sieht. Der Pfad, der über die Berge und durch dichte Wälder nach Kentucky führte, war so schmal, daß wir fast immer hintereinander gehen mußten. Unsre Habe transportierten wir in Hickorykörben, die wir über die Packsättel hängten, und so reisten auch die Kinder, wenn sie jünger waren als ihr. Wir anderen wollten zu Fuß bis nach Kentucky. Es war ein langsamer, geräuschvoller Zug durchs Indianerland.

Kentucky war damals sehr weit weg und von der Zivilisation völlig unbeleckt. Wir freuten uns auf das neue Leben. Traurig machte uns nur, daß wir Menschen, an denen wir hingen, zurücklassen mußten. Beim Abmarsch habe ich meine Mutter zum letztenmal gesehen.

Aber es sollte noch schlimmer kommen.

Als wir etwa bis zu dem jetzigen Gate City, Virginia, gekommen waren, merkte ich, daß wir nicht genug Vorräte mitgenommen hatten, und schickte meinen Sohn James mit ein paar Freunden voraus nach Castle's Wood, dort sollte er sich von Hauptmann Russell zusätzlichen Proviant geben lassen. Sie können nicht mehr als zwei, drei Meilen Vorsprung gehabt haben, aber in einer dunklen, gefahrvollen Wildnis ist das eine weite Strecke. Er war erst sechzehn. Wir haben nicht mal Schreie gehört.»

Er holte tief Atem, ließ seine Worte wirken und musterte prüfend seine Zuhörer, die mit großen Augen zu ihm hochsahen. Einzelheiten würde er sich schenken, dazu waren sie zu jung. Gewiß, einen Horrorfilm hatten sie alle schon mal gesehen, aber diese wahre Begebenheit, die sich – wenn auch vor vielen Jahren – hier ganz in der Nähe abgespielt hatte, war aus dem Stoff, aus dem Alpträume sind. Auch Clayt selbst hatte, nachdem er den

Bericht über die Ermordung von James Boone und seiner Gruppe zum erstenmal gelesen hatte, schlecht geträumt.

«Als sie schliefen, fielen eine Gruppe von Delawares und vielleicht auch ein paar Shawnee und ein Cherokee namens Big Jim über sie her, und es erging ihnen sehr schlecht.» Einer von Hauptmann Russells Sklaven hatte in den Urwald entkommen können und alles beobachtet. Die jungen Männer wurden angeschossen, dann stachen die Indianer mit Messern auf sie ein, rissen ihnen Finger- und Zehennägel aus und quälten sie so lange, bis sie um einen raschen Tod flehten. James hatte nach seiner Mutter gerufen. Solch grausige Details wollte er den Kindern an einem sonnigen Vormittag zweihundertzweiundzwanzig Jahre später nicht zumuten.

«Noch ehe der Morgen dämmerte, waren sie tot. Hauptmann Russells Leute begruben die Leichen, jeweils zwei in einem Grab. Im Frühjahr bin ich noch mal hingegangen, habe meinen Jungen rausgeholt, in ein Einzelgrab gelegt und ein Gebet für ihn gesprochen. Nach dem Unglück war den meisten die Lust auf die Reise nach Kentucky vergangen. Sie machten kehrt und zogen zurück nach North Carolina. Nur Rebecca und ich verbrachten den Winter in einer kleinen Hütte am Clinch-Fluß. Wir wollten nach Kentucky.

Den Cherokee Big Jim, der meinen Sohn gefoltert hatte, kannte ich persönlich von einer meiner langen Jagdexpeditionen her. Dreizehn Jahre später sollte ich ihm noch einmal begegnen, da wurde er umgebracht und skalpiert, aber nicht ich habe ihn ins Jenseits befördert, sondern eine kleine Gruppe meiner Leute. Ich habe die Indianer nie gehaßt, wie andere Siedler es taten. Aber nach dem, was sie mit meinem Jungen gemacht hatten, begegnete ich ihnen mit Respekt, mit einigen war ich sogar befreundet. Sie wollten ja nur ihr Land schützen – Land, das der König von England ihnen in einem Vertrag zugesprochen hatte –, und mit dem Mord an James und seinen Freunden hatten sie Eindringlingen eine Lektion erteilen wollen. Ich hätte vielleicht genauso gehandelt, wenn es um meinen Besitz gegangen wäre. Mit dem Land hat es eine eigene Bewandtnis. Die Städter haben inzwischen wohl vergessen, wie es ist, eins mit dem Land zu sein, aber unsereiner spürt, daß es uns nicht losläßt wie die Strömung im breiten Clinch-Fluß.

Deshalb wollte ich nach Kentucky. Nicht nur, weil ich die großen Städte und die feine Gesellschaft leid war, sondern weil sie im Osten alles Land schon unter sich aufgeteilt hatten. Ich wollte Land. Und die Shawnee und die Cherokee wollten es auch, wir wollten es auf die gleiche Art. Nicht wie die Leute im Osten, für die ein Stück Land nichts als eine Geldanlage war, auf die sie nie einen Fuß setzen würden. Ich wollte Land, dem ich gehören konnte – nicht umgekehrt. Insofern hatte ich vielleicht mit den Shawnee und Cherokee mehr Gemeinsamkeiten als mit meinem eigenen Volk.»

Er besann sich plötzlich darauf, daß er Mrs. Sampsons Drittkläßler vor sich hatte, die bei ihrer ersten Begegnung mit Daniel Boone nicht unbedingt gleich diese Seite von ihm kennenzulernen brauchten. Über komplexe geschichtliche Zusammenhänge sprach er im allgemeinen nur mit Schülern der Oberstufe und Erwachsenen. Er hielt einen Augenblick inne und lächelte den verblüfften Kindern zu, um die Spannung abzubauen. «Natürlich habe ich bei den Indianern nicht immer den kürzeren gezogen. Einmal haben sie in Kentucky meine Tochter Jemima und zwei ihrer Freundinnen aus einem Boot geraubt, und ich habe den ganzen Nachmittag gebraucht, um sie zurückzuholen.»

Robert Lee riß den Zettel seines Bruders von der Haustür. «Typisch Clayt», sagte er zu Lilah. «Geht einfach weg, ohne abzuschließen, und hängt noch einen Zettel an die Tür. Da kann er den Einbrechern ja gleich eine offizielle Einladung schicken. Und noch Hinweisschilder an die Straße stellen.»

«Ich kann mir nicht vorstellen, daß es bei deinem armen alten Vater viel zu holen gibt», sagte Lilah. Sie fand Clayts Handlungsweise auch nicht richtig, wollte aber vermeiden, daß Robert sich noch mehr aufregte, weil er dann immer einen sauren Magen bekam, und versuchte deshalb, die Sache herunterzuspielen. Sie hatte keine Lust, zwanzig Meilen zu fahren, um Pepto Bismol zu kaufen.

«Es geht nicht darum, was bei uns zu holen ist, Lilah. Dieser Leichtsinn zeigt nur mal wieder, daß Clayt ein hoffnungsloser Fall ist. Er denkt nicht. Er lebt in seiner eigenen kleinen rosigen Welt. Außerdem hatte Mutter ein hübsches Service, das Daddy ihr aus Europa mitgebracht hat, und gutes versilbertes Besteck. Möchtest du das in einer Pfandleihe von Johnson City wiedersehen?»

Lilah schüttelte den Kopf. «Du hast durch die Krankheit deines Vaters schon genug Sorgen, da brauchst du dich nicht noch über einen Einbruch aufzuregen …» Sie hielt einen Augenblick inne, und dann konnte sie sich den Zusatz nicht verkneifen: «… zu dem es gar nicht gekommen ist.»

«Na, dann wollen wir mal …» brummelte Robert. «So wie ich Clayt kenne, hat er dir wahrscheinlich einen Haufen benutztes Geschirr und schmutzige Wäsche dagelassen.»

Leise seufzend nahm Lilah das Fürwort zur Kenntnis. Pech, daß sie die ersten waren, obgleich die anderen beiden es lange nicht so weit ins östliche Tennessee hatten.

Aber mit den anderen Stargill-Frauen war wohl sowieso nicht viel anzufangen. Charles Martin hatte sich ein hübsches junges Ding geangelt, das sie noch gar nicht kannten – wahrscheinlich ein Model oder eine junge Frau mit künstlichen Fingernägeln und aufgebrezelter Frisur, die sich Hoffnungen machte, die nächste Crystal Gayle zu werden. Solche Typen hatten die Arbeit bekanntlich nicht erfunden, und Garretts Frau Debba war so schlapp wie ein nasses Kleenex, der müßte man jede Kleinigkeit zeigen und jeden Handgriff vorbuchstabieren. Da machte sie lieber gleich alles selber. Rudy dürfte sich seine engelhaften Ausführungen über den Wert guter Werke in diesem Moment gern schenken. Nach der langen Fahrt und einem unbequemen Motelbett war sie nicht dazu aufgelegt.

Robert Lee machte ihr die Tür auf und ging noch einmal zum Wagen, um das Gepäck zu holen. Für Lilah war es ein merkwürdiges Gefühl, zum erstenmal in diesem Haus allein zu sein. Sie hatte sich in dem Heim von Roberts Eltern nie sehr wohl gefühlt. So höflich die beiden ihr gegenüber auch gewesen waren, hatte sie doch deutlich ihre Gleichgültigkeit gespürt. Nach einem Vierteljahrhundert war sie in diesem Haus noch immer so fremd wie einst als Braut.

Das Haus der Stargills galt damals, als es gebaut worden war, nicht als besonders vornehm, aber hätte man sich die Mühe gemacht, es gründlich herzurichten, hätte das Holzhaus mit den hohen Decken, den Kaminen, Hartholzböden und schön verputzten Wänden ein Schmuckstück werden können. Immerhin war es in einigermaßen gutem Zustand und vor allem geräumig. Vor hundert Jahren waren große Familien die Regel gewesen. Von der Diele mit dem Eichenboden und den getäfelten Wänden gingen die Treppe und links eine Tür zu einem großen, rechts eine Tür zu einem kleineren Wohnzimmer und Randalls Schlafzimmer ab, das früher als Eßzimmer gedient hatte. Dort hatte sich eine große Familie zu heißen, geräuschvollen Mahlzeiten versammelt. Die Küche war ein langer, schmaler Raum, der sich über den hinteren Teil des Erdgeschosses erstreckte. Der große gußeiserne Kochherd hatte vor fast fünfzig Jahren einem kleinen weißen Gasherd und einem Kühlschrank weichen müssen. Nun brauchten leicht verderbliche Lebensmittel nicht mehr in dem draußen in den Hang gebauten Eishaus gelagert zu werden.

Oben waren vier seit über zehn Jahren unbenutzte Schlafzimmer. Nachdem die Stargill-Söhne aus dem Haus waren, hatten Randall und Clarsie das ungeheizte Obergeschoß abgeschlossen und das Eßzimmer zum Schlafzimmer gemacht. Alter und Hinfälligkeit hatten ihren Lebensraum auf drei dürftige Zimmer schrumpfen lassen.

«Das Haus fühlt sich hohl an», sagte Lilah laut.

Die Zimmer sahen aus wie immer, alles stand an seinem gewohnten Platz, und trotzdem spürte Lilah die Leere. Das Haus war nur noch eine Hülle, in der ein paar Möbel standen, und kein Zuhause mehr; nicht mehr das Zuhause der Jungen und auch nicht mehr – das spürte sie ganz deutlich – das von Randall Stargill. Er war nicht nur mit seinem Körper, sondern auch mit seiner Seele davongegangen und hatte keinen Funken von Gefühl zurückgelassen. Vielleicht war dieser Funken nie dagewesen, und sie merkte das erst jetzt, da sie allein war.

«Es ist nicht so schlimm, wie ich glaubte», sagte Robert Lee und setzte die Koffer neben dem Sofa ab.

«Wir waren noch nicht oben», wandte Lilah ein.

«Daran darf ich gar nicht denken.» Robert schauderte. «Hoffentlich funktioniert der Staubsauger. Meine Hausstauballergie, du weißt ja … Ich bin dafür, daß jeder sein eigenes Zimmer putzt. Clayt hat hier im Haus bestimmt nichts gemacht.»

«Clayt hat jetzt, wo dein Dad so krank ist, schon genug zu tun», sagte Lilah. «Er wohnt schließlich auch nicht hier.»

Robert machte ein finsteres Gesicht. «Zu essen ist bestimmt auch nichts da.»

«Clayt wird nicht gewußt haben, was er besorgen soll. Heutzutage haben die Leute so sonderbare Essensgewohnheiten. Clayt ist Vegetarier – oder war es jedenfalls –, und wer weiß, was Charles Martin und seine Freundin haben möchten. Außerdem werden wir doch wohl meist essen gehen, nicht?»

Robert machte schmale Lippen. «Im Landkreis Wake, mein Schatz, braten die wenigen Restaurants, die es gibt, alles in Schweineschmalz, und das möchte ich meinen Arterien nicht zumuten.»

Lilah legte diese Bemerkung treffenderweise so aus, daß Robert nicht gedachte, unbegrenzt gutes Geld für Restaurantessen auszugeben. Sie würde ihm eine Einkaufsliste machen müssen, und am besten schrieb sie auch Pepto Bismo drauf, sie würden es brauchen. Robert war immer nervös, wenn er nach Hause fuhr. Nun, wo sein Vater im Koma lag, hatte sie eigentlich gedacht, daß er anders reagieren würde, aber offenbar war die Nervosität so tief verwurzelt, daß Robert sie auch jetzt nicht ablegen konnte. Für ihn, den Ältesten, waren die Leistungen der Jüngeren immer wie ein Vorwurf, der ihm die eigene Erfolgslosigkeit vor Augen führte. Von seinem Vater kam keine Hilfe – eher das Gegenteil. Wenn Robert ihm von kleinen Triumphen berichtete, hörte er mit höflich gelangweilter Miene zu und sagte dann etwa: «Verkäufer des Monats? Ganz nett, Robert. Übrigens hat Charles

Martin mir neulich aus Rom geschrieben, da gibt er diesen Monat ein Konzert. Und er hat mir ein Foto geschickt, auf dem er mit Loretty Lynn zu sehen ist, in der Grand Ole Opry. Mit ihrem Autogramm. Willst du es sehen?» Oder Garrett hatte irgendeine Heldentat in seinem Hubschrauber vollbracht, oder Clayt hatte letzte Woche eine drei Pfund schwere Bachforelle gefangen. Lilah überlegte, ob Randall Stargill seinen Ältesten bewußt hatte treffen wollen oder ob er gar nicht merkte, wie weh er ihm tat. Und ob er die anderen Söhne in ähnlich kränkenden Gesprächen klein gemacht hatte. Und sie nahm sich vor, die Brüder bei nächster Gelegenheit danach zu fragen.

Clayt Stargill war müde. Er hatte seine Daniel-Boone-Vorstellung gegen drei beendet und war, ohne sich umzuziehen, zum Krankenhaus gefahren, um nach seinem Vater zu sehen. Dort gab es nichts Neues. Der Alte schlief friedlich, ohne etwas vom Krankenhausbetrieb – oder von seinem Besucher – wahrzunehmen. Nachdem er zwanzig Minuten schweigend in dem sterilen beigefarbenen Raum verbracht hatte, fand Clayt, daß er das Familientreffen lange genug vor sich hergeschoben hatte, und fuhr los.

Als er um fünf zum Haus der Stargills kam, sah er die Wagen seiner Brüder – zwei auf der gekiesten Einfahrt, einer im Gras neben dem Haus, weit genug weg von der Straße, um sicher vor zerstörungswütigen Zeitgenossen zu sein, und mit genügend Abstand von den anderen, um beim Zurücksetzen nicht angekratzt zu werden. Das konnte nur der Wagen von Charles Martin sein.

Die Zuordnung der Autos zu ihren Besitzern war nicht schwer. Das von Robert Lee war das neueste Modell aus dem Autohaus, in dem er arbeitete, aber nicht die teuerste Version, und das kränkliche Grün war eine Farbe, die vermutlich nicht viele Käufer fand. Clayt überlegte, ob Robert sich den Wagen selber ausgesucht oder sich von seinem Chef hatte anhängen lassen.

Charles Martin hatte einen silberfarbenen Lexus, wie es sich für einen Star gehört. Wahrscheinlich hatte er für Fototermine mit rustikalem Touch noch etwas Robusteres in der Garage stehen, aber der Lexus paßte zu ihm. Charles Martin war seit jeher ein Meister der Imagepflege. Clayt erinnerte sich an ein Interview in einer Zeitschrift für Country-music, in dem sein Bruder gesagt hatte: «Meiner Meinung nach ist das Album ‹Long Black Veil› von den Chieftains eins der besten, das ich je gehört habe. Ich habe die CD in allen meinen Wagen.» Auf den ersten Blick war das ein hochherziges Kompliment für eine Gruppe von Musikerkollegen, aber den Lesern prägte sich dabei wohl nicht zufällig auch die Botschaft ein, daß der Erfolg Charles Martin gestattete, sich eine ganze Wagenflotte mit eingebauten CD-Playern zu halten. Aus einem simplen Statement über ein Country-Album war eine Werbung für Charles Martin Stargill geworden. Der glänzende silberfarbene Lexus signalisierte Status, Erfolg, Wohlstand. Ob er wenigstens annähernd bezahlt war?

Der schwarze Chevy Blazer gehörte Chief Warrant Officer Garrett Stargill, U.S. Army, wie man dem Sticker der 101st Airborne und dem Parkausweis von Fort Campbell entnehmen konnte. Robust und praktisch, also typisch Garrett. Seine Frau war ein ganz anderes Kapitel. Was für ein Auto mochte sie fahren? Es mußte etwas sehr Weibliches und zugleich absolut Sicheres sein. Vielleicht ein Sherman-Panzer in Pink?

Clayt parkte seinen 78er Geländewagen hinter dem Lexus. Doveys Wagen stand nicht da; er konnte ihr nicht verdenken, daß sie sich zurückgezogen hatte. Erst würden die vier Brüder miteinander reden wollen. Wenn sich die Wogen etwas geglättet hatten, war immer noch Zeit für die Nachbarschaft.

Er war noch nicht ausgestiegen, als Garrett aus dem Haus kam und die Fliegentür hinter sich zuschlagen ließ. «Wir wollen gerade zum Krankenhaus», sagte er und beugte sich vor, während Clayt die Scheibe an der Fahrertür herunterkurbelte.

«Ich komme von dort. Daddy liegt im Koma, sein Zustand ist unverändert. Er wird nicht merken, daß ihr da seid.»

«Vielleicht doch.»

«Wir haben einiges zu besprechen», sagte Clayt. «Er hat Anweisungen hinterlassen.»

«Die laufen uns nicht weg. Mit Ausnahme von dir haben wir alle eine lange Fahrt hinter uns, und Daddy hat jetzt erst mal Vorrang. Danach können wir über das Geschäftliche reden. Heute abend, wenn wir aus Johnson City zurück sind. Wenn es dir nichts ausmacht, länger aufzubleiben. Oder hast du morgen schon früh was vor?»

«Morgen? Nein.»

Garrett Stargill feixte. «Hätte mich auch gewundert.»

Nora Bonesteel wußte nicht, was sie geweckt hatte. Ein Geräusch war es nicht gewesen. Eher ein Gefühl, daß sie in ihrem kleinen Haus auf dem Ashe Mountain nicht mehr allein war. Sie setzte sich in dem alten Metallbett auf und sah angestrengt ins Dunkel. Die Vorhänge waren vorgezogen, und das Nachtlicht aus der Diele reichte nicht bis in die hintersten Winkel ihres Zimmers. Irgend etwas war da, aber es war etwas, was auch bei eingeschaltetem Licht nicht deutlicher werden würde.

Sie blinzelte, bis sie vollends wach war, und sah in die Richtung, in der sie dieses Etwas spürte. Und dann sah sie

Randall am Fußende ihres Bettes stehen. Er wirkte verloren und ratlos und schien sie nicht wahrzunehmen. Mit großen Augen und gehetztem Blick, gebeugt und hager, in einem Krankenhausnachthemd, das so weiß war wie sein Haar, sah er ins Leere, blickte sich um wie ein Schlafwandler, der sich beim Aufwachen an einem fremden Ort weit weg von seinem Bett wiederfindet.

Nora beugte sich vor und krallte die Hände in die Decke, die sie bis zum Hals hochgezogen hatte. Einen Augenblick zögerte sie noch, dann sagte sie leise: «Du bist nicht tot, Randy. Geh jetzt zurück. Bitte geh!»

Er schien ihre Worte gehört zu haben. Noch ein flehender Blick, dann verblaßte die Erscheinung. Nora, die inzwischen hellwach war, knipste die Nachttischlampe an. Randall lag irgendwo im Krankenhaus und hatte, so wie es aussah, nicht mehr lange zu leben. Aber was sie beschäftigte, war nicht der Gedanke, daß sie nun einen Kuchen für die Familie würde backen müssen, oder daß es traurig war, ein weiteres Bindeglied zu ihrer Vergangenheit zu verlieren, sondern daß Randall versucht hatte, ihr etwas zu sagen.

Nora Bonesteel holte die abgegriffene Bibel aus dem Nachtkasten. Sie meinte zu wissen, welche Botschaft Randall ihr hatte überbringen wollen, aber sie wußte auch, daß sie, wenn sie seiner Bitte nachkam, Leid über seine Familie und vielleicht auch sich selbst bringen würde. «Laß diesen Kelch an mir vorübergehen, o Herr», flüsterte sie und legte die flache Hand auf den Einband der Bibel.

Sogar Menschen, die biblische Orakel für Aberglauben hielten, besannen sich auf diese alte Sitte, wenn sie nicht mehr aus noch ein wußten. Nora hatte nie daran gezweifelt, daß aufrichtig gestellte Fragen immer eine Antwort finden würden. Noras englische Vorfahren hatten ihren

Gott mit diesem Ritual befragt, und selbst die Kirche des Mittelalters hatte sich bei der Ordinierung ihrer Bischöfe in abgewandelter Form dieser Sitte bedient. Bittet, so wird euch gegeben.

«Was soll ich tun?» flüsterte Nora. Sie schloß die Augen, holte tief Luft, öffnete die Bibel und legte aufs Geratewohl ihren Finger auf einen Vers. Sie mußte die Lesebrille aufsetzen, um die kleine Schrift erkennen zu können. Ihr Finger war auf zwei Versen des 79. Psalms gelandet:

«Warum lässest du die Heiden sagen: ‹Wo ist nun ihr Gott?› Laß unter den Heiden vor unseren Augen kund werden die Rache des Bluts deiner Knechte, das vergossen ist.»

«Laß vor dich kommen das Seufzen der Gefangenen; nach deinem großen Arm erhalte die Kinder des Toten.»

Sie legte die Bibel beiseite. Nun hatte sie ihre Antwort, wenn es auch nicht die war, die sie sich erhofft hatte. Morgen früh mußte sie tun, was Randall von ihr verlangt hatte, und wenn danach in Hamelin die Hölle losbrach, dann war wohl auch das im Himmel beschlossen.

4

Sie ist von Natur aus eine stille Seele und von wenig Worten. Sie erzählte mir von ihren Nöten, dem häufigen Kummer und der Angst in ihrem Herzen.
George Soelle, mährischer Missionar, in einem Text über Rebecca Boone

Genau wie bei allen anderen Familientreffen», sagte Lilah Rose und schenkte sich noch ein Glas Eistee ein. «Die Männer in dem einen Zimmer, die Frauen im anderen.»

«Die Frauen in der *Küche*», sagte Kelley, und beide lachten. «Ich würde mich sowieso nicht dazusetzen, weil ich ja nicht zur Familie gehöre, aber wenn ihr zu euren Männern wollt, laßt euch nicht stören. Ich schau inzwischen mal nach Kayla.»

«Um die brauchst du dir keine Sorgen zu machen», sagte Lilah. «Sie ist eingeschlafen, sobald ihr Kopf auf dem Kissen lag. Und Familie hin, Familie her – ich habe den Eindruck, daß sie uns gar nicht dabeihaben wollen. Sie würden uns nur wieder zum Kaffeekochen in die Küche schicken.»

Debba Stargill wandte das blasse Gesicht der jungen Mutter zu. «Ist es dir nicht unheimlich, die Kleine da oben alleinzulassen?»

«Nein, Kayla schläft in jeder Lebenslage», sagte Kelley. «Als sie zwei war, leuchtete eine blinkende Neonreklame in ihr Schlafzimmerfenster, und auf der Autobahn donnerten die ganze Nacht die Laster vorbei, da hat sie gelernt, sich beim Schlafen auf jede Umgebung einzustellen. Solange sie ihr Plüschtier hat, ist sie glücklich und zufrieden. Ich will nur sehen, ob sie noch zugedeckt ist.»

Debba fröstelte. «Ich weiß nicht, ob ich in diesem Haus auch nur ein Auge zutun kann», flüsterte sie. «Hoffentlich bleiben wir nicht lange.»

«Ich finde das Haus eigentlich ganz in Ordnung», sagte Kelley. «Es könnte mal gründlich geputzt werden und braucht hier und da ein bißchen frische Farbe, aber das viele Holz ist wunderschön. Morgen will ich ein bißchen draußen rumlaufen und mir die Berge anschauen.»

«Ich hab gehört, daß sie irgendwo hier in der Gegend Wölfe ausgesetzt haben», sagte Debba.

«Wölfe sind ungefährlich», sagte Lilah, die für zimperliche Frauen nichts übrig hatte. «Außerdem sind das nicht die üblichen amerikanischen Wölfe, sondern welche, die wie kleine Hunde aussehen, eine Art, die hier gelebt hat, ehe die Menschen sie in Fallen gefangen und ausgerottet haben. Das hab ich in einem Parkführer gelesen, der in einer Raststätte auslag. Sie haben nur zehn oder zwölf ausgesetzt, stand da, und die sind so scheu, daß es ein großer Glücksfall ist, wenn man einen auch nur flüchtig zu Gesicht kriegt. Ich glaube, sie haben kleine Halsbänder, damit die Leute ihnen nichts tun. Verrückt, was? Inzwischen müssen wir schon die Wölfe vor den Menschen schützen. Ich könnte mir denken, daß man hier sehr viel sicherer ist als in Nashville.»

Kelley lächelte. «Wölfe gibt es in Nashville jede Menge. Ab und zu bin ich sogar mal mit einem ausgegangen. Charles Martin ist übrigens keiner», setzte sie eilig hinzu.

«Aber in den Wäldern sind wilde Bären», sagte Debba. «Und Wespen und Giftsumach und vielleicht sogar Schwarzbrenner. Man liest doch immer wieder, daß

Leute im Wald umgebracht werden. Sieh zu, daß deine kleine Tochter nicht zu weit vom Haus weggeht.»

«Mach dir keine Sorgen», tröstete Lilah. «Ich sag Rudy, daß er ein bißchen auf sie aufpassen soll.»

«Wer ist Rudy?» fragte Kelley. Gab es da noch einen Bruder, den Charles Martin vergessen hatte zu erwähnen?

«Rudy ist mein Schutzengel», sagte Lilah. «Aber wenn ich ihn anrede, sag ich immer ‹Sir› zu ihm.» Sie lächelte freundlich, als die anderen beiden sie groß ansahen. Die meisten Leute erwarteten eine Erklärung, wenn sie von Rudy sprach. Aber Debba und Kelley wechselten nur einen Blick und fragten nicht weiter.

«Ich muß auspacken», sagte Debba leise und ging rasch hinaus.

Kelley stand lächelnd auf. «Und ich muß nach Kayla sehen, aber sag deinem Schutzengel einen schönen Dank von mir, ja? Ich freue mich sehr, wenn er auf sie aufpaßt.» Wenn man die Freundin eines Country-Stars war, hatte man häufig mit reichlich komischen Typen zu tun, aber nach einer Weile kamen sie einem auch nicht komischer vor als andere Leute.

Im Wohnzimmer beugte sich Clayt Stargill im Lichtkreis der Tischlampe über den Stapel liniierter Bogen und las seinen älteren Brüdern daraus vor. «Auf seine alten Tage ist er offenbar plötzlich traditionsbewußt geworden», sagte er.

«Übergeschnappt ist er», erklärte Robert Lee. Er saß mit dem Blick zur Mattscheibe, wie er es von daheim gewöhnt war, auch wenn der Fernseher nicht lief. «Als Mutter starb, haben wir kein solches Brimborium gemacht. Das war eine ganz normale Beerdigung in einem neuen Metallsarg von Graybeal's, ohne diesen Unsinn mit Salz und zugehängten Spiegeln. Das sind heidnische Sitten.»

«Ich finde, daß jeder Mensch das Recht hat, sich mit dem Tod auf seine Art auseinanderzusetzen», wandte Garrett ein.

«Es hätte schlimmer kommen können.» Charles Martin lächelte. Er hatte die Gitarre im Schoß und schlug während des Gesprächs hin und wieder einen leisen Akkord an. «Daddy hat mal gesagt, ich sollte zu seiner Beerdigung Johnny Cash holen und ihn ‹Peace in the Valley› singen lassen. Aber davon steht wohl nichts drin, wie?»

Clayt grinste. «Leider nein, Charlie. Da wirst du wohl mit Grandmas alter Gitarre selber für den musikalischen Rahmen sorgen müssen. Er wünscht sich einen alten Choral, ‹Just Beyond the Eastern Gate›. Schon mal davon gehört?»

Charles Martin zuckte die Schultern. «Ich kann mich erkundigen.»

«Versuch's bei den alten Leuten hier in der Gegend. Ich hab Daddys Anweisungen jetzt dreimal gelesen, und abgesehen von dem Choral hat er zur Beerdigung selbst keine besonderen Wünsche. Er hat wohl alles so aufgeschrieben, wie es ihm in den Sinn kam, nicht in einer bestimmten Reihenfolge. Hier zum Beispiel: Bibelkuchen. Weiß jemand, was ein Bibelkuchen ist?»

Sie schüttelten den Kopf. «Wir kochen nicht», sagte Robert Lee.

«Vielleicht weiß es eine eurer ... eurer Frauen.» Clayt warf Charles Martin einen etwas verlegenen Blick zu, der aber schien von seiner Befangenheit gar nichts gemerkt zu haben. «Wir können sie morgen fragen, ich glaube, sie sind alle oben.»

«Was ist mit Dovey, Clayt?» fragte Garrett. «Seid ihr beide wieder gut Freund? Du hast erzählt, daß sie den Thunfischsalat gemacht hat. Demnach kennt sie sich in der Küche aus und tut dir wahrscheinlich gern mal einen Gefallen.»

Clayt wurde rot und konzentrierte sich wieder auf die liniierten Blätter. «Dovey hat als gute Nachbarin nur mal ausgeholfen. Zurück zu den Anweisungen. Zum Ablauf der Beerdigung hat Daddy also nicht sehr viel zu sagen, dafür um so mehr zu dem Sarg. Hört euch das an: *Auf dem Scheunenboden habe ich gut abgelagertes Rosenholz liegen. Ich möchte, daß ihr Jungs in der alten Schreinerwerkstatt hinten in der Scheune einen richtigen Sarg für mich zimmert. Nach allen Regeln der Kunst, Jungs. Ich will Messinggriffe haben, Schwalbenschwanzzinkung und erstklassige handwerkliche Arbeit. Ich habe euch allen das Schreinern beigebracht, und so was verlernt man nicht, deshalb werdet ihr, wenn ihr euch Mühe gebt, auch was Ordentliches zustande bringen. Ich hab mir nun mal in den Kopf gesetzt, diese Welt in einem handgeschreinerten Sarg zu verlassen.*» Clayt legte eine kleine Pause ein. «So geht es noch eine Weile ziemlich zusammenhanglos weiter.»

«Einen Sarg aus Rosenholz zu schreinern kann Wochen dauern», sagte Robert Lee. «Woher sollen wir denn die Zeit nehmen? Ich weiß ja nicht, wie es bei euch ist, aber ich habe eine verantwortungsvolle Stellung in Cincinnati und kann nicht einfach alles stehen- und liegenlassen, um hier in den Bergen zu hobeln und zu sägen.»

«Und was ist mit den Werkzeugen?» Charles Martin besah sich seine manikürten Hände. «Um Bandsägen und dergleichen mache ich am liebsten einen großen Bogen. Wenn was mit meinen Händen passiert, muß ich meinen Beruf an den Nagel hängen. Mit den Ellbogen kann man nicht Gitarre spielen.»

«Ich schätze das dauert eine Woche», sagte Garrett. «Mehr als eine große Kiste ist es ja im Grunde nicht. Am besten stellen wir morgen erst mal fest, ob das Holz was taugt und ob die Werkzeuge noch benutzbar sind. Dann können wir alles weitere entscheiden.»

«Vielleicht brauchen wir ja auch gar keinen Sarg», wandte Clayt ein. «Unser Vater ist zäh. Kann sein, daß er's noch mal packt.»

Seine Brüder sahen ihn stirnrunzelnd an.

«Wir werden natürlich darum beten, daß er sich wieder erholt», sagte Robert Lee, «aber damit wäre das Unvermeidliche nur aufgeschoben. Irgendwann werden wir Daddys letzten Willen doch ausführen müssen. Da ist noch ein Punkt, den wir besprechen sollten. Was schreibt er über die Farm, Clayt?»

«Über die Farm? Wieso?»

«Wer sie bekommt. Oder wie sie aufgeteilt werden soll.»

«Davon steht hier nichts.» Clayt reichte ihm die Blätter. «Das überläßt er wohl uns.»

«Vermutlich denkt er, daß sie nicht viel wert ist», sagte Garrett. «Ich erinnere mich, daß Großmutter mal gesagt hat, Land ginge hier für fünfzig Dollar pro Acre weg. Für den Ackerbau ist das Gelände zu steil.»

«Inzwischen ist es weit mehr wert», sagte Robert Lee. «Die Leute kaufen heutzutage kein Land mehr, sondern den schönen Blick. Und davon gibt es ja hier oben mehr als genug. Reiche Leute bauen sich in dieser Höhe Ferienhäuser mit allem Komfort. Highlands in North Carolina ist ein richtiges Millionärsnest. Die Häuser stehen auf einer Anhöhe, die so steil ist wie die Farm hier, und die Leute sind bereit, für so ein Grundstück ein Vermögen hinzublättern. Ein Ver-mö-gen!»

«Ich könnte mich mal in Nashville umhören», sagte Charles Martin. «Vielleicht sucht jemand ein Sommerhaus. Die meisten bleiben allerdings gern im Einzugsbereich von Nashville. Vince und Reba würde so was wahrscheinlich nicht interessieren. Weil sie aus Oklahoma sind, lieben sie weite, offene Landschaften und würden in diesem bewaldeten Hügelland womöglich sogar Beklemmungen kriegen. Aber ich könnte mal Randy fragen, möglicherweise wäre es was für ihn.»

«Jetzt mal langsam», mahnte Clayt. «Solange Daddy noch lebt, ist es ein bißchen früh, das Erbe zu verteilen, finde ich. Außerdem scheint es für euch alle eine ausgemachte Sache zu sein, daß wir verkaufen wollen.»

«Wir sind keine Farmer, Clayt», sagte Garrett. «Keiner von uns wird eine vielversprechende Karriere aufgeben, um auf einer kargen Farm Mais anzubauen. Und sogar du würdest sehr bald merken, wie schwer man sich mit der Landwirtschaft tut. Im übrigen könnten wir dich überstimmen.»

Charles Martin gähnte. «Clayt hat schon recht: Noch ist Daddy nicht tot, es ist zu früh, darüber zu reden – und für heute auch zu spät. Es muß fast Mitternacht sein. Ich weiß nicht, wie es euch geht – aber ich bin fix und fertig und schlage vor, daß wir uns erst mal schlafen legen. Streiten können wir morgen.»

Lilah war allein in dem Eckzimmer. Zum Lesen war sie zu müde, aber solange Robert noch nicht oben war, mochte sie das Licht nicht ausmachen.

Das Zimmer roch – wie alle Räume, die monatelang nicht gelüftet und nicht geheizt worden sind –, noch immer ein bißchen muffig, aber der Boden war gefegt, und die Bettwäsche war zwar alt und ausgefranst, aber sauber. Für sie ging von diesem Raum nichts Bedrohliches aus, er war, wie das ganze Haus, völlig neutral. Die verblaßten Rosen auf der Tapete, der Flickenteppich auf dem alten Kiefernboden, die einfache Kommode und der Waschtisch waren für sie weder behaglich noch beängstigend.

Hier ist nicht viel gelebt worden, dachte Lilah. *Wessen Zimmer mag das wohl gewesen sein?*

Sie und Robert schliefen neben Garrett und Debba. Von der Treppe aus kam man auf einen quadratischen Flur, von dem rechts und links zwei schmale Gänge zu den Schlafzimmern führten. Rechts schliefen Charles Martin und Kelley, daneben in einem Kämmerchen, das kaum groß genug für das schmale Bett war, die kleine Kayla. Bei einem Umbau wäre der Raum ideal als Badezimmer für das Schlafzimmer nebenan. Vermutlich, dachte Lilah, würde es Gerede geben, weil Charles Martin und Kelley unverheiratet in einem Zimmer schliefen, und Robert Lee würde sich dabei bestimmt besonders hervortun, aber auf ihn würden die anderen nicht hören, das war meistens so. Sie selbst hatte nicht vor, etwas zu sagen, und Engel Rudy interessierten solche Dinge nicht. Mit wem Charles Martin sich zu Bett legte, war nicht ihre Sache. Man wußte schließlich, wie es im Showbusineß zuging, und der arme Daddy Stargill hielt sie wahrhaftig alle genug in Atem, da brauchten sie sich nicht auch noch darüber aufzuhalten, daß zwei erwachsene Menschen zusammen in einem Zimmer schliefen, ohne daß sie einen Trauschein vorweisen konnten.

Sie war jetzt seit über dreißig Jahren mit Robert Lee verheiratet und hätte, wenn sie ganz ehrlich war, nicht behaupten können, daß ihre Verbindung so viel heiliger und unverletzlicher war als die von Charles und seinem Rotschopf. Zwei Menschen liebten sich, oder sie liebten sich nicht, und Gefühle ließen sich nicht per Dekret regeln, auch wenn sie das manchmal recht praktisch gefunden hätte.

Rudy war ihr dabei auch keine Hilfe. Er weigerte sich, über Robert Lee zu sprechen oder sich Lilahs Überlegungen zu dem Thema anzuhören, auch wenn sie ein-

oder zweimal versucht hatte, sie als Gebete zu tarnen. «Was der Mensch zusammengefügt hat, soll kein Gott trennen», hatte Rudy mal erklärt, und das war in dieser Sache sein letztes Wort gewesen. Rudy interessierte sich, soweit Lilah das beurteilen konnte, weder für Robert Lee noch für Politik, Kriege, Luftverschmutzung oder sonstwas. Vielleicht waren dafür andere Engel zuständig. Rudy befaßte sich einzig und allein mit Lilah. «Daß du mir keine Depressionen kriegst, Lilah-Kind», sagte er oft zu ihr. «Verzweiflung ist eine Sünde und schnarchlangweilig obendrein.»

Und deshalb hielt sie sich an ihre Arbeit, versuchte nach Kräften, Gutes zu tun, und kümmerte sich um ihren Mann, weil der ja vielleicht keinen eigenen Engel hatte. Robert Lee war ein guter Mensch, und in jüngeren Jahren war er auch zufriedener gewesen. Er hatte sich über den sicheren Job in der Großstadt gefreut, auch wenn er sich nicht dazu durchringen konnte, dort zu leben. Sie hatten sich in Batavia niedergelassen, nicht weit vom Hillbilly Highway, wie die Leute aus Cincinnati die Route 32 nannten, weil so viele Leute aus den Bergen sie benutzten, die ihre Arbeitsstelle in der Stadt brauchten, auch wenn sie sich mit jeder Faser ihres Herzens in die alte Heimat zurücksehnten. Robert Lee fuhr selten heim, und als er auf einer Kirchenparty Lilah kennengelernt hatte und sie wenig später ernsthaft miteinander gingen, wurden seine Besuche auf der Farm noch seltener. Es schien, als habe er sich die Berge von einem Tag zum anderen aus dem Herzen gerissen, so wie jemand unter Aufbietung aller Kräfte aus einer gefährlichen Sucht aussteigt. Falls er sich manchmal im Frühjahr nach Tennessee zurücksehnte, wenn dort die Hänge voll weißer Blüten waren, während man in Cincinnati nur das Grau von Asphalt und Stahl sah, ließ er sich davon nichts anmerken. Das Leben in den Bergen sei karg, hatte Robert Lee mal zu Lilah gesagt, und er war wild entschlossen, dieser Kargheit zu entrinnen, auch wenn er dafür noch so schwer arbeiten mußte.

Wie stolz war er auf ihr erstes neues Auto und ihr bis zur Regenrinne verschuldetes Backsteinhaus mit Carport gewesen! Auch mit vierundzwanzig war er kein gutaussehender Mann, aber sehr lieb, wenn auch ziemlich zugeknöpft, als ob er den Verdacht hatte, daß andere Leute ihn sowieso nicht leiden konnten. Er ist eben die Stadt mit den vielen Menschen nicht gewöhnt, hatte Lilah sich damals gesagt, das gibt sich mit der Zeit. Aber der Job als Verkäufer in einem Autohaus hatte nichts daran geändert, daß er nach wie vor menschenscheu war. Nach all den Jahren, in denen mißtrauische Kunden ihn ständig ihre Geringschätzung spüren ließen, hatte er sich so weit in sich selbst zurückgezogen, daß nicht einmal Lilah mehr an ihn herankam. Jetzt war er über fünfzig, in einem Alter, in dem man allmählich begreift, daß viele Träume nicht mehr Wirklichkeit werden. Die Bitternis dieser Erkenntnis wie auch die Angst, die Armut könne ihn trotz all seiner Bemühungen im Alter wieder einholen, hatten es mit sich gebracht, daß weder Freude noch Kummer ihn mehr erreichten. Er mochte sich nicht trösten lassen. Lilah konnte nur versuchen, ihm soviel Liebe wie möglich zu schenken. Für Robert war das nicht genug, aber es war wohl alles, was er in dieser Welt voller Heimsuchungen erwarten konnte.

Sie kniete sich auf den kalten Eichenboden vor dem Bett und begann ihr Nachtgebet, ein seit ihrer Kindheit unverändertes Ritual: «Markus, Matthäus, Lukas, Johann, schaut segnend dieses Bettchen an. Vier Pfosten um das Bettchen mein, vier Engel, die sich um mich reihn ...» Das Baptistengebet aus der Kinderzeit war ihr in Fleisch und Blut übergegangen; sie hatte das Gefühl, nicht richtig zu beten, wenn sie nicht mit diesen schlichten Versen anfing. Sie betete um Beratung und Führung für Robert Lee. Sich sorgen ist Leerlauf, pflegte Rudy zu sagen, aber Beten ist der dritte Gang.

Die anderen waren zu Bett gegangen, aber Clayt konnte nicht schlafen. Er saß noch immer im Lichtkreis der Messinglampe, die auf dem Tisch stand, und vertiefte sich erneut in das gekrakelte Testament seines Vaters, als könnten die Worte sich zu einem anderen Sinn zusammenfügen, wenn er sie lange genug ansah. Was war das für ein Unfug, den er da von ihnen verlangte: Sich eine gute Woche lang zusammensperren zu lassen, um einen Sarg zu zimmern, obgleich er genau gewußt hatte, daß sie sich schon als Halbwüchsige kaum mehr als guten Tag und guten Weg gewünscht hatten.

«Bist du wirklich Daniel Boone?» ließ sich ein Piepsstimmchen von der Tür her vernehmen.

Unwillkürlich zuckte Clayt zusammen. Unter dem Sweatshirt hämmerte sein Herz. Ein kleines Mädchen in langem weißen Nachthemd stand in der Tür und sah ihn an. Das helle Haar war vom Schlaf zerzaust, und sie hatte ein Plüschtier ans Herz gedrückt. Dann nahm er sich zusammen: Das mußte die Tochter von Charlies Freundin sein. Wie sie hieß, hatte er vergessen.

«Was machst du denn hier, Kleines?» fragte er leise. Stimmen trugen erstaunlich weit in dem stillen Haus. «Weißt du nicht, daß es nach Mitternacht ist?»

Sie kam näher, lange nicht so schüchtern, wie er es von einem kleinen Mädchen erwartet hätte, und sah ihm neugierig ins Gesicht. «Bist du Daniel Boone?»

«Du hast wohl die Erwachsenen heute nachmittag über mich sprechen hören.» Clayt klopfte einladend auf das Sofapolster neben sich. «Nein, ich bin nicht Daniel Boone. Der alte Daniel ist seit 1820, also seit hundertfünfundsiebzig Jahren tot. Ich spiele ihn nur manchmal, mit Kostüm und allem, was dazugehört.»

«Warum?»

«Weil er hier in der Gegend gelebt hat und das Land liebte, genau wie ich. Er war der berühmteste Pionier, den es je gegeben hat. Und weil ich finde, daß unsere Kinder etwas von ihm erfahren sollten, so daß sie später, wenn sie all den Unsinn über Hillbillys hören, wie andere Leute die Bergbewohner nennen, was parat haben, mit dem sie dagegen ankämpfen können.» Er merkte, daß er halb zu sich selbst gesprochen hatte, und besann sich. «Wie du so dastehst mit deinem Stoffkamel», sagte er lächelnd, «fällt mir eine Daniel-Boone-Geschichte ein.»

Sie hatte sich auf die Sofakante gesetzt und sah mit ernsten grauen Augen zu ihm auf, die zu alt für ihr Gesicht waren. «Erzähl mal!»

«Damals war Daniel ein junger Mann von noch nicht zwanzig Jahren und wohnte in North Carolina, an der Gabelung des Yadkin-Flusses. Er machte Miss Rebecca Bryan den Hof, und eines Nachts ging er mit ihrem Vater Jim Bryan auf die Jagd, der eine Blockhütte und eine kleine Farm am Fluß hatte. Sie wollten Pumas jagen, die man auch Silberlöwen nennt.»

Die Kleine nickte. «Von denen hab ich Bilder gesehen.»

«Die Pumas waren in jenem Jahr ausgesprochen unverschämt, sie schleppten mir nichts, dir nichts mal ein neugeborenes Kalb, mal ein Lamm weg. Und sie jagten nachts.

Daniel und Mr. Jim Bryan nahmen also ihre langen Flinten und eine Pfanne mit glühenden Holzkohlen und gingen auf die Pumajagd. Die Holzkohle nahmen sie mit, weil Katzenaugen im Dunkeln glühen, wenn nur irgendwo ein bißchen Licht ist, das sich in ihnen spiegelt. Die Jäger hielten die glühenden Kohlen hoch, und das Licht schien dem Puma in die Augen, und dann schossen sie – pengbumm! – direkt zwischen die beiden leuchtenden Augen, und der Puma war tot.

Sie erlegten in jener Nacht mehrere Silberlöwen, die sie über die Packsättel warfen, um sie später zu häuten. Dann machten sie sich auf den Heimweg. Und wie sie fast an der Blockhütte sind, sehen sie noch so ein grünes Augenpaar zwischen den Zweigen glühen. Im Nu hatte Daniel Boone die Flinte von der Schulter genommen und pengbumm! direkt auf die glühenden Augen geschossen.

Und dann hörte er das Weinen. Er und Mr. Bryan rannten durchs Dickicht dem Laut entgegen, und was glaubst du, was sie fanden?»

Kayla schüttelte den Kopf und drückte das Kamel an sich. Clayt streckte die Hand aus und streichelte dem Plüschtier den wolligen Kopf. «Dein Freund, den du da an dich drückst, hat mich auf die Geschichte gebracht», sagte er. «Als Daniel auf die Lichtung kam, stieß er dort auf die hübsche Rebecca Boone. In ihrem Schoß lag ihre Lieblingskatze und war mausetot, aber sie selbst war gottlob heil und ganz. Daniel hätte es sich sehr zu Herzen genommen, wenn Rebecca etwas passiert wäre, denn er trug sich damals schon mit dem Gedanken, sie zu seiner Frau zu machen. Das, worauf er zuletzt geschossen hatte, war also gar kein Puma gewesen, sondern eine kleine Hauskatze, deren Augen auch in der Dunkelheit leuchteten.

Rebecca hörte auf dem Heimweg nicht auf zu weinen, und Daniel mußte sich vielmals entschuldigen, damit sie ihm nicht mehr böse war. Aber sie hat ihm wohl verziehen, denn noch nicht mal zwei Jahre später hat sie Daniel dann geheiratet. Die beiden bekamen viele Kinder und haben in den gemeinsam verbrachten siebenundfünfzig Jahren viele Abenteuer bestanden.»

«Ist das lange?» fragte die Kleine.

«Ja», sagte Clayt. «Aber ich denke mir, daß sie glücklich waren.» Er lächelte, als er ihr ernsthaftes Gesicht sah. «So, Miss – nachdem ich dir jetzt ein ganzes Bündel Fragen beantwortet und dir obendrein noch eine Gutenachtgeschichte erzählt habe, mußt du mir auch etwas verraten. Wie kommt es, daß du um diese Zeit noch auf bist? War ein Puma unter deinem Bett?»

Sie schüttelte lachend den Kopf.

«Oder hast du Angst, wenn du in einem fremden Haus schlafen mußt?»

«Nein, mir ist es gleich, wo ich schlafe. Warum? Gibt es hier Gespenster?»

Clayt zuckte die Schultern. «Als wir noch ganz klein waren, schwor mein Bruder Dwayne Stein und Bein, er habe manchmal ein kleines Mädchen im Obergeschoß herumlaufen sehen, und das habe ich nie so richtig geglaubt. Bis heute abend. Aber das warst nicht du, oder?»

«Nein. Gespenster essen nämlich nichts, und ich hab Hunger.»

Clayt lächelte. Er konnte Kindern zwar Geschichten erzählen, wußte sonst aber nicht so recht, wie man mit ihnen umgeht. «Soll ich deine Mama holen?»

«Sie schläft bei Charlie, und die Tür ist abgeschlossen, ich soll sie nicht wecken. Kannst du mir nicht was zu essen geben?»

«Doch, das müßte sich machen lassen.» Ein Gähnen unterdrückend, rappelte Clayt sich auf und reckte sich. «Wenn du nicht allzu wählerisch bist. Vielleicht esse ich sogar mit. Wie heißt du doch gleich?»

«Kayla Louise Johnson. Und wie nenne ich dich, wenn du nicht Daniel Boone bist?»

«Ich bin Ihr Onkel Clayt, Miss Johnson. Freut mich, Ihre Bekanntschaft zu machen.»

«Und das ist dein Job? Den Daniel Boone zu spielen?»

Er ging mit ihr in die Küche. «Ich habe die verschiedensten Jobs. Ich kann ein Floß durch das Wildwasser des Nolichucky River steuern und Vögel an ihrem Ruf erkennen, ich kann einem Hirsch durch den Wald nachgehen und ihn fotografieren, ohne daß er es merkt. Wenn Daniel Boone heute leben würde, würde er sich wohl so ähnlich durchschlagen, nur um keinen Schlips tragen und nicht in einem Büro sitzen zu müssen.»

«Wie kommt es, daß ihr nicht alle mit Charlie singt?»

«Früher haben wir das manchmal gemacht. Abends auf der Veranda.»

Kayla schüttelte den Kopf. «Wie die Statler Brothers, meine ich. Die kenne ich nämlich. Die leben vom Singen.»

«Das will ich dir sagen, Kayla. Charlie ist der beste Gitarrenspieler in der Familie, aber damit ist es nicht getan. Er ist der einzige, der das Berühmtsein verkraften kann. Wir anderen haben entweder keine Lust, so hart zu arbeiten, oder nicht genug Charme, um ständig in der Weltgeschichte herumzureisen und fremde Leute anzulächeln. Nicht mal, wenn wir dafür Charlies Geld bekämen.»

An der Küchendecke hing eine nackte Glühbirne an einem dicken Kabel. Clayt tastete in der Dunkelheit nach dem Schalter und knipste sie an. «Du hast offenbar keine Angst vor der Dunkelheit», sagte er anerkennend zu der Kleinen.

«Nein. Mama will, daß ich tapfer bin, da beiße ich bei manchen Sachen eben die Zähne zusammen, und nach einer Weile machen sie mir nichts mehr aus. Ist Milch da?»

«Ein Viertelliter, für den Kaffee, aber sicher hat niemand was dagegen, wenn du sie trinkst.» Er holte den Karton aus dem Kühlschrank und stellte ihn auf den Tisch. «Saubere Gläser stehen da drüben auf dem Abtropfblech. Was möchtest du dazu haben? Ein Brot mit Erdnußbutter? Plätzchen?»

«Käse-Eier.» Sehr sorgsam goß Kayla sich die Milch ein.

Clayt sah sie groß an. «Wie war das?»

«Einen Job mit Kochen hast du wohl noch nicht gehabt, Clayt?» Er registrierte, daß sie das Wort «Onkel» weggelassen hatte. Auch Charlie hatte sie nicht Onkel genannt. Clayt überlegte, ob Kayla und ihre Mutter wohl auf Dauer zur Familie gehören würden oder ob Kelley nur eine von Charles Martins vorübergehenden Beziehungen war. «Du tust Butter in die Pfanne und schlägst Eier rein», klärte Kayla ihn auf. «Und dann gibst du Käse dazu, geriebenen Hartkäse am besten, und das verrührst du dann alles, bis der Käse schmilzt und die Eier nicht mehr flüssig sind. Es ist nicht schwer. Rühren kann ich schon, aber ich darf nicht an den Herd.»

«Butter, Käse, Eier. Okay. Milch?»

Kayla schüttelte den Kopf. «Nur wenn das Geld knapp ist und die Eier bis zum Zahltag reichen müssen. Dann tust du Milch dazu, damit mehr draus wird. Notfalls kann man auch Trockenmilch nehmen, aber das schmeckt bah. Wir haben es lange nicht mehr machen müssen, aber wenn nichts anderes da ist, esse ich das auch», sagte sie entgegenkommend.

«Aber nein», sagte Clayt, ohne eine Miene zu verziehen. Er holte den grauen Eierkarton aus dem Kühlschrank. «Du kannst so viele Eier und Käse haben, wie du willst – ganz nach Wunsch zubereitet.» Er würde ihr das halbe Dutzend geben und um sechs in den Dorfladen fahren, um fürs Familienfrühstück den Vorratsschrank aufzufüllen.

Frank Whitescarvers Frau nannte sein Büro den «War Room», weil es sie an Churchills Hauptquartier im Zweiten Weltkrieg erinnerte, das sie mal auf einer Fünftagetour nach London besichtigt hatte. Ein Reisebüro am Ort hatte die Europareise für sie, drei pensionierte Lehrerinnen und zwei Anwaltsfrauen organisiert, deren Männer auch keine Zeit zum Urlaubmachen hatten. Als sie zurückkam, war kein sauberer Teller mehr im Haus, und im Schlafzimmer watete man knöcheltief in Zeitungen, aber Frank war vier Häuser losgeworden und hatte ein bewaldetes Grundstück am Hang an ein Ehepaar verkauft, das sich einen schönen Alterssitz wünschte. «Du gibst mein Geld aus, Betty Lou, und ich verdiene neues», pflegte er lächelnd zu ihr zu sagen.

In Franks «War Room», dem kiefergetäfelten Arbeitszimmer, standen ein alter Küchentisch, ein Schwarzweißfernseher für Football-Übertragungen und ein Faxgerät, damit er von seinem Zuhause aus jedermann überall erreichen konnte. Eine ganze Wand des kleinen Kellerraums war mit Landkarten der Landkreise des nordöstlichen Tennessee bepflastert. Es waren Meßtischblätter in großem Maßstab, auf denen die Berge als Kreise und jeder Bach, jeder Weiher, jede Straße bis hinunter zu den schmalsten Viehpfaden, eingetragen war. Betty Lou wurde nicht recht schlau aus den Karten und mußte zugeben, daß sie auch nicht allzu interessiert daran war, aber Frank war von ihnen fasziniert. Stundenlang konnte er sich in die Schnörkel und Markierungen vertiefen, so wie manche Leute sich an einem schönen Blick von ihrem Panoramafenster nicht satt sehen können.

«Das ist mein Reich, Squaw, über das ich wachen muß», sagte er zu ihr. Manchmal, wenn er zu Scherzen aufgelegt war, nannte er sie Squaw – ihrer braunen Augen und der prägnanten Wangenknochen wegen, die angeblich eine Urgroßmutter in die Familie eingebracht hatte.

Frank hatte die Karten mit seinem eigenen Spezialcode beschriftet. Er behauptete von sich, daß er wußte, wem jeder Fuß Land in Wake County und in großen Teilen von Carter und Unicoi gehörte. Er wußte, wo man den schönsten Blick hatte und wie tief die Brunnen auf den einzelnen Farmen waren und wo die besten Tomaten gediehen. Doch mit diesem Wissen protzte er nicht, sondern behielt es in der Hinterhand für den Fall, daß er mal darauf zurückgreifen mußte. So ungefähr das wichtigste bei seinen Geschäften war es – und das machten sich die wenigsten Leute klar –, stets präsent zu sein; sichtbar, ansprechbar, unermüdlich ums Gemeinwohl bemüht. Er ging zu den Spielen der Unterliga, versäumte kein Gebetsfrühstück der Männer und hatte mehrere Amtsperioden als Laienrichter hinter sich. Frank Whitescarver kannte Gott und die Welt.

«Wenn ich mal eine falsche Nummer erwischt habe, ist trotzdem immer einer dran, mit dem ich reden kann», sagte er und schob dabei das Kinn vor wie immer, wenn er ein bißchen dick auftrug.

Betty Lou bedauerte oft, daß sie nicht so gut mit Menschen umgehen konnte wie Frank, aber das war wohl eine ganz besondere Gabe. Gewiß, sie war immer höflich und verbindlich, niemand hörte je ein böses Wort von ihr, aber Franks Kontaktfreudigkeit ging ihr ab. Er blühte geradezu auf, wenn er nach fünf Abendsitzungen in Gemeindeangelegenheiten am Samstagvormittag noch eine Waldwanderung zum Abfallauflesen mit den Ruritaniern absolvieren konnte. Schon bei dem Gedanken daran wurde ihr ganz flau. Sie hatte nichts dagegen, hin und wieder Menschen um sich zu haben, war aber nicht böse, wenn sie wieder gingen. Zum Glück bestand Frank nicht darauf, daß sie auch ständig um die Leute herumwuselte. Manchmal kam ihr sogar der Gedanke, daß er sie auch deshalb geheiratet hatte, um sich zu Hause von dem vielen Lächeln und Reden erholen zu können.

Sie stand in der Tür und sah zu, wie er über seinen Karten brütete. Sein kahler Schädel glänzte im Lampenlicht, die Brille hatte er auf die Nasenspitze geschoben, um die kleinen Buchstaben neben den Markierungsstiften lesen zu können. «Ich geh schlafen, Frank», sagte sie. «Kann ich dir noch was holen?» Sie deutete auf die Papierberge neben seinem Schreibtisch. «Einen Müllsack vielleicht?» fragte sie lächelnd.

Frank sah zu seiner Frau hin, die sich als Schattenriß vor dem beleuchteten Gang abzeichnete, und lächelte zurück. «Nein, dank dir schön. Lange mache ich auch nicht mehr. Aber ich brauche noch ein paar Grundstücke, ehe die Frühjahrsinvasion der Städter beginnt. Ich hab da ein paar auf dem Kamm im Auge, am Rand des Nationalparks. Schönes Hochland mit guter Aussicht. Und ordentliche Bäume.»

«Sind die denn zu verkaufen, Frank?»

«Es gibt auf der ganzen Welt nicht einen Fußbreit Boden, den man nicht kaufen kann, Squaw, sofern man es richtig anfängt. Ich muß mich nur noch ein bißchen umtun, damit ich die Leute zu einem günstigen Preis von erstklassigem Erschließungsland runterkriege. Heute habe ich gehört, daß sie den alten Stargill nach Johnson City ins Krankenhaus gebracht haben. Morgen fahr ich mal hin und frage, ob ich der Familie irgendwie behilflich sein kann.»

Betty Lou Whitescarver runzelte die Stirn und überlegte, ob sie die Stargills kennen müßte, ob sie vielleicht in einem von Franks vielen Vereinen waren. Wie mochte er von der Krankheit in der Familie erfahren haben? Aber Frank wußte oft – und häufig sogar vor allen anderen – die erstaunlichsten Sachen. «Möchtest du, daß ich mitfahre, Frank? Oder soll ich einen Kuchen schicken?» fragte sie zögernd. «Morgen nachmittag habe ich meinen Friseurtermin, und danach wollte ich eigentlich ins Einkaufszentrum.»

Ihr Mann winkte ab. «Nein, nein, du brauchst nicht mitzukommen. Der Besuch hat einen geschäftlichen Hintergrund. Könnte für die Söhne ein Geschenk des Himmels sein. Yessir! Ein wahres Geschenk des Himmels!»

Randall Stargill, durch Schläuche und blinkende Maschinen an die Erde gefesselt, träumte weiter. Eine junge Krankenschwester, die in den dunkelsten Nachtstunden im dritten Stock ihre Runde machte, trat an sein Bett, überprüfte die wichtigsten Werte und trug sie auf der Tabelle am Fußende des Bettes ein. Sein Zustand hatte sich offenbar wieder stabilisiert. Vor ein paar Stunden war der Kreislauf plötzlich abgesackt, und eine Schar von Weißkitteln hatte sich an seinem Bett versammelt, um festzustellen, ob er jetzt bereit war, loszulassen, und um ihn zurückzuholen, falls er es versuchte. Als dann die Krise vorüberging, ohne daß sie einzugreifen brauchten, ja, ohne daß der Patient erwachte, zogen sie weiter zu dringenderen und aussichtsreicheren Fällen.

Beim Pflegepersonal hatte sich herumgesprochen, daß dieser hinfällige alte Mann der Vater eines berühmten Country-Sängers war. Nicht, daß so etwas bei der Pflege eine Rolle gespielt hätte – sie taten für jeden Patienten, was sie konnten –, aber mehr Schwestern als üblich schauten im Vorübergehen zu ihm herein, und im Schwesternzimmer erörterten sie, ob sich während der Besuchszeit vielleicht der eine oder andere Prominente aus Nashville einstellen würde.

Die junge Schwester überlegte, ob der arme alte Mann wußte, wo er sich befand. Ob er die Schläuche spürte, die in seinen Körper eingedrungen waren, und ob es ihn störte, wie sehr man sich bemühte, ihn noch einen weiteren sinnlosen Tag lang dem Leben zu erhalten.

Er sah jetzt friedlich aus, nur hin und wieder zuckte ein Lid – ein Zeichen dafür, daß er das erlebte, was bei Patienten im Koma als Traum gilt. Sie musterte ihn ohne Mitleid und ohne Trauer und sagte sich, daß in diesem hellen, sterilen Raum jeder für sich sehr allein war.

In der kühlen Dunkelheit des Krankenhauszimmers regte sich Randall Stargill in seinem sauberen Bett und machte einen weiteren Ausflug in die Vergangenheit. Diesmal war es Herbst, und er ging mit einer jungen Frau auf der Shawnee Ridge spazieren. Sie war fast so groß wie er und schlank, mit schwarzem Indianerhaar und hellblauen Augen, die an ihm vorbei in die Ewigkeit blickten. Doch daran störte er sich nicht, denn ihre Lippen waren rot und süß, und sie hielt seine Hand, als habe sie Angst, der Wind könne sie ins Tal hinunterwehen.

Sie war hübsch, anmutig und still, aber was Randall Stargill am besten an ihr gefiel, war die Tatsache, daß er sie nicht zum Lachen bringen konnte. Er war kleiner als die anderen Jungs in der Oberschule und ein bißchen gescheiter als die meisten, und zum Ausgleich hatte er sich angewöhnt, den Klassenclown zu machen, den Groll eines Widersachers mit einem Lachen zu versöhnen, eine Eins mit einem Witz zu überspielen. Er war nicht unbeliebt, aber manchmal dachte er, wie schön es wäre, wenn seine Klassenkameraden ihn um seiner selbst willen und nicht nur wegen seiner Faxen gern hätten. Sie lachte ihn nie an. Es schien, daß sie mehr Gefallen an ihm fand, wenn sie miteinander über ernste Dinge sprachen.

«Hast du dich schon mal gefragt, was der Habicht sieht, wenn er da oben segelt?» Er deutete auf einen braunen Fleck zwischen den Wolken.

«Das Tal da unten, genau wie wir», sagte sie lächelnd.

«Ja, aber wir müssen uns auf diesen Kamm beschränken, während er überall herumfliegen, sich alles angukken kann. Von einem Flugzeug aus kann man das auch.»

«Wenn man keine Angst hat, nach unten zu sehen.»

«Ich hätte keine Angst. Ich möchte mal in so einem Flugzeug sitzen. Wenn der Jahrmarkt in diesem Sommer nach Hamelin kommt, soll einer der Schausteller mich in seinem Doppeldecker mitnehmen. Und ich will keinen zahmen, langweiligen Rundflug, ich will, daß sie einen Kunstflug mit mir machen, so wie es im Weltkrieg war.»

«Es soll aber zehn Dollar kosten.»

«Ich weiß, und ich hab auch schon was gespart. Für fünf Pfund Brombeeren krieg ich zehn Cents, und die Wurzelsammler geben mir auch was, wenn ich ihnen helfe. Dann kann ich mitfliegen und sehe das Tal und die ganze Schöpfung so, wie die Raubvögel sie sehen.»

«Das muß ein schönes Bild sein», sagte sie. «Besonders, wenn das Laub sich verfärbt. Aber ich bleibe lieber unten und schaue zu.»

«Hast du etwa Angst?» Er drückte ihr die Hand. «Angst, daß ich abstürze?»

Sie schüttelte den Kopf. «Nein, Randall. In dem Flugzeug da passiert dir nichts. Und in denen danach auch nicht.»

Sie hätte ihm raten können, sich sein Geld zu sparen.

In sieben Jahren würde er am Geschütz einer fliegenden Festung über Frankreich genug von der Erde sehen. Aber wenn Nora Bonesteel wußte, was die Zukunft für Randall Stargill bereithielt, sprach sie nicht darüber. Ebensowenig, wie sie jemals mit Randall von der Vergangenheit sprach. Von Fayre.

5

Es ist nie zu spät, Gutes zu tun.
(sic)
Daniel Boone

Das Frühstück begann mit einer Schüssel gummiartiger Rühreier, die die Frauen mit gezwungenen Scherzen über das Wetter und die Pflichten des Tages würzten und die Stargill-Brüder in angespanntem Schweigen vertilgten. Kelley hatte ihre Tochter noch nicht geweckt, damit die Erwachsenen ungestört frühstücken konnten. Lilah machte sich, noch immer in ihrem türkisfarbenen Hauskleid, in der Küche zu schaffen, brachte Salzstreuer und Servietten und fragte, ob jemand einen Nachschlag haben wollte. Aber sie hatten offenbar alle keinen großen Appetit. Nicht mal das Glas selbstgemachte Marmelade mit dem Aufkleber *Fröhliche Weihnachten von den Jessops* hatte sie reizen können.

Sie tranken Kaffee und unterdrückten das Gähnen. Bei Clayt, der um sechs ins Tal gefahren war, um die Eiervorräte aufzufüllen, machte sich allmählich der Schlafmangel bemerkbar. Sonst hätte wohl wenigstens er diesen fremden Leuten etwas zu sagen gehabt, mit denen ihn das Frühstück verband – und das gemeinsame Blut.

«Dann müssen wir jetzt wohl mal planen», meinte Lilah, während sie den letzten Kaffee in Robert Lees noch halbvolle Tasse goß. «Sagt uns, was ihr vorhabt und wann ihr abgefüttert werden wollt. Ein Essen für acht Leute ist nämlich nicht in zehn Minuten gemacht.»

«Ich denke, wir gehen zuerst in die Scheune», sagte Clayt. «Garrett möchte, daß wir uns das Rosenholz ansehen, das Daddy dort gelagert hat.»

«Was ist mit dem Krankenhaus?» fragte Robert Lee.

«Die Besuchszeit ist nachmittags», erwiderte Clayt. «Aber da es Daddy so schlecht geht, kommen wir vielleicht jederzeit hinein.»

«Ich hab um fünf angerufen, gleich nach dem Aufstehen», sagte Garrett, der nach seinem Morgenlauf noch in T-Shirt und Jogginghosen war. «Sein Zustand ist stabil.»

«Aber er ist nicht bei Bewußtsein?»

«Nein.»

«Wenn ihr später ins Krankenhaus wollt, könnte ich bei der Kleinen bleiben», sagte Debba.

Alle drehten sich um und sahen sie an. Außer «bitte» und «nein danke» hatte sie den ganzen Morgen noch kein Wort gesagt. Sie sah blaß und müde aus.

«Oder ich könnte was kochen.» Sie krampfte die Hände im Schoß zusammen. «Ich kann nämlich Krankenhäuser nicht ausstehen.»

«Wahrscheinlich müssen wir gar nicht alle hin», sagte Kelley. Sie musterte mitleidig Debbas gequältes Gesicht, war aber auch recht erleichtert über ihren Vorschlag, denn da sie nicht zur Familie gehörte und den alten Mr. Stargill nicht einmal persönlich kannte, hatte sie im Krankenhaus genaugenommen nichts verloren. Charlie moralische Rückenstärkung zu geben war ja gut und schön – aber sie mußte aufpassen, daß sie sich als Gast und Außenstehende nicht zuviel herausnahm. «Ich bleibe gern bei dir, Debba», sagte sie. «Im Krankenhaus sehen sie es sowieso nicht gern, wenn zu viele Leute um einen Schwerkranken herum sind. Bestimmt könnten wir uns auch hier im Haus nützlich machen.»

«Eins wollte ich euch fragen», sagte Clayt, «weil ihr gestern abend nicht dabei wart, als wir über Daddys Liste gesprochen haben. Weiß eine von euch, was ein Bibelkuchen ist?»

Als Antwort erntete er nur verständnislose Blicke. «Es muß eine Sitte aus Daddys Kindheit sein, mir war der Begriff neu. Aber sicher kommt mal die eine oder andere alte Dame aus der Kirchengemeinde vorbei, die müßte es wissen. Denkt bitte dran, sie zu fragen, ja? Der nächste Punkt ist schon schwieriger. Könnt ihr nähen? Ich denke da besonders an Quilts ...» Er richtete die Frage an Lilah.

Kelley antwortete: «Meine Großmutter hat Quilts gemacht, da hab ich als kleines Mädchen ein bißchen geholfen, aber eigentlich nur beim Säumen.»

«Was wollt ihr denn genäht haben?» fragte Lilah. «Ich hab hin und wieder was ausgebessert, aber daß es mir viel Spaß gemacht hätte, kann ich nicht behaupten.»

«Debba macht Handarbeiten», sagte Garrett. «Sie hat uns ein Kissen gestickt.»

Seine Frau zog den Kopf ein. «Aber es ist nicht sehr schön geworden, meine Finger werden so leicht taub.»

«Du denkst an die Beerdigung, was?» fragte Lilah. «Ich könnte mir denken, daß Daddy Stargills Anzüge inzwischen alle zu groß sind. Wenn ihr eine Nähmaschine habt, könnte ich was abnähen, für die Aufbahrung würde es genügen. Nicht für den täglichen Gebrauch.»

Clayt schüttelte den Kopf. «Der Sarg, den wir für Daddy schreinern sollen, muß mit Stoff ausgeschlagen werden. Ich hatte an einen Quilt gedacht.»

«So was hab ich nie gemacht», sagte Kelley. «Aber allzu schwer dürfte es nicht sein. Es ist so was wie eine Decke, nicht?»

«Ja, so denke ich mir das auch», bestätigte Lilah. «Wenn die Männer uns die Innenmaße des Sargs geben, könnten wir den Quilt so groß machen, daß er die ganze

Innenseite bedeckt, und die Männer tackern ihn dann am Rand an, damit er nicht verrutscht.»

«Das könnten wir uns wohl zutrauen», sagte Kelley. «Ich helfe gern.» Sie lächelte zu Charles Martin hinüber. «Gibt es irgendwo einen Stoffladen in der Nähe?»

Charles Martin seufzte. «Irgendwie stört es mich, für einen selbstgeschreinerten Sarg einen teuren, neuen Stoff zu kaufen. Wenn wir Daddys Wünsche erfüllen wollen, sollten wir es auch richtig machen. Etwas im Geschäft Gekauftes paßt einfach nicht zu der traditionellen Beerdigung, die er sich wünscht.»

«Fehlt nur noch, daß du eine gläserne Kutsche und Rappen mit schwarzem Federbusch verlangst», schnaubte Robert Lee. «Wir müssen schließlich praktisch denken!»

«Vielleicht ist das ja durchaus praktisch gedacht», wandte Clayt ein. «Stehen die alten Koffer noch auf dem Dachboden?»

«Mit Stoffresten?» fragte Kelley.

«Mit allem möglichen Kram. Unsere Familie lebt seit fast hundert Jahren hier und hat sich mit dem Wegwerfen immer schwergetan. Früher wurde nichts verschwendet. In den Koffern da oben sind alte Babysachen, abgelegte Kleider, zerschlissene Quilts. Als Kinder haben wir gern in dem Zeug rumgestöbert und manchmal die herrlichsten Schätze gefunden.»

«Wenn Daddy nicht nach Mamas Tod alles weggeworfen hat», meinte Garrett. «Aber ihr könnt ja mal nachsehen.»

«Ihr wollt Daddys Sarg mit Lumpen ausschlagen?» Robert Lee war aufgestanden und schüttelte den Kopf. «Das nenne ich respektlos!»

«Ich finde das sogar sehr vernünftig», widersprach Charles Martin. «Clayt hat bestimmt nicht aus Geiz vorgeschlagen, daß wir alte Sachen nehmen. Wenn Daddy ein traditionelles Begräbnis haben will, wünscht er sich damit auch möglichst viele Beziehungen zur Familie. Gibt es etwas Besseres, als in einen von seinen Söhnen gezimmerten Sarg eine Decke zu legen, in der Sachen von Menschen verarbeitet sind, die er geliebt hat? Ein Stück von Mamas Hochzeitskleid, Reste von unseren Babysachen, ein Quadrat vom Umschlagtuch seiner Mutter. Erinnerst du dich noch an das schwarze Tuch mit der Stikkerei, Clayt?»

«Ich finde den Gedanken wunderschön», sagte Kelley. «Wie in dem Song von Dolly Parton, ‹The Coat of Many Colors›.»

Charles Martin sah sie so böse an, daß sie sich fragte, ob sie ihm gerade die Idee für einen neuen Song kaputtgemacht hatte. Er war im wirklichen Leben ständig auf der Suche nach Anregungen für seine Musik, brachte es aber offenbar nicht fertig, sich spontan etwas auszudenken. Die Idee zu einem Lied kam ihm immer erst, wenn andere Leute sie ausgesprochen hatten. Während sie noch über die Sargdecke diskutierten, spukten ihm offenbar schon Melodien im Kopf herum. Sogar in diesem Moment, während sein Vater im Sterben lag, schien Charles Martin das Leben wie durch eine Glasscheibe zu betrachten. Sein Blick hatte Kelley losgelassen. Sie schob wabbelige Rühreireste auf ihrem Teller hin und her und beschloß, sich in Zukunft aus den Familienangelegenheiten herauszuhalten.

Lilah stellte die Teller zusammen. «Wenn wir den ganzen Vormittag hier herumsitzen, kommen wir nicht weit. Am besten geht ihr Jungs jetzt mal in die Scheune, und wir Frauen sehen nach, was wir auf dem Dachboden finden, damit wir die Decke in Angriff nehmen können.»

Während sie das Geschirr abräumte, machten sich die Männer auf den Weg zur Scheune, um den letzten

Wunsch ihres Vaters zu erfüllen. Für März war es bis auf die kalten Böen, die vom Kamm herabwehten, ein schöner, milder Tag, und Clayt sah sehnsuchtsvoll über das Feld zum Wald hin. Ein Kohlweißling flatterte durch sein Blickfeld. Am liebsten wäre er ihm nachgelaufen, aber Robert Lees strenger Blick hielt ihn zurück.

Die Scheune gab es, solange sie denken konnten. Schon auf den sepiafarbenen Familienphotos aus den zwanziger Jahren war sie zu sehen, verwittert, stumpfbraun, ohne eine Spur von Anstrich, aber die Türen waren heute noch so gut in Schuß wie damals und das geflickte Blechdach war dicht. Alles in allem sah sie noch sehr ordentlich aus, auch wenn sie eigentlich zu nichts mehr nütze war, denn Vieh gab es hier nicht mehr und auch kein Getreide zum Lagern. «Da werden Erinnerungen wach», sagte Charles Martin. «Ich sehe lauter übereinanderkopierte Szenen vor mir, wie in einem Videoclip, wo die Bilder so schnell vorüberhuschen, daß man sie kaum aufnehmen kann. Ich rieche frisches Heu, ich sehe Großmama in einer Schürze beim Hühnerfüttern und das gescheckte Kalb, das Robert Lee aufgezogen hat. Und erst der Heuboden – der wäre einen eigenen Videoclip wert. Wißt ihr noch, wie Garrett Fallschirmjäger gespielt und sich beim Springen eine Zinke der Mistgabel ins Bein gerammt hat?»

«Die Narbe sieht man immer noch», bestätigte Garrett. «Aber ich hab Glück gehabt, daß es nur eine tiefe Fleischwunde war. Hätte es mich ein bißchen weiter links oder mit etwas mehr Wucht erwischt, wär ich hops gegangen.»

«Aber geweint hast du kaum», erinnerte sich Charles Martin. «Wie alt warst du damals? Höchstens elf, nicht? Ich sehe noch dieses dicke schwarze Ding in deinem Schenkel und erinnere mich, wie ich gestaunt habe, daß du nicht Zeter und Mordio geschrien hast.»

«Muß der Schock gewesen sein», meinte Clayt.

«Nein», widersprach Garrett. «Ich bin immer so. Irgendwer hat mal festgestellt, daß ich eine hohe Schmerzschwelle habe. Außerdem finde ich, daß es nichts bringt, zu brüllen, wenn man verletzt ist, damit macht man höchstens noch die Helfer verrückt. Und auf der Farm waren wir schließlich den Anblick von Blut gewöhnt. Schweineblut, Menschenblut – wo ist da der Unterschied?»

«An diese Sache erinnere ich mich nicht», sagte Robert Lee. «Wahrscheinlich war ich da schon weg. Vielleicht ganz gut so, es muß eine scheußliche Geschichte gewesen sein. Hast du keine erfreulicheren Erinnerungen an den Heuboden, Garrett?»

Sein Bruder feixte. «Jedenfalls keine, die Debba hören dürfte.»

Robert Lee wurde rot. «Dann will ich auch nichts davon wissen. Hatten wir da oben nicht ein Seil zum Tarzanspielen?»

«Ja, das weiß ich auch noch», bestätigte Charles Martin. «Wär ein toller Clip für einen Song über Erinnerungen rund um eine Scheune. Kühemelken … Mädchen küssen … auf einem Heuballen sitzen und Gitarre üben …»

«Bitte vergiß jetzt mal, daß du ein Country-Star bist, Charlie», fuhr Robert Lee ihn an. «Denk lieber dran, weshalb wir hier sind.»

«In der Scheune müßt ihr ein bißchen leise sein», mahnte Clayt, während er an dem durch die Haspe gezogenen Strick das Scheunentor aufzog. «Auf dem Heuboden nistet mindestens eine amerikanische Glattnase, die möchte ich nicht mehr als nötig stören.»

«Fledermäuse? Das hat uns gerade noch gefehlt», sagte Robert Lee ungnädig. «Kannst du die nicht einfach abschießen?»

«Nein, Robert, das kann ich nicht. Weil sie nämlich jedes Jahr eine Tonne Insekten fressen und deshalb sehr nützlich sind. Was mehr ist, als man ...» Er wandte sich achselzuckend ab. «Der Lichtschalter ist da drüben.»

Die Worte, die der Bruder verschluckt hatte, gellten Robert in den Ohren: «... als man von Autoverkäufern sagen kann.» Er biß die Zähne zusammen und ging weiter, ohne die anderen anzusehen.

«Schreinert einer von euch eigentlich noch?» fragte Charles Martin.

«Ich habe mir ein paar Bücherregale zusammengezimmert und hin und wieder einen Zaun geflickt. Etwas so Kompliziertes, wie Daddy sich wünscht, habe ich noch nie gemacht», sagte Clayt. «Aber ich will mich gern daran versuchen, wenn das Holz was taugt.»

«Kommt auf die Lagerung an», meinte Garrett. «Hauptsache, es ist da oben trocken geblieben.» Er sah auf die senkrecht an die Scheunenwand genagelte Leiter. «Sieht aus, als ob sie hält. Ich geh zuerst und mach die Bodenklappe auf, und du, Clayt, bildest die Nachhut für den Fall, daß Charlie sich einen Splitter in seine manikürten Finger reißt oder Robert Lee aufgefangen werden muß.»

Ohne auf den empörten Einspruch der beiden Brüder zu hören, schwang sich Garrett auf die Leiter und hangelte sich hoch. «Alles klar», rief er. «Der Boden ist offenbar in Ordnung, und über dem Holz liegt eine Plane.»

Für Charles Martin, der das Gästezimmer seiner Villa in einen Kraftraum umfunktioniert hatte, war die Leiter kein Problem, aber bis Robert Lee keuchend den Kopf durch die Luke steckte, vergingen fünf Minuten. «Möchte wissen, warum wir alle hier raufklettern mußten, um uns einen Stapel Holz anzusehen», brachte er japsend heraus.

«Weil wir die Bretter, wenn sie was taugen, mit vereinten Kräften nach unten schaffen müssen», erklärte Charles Martin ihm freundlich.

Garrett hatte inzwischen die Plane abgenommen. Er untersuchte das Holz, strich mit den Fingern darüber, schnupperte daran. «Gelagert ist es richtig», sagte er. «Immer ein Brett längs und eins quer, damit Luft rankommt.»

Jetzt tauchte auch Clayt auf und sah suchend zu dem Dachbalken hoch, auf dem er die schlafende Fledermaus vermutete, sah aber nur das ramponierte Netz einer Radweberspinne, das zwischen zwei Balken gespannt war und in dem tote, in Spinnweb verpackte Fliegen hingen. An einem anderen Balken leuchtete ein papierweißes altes Wespennetz schwach durch das Dämmerlicht, aber er sah keine Wespen herumfliegen, dafür war es noch zu früh im Jahr und zu kalt. Jetzt trat auch er an den Holzstoß heran und klopfte an ein Brett. «Rosenholz. So was bekommt man heutzutage gar nicht mehr.»

«Ich habe Werbung dafür gesehen», meinte Charles Martin. «Und in Mexiko habe ich Kelley ein kleines handgeschnitztes Schmuckkästchen gekauft ...»

«Das neue Material nennt sich zwar auch Rosenholz», sagte Clayt, «aber das, was heute unter diesem Namen läuft, stammt von dem Holz des Cocobolobaumes.»

«Also nicht von Rosenbüschen.» Charles Martin schnitt ein Gesicht. «Nein, ist ja Quatsch ... Man braucht sich ja nur mal anzusehen, wie lang die Bretter sind. Kann nicht billig sein. Warum heißt es dann Rosenholz?»

«Wegen der Farbe», sagte Garrett.

«Für mich ist das braun.»

Clayt nickte. «Das hier sind unbearbeitete Bretter. Wenn sie geschliffen und geglättet sind, werden sie dunkelrot wie dein mexikanisches Schmuckkästchen, nur mit dem Unterschied, daß das ursprüngliche Rosenholz Tropenholz war und die Bäume als gefährdete Art nicht mehr geschlagen werden dürfen. Und selbst wenn man an so was herankäme – die Einfuhr in die USA ist streng verboten.»

Noch immer kurzatmig, aber interessiert, fragte Robert Lee: «Dieser Stapel ist demnach wertvoll?»

«Könnte bis zu zweitausend Dollar wert sein», sagte Clayt. «Hartholz wächst langsam. Ein alter, sechs, sieben Meter hoher Nußbaum kann bis zu fünftausend Dollar bringen. Ich hab schon von Familien gehört, denen haben Holzdiebe den alten Nußbaum im Vorgarten abgeholzt und weggefahren, während sie in der Kirche waren.»

«Warum hat Daddy das Holz dann all die Jahre in der Scheune herumliegen lassen, wenn es so wertvoll war?» fragte Robert Lee. «Da hätten Einbrecher doch leichtes Spiel gehabt.»

«Das Holz liegt schon gute fünfzig Jahre hier», sagte Clayt. «Vielleicht sogar länger. Ich weiß nicht genau, wann echtes Rosenholz knapp wurde. Ich nehme an, daß Großvater Stargill es mal gekauft hat, um einen Schrank oder einen Tisch für Großmutter zu bauen, dann aber nicht mehr dazu gekommen ist.»

«Und als Abfallholz war es zu schade.»

«Schon damals kann es nicht billig gewesen sein», sagte Clayt. «So was verschleudert man nicht für Zäune oder Ausbesserungsarbeiten. Aus diesen Brettern sollte mal ein schönes Möbelstück werden.»

Garrett versuchte, mit dem Fingernagel einen Span zu lösen. «Verdammt hart, das Zeug. Da werden wir uns mit der Verarbeitung schwertun.» Er wandte sich an Clayt. «Warst du in letzter Zeit mal in der Werkstatt? Was haben wir an Werkzeugen?»

«Nur alte solide Sachen, soweit ich weiß. Ich habe sie mir seit Jahren nicht mehr angesehen.»

Garrett zog ein bedenkliches Gesicht. «Wißt ihr, wie lange es dauert, so ein Holz mit der Hand auch nur abzurichten?»

Charles Martin kratzte seufzend auf dem obersten Brett herum. «Genauso lange, wie es gedauert hat, den Baum großzukriegen, schätze ich.»

Pfarrer Will Bruce machte seine Nachmittagsrunde bei den kranken Gemeindemitgliedern. Den Besuch bei Randall Stargill hatte er sich bis zuletzt aufgehoben. Der Rettungsdienst hatte ihm mitgeteilt, daß Randall Stargill ins Krankenhaus gekommen war, und auch wenn der Alte ihn womöglich gar nicht erkannte, hielt er es für seine Pflicht, an seinem Bett zumindest ein Gebet zu sprechen. Vielleicht waren auch Angehörige da, denen er Hilfe oder Trost anbieten konnte.

Für den alten Mann war Will Bruce kein richtiger Pastor. Den größten Teil von Randall Stargills langem Leben hatte Wills Vater begleitet (der für Randall immer noch der *richtige* Pfarrer Bruce war), und er hatte auch nie einen Zweifel daran gelassen, daß er den Nachfolger für eine unnötige Neueinführung hielt. Seelsorgerlich konnte der ihm nicht das geben, was er brauchte. Will Bruce empfand für den über vierzig Jahre Älteren nicht mehr als für einen beliebigen Fremden, dem er auf dem Gang begegnete, obwohl er ihn von klein auf kannte. Randall Stargill war immer höflich gewesen, aber eben nicht mehr als das, und hatte sich – wenn überhaupt – allenfalls über das Wetter geäußert. Wenn er in der Kirche saß, hatte man immer den Eindruck, daß er auf einen verspäteten Bus wartete.

Will Bruce wußte nicht einmal, was er für Stargill von

Gott erbitten sollte. Hing der Alte noch am Leben? Als Clarsie gestorben war, hatte er nicht den Eindruck eines untröstlichen Witwers gemacht, aber manche Männer behalten ihren Kummer für sich und sterben ein paar Monate nach ihrem Verlust wie ausgesetzte Hunde. In diese Kategorie hätte er allerdings Randall Stargill nicht eingeordnet. Er schien sich selbst genug und hatte die Beileidsbezeugungen seiner Nachbarn ziemlich ungerührt entgegengenommen. War Randall Stargill ein müder alter Mensch, der genug erlebt hatte und bereit war, diese Welt zu verlassen?

Ob die Söhne mehr über die Gemütsverfassung ihres Vaters wußten als sein Pfarrer, hielt Will Bruce zumindest für fraglich. Das Verhältnis der Stargills zueinander war, soweit man das von außen beurteilen konnte, nie sehr herzlich gewesen. In der Kirche, in der Schule und im Ort hatten die Jungs sich eigentlich immer anständig aufgeführt, dafür hatte Randall gesorgt, aber sie hatten sich nie zu besonderen Leistungen aufgeschwungen, und ihr Vater ließ keine Spur von Stolz auf seine Söhne erkennen. Ihm schien es zu genügen, wenn sie nicht in Schwierigkeiten gerieten, die ihn in Verlegenheit bringen könnten.

Die Stargill-Jungs waren mehr oder weniger im gleichen Alter wie Will Bruce gewesen, aber Dwayne, mit dem er in eine Klasse gegangen war, lebte nun schon lange nicht mehr, die anderen waren weggezogen. Befreundet waren Will Bruce und Dwayne Stargill nie gewesen. Dwayne war der einzige Stargill-Sohn, der aus der Art geschlagen war. Er hatte an Verbotenem so ziemlich alles gemacht, was sich nur machen ließ – vom Rauchen auf dem Schulklo mit zwölf bis zu Verfolgungsjagden mit frisierten Autos auf der Landstraße, als er in der Oberschule war. Eines Tages war er ohne Abschluß von der

Schule abgegangen und hatte sich davongemacht. Randall Stargills Miene in der Kirche blieb unbewegt. Als die anderen Söhne nacheinander das Elternhaus verließen, schien ihn das ebensowenig zu berühren. Dann war Clarsie gestorben, er hatte auch ihre Beerdigung äußerlich unbeteiligt über sich ergehen lassen und war in das leere Haus zurückgekehrt. Seit über einem Jahr hauste er nun schon allein dort oben auf dem Berg.

Will Bruce gab das Lächeln einer Krankenschwester zurück, die an ihm vorbeiging, und betrat das Krankenzimmer. Er war eine bekannte Erscheinung im Krankenhaus. In seiner Gemeinde gab es viele ältere Menschen. Der Mann, der mit geschlossenen Augen im Bett lag, regte sich nicht. Er sah jünger aus als in den letzten Jahren, als habe der lange Schlaf die Spuren geglättet, die das Leben in sein Gesicht gegraben hatte.

Die stille Gestalt, die auf dem Stuhl in der Ecke saß, bemerkte Will Bruce erst, als er angesprochen wurde.

Er drehte sich von dem Sterbenden weg und versuchte, in seinem Gedächtnis Namen und Gesichter zu sortieren. Der füllige Mann mit dem roten Gesicht, den grauen Polyesterhosen und dem speckig glänzenden blauen Sakko stand auf und streckte mit traurigem Lächeln die Hand aus. «Sehr freundlich, daß Sie vorbeikommen, Herr Pfarrer.»

Das mußte der Älteste sein, der einen Job als Verkäufer irgendwo im Mittleren Westen hatte. «Robert Lee! Freut mich, Sie nach so langer Zeit wiederzusehen. Traurig, daß es kein erfreulicherer Anlaß ist.»

«Daddy ist immerhin fast achtzig, er ist verbraucht. Wir wußten, daß es irgendwann mal so kommen mußte. Ich hätte nie gedacht, daß er Mama überlebt, und hab mir ständig Gedanken gemacht, wie er wohl zurechtkommt.»

«Vielleicht schafft er es noch mal.» Will betrachtete

Randall Stargills regloses Gesicht. «Aber er sieht aus, als hätte er seinen Frieden gefunden, nicht?»

Robert Lee seufzte. «Ja, aber er hat seine Probleme nicht gelöst. Er hat sie nur an uns weitergegeben.»

Will Bruce wartete. Er wußte, daß das Wichtigste bei der Trauerberatung das Zuhören ist. Er zog sich den anderen Stuhl heran und setzte sich neben Robert.

«Wir haben verabredet, daß wir nicht alle auf einmal kommen, sondern uns abwechseln, um die Besuche ein bißchen zu verteilen», erklärte Robert. «Clayt war vor mir da. Ich weiß nicht, ob Daddy uns hören kann. Komisches Gefühl, mit einem Menschen zu sprechen, der mit geschlossenen Augen daliegt und sich nicht rührt.»

Der Pfarrer nickte. «Ich mache ja viele Krankenbesuche, deshalb erlebe ich so etwas oft. Ich gehe immer davon aus, daß die Kranken mich hören, auch wenn sie es nicht mehr zeigen können.»

«Es macht mir schwer zu schaffen, ihn so zu erleben», sagte Robert mit leisem Staunen in der Stimme. «So hilflos. Dabei hab ich mir für den Besuch extra ein Jackett angezogen und einen Schlips umgebunden.» Er lachte. «Ich kann's einfach nicht lassen, ihm imponieren zu wollen, auch wenn er mich meist wie Luft behandelt hat. Na, jetzt hat er dafür wenigstens eine gute Entschuldigung.»

Robert Lee schwieg einen Augenblick, dann beugte er sich zu seinem Vater vor. «Ich hab mich immer schwer damit getan, dich zu beeindrucken, Daddy, denn ich hab nie so recht gewußt, was du von mir wolltest. ‹Arbeite fleißig›, hast du gesagt. ‹Such dir einen guten, sicheren Job. Gründe eine Familie.› So hast du es gesagt, ich weiß es noch wortwörtlich. Aber später hast du das wohl vergessen, da hast du immer nur erzählt, welche großen Tiere aus dem Showbusineß Charles Martin kennengelernt oder wie viele Panzer Garrett bei der Operation Wüstensturm geknackt hat. Ebensogut hätte ich gleich Bankräuber werden können …»

Der Pfarrer war vergessen. Will Bruce überlegte, ob der Alte im Bett seinen Sohn hörte. So wie er Randall Stargill kannte, war es vielleicht ganz gut, daß er auf Robert Lees Gejammer nicht reagieren konnte.

Randalls Mutter hatte etwas von einer Forsythie an sich, die in strahlend goldener Schönheit in den allerersten Frühlingstagen erblüht, sich nur kurze Zeit hält und dann vergeht, ohne daß eine Spur von ihrem Glanz zurückbleibt. Doch wenn sie ihren kleinen Sohn ansah, wich die dunkle Angst aus ihren Augen, und sie schien ihm so schön wie der Mond. Weder ihr graues Kattunkleid noch die von der Arbeit rauhen Hände störten ihn. Er schlich sich mit einem selbstgepflückten Strauß aus Hahnenfuß oder weißen und gelben Schafgarben an seiner Großmutter vorbei und streckte ihn der Mutter hin in der Hoffnung, ihr schmales Lächeln zu sehen, mit dem sie so sparsam umging, ihre Lippen flüchtig auf seiner Wange zu spüren.

Jetzt hatte sie schon lange nicht mehr gelächelt. Ihre Augen waren so rot wie ihre Hände, und bei der Arbeit sah sie ins Leere. Erst waren viele Leute im Haus gewesen, manche hatten Kuchen und selbstgemachte Marmelade mitgebracht, andere ihm mit barscher Stimme viele Fragen gestellt, aber dann waren sie alle wieder gegangen, und im Haus war es still geworden. Sie sprachen nicht mehr von der Sache. Großmutter hatte gesagt, es sei Gottes Wille gewesen und eine Strafe für die Sünde der Mutter, die ein uneheliches Kind hatte. Gott habe das Unterpfand der Sünde fortgeschafft, sagte die Großmutter, und darüber Klage zu führen sei Gotteslästerung.

Großmutter ging jetzt immer mit ganz schmalen Lippen herum und mit zusammengekniffenen Augen, als wollte sie sagen: Untersteht euch zu weinen! Randall weinte nicht. Er wartete darauf, daß Fayre zurückkam, damit er wieder draußen spielen konnte, ohne daß seiner Mutter Tränen über die Wangen liefen.

Am ersten Abend war seine Mutter leise in sein Zimmer gekommen und hatte ihn unter dem zerschlissenen Quilt an der Schulter gefaßt. Er war hochgefahren und hatte schon den Mund zu einem Schrei geöffnet, aber sie flüsterte ihm zu, er solle schön ruhig sein. Ihre Augen waren in der Dunkelheit weit geöffnet, und sie sah immer wieder unruhig zur Tür, während ihre Finger an den Rissen im Quilt herumzupften.

«Ist es schon Zeit zum Aufstehen?» fragte Randall. Die Scheibe hinter dem Vorhang war noch schwarz, aber vielleicht war es ein trüber Morgen.

«Nein, Liebchen, es ist noch Nacht.» Sie strich ihm übers Haar. «Ich konnte nur nicht schlafen, da habe ich gedacht, ich rede mal mit dir.»

Er nickte, versuchte die Augen offenzuhalten und über dem Rauschen des Regens zu verstehen, was sie sagte.

«Bleib wach, Randall», flüsterte sie. «Draußen regnet es. Und es ist kalt für Mai. So kalt auf dem Berg.»

«Uaaahhh ...»

«Bitte, Randall, sag mir, was Fayre zugestoßen ist.»

«Wir sind in den Wald gegangen», murmelte Randall. «Hab ich doch schon erzählt. Immer wieder.»

«Nicht alles», zischte sie. «Du hast was ausgelassen.»

«Wir haben den Boone-Baum gesucht, das hab ich doch gesagt. Den Baum, in den Dan'l Boone seinen Namen geschnitzt hat.»

«Hast du sonst noch jemanden im Wald gesehen, Randall? War jemand bei euch?» Sie hielt ihn an den Schultern fest, nicht um ihn zu schütteln, sondern um zu verhindern, daß er sich wieder in den Schlaf zurückfallen ließ.

«Weiß nicht.» Er drückte das Kopfkissen an sich.

«Würdest du wieder hinfinden, Randy? Kannst du mich zu der Stelle bringen, wo du sie verlassen hast?»

Er schüttelte den Kopf. «Großmutter sagt, ich soll nicht mehr in den Wald gehen. Der Wald ist böse.»

«Randy, Fayre ist deine Schwester. Du hast sie doch lieb ...»

«Großmutter sagt, sie kauft mir eine ganze Tüte Pennybonbons, wenn ich brav bin.»

Der Griff um seine Schultern lockerte sich. Seine Mutter blieb noch lange Zeit sitzen, während er tat, als ob er schlief, dann stand sie auf und ging so leise, wie sie gekommen war, wieder hinaus. Er konnte sich nicht erinnern, daß sie ihn danach noch einmal berührt hätte.

6

Die Frauen durchschauten mit
schlafwandlerischer Sicherheit den Charakter
eines Mannes. Es schien, als könnten sie auf den
ersten Blick erkennen, wenn es ihm an Mut
mangelte, und ein Feigling hatte kaum
Chancen, daß sie ihm seine Wäsche, seine
Flickarbeiten oder sonst was besorgten.
Ein Pionier in seinen Erinnerungen
an Boonsborough

Das Frühstücksgeschirr stand zum Trocknen auf dem Abtropfbrett, und Lilah, die das türkisfarbene Hauskleid gegen einen grünen Jogginganzug eingetauscht hatte, führte die anderen beiden Frauen in die Dachkammer. «Bin gespannt, wie es dort jetzt aussieht», sagte sie. «Ich war in zwanzig Jahren nicht mehr als fünf-, sechsmal oben, meist, um den Weihnachtsschmuck für Mama Stargill oder zusätzliche Decken oder so Sachen zu holen. Richtig umgesehen hab ich mich nie.»

«Ich finde Dachkammern unheimlich spannend», meinte Kelley. «Als hätte man eine Zeitmaschine. Man sieht, was die Leute früher getragen haben und was für Möbel sie hatten. Manchmal findet man sogar alte Briefe.»

Debba Stargill fröstelte. «Mir ist das zu gruselig. Ich hab mal eine Geschichte gehört, in der hat sich ein kleines Mädchen beim Versteckspielen auf dem Dachboden in eine Truhe eingeschlossen, und als man sie fand, war sie eine Leiche, ein richtiges Skelett.»

«Ich glaube nicht, daß es hier diese Art von Leichen gibt», sagte Lilah.

«Was für welche dann?» wollte Debba wissen.

«Die Leiche im Keller, wie man so schön sagt. Die üblichen Geschichten – Ehekräche, ein Kind, das den anderen vorzgezogen wird, Geldstreitigkeiten. Sträflinge hatten sie in der Familie nicht, soviel ich weiß, keine Trinker, abgesehen von Dwayne, und auch keine Scheidungen bis ...»

«... bis zu dieser Generation.» Kelley sah zu dem Zimmer hin, in dem Kayla noch schlief. Was wohl Randall Stargill von ihr gehalten hätte? Und wäre seine Meinung Charles Martin wichtig gewesen?

«Von der Familiengeschichte weiß ich nicht viel», sagte Lilah. «Robert interessiert sich nicht für seine Vorfahren, und auch Mama Stargill kannte offenbar kaum Begebenheiten aus der näheren oder ferneren Vergangenheit der Stargills. Mag sein, daß Daddy Stargill da besser Bescheid wußte, aber er war nicht der Typ, der darüber Geschichten erzählte. Beim Abendessen machte er kaum mal den Mund auf, und schmutzige Wäsche von früher hätte er nie gewaschen. Irgendwer hat mal was erzählt ... aber die Einzelheiten sind mir entfallen. Vielleicht weiß Clayt Näheres, der stöbert ja gern in der Vergangenheit rum.»

Ein kleiner Abstellraum am Ende des Ganges war in ein Bad mit altmodischen Porzellanarmaturen und einem schwarzweißen Linoleumfußboden umgebaut worden. In einer Ecke neben der Klauenfußwanne führten drei Stufen zu einer kleinen Tür aus Kiefernholz. Lilah nahm einen nassen Waschlappen vom Wannenrand und gab ihn Kelley. «Den werden wir brauchen.»

Hinter der Tür ging es über zehn, zwölf Stufen steil nach oben. «Ganz dunkel dürfte es auf dem Boden nicht sein», sagte sie. «Wenn man vor dem Haus steht, sieht man die kleinen Dachfenster. Und hier oben hängt eine Birne an einem Kabel, wenn sie nicht ausgebrannt ist.» Sie wagte sich beherzt in die Dämmerung, ehe Debba eine Taschenlampe verlangen konnte.

«Meinst du denn, daß wir die Stoffe im Halbdunkel erkennen können?» fragte Kelley.

«Am besten gehen wir damit ans Fenster», gab Lilah zurück. «Farben kann man sowieso nur bei Tageslicht richtig beurteilen. Mit dem Waschlappen können wir die Scheiben putzen.»

Als sie die Stufen bewältigt hatten, lief Debba Stargill sofort zum nächstgelegenen Dachfenster, drückte ihr Gesicht an die Scheibe und atmete so tief, als könnte sie sich damit frische Luft hereinholen. Kelley und Lilah wechselten einen Blick und zuckten die Schultern. «Am besten gar nicht beachten», sagte Lilah halblaut und knipste die Birne an, die über ihren Köpfen baumelte, aber das schwache Licht erhellte den Raum nur unzureichend.

Kelley sah sich um. In dem matten Schein, der durch die kleinen Fenster fiel, erkannte sie einen staubigen Holzboden, auf dem Pappkartons, alte Stühle und Stapel leerer Bilderrahmen herumstanden. Alte Möbel, Hutschachteln und Kinderspielzeug waren wahllos verstreut, und in einer Ecke saß eine blonde Puppe mit Porzellankopf und aufgemaltem ondulierten Haar in einem Kinderschaukelstuhl und lächelte sie mit ihren roten Lippen an. Kelley wandte sich fröstelnd ab.

Lilah sah zu Debba Stargill hin. «Am besten fangen wir mit der großen Truhe hier an. Sollen wir sie ans Fenster schieben, Debba?»

«Ja, bitte», gab sie matt zurück. «Ich bin so ungern in kleinen dunklen Räumen.»

«Ein messingbeschlagener Schrankkoffer.» Kelley strich über das kunstvoll bearbeitete Metall. «Für so was würden sie einem in einem Antiquitätengeschäft eine Menge Geld abnehmen.» Sie packte den Ledergriff an einem Ende, Lilah nahm den anderen. Mit vereinten Kräften zogen sie den Koffer in das Stückchen Helle unter dem Fenster. Er war so schwer, daß sie ihn nicht heben konnten, aber man hörte nichts poltern oder klappern, als sie ihn über den Boden schleiften.

Debba Stargill hatte sich nicht umgedreht, sondern drückte sich noch immer die Nase an der schmutzigen Scheibe platt und atmete tief. «Macht ihr beiden ihn auf», sagte sie.

Kelley drückte Debba den nassen Waschlappen in die Hand. «Na gut, dann kannst du das Fenster putzen.» Sie kniete sich hin und besah sich das Messingschloß. «Er ist nicht abgeschlossen.»

Lilah klappte ihn auf. «Alte Kleider. Genau das, was man in einem Schrankkoffer auf dem Boden erwartet.» Sie holte das oberste Kleidungsstück heraus, schüttelte es aus und hielt es ans Licht. «Mama Stargills alter Wintermantel, der letzte ihres Lebens. Den hätten sie getrost gleich wegwerfen können, er ist total abgetragen.» Sie faltete den braunen Mantel wieder zusammen und legte ihn beiseite. «Bei dieser Gelegenheit können wir gleich die Sachen aussortieren, die wir weggeben wollen. Im nächsten Winter nützen sie irgendeinem armen Teufel bestimmt mehr, als wenn sie hier in einem muffigen Koffer liegen.»

«Und du meinst, die Jungs haben nichts dagegen, wenn du die Sachen ihrer Mutter weggibst?» fragte Debba, die jetzt, da weder Ratten noch Skelette zum Vorschein gekommen waren, auch geruhte, einen Blick in den Koffer zu tun.

Lilah lächelte nachsichtig. «Ein alter Tuchmantel von J. C. Penney ist nicht so recht das, was man unter einem

Familienerbstück versteht, Kind. Ich traue uns schon zu, daß wir unterscheiden können, was sich aufzuheben lohnt und was nicht.»

«Ich möchte wirklich wissen, warum Mr. Stargill die Sachen nicht gleich nach dem Tod seiner Frau weggegeben hat», sagte Kelley.

«Das will ich dir sagen», erwiderte Lilah. «Die Stargills hatten noch nie viel mit Geselligkeit am Hut, und Daddy Stargill hatte gerade die Beileidsbesuche von Nachbarn und Verwandten hinter sich. Statt sich nun gleich wieder mit wildfremden Leuten von irgendeiner Wohlfahrtsorganisation auseinandersetzen zu müssen, hat er die Sachen seiner Frau lieber in einem der Koffer auf dem Boden verschwinden lassen. Ich glaube fast, mit meinem Zeug würde Robert es genauso machen, wenn ich zuerst gehen müßte.» Sie schüttelte seufzend den Kopf. «Schon aus Angst, den Wohltätern wären meine Sachen nicht gut genug und sie würden auf ihn herabsehen.»

Kelley hatte in der Truhe aus schwerem Eichenholz herumgekramt. «Schaut euch diesen Hut an.» Sie setzte den weichen, selbstgenähten Sonnenhut auf die roten Locken und knotete die Bänder unter dem Kinn. «Wie aus der Western-Serie im Fernsehen!»

«Einen Schutenhut hat Mama Stargill so was genannt», erklärte Lilah. «Den hier hat sie selbst genäht und zur Gartenarbeit getragen. Aber das Muster ist viel älter, glaube ich.»

«Dann müssen wir ihn aufheben.»

Kelley legte die Schute beiseite und hielt ein Fransentuch aus stockfleckigem schwarzen Satin mit gestickten Weinranken und Blumen in Rot und Blau hoch. «Wie schön! Hat sie das auch selbst gemacht?»

Lilah schüttelte den Kopf. «Das hat Daddy Stargill ihr aus Europa geschickt.» Als sie die verständnislosen Blicke der jüngeren Frauen sah, setzte sie hinzu: «Aus dem Zweiten Weltkrieg. Er war in England stationiert, als Navigator auf einem Bomber, glaube ich. Auch darüber hat er ungern gesprochen. Nach dem Krieg ist er wohl noch ein bißchen in Europa herumgekommen. Sieht nach einer italienischen Arbeit aus.»

«Eigentlich schade drum, es zu zerschneiden.» Debba fuhr mit den Fingerspitzen über die zarte Stickerei. «Hat seine Frau es denn überhaupt mal getragen?»

«Nein, nie», sagte Lilah. «Meine Mutter war genauso. Die bestickten Kissenbezüge aus Leinen, die Daddy ihr aus Frankreich geschickt hatte, verschwanden in der Zederntruhe in ihrem Schlafzimmer, und da blieben sie vierzig Jahre, bis ich sie nach ihrem Tod gefunden habe, ein bißchen vergilbt und völlig unbenutzt. Spare in der Zeit, dann hast du in der Not, das war so das Motto dieser Generation. Die Depression steckte ihnen wohl immer noch in den Knochen.»

«Und jetzt, fünfzig Jahre nachdem Mr. Stargill ihr das Tuch geschenkt hat, füttern wir damit seinen Sarg.» Kelley seufzte.

«Dann erfüllt es wenigstens noch einen praktischen Zweck», sagte Lilah. «Vielleicht hängen schöne Erinnerungen daran. An so was muß er wohl gedacht haben, als er sich eine traditionelle Bestattung gewünscht hat.» Sie legte den Schal beiseite. «Damit hätten wir das erste Stück.»

«Vielleicht finden wir ihr Hochzeitskleid», sagte Debba. «Das hat schließlich auch Erinnerungswert …»

«Mag sein», sagte Lilah, «aber nach Seide oder Spitze suchst du vergeblich. Damals war Krieg, und Clarsie Stargill hat in einem Wollkostüm mit angesteckter Gardenie geheiratet. Das Hochzeitsfoto ist im Familienalbum, sie steht mit Daddy Stargill auf den Stufen vor dem Haus, und beide sehen ein bißchen beklommen und lächerlich jung aus. Er trägt Uniform, und seine Ohren gucken unter der Mütze vor.»

«Im Kostüm?» wunderte sich Kelley. «Irgendwie hab ich mir hier auf dem Land eine herkömmliche Hochzeit vorgestellt.»

«Es lag wohl am Krieg», sagte Lilah. «Kleidung war rationiert, und er hatte vermutlich nur ein paar Tage Urlaub bekommen, da war keine Zeit, viel herzumachen. Vielleicht hatte Clarsie es aber nur eilig, sich Randall zu schnappen. Im Familienalbum gibt es auch Fotos von ihm mit einem hübschen dunkelhaarigen Mädel, das vom Aussehen her die kleine Clarsie glatt in die Tasche steckt. Aber fragt mich nicht, was aus ihr geworden ist, darüber spricht niemand.»

«Das, was man innige Familienbande nennen würde, gibt es bei uns nicht», sagte Debba zu Kelley.

«Immerhin haben Randall und Clarsie eine ordentliche Ehe geführt, auch wenn sie ein bißchen übereilt geheiratet haben und sie ein Kostüm anhatte», sagte Kelley. «Ich habe in Weiß geheiratet, obgleich ich durchgebrannt war. Nicht bodenlang, aber mit Spitze am Oberteil.» Sie wurde rot und sah rasch weg. «Nach zehn Monaten haben wir uns trotzdem scheiden lassen. Zu einer guten Ehe gehört eben mehr als ein weißes Hochzeitskleid.»

«Seht mal zu, ob ihr das Kostüm findet, es ist nun mal das Symbol für den wichtigsten Tag ihres Lebens. Vielleicht können wir ein Stück für die Decke nehmen.»

«Ich denke, ich würde es erkennen», meinte Lilah und machte sich wieder über den Kleiderstapel her. «Es hatte Schulterpolster und einen schmalen Rock. Dunkelgrün, wenn ich mich recht erinnere. Was hast du zu deiner Hochzeit getragen, Debba?»

Die Pause dauerte fast eine Minute. «Ein langes Kleid», sagte Debba Stargill schließlich. «Champagnerfarben mit breiter Schärpe. Und einen großen Hut. So einen wie Scarlett O'Hara auf der Gartenparty.»

«Hübsch», meinte Kelley.

«Ich hatte ein langes weißes Kleid und Schleier haben wollen und alles, was dazugehört, aber es war Garretts zweite Ehe, und mein Pfarrer fand eine große weiße Hochzeit ungehörig, wo er geschieden war und alles.»

«Ich wußte gar nicht, daß Garrett schon mal verheiratet war», sagte Kelley. Sie wußte kaum etwas über die Familie, Charles Martin sprach so gut wie nie davon.

«Ich hab die Frau nie kennengelernt», sagte Debba. «Er muß noch ganz jung gewesen sein, und es hat nicht geklappt.» Sie rutschte von dem Koffer weg zu einem Stapel verstaubter Pappkartons. «Ich schau mal die hier durch. Vielleicht finde ich Sachen von Mr. Stargills Eltern oder Babywäsche.»

Kelley zuckte die Achseln und wandte sich wieder dem Inhalt des Koffers zu. «Clayt ist demnach der einzige, der nie geheiratet hat», sagte sie.

«Sie hatten noch einen Bruder», sagte Lilah. «Dwayne.»

«Ja, richtig, der Trinker. Er ist tot, nicht?»

«Autounfall. In Florida. Außer der Mutter ist niemand von der Familie zur Beerdigung gefahren. Er war der Zweitälteste, nach Robert Lee. Nachdem er aus der Schule geflogen oder selbst ausgestiegen war, ist er zur Army gegangen, sie haben ihn nach Vietnam geschickt und ihm für seine Verwegenheit mehrere Orden verliehen. Ich glaube, die Familie hat nicht damit gerechnet, daß er lebend wieder rauskommt, und als er auf der Interstate 95 in seinem Wagen verbrannte, hat das keinen sehr überrascht. Charlie und Clayt haben ihn immer ‹Audie› genannt – nach Audie Murphy, dem Kriegshelden. Und ein bißchen wie der muß Dwayne tatsächlich gewesen sein. Furcht kannte er nicht, und am wohlsten hat er sich immer in Kneipen und schnellen Wagen gefühlt. Man sah ihm an, daß er nicht alt werden würde.»

«Hatte er Familie?» fragte Kelley. «Frau und Kinder?»

«Nicht daß ich wüßte», erwiderte Lilah. «Kann sein, daß es da in Daytona irgendeine Kellnerin gab, aber bei uns hat sie sich nicht sehen lassen. Es würde mich wundern, wenn er sich vor dem Gesetz gebunden hätte. Dwayne hatte es nicht mit gesetzlichen Bestimmungen, er hat oft genug seine Kaution sausen lassen.»

«Ein Knastbruder?» fragte Debba erschrocken.

«Ach was, nur ein guter Junge mit mehr Ehrgefühl als Verstand. Meist ging es um Kneipenschlägereien. Wenn er getrunken hatte, war er unberechenbar. Robert Lee war das natürlich mächtig peinlich. Das schwarze Schaf der Familie hat er Dwayne genannt. Ich glaube, die anderen Brüder haben nur darüber gelacht. Wahrscheinlich hat es ihnen leid getan, als er starb, aber gewundert haben sie sich nicht darüber.»

«Clayt war auch noch nie verheiratet?»

«Nein, aber irgendwann wird er bestimmt noch häuslich», sagte Lilah. «Er ist einfach eine Weile länger Kind geblieben. Außerdem kann er sich bei dem bißchen Geld, das er mit seinen Gelegenheitsjobs verdient, auch gar keine Familie leisten. Einmal war er drauf und dran, den Kopf in die Schlinge zu legen, aber dann wollte er unbedingt den ganzen Appalachian Trail zu Fuß abgehen – für die zweitausend Meilen braucht man ungefähr ein halbes Jahr –, und als er zurückkam, war er seine Freundin los.»

Debba schüttelte einen Stoß staubiger Babywäsche aus und nieste dreimal hintereinander.

Lilah lächelte ihr zu. «Wenn man so niest, heißt es, geht ein Engel vorbei.»

Im Büro des Grundbuchbeamten von Wake County gab es einen Kaffeebecher, auf dem Frank Whitescarvers Name stand, aber trinken mußte er daraus am Besuchertisch, denn nicht mal ein Stammgast wie Frank durfte mit Eßwaren oder Getränken den kostbaren Urkundsbüchern, die Mrs. Oakley hütete wie ihren Augapfel, zu nahe kommen. Heute hatte er sich so sehr auf seine Lektüre konzentriert, daß er auf den Kaffee ganz verzichtete. Vertieft in Meßtischblätter und juristische Fachausdrücke, saß er über den Akten und machte sich hin und wieder eine Notiz auf einem großen Block. Das graue Jackett hatte er über die Stuhllehne gehängt, den roten Schlips gelockert.

«Bist du wieder auf Grundstücksjagd, Frank?» fragte Dallas Stuart, ein Anwalt aus dem Ort, der einen Rechtsanspruch nachprüfen wollte. «Wann kaufst du deiner Frau endlich ein neues Haus? Wenn du schon überall diese tollen Villen hinstellst, müßtet ihr eigentlich hochvornehm auf Boon's Mountain wohnen statt in dem alten Ranchhaus, das ihr schon hattet, als Ford im Weißen Haus war.»

Frank Whitescarver lächelte gezwungen. Er nahm sich sehr ernst und reagierte verschnupft, wenn man an seiner Würde kratzte. Im Geschäftsinteresse legte er Wert darauf, mit allen auf gutem Fuß zu stehen, aber deswegen brauchte er sich noch lange nicht dumm kommen zu lassen. Bei seinen Mitmenschen war Frank nicht besonders beliebt, und auch er hielt bei aller Liebenswürdigkeit nicht sehr viel von ihnen, aber er blieb immer höflich und erwartete auch von anderen Höflichkeit.

Er zuckte die Schultern. «Wir sind einfache Leute, Dallas, und haben keine Kinder, uns genügt ein kleines Haus. Wenn ich Betty Lou vorschlage, ihr irgendwo auf der Höhe ein französisches Chalet zu bauen, schüttelt sie sich und sagt: ‹Bei dem Gedanken, dein ganzes Zeug einpacken und damit umziehen zu müssen, würde ich am liebsten unters Bett kriechen und nie wieder rauskommen.›» Diese Antwort hatte er stets parat, seit Jahren ging sie ihm geläufig von den Lippen, auch wenn Betty Lou sich beim besten Willen nicht erinnern konnte, jemals etwas in der Art gesagt zu haben.

«Du suchst mal wieder Grundstücke, die andere Leute kaufen sollen, was?»

«Ganz recht, Mr. Stuart.»

«Ich kann nicht behaupten, daß ich von dem Trend, Wald und gutes Farmland in Schlafzimmer für Johnson City umzufunktionieren, besonders begeistert bin, aber irgendwo müssen die Leute ja wohl unterkommen. Und es gibt hier in der Gegend Familien, die das Geld gut gebrauchen können. Bauland bringt heutzutage ordentliche Preise. Ich wünschte, J. Z. Stallard würde seine Farm verkaufen, ehe der Staat sie ihm wegen seiner Steuerrückstände wegnimmt.»

Frank Whitescarver wartete ein paar Sekunden, dann sagte er betont beiläufig: «Stallard. Auf dem Höhenzug neben der Stargill-Farm?»

«Ganz recht. Mein Vater sagt, daß es mit der Farm noch nie weit her war. Das gute Land ist im Tal, und die Leute auf den Bergen nahmen, was übrig blieb und was sie billig bekommen konnten. Früher hat man aus Spaß gesagt: ‹Die Leute im Tal sehen auf die Leute auf den Bergen herab.›»

Der Makler lächelte höflich. «Man sagt auch: Wer zuletzt lacht, lacht am besten – und das trifft heute auf die Leute dort oben durchaus zu. Die gute Aussicht haben nun mal nur die Bergbewohner, und die ist sehr viel mehr wert als flaches Weideland für Holsteinkühe.»

«Stimmt auch wieder», bestätigte Stuart. «Die Neuen wollen noble Häuser und einen schönen Blick aus ihrem Panoramafenster und von der umlaufenden Zedernholzterrasse, aber eine Tomatenpflanze kriegen die meisten nicht mal in einer Wanne voller Kuhmist hoch. Was meinen Sie, wieviel würde ein Grundstück wie das von Stallard heutzutage bringen, Whitescarver?»

«Schwer zu sagen. Ich weiß zwar, welche Farm Sie meinen, aber dazu kenne ich das Gelände nicht gut genug. Ich könnte ja mal hinfahren und mit Mr. Stallard reden, wenn Sie meinen, daß ihm damit gedient wäre.»

«Schlecht wär's nicht», sagte der Anwalt. «Allerdings ist J. Z. ein unheimlicher Dickschädel, wenn's um seine Farm geht. Dabei ist er nicht mehr der Jüngste, und seine einzige Hilfe ist Dovey, seine Tochter. Die ist zwar tüchtig und willig, aber ich bin noch einer von der alten Schule, Whitescarver, meiner Meinung nach ist eine alleinstehende Frau mit der Bewirtschaftung einer Farm überfordert. Mit fünfundvierzig wäre sie ein altes Hutzelweib mit dünnem Haar und einer Haut wie ein Bibeleinband.»

«Und Sie sagen, den Stallards sitzt das Finanzamt im Nacken?»

«Und wie! Letztes Jahr ist ihnen die Scheune abgebrannt, und sie hatten Probleme mit dem Vieh. Sie haben mich gebeten festzustellen, ob ihnen wegen ihrer Schwierigkeiten vielleicht ein Teil der Steuer erlassen werden kann, aber ich konnte nur eine sechsmonatige Fristverlängerung erreichen und die Bank dazu bringen, ihnen einen Kredit einzuräumen. Sie haben nicht genug flüssige Mittel, um die Steuern zu zahlen, die auf den Grundstücken in den Bergen liegen, das geht allen Farmern hier so. Das wenige, was sie haben, liegt in Land und Geräten fest, aber Vater Staat verlangt das Geld bar auf die Hand. Jahr für Jahr.»

«Es ist hart für die Farmer», sagte Whitescarver. «Und ich fürchte, es wird noch schlimmer. Nachdem sich die Leute überall diese feinen Häuser hinstellen lassen, steigt der Grundstückswert immer höher, und das bedeutet höhere Steuern auch für die Leute, die versuchen, ihre Farmen zu halten.»

«Verdammte Schweinerei», sagte Dallas Stuart.

«Immer noch besser, die Farm für einen anständigen Betrag zu verkaufen, als sie in einer Zwangsversteigerung zu verlieren, weil man die Steuern nicht bezahlt hat.»

«Eine verdammte Schweinerei ist es trotzdem.»

Als Kayla aufwachte, war alles still. Sie holte Jeans und ein rotes Sweatshirt aus ihrer Reisetasche und zog sich an. Dann ging sie nach unten und rief nach ihrer Mutter. Niemand antwortete, aber das beunruhigte Kayla nicht weiter. Bis vor kurzem hatte ihre Mutter Schichtarbeit bei einer chemischen Reinigung in Nashville gemacht, die rund um die Uhr geöffnet war und viele Kunden aus der Musikszene mit unkonventionellen Arbeitszeiten hatte. Da es so gut wie unmöglich war, für die Nachtschicht eine Kinderbetreuung zu bekommen – und schon gar nicht eine, die sie sich hätte leisten können –, hatte Kelley in der Woche, in der sie von abends um elf bis früh um sieben arbeitete, darauf verzichtet. Die kleine Tochter, sagte sie sich, war in dieser Zeit in ihrem eigenen Bett wahrscheinlich am besten aufgehoben, und das gesparte Geld konnte für Essen oder Kleidung verwendet werden. Deshalb war Kayla daran gewöhnt, allein zu sein, wenn sie aufwachte. Im Kühlschrank fand sie Orangensaft und hausgemachte Marmelade. Das Brot war in einem Holzkasten ganz hinten auf der Arbeitsfläche, aber Kayla zog sich einen Stuhl heran, so daß sie den Kasten und den danebenstehenden Toaster erreichen konnte.

Während der Toast bräunte, holte sie sich aus einem Oberschrank einen kleinen Teller und ein leeres Glas mit einer Comicfigur für ihren Saft. Mehr als Toast und Marmelade aß sie auch sonst nicht zum Frühstück, und da die Erwachsenen weg waren, konnte sie sich vor den Fernseher im Wohnzimmer setzen und *Mr. Rogers* gucken oder was sonst um diese Zeit hier lief. Sie war nicht wählerisch.

Weil es, als sie mit dem Frühstück fertig war, im Fernsehen nur öde Talk-Shows gab, ging sie in den Garten. Die Autos standen alle da, demnach waren die Erwachsenen irgendwo auf dem Gelände, vielleicht in der Scheune, oder sie hatten einen Spaziergang den Hang hinauf gemacht, aber sie hatte keine Lust, nach ihnen zu suchen. Erwachsene hatten sowieso nie Zeit zum Spielen und außerdem noch die ärgerliche Angewohnheit, einem Sachen vorzuschlagen, zu denen man keine Lust hatte. Kaylas Mutter war immer froh, wenn sie sich allein beschäftigte. «Sie ist eine richtige kleine Lady», sagte sie dann mit einem erleichterten Lächeln. Das fand Kayla gut.

Zuerst erkundete sie den Garten. Hier und da blühten kleine purpurfarbene Blumen im Gras, sie sahen aus wie Lockenwickler an einem Stengel, der nicht länger war als ihr Finger. Auch einen Baum mit weißen Blüten gab es und seitlich am Haus eine hohe Hecke, in der ganz kleine sternförmige Blüten leuchteten. Sie wäre gern hineingekrochen, um sich ein Fort zu bauen, aber die Zweige wuchsen zu dicht durcheinander.

Es tat ihr jetzt leid, daß sie sich nichts zum Spielen mitgebracht hatte. Gewiß, sie hatte Sally, aber die Mama hatte ihr erklärt, daß das Plüschkamel von weit her kam, aus Deutschland, daß Charles Martin viel Geld für Sally bezahlt hatte und sie deshalb kein Spielzeug für draußen war. Sally sollte immer sauber und wie neu aussehen.

Vielleicht gab es irgendwo in dem alten Haus abgelegte Spielsachen. Ob die Mama ihr wohl erlauben würde, darum zu bitten? In einer Familie mit so vielen Jungen gab es sicher irgendwo einen Planwagen oder eine Spielzeugeisenbahn oder irgendwas in der Art. Und keiner der Männer schien Kinder zu haben, an die sie das Spielzeug hätten weitergeben können. Kayla machte sich nicht viel aus Jungenspielzeug, aber es war besser als nichts.

Sie ging in die Scheune, vielleicht waren da Katzen oder Küken. Aber der große Raum war leer und dunkel und roch muffig. Von oben hörte sie Stimmen: Charles Martin und seine Brüder. Es klang, als ob sie sich zankten. Sie schlich sich wieder hinaus. Schade, daß sie sich nicht an Clayt halten konnte, der schien nett zu sein, aber heute war es sicher auch mit ihm nicht schön, heute tat er genauso erwachsen wie die anderen.

Sie sah in alle Nebengebäude, aber sie waren voller Schmutz, und außer den Spinnen regte sich dort nichts. Kayla wußte, daß man sich nicht schmutzig machen durfte, wenn man auf Besuch war. Ihre Mutter würde ihr schön was erzählen, wenn sie heute vormittag schon anfangen müßte zu waschen.

Kayla stieg den Hang hoch, aber da ging ein so scharfer Wind, daß sie vor Kälte schlotterte, obgleich die Sonne schien. Bei den Grabsteinen hielt sie sich eine Weile auf und versuchte, die verwitterten Inschriften zu lesen, konnte aber nur die Jahreszahlen und das Wort *Stargill* entziffern, das kannte sie von den Schallplattenalben und Konzertplakaten, die Charles Martin in seinem Arbeitszimmer hatte. Von ihrer Mutter hatte Kayla das Alphabet gelernt, und ein paar Worte konnte sie am Schriftzug erkennen – *McDonald's* und *Coca-Cola* zum Beispiel – aber richtig lesen konnte sie noch nicht.

Als sie wieder im Garten angekommen war, versuchte sich Kayla im Radschlagen, dann balancierte sie ein Stück auf dem Zaun, bis sie ins feuchte Gras fiel, ein paar purpurne Blumen zerquetschte und eine Biene verscheuchte, die sich summend eine friedlichere Futterstelle suchte. Nachdem sie eine halbe Stunde die Farm erkundet hatte, tauchte die alte Frau am Gatter auf.

Sie stand auf dem Plattenweg, hatte eine Holzkiste in der Hand, auf der etwas in Alufolie Eingewickeltes stand, und sah sehr traurig aus. So, wie Kayla es eigentlich von Charlie erwartet hatte, dessen Vater im Sterben lag, aber der hatte nicht so bekümmert dreingesehen. Die Frau war groß und hatte ein glattes, starkknochiges Gesicht, das dunkle Haar mit den silbrigen Strähnen war zu einem Knoten gesteckt. Sie trug ein dunkelblaues Kleid wie zur Kirche und darüber ein graues Wolltuch gegen den Wind. Kayla hatte nicht direkt Angst vor ihr, aber sie spürte, daß das ein Mensch war, bei dem man ruhig sein mußte.

Sie kam hinter den dichten Immergrünbüschen hervor und ging geradewegs auf die alte Frau zu. «Hallo. Ich heiße Kayla. Was kann ich für Sie tun?»

«Ich bin Nora Bonesteel», antwortete die alte Frau. «Ich wohne drüben auf der anderen Seite der Höhe und bin eine gute Bekannte von Randall Stargill. Ist das dein Großvater?»

Kayla hatte ihre besten Manieren hervorgeholt. «Nein, Ma'am. Ich bin nur zu Besuch hier. Mit Charles Martin Stargill», fügte sie hinzu wie jemand, der eine Zauberformel ausspricht. Kayla wußte inzwischen, daß der Name Charles Martin Stargill oft Wunder wirkte. Er verhalf ihr und ihrer Mutter zu besseren Plätzen beim Konzert und zu der Erlaubnis, hinter die Bühne zu kommen, und in den Restaurants und Geschäften von Nashville wurden sie bedient wie reiche Leute. Diesmal aber blieben bei der Nennung des Namens hörbares Luftschnappen oder ehrfurchtsvolle Blicke aus.

«Zu Besuch, soso. Du siehst auch nicht aus wie eine Stargill. Wie alt bist du? Sechs?»

Kayla nickte. «Sechsdreiviertel.»

«Du bist aber doch nicht allein hier?»

Die Kleine deutete auf die vier kreuz und quer in der Einfahrt und im Gras abgestellten Wagen. «Sie müssen in der Nähe sein, weil die Autos alle da sind. Aber sie wollten heute noch ins Krankenhaus.» Sie sah zur Straße hin und stellte erstaunt fest, daß dort kein Auto stand. «Wollen Sie irgendwohin mitgenommen werden?»

Die alte Frau lächelte. «Im Augenblick nicht, danke. Ich bin noch gut zu Fuß. Ich habe der Familie etwas mitgebracht. Könntest du wohl einen der Erwachsenen holen?»

Kayla wollte die Besucherin gerade in die Scheune führen, wo die Männer waren, da wurde über ihnen an eine Scheibe geklopft. Sie sahen zu dem Dachfenster hoch, wo Kelley hinter der frischgeputzten Scheibe stand und nach unten deutete.

«Das ist meine Mama», sagte Kayla. «Da oben hab ich nicht nachgesehen. Wir sollen wohl ins Haus kommen.»

Kaylas Nase war auf gleicher Höhe wie der mit Alufolie abgedeckte Teller. Sie schnupperte. «Haben Sie Plätzchen mitgebracht?»

Nora Bonesteel nickte. «Irgend jemand wird schon welche wollen, hab ich mir gedacht. Möchtest du dir eins nehmen, ehe wir ins Haus gehen?»

Kayla zögerte. Ihre Mutter hatte ihr eingeschärft, daß wohlerzogene kleine Mädchen nicht betteln, aber genaugenommen hatte sie ja auch nichts gesagt … Sie hob eine Ecke der Alufolie an und roch warme Schokolade in dem frischen Gebäck. «Darf ich zwei nehmen?» fragte sie. «Nicht nur für mich. Ich hab vorhin ein kleines Mädchen im Wald spielen sehen. Wenn ich sie finde, mag sie vielleicht auch eins.»

Nora Bonesteel sah das Kind einen langen Augenblick an, dann sagte sie: «Ich glaube nicht, daß das kleine Mädchen ein Plätzchen mag. Kommst du mit?»

7

Neben der Juristerei … ist das vielversprechendste Betätigungsfeld in Amerika die Spekulation mit Land und die Beibringung von Bewohnern zu seiner Besiedlung.
Silas Deane, Kolonialanwalt

Frank Whitescarver fuhr durch Winterwälder, die noch eine wenig reizvolle, undifferenzierte braune Masse waren. Man hätte nicht sagen können, an welchem der nackten Zweige Anfang April die purpurnen Blüten des Judasbaums flammen, welche der windgezausten Bäume die Hänge mit den kreuzförmigen Blütenblättern des Hartriegels überziehen würden. Noch war es nicht soweit.

Nach seinem Gespräch mit dem Anwalt hatte Frank einen Abstecher ins Steueramt gemacht und ein paar Worte mit einem Angestellten gewechselt, der ihm auch früher schon gefällig gewesen war. Hatte man den Steuerfall Stargill nicht ein bißchen schleifen lassen? Ließ sich etwas tun, um das Verfahren zur Einleitung der Zwangsvollstreckung zu beschleunigen? Das Räderwerk setzte sich in Bewegung.

Wenn der Wald voll weißer und rosa Blüten war und die Forsythien golden leuchteten, würden in seinem Jeep Cherokee potentielle Käufer sitzen, und er würde sie mit neu erworbenen Grundstücken in den Bergen verführen können. Der Farbenrausch dauerte bestenfalls ein paar Wochen, aber nicht dieses Schauspiels wegen freute er sich aufs Frühjahr. Schon lange nahm er die Pracht eines Apriltages in den Bergen nicht mehr wahr. Für Frank Whitescarver war jede Blüte wie ein Sekundenzeiger, der tickend den kurzen Zeitraum bemaß, in dem sich die Chance für neue Geschäfte, höhere Profite, Erträge aus seinen Investitionen bot. Ein einziger später Frost konnte die Planung eines ganzen Jahres zunichte machen. Gewiß, auch im späten Frühling gab es Grundstückskäufer, und im Herbst, wenn er nach Regentagen und kurzem Frost eine in allen Regenbogenfarben leuchtende Laubfärbung zu bieten hatte, waren Spontankäufe nicht selten. Zu keiner Zeit aber waren Geschäftsabschlüsse so leicht wie in jenen ersten leuchtenden Frühlingstagen. Er mußte seine Vorbereitungen jetzt treffen, wenn die Hänge noch kahl waren und ehe den Landbesitzern wieder zu Bewußtsein kam, was für einen Schatz die Berge bargen.

Eigentlich hatte er den Stargills einen – genaugenommen verfrühten – Kondolenzbesuch abstatten wollen, aber der hatte Zeit. Von Hamelin kommend, war die Stallard-Farm seine erste Anlaufstelle, und was er dort zu tun hatte, war dringender.

Die Farm der Stallards war alt – ein zweigeschossiges Holzhaus mit überdachter Veranda und alten Ahornbäumen im Vorgarten. Das Haus war nah am Bach gebaut, fast am tiefsten Punkt des Grundstücks. In einiger Entfernung beherrschte auf einem baumlosen Hang die abgebrannte Scheune die Landschaft. «Ich habe nie verstanden», pflegte er zu seinen Kunden zu sagen, «warum die Siedler die beste Aussicht den Kühen überlassen haben.» Es war wohl ein Versuch, das Wohnhaus vor den Unbilden der Witterung zu schützen, außerdem war es wichtig, Wasser und Straßen möglichst nah beim Haus zu haben, aber auf den modernen Betrachter wirkte es trotzdem befremdlich, daß dort oben in einsamer Pracht mit dem Blick auf die ganze Schöpfung Scheune und Kuhstall thronten.

Das Haus sah aus, als könne es noch einmal hundert Jahre überdauern, auch wenn es ein bißchen frische Farbe und ein neues Dach gebraucht hätte, aber Frank Whitescarver war das nicht wichtig. Das Haus mußte weg, auf den zwei Acres ließen sich gut und gern drei kleinere Wohneinheiten unterbringen. Die Ahornbäume konnte er vielleicht retten.

Er bog von der Hauptstraße auf den unbefestigten Weg ab, der in Schlangenlinie bis zum Wohnhaus führte. Von einer kleinen Anhöhe aus sah er im Gras neben einem der ungestrichenen Nebengebäude eine dunkelhaarige Frau knien. Frank, der dachte, sie sei verletzt, hielt an und lief zu ihr hin. «Was ist passiert? Fehlt Ihnen was?» Dovey Stallards Jeans und das Flanellhemd waren blutverschmiert. Sie hielt eine Handvoll bunter Federn hoch. «So eine Gemeinheit!» stieß sie hervor und wischte sich die Augen am Hemdsärmel ab. Das Haar war im Nacken zu einem Knoten geschlungen, und die Tränen hatten feuchte Spuren durch ihr schmutziges Gesicht gezogen. Frank sagte sich, daß sie möglicherweise ganz ansehnlich war, wenn sie sich gewaschen hatte, aber bei ihrem aufgelösten Zustand konnte man das nicht mit Sicherheit sagen. Sie hielt ihm das Federbündel unter die Nase.

«Alles in Ordnung?» Frank wußte immer noch nicht, was los war.

Sie stand auf, den blutigen Federklumpen in der Hand. «Das ist alles, was von einem preisgekrönten Mallorca-Hahn übriggeblieben ist.»

Frank blinzelte. «Wirklich ein Jammer. Muß ein Prachtkerl gewesen sein mit diesem bunten Gefieder. Hat jemand ihn aus Versehen erschossen?»

«Es war kein Schuß. Schauen Sie doch hin, es sind ja nur noch ein paar Knochen und Federn übrig.» Ihre Stimme war noch ein bißchen unsicher, aber ihre Wangen blieben jetzt trocken.

«Ein Fuchs? Ein Kojote? Ich hab gehört, daß man in letzter Zeit welche hier in der Gegend gesehen hat.»

Dovey Stallard zuckte die Schultern. «Möglich. Vielleicht auch ein Habicht. Ich müßte Clayt fragen. Sowenig Ahnung er sonst auch hat – was Wildtiere betrifft, ist er Fachmann.» Sie warf einen Blick auf das Gehege, in dem Hühner aller Größen und Farben herumliefen, lustlos im Sand herumpickten und von dem Verlust, der sie betroffen hatte, offenbar noch nichts gemerkt hatten.

«Ein Jammer», wiederholte Frank kopfschüttelnd. «So ein hübscher Hahn!» Wer mochte dieser Clayt sein? «Manchmal hab ich den Eindruck, daß sogar die Geduld eines Hiob mit der Farmarbeit überfordert wäre. Was da alles schiefgehen kann ...»

Dovey legte das Federbündel aus der Hand und sah den Fremden mit dem dunklen Anzug und den Bommelschuhen aus kleinen Augen an. «Tut mir leid, daß ich mich so aufgeführt habe. Wollten Sie etwas?»

Frank Whitescarver lächelte entschuldigend. «Sie müssen die Tochter von J. Z. sein. Noch immer Miss Stallard?» Sie war gut und gern fünfunddreißig und sah wirklich nicht übel aus. Aber ein Dickschädel, das sah man an ihrem ausgeprägten Kinn. Wenn ein junger Mann sich in so ein Mädchen verguckte, übersah er leicht die verräterischen Anzeichen des Jähzorns. Aber wenn er sich dazu hinreißen ließ, sie zu heiraten, würde er es sein Leben lang bereuen.

«Ja», sagte sie ruhig. «Ich bin Dovey Stallard. Und das ist die Farm meines Vaters. Und wer sind Sie?»

Er holte eine geprägte Visitenkarte aus der Tasche.

«Frank Whitescarver. Liegenschaften und Bauunternehmung. Ihren Vater kenne ich natürlich. Ein wertvolles Mitglied unserer Gemeinde.» Wahrscheinlich kannte er J. Z. Stallard tatsächlich von irgendwoher – von den Ruritaniern, von Bürgertreffs oder Veranstaltungen der American Legion. In einem kleinen Landkreis wie Wake County waren sie sich bestimmt irgendwann schon mal über den Weg gelaufen.

«Hm.» Dovey besah sich die Karte und streckte sie ihm, mit einem Daumenabdruck aus Schmutz und Hahnenblut über dem Wort Liegenschaften angereichert, wieder hin.

«Nein, bitte behalten Sie die Karte.» Frank wich zurück. Nichts würde ihn dazu bewegen, das blutbeschmierte Stückchen Pappe wieder in seine gepflegte Anzugtasche zu stecken. «Ich wollte eigentlich zu Ihrem Vater. Ist er in der Nähe?»

«Irgendwo wird er schon sein», sagte Dovey gleichmütig. «Aber wenn es um die Scheune geht, kommen Sie umsonst. Wir lassen uns noch keine Angebote für den Wiederaufbau machen.»

Ein empörtes *Ich baue doch keine Scheunen!* lag Frank auf der Zunge, aber er schluckte die Bemerkung herunter. Daß sie noch nichts von ihm gehört hatte, war ärgerlich, aber er hatte schließlich langjährige Erfahrung im Umgang mit brummigen Bergbewohnern und lächelte freundlich. «Wir könnten ihn suchen gehen. Vielleicht hat er gesehen, wer Ihren Hahn auf dem Gewissen hat.»

«Tun Sie, was Sie nicht lassen können», sagte Dovey. «Ich muß mich waschen und telefonieren. Aber Sie vergeuden nur Ihre Zeit.»

Sie ging rasch auf die Hintertür zu, ohne noch einmal zurückzusehen. Frank winkte, noch immer lächelnd, und machte sich auf die Suche nach ihrem Vater, allerdings ohne Eile, denn damit hatte sie ihm einen idealen Vorwand geliefert, sich das Grundstück genauer anzusehen. Für einen Gang über Weideland waren seine guten Sachen weniger geeignet, aber das half nichts, die Zeit war knapp.

Schöne Bäume. Hübsche Hänge. Ordentlicher Boden. Mit geübtem Auge taxierte Frank Whitescarver die Steigungen, den winterlichen Überflutungsbereich des Baches und den Blick, der sich von künftigen Grundstücken aus bieten würde. Was er sah, gefiel ihm. Als Farmer war man auf diesem Stück Land zu einem Hungerleben verdammt, aber wenn man es in Alterssitze für die Herrschaften vom Countryclub in Knoxville aufteilte, konnte eine Goldgrube daraus werden.

Er war den Hang zu den verkohlten Resten der Scheune hochgestiegen und bewunderte den Blick auf die Kette blau vernebelter Hügel, als jemand hinter ihm fragte: «Suchen Sie etwas?»

Frank wandte sich um. Er hatte nur den Bruchteil einer Sekunde, um zu entscheiden, welchen Kurs er bei seinem Gegenüber einschlagen sollte, und um sich das entsprechende Gesicht zurechtzulegen. Der Mann, der vor ihm stand, war schlank, hatte silbrige Haare und trug eine khakifarbene Arbeitshose und eine Leinenweste über einem Sweatshirt. Er war nicht bewaffnet, aber er beobachtete den ungebetenen Besucher scharf – ohne Zorn, aber mit leisem Argwohn. Frank kam zu dem Schluß, daß der arme Kerl einen Verbündeten brauchte, jemanden, dem er seinen Kummer anvertrauen konnte.

«Frank Whitescarver.» Er schüttelte Stallard herzhaft die Hand. «Wunderschön haben Sie es hier oben.» Er nickte zu der abgebrannten Scheune hinüber und setzte hinzu: «Ein Jammer um diesen soliden alten Bau. Heutzutage könnten die Leute so was gar nicht mehr hinstellen.»

«Wenn ich das Geld dafür hätte, wahrscheinlich doch», gab Stallard zurück. «Aber das habe ich im Augenblick nicht.»

«Die Landwirtschaft ist heutzutage wahrhaftig kein Zuckerschlecken. Kein Wunder, daß so viele einen Job in Johnson City haben und die Landwirtschaft nur noch als Nebenerwerb betreiben. Es ist die einzige Vorsorge gegen all das Unglück, das Mutter Natur Ihnen so regelmäßig beschert. Frost im Mai, Waldbrände, Frühjahrshochwasser oder eine Viehseuche.»

«Stimmt», sagte Stallard. «Sind Sie auch Landwirt?»

Frank schüttelte bedauernd den Kopf. «Ich? Nein. Habe wohl kein Händchen dafür. Zwei Reihen Tomaten – das ist für mich das Höchste der Gefühle, und selbst da hab ich Glück, wenn ich das wieder rauskriege, was ich reingesteckt habe. Haben Sie irgendwann mal was anderes machen wollen?»

Stallard überlegte. «Als ich jung war vielleicht. Da wär ich gern Pilot geworden. Aber das wollen wohl alle Jungs früher oder später.»

«Und jetzt? Haben Sie sich schon mal gewünscht, Sie könnten einfach weggehen und brauchten sich keine Gedanken um Überschwemmungen oder Frost oder Schwammspinner zu machen?»

J. Z. Stallard betrachtete sein Gegenüber genau. «Warum fragen Sie? Wollen Sie mir vielleicht die Farm abkaufen?»

«Also um ganz ehrlich zu sein, Mr. Stallard: Ja, genau das will ich. Und ich hoffe, Sie sehen es so, wie ich es meine – als gutnachbarlichen Vorschlag.» Er kramte eine weitere Visitenkarte heraus. «Frank Whitescarver. Liegenschaften und Bauunternehmung.»

Stallard besah sich die Karte kommentarlos, und Frank fuhr fort: «Liegenschaften ... Die Druckerei in Johnson City hat mir mal tausend Karten gedruckt, auf denen stand *Liebenschaften.* Hat mir natürlich kostenlos Ersatz geliefert, aber der dumme kleine Druckfehler hat mich nachdenklich gemacht. Das Geschäft mit Land hat nämlich wirklich was mit Liebe zu tun. Ich versuche, eine anständige Lösung für Leute zu finden, die einen Platz brauchen, den sie ihr Zuhause nennen können – und für die anderen, die unter ihren hundert Acres schon fast lebendig begraben sind. Beiden Seiten tu ich was Liebes damit – und beide Seiten handeln aus Liebe zum Land. Aber Land ist eben nicht nur Segen, sondern manchmal auch Last, Mr. Stallard.»

«Auf dieser Farm haben immer Stallards gesessen.»

Frank Whitescarver schüttelte leicht lächelnd den Kopf. «Irrtum, J. Z. Mit dieser Denkweise haben Sie sich Ihre Acres auf den Rücken geladen, und die drücken Sie so runter, daß Sie nicht mehr hochkommen. Zugegeben, Ihre Familie ist seit fünf, sechs Generationen hier, aber vorher war sie vielleicht irgendwo in Irland und hielt ihr kleines Stück Land für den Mittelpunkt der Welt. Historisch gesehen sind wir hier die Neuen. Die Indianer waren vor uns da und haben uns die Berge erst verkauft. Sie müssen also nicht meinen, Sie wären es Ihren Vorfahren schuldig, auf einer sterbenden Farm auszuharren, die Sie früher oder später mitnimmt. Die Zeiten ändern sich.»

«Die Zeiten schon. Die Menschen tun sich da schwerer.» Stallard sah nicht den Makler an, sondern blickte übers Tal zu dem weißen Haus unter den Ahornbäumen hin und zu der kleinen Ansammlung von Grabsteinen am Hang daneben.

«Seien wir doch mal ehrlich. Sie werden nicht jünger, und so einer Farm ist Ihre Tochter als alleinstehende

Frau einfach nicht gewachsen. Sie haben eine Pechsträhne, und die Steuer sitzt Ihnen im Nacken. Ich biete Ihnen einen Ausweg. Dreihundert Dollar pro Acre. Bar auf die Hand.»

J. Z. Stallard hatte nicht viel für Fremde übrig, und deshalb gab er sich ihnen gegenüber immer besonders zuvorkommend, denn auch Streit ist eine Form der Intimität. Er wartete ein paar Sekunden, als müsse er sich Whitescarvers Offerte durch den Kopf gehen lassen. Schließlich sagte er betont höflich: «Es ist freundlich von Ihnen, daß Sie mir das Angebot machen, Mr. Whitescarver, aber ich möchte es doch nicht annehmen. Ich weiß, daß ich seit ein paar Jahren vom Pech verfolgt bin, aber die Leute von der Kreisverwaltung waren sehr verständnisvoll, und ich denke, ich stehe die Durststrecke durch. Irgendwann geht es auch wieder aufwärts.»

Ein Außenstehender hätte diese Erklärung für nicht endgültig gehalten oder sogar so etwas wie Dankbarkeit herausgelesen, aber Frank Whitescarver kannte seine Pappenheimer. Die übelsten Rabauken aus einem Wohnwagenpark, die ihn mit der Schrotflinte von ihrem Stückchen Grund und Boden verjagten, hätten nicht unnachgiebiger sein können als J. Z. mit seiner freundlichen Ablehnung eines äußersten Angebots. Frank hatte sich auf weiteres Feilschen eingestellt, hätte ihm als Köder sogar ein kleines Ranchhaus in der Stadt angeboten, aber er begriff, daß solche Tricks sinnlos waren. J. Z. Stallard hatte das gleiche störrische Kinn wie seine Tochter.

Jetzt mußte er also zu anderen Mitteln greifen, und das war ihm gar nicht lieb. Sich böses Blut zu machen ging ihm ebenso gegen den Strich wie Stallard, aber Geschäft ist Geschäft.

Die drei Stargill-Frauen kamen mit ihren alten Kleidern und der Babywäsche nach unten. Sie waren mit dem Sortieren noch nicht fertig, aber da sie ohnehin die Besucherin begrüßen mußten, hatten sie beschlossen, sich einen Gang zu sparen, indem sie die Sachen, die sie für die Sargdecke brauchten, gleich mitbrachten.

Kayla hatte die alte Frau ins Wohnzimmer geführt. Jetzt saß sie neben ihr auf dem Sofa und erzählte ihr eine Geschichte von Silberlöwen, aber ihre Nachbarin hörte offenbar gar nicht recht hin. Mit unbewegtem Gesicht saß sie da, die Holzkiste im Schoß, während Kayla vergnügt schwatzte und sich von dem Teller mit Plätzchen bediente.

Lilah Rose Stargill legte die Kleidung aus der Hand und kam auf die Besucherin zu. «Bitte behalten sie doch Platz. Ich bin Mr. Stargills Schwiegertochter Lilah, und das ist Garrets Frau Debba ...» Sie nickte der kleinen farblosen Frau in dem braunen Baumwollkleid zu. «Und das ist Kelley. Ihre Tochter kennen Sie ja schon.»

Nora Bonesteel nickte. «Passen Sie auf die Kleine ein bißchen auf», sagte sie zu Kelly. «Eine Farm ist nicht ungefährlich für so kleine Leute.»

«Ja, das will ich tun. Mich entschuldigen Sie jetzt bitte ...» Kelley, der natürlich nicht entgangen war, daß Lilah es geschickt vermieden hatte, sie vorzustellen, wandte sich an Kayla. «Willst du nicht ein Glas Milch zu deinen Plätzchen?» Die beiden verschwanden in der Küche.

Die alte Frau sah die Stargill-Frauen an, die sich Stühle herangezogen hatten. «Sie werden sich nicht an mich erinnern. Wir haben uns mal Weihnachten in der Kirche kennengelernt. Ich bin Nora Bonesteel.»

Lilahs gastfreundliches Lächeln kam ins Wackeln, wodurch sie verriet, daß sie schon mal was von Nora Bonesteel gehört hatte, aber sie fing sich rasch wieder: «Es ist sehr freundlich von Ihnen, daß Sie uns besuchen. Mr. Stargill hat ja sein ganzes Leben hier verbracht, aber wir sind hier völlig fremd und kennen kaum jemanden. Und Plätzchen haben Sie auch mitgebracht ...»

«Mr. Stargill ist noch nicht tot», sagte Debba und wurde rot, als die anderen beiden sie ansahen. «Ich dachte, Sie hätten vielleicht etwas gehört», setzte sie halblaut hinzu, dann zog sie sich, entschlossen, nichts weiter zum Gespräch beizutragen, in den schützenden Ohrensessel zurück.

«Nein», bestätigte Nora Bonesteel. «Er liegt im Krankenhaus. Und im Sterben.» Sie machte eine Pause, als habe sie noch mehr zu sagen.

«Man darf nie die Hoffnung aufgeben», sagte Lilah und war drauf und dran, ihren Engel zu erwähnen, aber die feierliche Miene der alten Frau hielt sie davon ab. «Er hat ein schönes Einzelzimmer, und wir haben heute einen Strauß Nelken hinschicken lassen.»

«Er wird vermutlich diese Welt sehr plötzlich verlassen», erklärte Nora.

«Ich bin nicht für Schwarzseherei. Er ist alt, aber ...»

«Er wird vermutlich diese Welt sehr plötzlich verlassen», wiederholte Nora Bonesteel. «Und ich wollte den Angehörigen das da bringen, ehe – ehe alles für die Bestattung geregelt wird.» Sie strich mit den Händen über die glatte Oberfläche des Deckels. Der Kasten war aus dunklem, rötlichen Holz, etwa einen Fuß hoch und achtzehn Zoll breit, offenbar selbst geschreinert, aber sorgfältig verarbeitet mit gedübelten Verbindungen, abgerundeten Ecken und filigranen Messingbeschlägen. Der handpolierte Leinölfirnis war über die Jahre immer wieder mit Bienenwachs aufgefrischt worden, so daß jetzt aus dem Holz der milde Glanz des Alters leuchtete.

«Sie meinen den Kasten hier? Da werden die Jungs

sich aber freuen ...», sagte Lilah ziemlich ratlos. Das Gespräch verlief nicht so, wie sie es von Kondolenzbesuchen her gewöhnt war, aber sie hielt sich tapfer und überlegte, wie sie es wieder in konventionelle Bahnen lenken konnte. Von Debba war keine Hilfe zu erwarten, die schmächtige kleine Person saß da, guckte wie ein gestochenes Kalb und überließ das Reden ihr. Lilah wartete sehnlichst darauf, daß Kelley zurückkam, die hatte, auch wenn sie mit Charles Martin in Sünde lebte, wenigstens Sinn fürs Praktische. «Eine wunderschöne Arbeit», sagte sie. «Hat Mr. Stargill den Kasten gemacht?»

«Ja. Aber das ist lange her.»

«Es ist jedenfalls sehr freundlich, daß Sie ihn jetzt zurückbringen.» Damit war das Thema hoffentlich erledigt. Inzwischen war ihr aufgegangen, daß die alte Frau, die vor ihr auf dem Sofa saß, die dunkelhaarige Schöne aus dem Familienalbum war. Die betonten Wangenknochen waren auch nach einem halben Jahrhundert unverkennbar, die Augen noch ebenso klar und dunkel wie damals. Das also war Randalls Schatz gewesen, ehe er sich Clarsie zur Frau genommen hatte. Was um Himmels willen hatte sie da mitgebracht? Liebesbriefe? Was würden die Jungs dazu sagen? Was Robert Lee dazu sagen würde, wußte sie jetzt schon, und sie nahm sich fest vor, ihm die ganze Geschichte zu verschweigen. So viele Magentabletten, um ihm über diesen Schlag hinwegzuhelfen, gab es in ganz Tennessee nicht.

Sie nahm der alten Frau den überraschend schweren Kasten ab und stellte ihn neben das Sofa. «Wir freuen uns besonders, daß Sie vorbeigekommen sind», sagte sie munter, «weil wir eine Frage wegen der Trauerfeier haben – für den Fall, Gott behüte, daß es dazu kommt. Mr. Stargill hat eine ganze Liste schriftlicher Anweisungen hinterlassen ...»

«Er würde wollen, daß das da mit ihm begraben wird», fiel Nora Bonesteel ihr ins Wort.

Wieder hatte Lilah Mühe, an ihrem Lächeln festzuhalten. Warum kam ihre Besucherin bloß immer wieder auf den verflixten Kasten zurück? So langsam hatte sie das Gefühl, daß die Frau nicht ganz richtig im Kopf war, aber wenn man ein gutes Herz und obendrein einen Engel als persönlichen Berater hat, darf man nicht so einfach aufgeben.

«Ihrer Meinung nach wäre es also Mr. Stargills Wunsch, daß der Kasten mit ihm zur letzten Ruhe gelegt wird?»

«Das, was drin ist. Am besten machen Sie ihn gar nicht erst auf.» Nora Bonesteel erhob sich. «Ich muß wieder zurück. Aber ich mußte Ihnen den Kasten bringen. Randall wollte es so.»

«Warten Sie!» rief Lilah ihr nach. «Wir müssen Sie was fragen. Er hat sich nämlich einen Bibelkuchen gewünscht und ...»

Nora Bonesteel wandte sich um und sah sie an. «Das hat noch Zeit. Ich muß jetzt gehen.»

«Hat uns gefreut, Sie kennenzulernen», sagte Debba, während Nora Bonesteel das Zimmer verließ.

Lilah begleitete sie zur Haustür und stammelte einen Dank für die Plätzchen und den Besuch, aber ihre Höflichkeitsfloskeln gingen ins Leere. Sie blieb noch einen Augenblick auf der Schwelle stehen und winkte der Besucherin lächelnd nach. Dann machte sie die Tür zu, lehnte sich dagegen und stieß geräuschvoll die Luft aus. «Himmelnochmal, das war vielleicht peinlich!»

Debba runzelte die Stirn. «Sie war ein bißchen still, aber sonst ganz in Ordnung, fand ich. Was war daran peinlich?»

Kelley kam wieder herein und griff nach den Babysachen. «Kayla ist spielen gegangen. Die hier müßten wir wohl waschen, ehe wir sie verarbeiten. Sie riechen ein bißchen muffig. Ivory Snow oder Woolite, was meint ihr?»

«Ihr beiden könnt das nicht wissen», sagte Lilah, ohne auf die Waschmittelfrage einzugehen, und ließ sich aufs Sofa fallen, «aber das war Mr. Stargills Schatz. Die Frau aus dem Familienalbum. Mir hat's fast die Sprache verschlagen! Und ständig das Gerede von diesem alten Kasten – ich hätte schreien können! Für romantische Gesten ist es ein bißchen spät. Die beiden sind schließlich über siebzig. Ein Wunder, daß sie überhaupt noch weiß, wer Randall ist.»

Kelley lächelte. «Ist das nicht ein bißchen übertrieben? Schön, sie sind vermutlich schon vor dem Zweiten Weltkrieg auseinandergegangen, aber ich kenne Leute, die nichts dabei finden, Exfrauen zu einer Party einzuladen, von einer früheren Liebsten ganz zu schweigen. In einer Kleinstadt kann man es sich nicht leisten, alle Leute, mit denen man mal Krach gehabt hat, wie Luft zu behandeln, sonst hat man am Ende überhaupt keine Gesprächspartner mehr.»

«Ich kann mir nicht helfen – ich finde es trotzdem eigenartig, daß sie hier so mir nichts, dir nichts mit diesem Kasten ankommt und verlangt, das Ding soll mit ihm begraben werden.»

«Ach, deshalb war sie hier?» Kelley zuckte die Schultern. «Na gut, ein bißchen sentimental ist das schon – aber eigentlich finde ich es schade, daß heutzutage niemand mehr die Liebe so ernst nimmt.»

«Was ist denn in dem Kasten drin?» fragte Debba.

Die Werkstatt war ein ungestrichener, kleiner Verschlag im hinteren Teil der Scheune, der von außen über eine feste Tür und von der Scheune selbst über eine Behelfstür aus roh zusammengenagelten Brettern zugänglich war. Durch ein schmutziges Fenster kam Tageslicht herein, künstliches Licht lieferte eine elektrische Birne, die an einem Kabel von der Decke hing. Die Arbeitstische waren aus Fichtenbrettern, die Regale, in denen Farbdosen und Büchsen mit rostigen Nägeln standen, aus Latten und Sperrholz gezimmert. An der Wand neben dem Fenster hingen an Pflöcken verschiedene alte handgeführte Werkzeuge.

«Ich hätte Arbeitszeug mitnehmen sollen», sagte Robert Lee, dessen graue Polyesterhose einen Riß am Knie hatte. «In der Scheune hab ich mir schon immer die Hosen ruiniert.»

«Meine Jeans kann ich vergessen.» Charles Martin versuchte, mit einer schmutzigen Hand den verkrusteten Dreck von seinen Levis zu kratzen.

«Ich dachte, ihr reichen Country-Sänger tragt eure Jeans sowieso immer nur einmal», sagte Garrett.

«Nein, wir stehen jetzt auf Recycling.» Charles Martin salutierte feixend vor seinem älteren Bruder. «Wie sich das für gute Amerikaner gehört, Herr Major.»

«Hört auf zu streiten, ihr zwei.» Robert Lee wedelte sich die Staubflocken aus dem Gesicht. Seine Augen tränten, und er preßte die Faust an den Mund, um den Hustenreiz zu unterdrücken. «Das sieht ja furchtbar aus! Knöcheltiefer Staub, wohin man sieht. Hier gibt es jede Menge zu tun, aber wenn ihr euch alle fünf Minuten in die Haare geratet, kommen wir nicht weit. Vielleicht hat Daddy ein paar alte Sachen im Schrank, die wir zum Arbeiten anziehen können.»

«Ganz wie früher», sagte Clayt. «Wir streiten, und Robert Lee führt das Kommando.»

«Am besten stürzen wir uns gleich in die Arbeit», entschied Garrett, «dann nerven wir uns nicht gegenseitig.» Er griff nach einem Handhobel und blies den Staub weg. Die Stahlklinge war dunkel vom Alter, aber der Griff aus Eichenholz mit den Eingriffmulden für die Finger war goldbraun und glänzend. Randall Stargill hatte sein Werkzeug fast bis zuletzt gut gepflegt. «Ich weiß, daß wir, ehe wir richtig anfangen können, hier Ordnung schaffen müssen, aber ich will nur kurz was ausprobieren. Legt mal das Brett hier auf den Tisch da drüben.» Garret prüfte die Hobelklinge mit dem Finger, beugte sich über das Rosenholzbrett und fuhr mit dem Hobel darüber. Die Klinge hinterließ kaum einen Kratzer.

«Das habe ich befürchtet.» Clayt beugte sich vor, um das Ergebnis zu begutachten. «Wir haben so ungefähr das härteste Holz vor uns, das es gibt. Es dauert eine halbe Ewigkeit, bis es reif ist, dann muß es lange lagern und widersteht jedem Hobel. Kein Wunder, daß Großvater den Versuch aufgegeben hat, irgendwas daraus zu machen.»

«Um es nur so herumliegen zu lassen, ist es zu schade», sagte Robert Lee. «Und es könnte ein schöner Sarg daraus werden, auch wenn es ein tüchtiges Stück Arbeit bedeutet.»

«Haben wir denn genug Material?» fragte Charles Martin. «Wir sehen ganz schön alt aus, wenn wir uns abschuften und dann feststellen, daß es nicht reicht, so daß wir den Sarg doch beim Beerdigungsinstitut kaufen müssen.»

Clayt nahm ein Bandmaß aus der Tasche und warf es seinem Bruder zu. «Hier, miß mal nach, wieviel Holz wir alles in allem haben, ich rechne inzwischen aus, was wir brauchen. Hat jemand was zu schreiben da?»

Garrett gab ihm einen Kugelschreiber und einen Einzahlungsbeleg aus seinem Scheckbuch. «Wir müssen noch wissen, wie groß er ist und wie breit in den Schultern.» Er musterte seine Brüder. «Charles Martin ist von der Statur her Daddy am ähnlichsten, würde ich sagen. Du bist zu groß, Clayt, und Robert ist zu dick.»

Clayt lächelte. «Soll ich Charlie ausmessen?»

«Warum nicht? Oder möchtest du, daß ich mit dem Bandmaß zu Daddy ins Krankenhaus fahre?»

Clayt verschwand in der düsteren Scheune. «Charlie!» hörte man ihn rufen. «Komm mal her. Ich brauche dich. Und das Bandmaß.»

«Was soll ich inzwischen machen?» fragte Robert Lee, der in den Schubfächern nach weiterem Werkzeug gesucht hatte.

Garrett zuckte die Schultern. «Ein bißchen putzen zum Beispiel. In der Ecke steht ein Besen.»

«Mit meiner Stauballergie?» Robert Lee schauderte. «Wenn ich hier Staub aufwirbele, bin ich bald kränker als Daddy. Ehe ich anfange zu schreinern, muß ich mir eine Maske beschaffen.»

Clayt tauchte wieder auf. Er schrieb Zahlen auf die Rückseite des Einzahlungsbelegs. «Er könnte für uns zum Einkaufen fahren, Garrett.»

«Nichts dagegen. An was hattest du denn gedacht?»

«Zunächst an Lebensmittel. Ihr habt immer noch einen gesegneten Appetit. Und Beschläge für den Sarg. Vielleicht ein Namenschild aus Messing, das Beerdigungsinstitut in Johnson City wird so was haben. Gibst du mir noch einen Zettel? Ich schreibe eine Liste. Hier sind Charlies Maße. Er fand es nicht sehr lustig, als Modell herhalten zu müssen.»

«Hast du noch mehr Hobel gefunden, Robert?» wollte Garrett wissen. «Aber im Grunde ist das unwichtig. Für dieses Holz muß ein Elektrohobel her. Den könnte man ja notfalls kaufen.»

«Ist die Leitung denn überhaupt für Elektrowerkzeuge ausgelegt?» fragte Clayt.

Garrett zuckte die Schultern. «Einfacher wäre es, die Bretter irgendwo hobeln zu lassen.»

«In Hamelin gibt es einen Möbeltischler, den alten Dalton Wheeler, der würde uns das wahrscheinlich machen.»

«Gut. Frag ihn, wie lange es dauert, wenn wir ihm die Bretter bis heute nachmittag bringen. Und wieviel er dafür nehmen würde.»

«Gemacht werden muß es, ganz gleich, wieviel es kostet», sagte Robert Lee. «Wir können es ja von der Erbmasse abziehen.»

«Vielleicht sollten wir erst feststellen, ob es eine Erbmasse gibt», meinte Clayt.

«Die Farm dürfte einiges wert sein», gab Robert Lee zu bedenken.

«Eins nach dem anderen», bremste Garrett. «Zähl mal Charlies Maße zusammen, Clayt.»

«Schon geschehen. Größe 1,72, Schulterbreite 60 cm, allerdings nur ungefähr, er hat nicht stillgehalten. Das macht etwa 1,80 Länge und 75 cm Breite.»

«Müßten wir nicht etwas an Länge zugeben?» fragte Robert Lee. «Die Toten haben meist ein Kissen unter dem Kopf, und von da, wo der Kopf liegt, bis zur Sargwand sind immer ein paar Zentimeter Luft.»

«Vielleicht sollten wir uns noch irgendwo schlau machen, einen Fehler können wir uns nicht leisten. Ob Dalton Wheeler von diesen Dingen was versteht?»

«Ich kann ihn um Rat bitten, aber die Arbeit müssen wir selber machen, finde ich.»

«Ein leichter Job ist es nicht», sagte Robert Lee. «Und auch kein schneller.»

«Aber zu schaffen ist es.» Charles Martin war in die

Werkstatt zurückgekommen. «Wir haben sechzig Fuß Holz. Wenn wir sparsam damit umgehen, genügt das für einen Männersarg. Und ich denke, wir sollten ihn selber machen, weil das Daddys Wunsch ist.»

«Finde ich auch», bekräftigte Clayt. «Als sich vor zweihundert Jahren unsere Leute in diesem Tal niederließen, konnten sie sich auch nicht einfach für Geld irgendwo was machen lassen. Sie haben die Kinder selber in die Welt geholt, haben selber angebaut, was sie zum Leben brauchten, und ihre Toten in selbst geschreinerten Särgen begraben. Damals waren wir der Wilde Westen, wir waren die Pioniere. Ist uns von unserem Erbe so viel abhanden gekommen, daß vier erwachsene Männer nicht ohne professionelle Hilfe einen einfachen Sarg zimmern können?»

«Mir haben die in der Army all so was beigebracht, ich bin so fit wie die alten Pioniere. Aber was ist mit euch? Mit eurer knappen Zeit und euren manikürten Händen?»

«Meinetwegen brauchst du dich nicht zu sorgen», sagte Charles Martin. «Musik machen ist kein Schreibtischjob. Ich steh schon meinen Mann!»

«Und ich bin der einzige, der so was schon mal gemacht hat», ergänzte Robert Lee.

Draußen war es laut geworden. Debba Stargill riß die Scheunentür auf und rief kläglich nach ihrem Mann. Kelley drängte sich blaß, aber gefaßt an ihr vorbei und lief zur Tür der Werkstatt. «Kommt bitte mal alle ins Haus», sagte sie. «Wir müssen euch was zeigen.»

Wenn Passanten Jane Arrowoods weißes Haus in der Elm Street sahen, mußten sie unwillkürlich an ein englisches Cottage denken, und der gepflegte Garten, in dem jetzt frühblühende Tulpen und Narzissen prangten, verstärkte diesen Eindruck. Doch das Haus war größer, als es aussah, genaugenommen viel zu groß für eine alte Frau, deren einziger noch lebender Sohn erwachsen war und ein eigenes Heim besaß. Sie hatte das Haus behalten, weil es mit Erinnerungen an die Kinder und an eine leidlich zufriedene Ehe befrachtet war. Cal, der ältere Sohn, war 1966 in Vietnam gefallen, und sie wurde den Gedanken nicht los, daß sie, gäbe sie dieses Haus auf, auch noch die Erinnerungen an ihren Sohn verlieren würde. Außerdem ließ es sich vermutlich gar nicht so leicht verkaufen, und in einen anderen Stadtteil mochte sie nicht ziehen. In einer Wohnung hätte sie weniger Arbeit gehabt, aber da hätte sie auf den Garten verzichten müssen, und die Nachbarn hätten ihr gefehlt.

Hauptsächlich aber – und das wußte Jane im Grunde ganz genau – behielt sie das weiße Haus, weil ihr Sohn Spencer sich ein Zuhause wünschte, in dem nichts jemals anders wurde. Schon die kleinste Veränderung – ob es nun ein moderner Sofabezug war oder neuer Vorhangstoff für die Küche – nervte ihn. Für ihn mußte alles so bleiben, wie es in seiner Kindheit gewesen war. Es war zwar lästig, irgendwie aber auch rührend, fand Jane, daß er seine Erinnerungen an das Nest, das sie ihm gebaut hatte, so hoch schätzte, und das honorierte sie, indem sie dort wohnen blieb – als Kuratorin von Spencer Arrowoods Kindheitsmuseum. Er selbst hätte dort nicht mehr wohnen mögen, aber das Wissen, daß das Haus seiner Kinderzeit eine Konstante in seinem Leben war und er jederzeit dorthin «heimkehren» konnte, vermittelte ihm das Gefühl, festen Boden unter den Füßen zu haben.

Jane Arrowood hatte Verständnis dafür, aber hin und wieder machte sie sich doch Gedanken. «Was soll werden, wenn ich mal nicht mehr bin?» fragte sie sich dann. Vielleicht würde er sich dann doch ein eigenes Zuhause schaffen. Die Ehe mit einer Freundin aus der High-School war wohl ein Anlauf dazu gewesen, aber die äußerst unglücklich verlaufene Beziehung hatte ihm offenbar die Lust auf weitere Versuche genommen. Sie konnte nur hoffen, daß sich seine Verbitterung früher oder später verlor. Aus eigener Erfahrung wußte sie, daß die Ehe kein Idealzustand war, wohl aber eine Einrichtung, die man als durchaus tröstlich empfand, wenn die Welt um einen herum immer jünger und mit jedem Tag fremder wurde.

Es war ein milder Nachmittag. Jane hatte khakifarbene Gartenhosen und ein altes Sweatshirt von Spencer angezogen und jätete ihr Minzebeet. Genaugenommen war es ein Blumenbeet, aber Minze hatte die unangenehme Eigenschaft, im Frühjahr möglichst zeitig auf der Bildfläche zu erscheinen, um sich auf allen verfügbaren Flächen ausbreiten zu können. Manchmal, wenn die grünen Schosse wieder eine Stiefmütterchengruppe überwuchert hatten, juckte es Jane in den Fingern, ihnen gründlich den Garaus zu machen. Aber Spencer mochte Minze. Für den Eistee im Sommer, pflegte er zu sagen, gibt es nichts Besseres. Jane stöhnte über ihr Minzenmartyrium und jätete weiter.

«Guten Tag, Jane.»

«Nora Bonesteel! Du hast mich mächtig erschreckt. Ich hab vor mich hingesummt und dich nicht kommen hören. Wie wär's mit einer Tasse Tee?» Mit der gastfreundlichen Frage versuchte Jane ihr Erstaunen zu kaschieren. Nora Bonesteel kam selten in die Stadt. Sie hatte kein Auto, und von ihrem Haus auf der Höhe bis hinunter ins Tal waren es gute sieben Meilen. Jane hatte zunächst auf eine Erkrankung getippt, aber die alte Dame wirkte durchaus gesund – wenn auch nicht munter. Sie trug das blaue Wollkleid, das sie immer zur Kirche anzog, und darüber ein handgewebtes Tuch, und wirkte so verstört, wie Jane sie noch nie erlebt hatte. Sie führte ihre Besucherin ins Haus und verbreitete sich angelegentlich über den Garten, denn es gehörte sich einfach nicht, einen Gast schon draußen vor der Haustür auszufragen.

Als sie Nora in dem roten Queen-Anne-Sessel am Kamin untergebracht und in der Küche den Kessel aufgesetzt hatte, nahm sie auf dem kleinen Sofa Platz. «Ich freue mich natürlich sehr, dich zu sehen», sagte sie, «aber da du mich sonst so selten besuchst, frage ich mich natürlich, ob irgendwas passiert ist. Wie bist du hergekommen?»

«Mein Nachbar auf halber Höhe hat mich in seinem Pickup mitgenommen.»

«Da bin ich aber froh. Ich hab schon gedacht, du mußtest die ganze Strecke zu Fuß gehen. Natürlich fahre ich dich später wieder heim.»

Nora Bonesteel lächelte. «Das wird vielleicht gar nicht nötig sein. Aber ich wäre dir dankbar, wenn du im Krankenhaus von Johnson City anrufen und fragen würdest, wie es Randall Stargill geht.»

Jane machte große Augen. Sie wußte, daß die Freundin in ihrem Haus auf Ashe Mountain kein Telefon hatte, aber daß sie bis nach Hamelin gefahren war, um zu telefonieren, kam ihr merkwürdig vor. Außerdem hatte sie Nora noch nie von einem Randall Stargill sprechen hören. Vielleicht war sie über ein paar Ecken mit ihm verwandt. «Soll ich dich nach Johnson City fahren, damit du Mr. Stargill besuchen kannst?» fragte sie.

Nora schüttelte den Kopf. «Er darf keinen Besuch haben. Aber ich würde gern wissen, wie es ihm geht.»

In der Küche pfiff der Kessel. «Ich brühe nur rasch den Tee auf», sagte Jane. «Während er zieht, rufe ich an. Kann ich sonst noch was für dich tun?»

«Ich hätte gern eine Bibel.»

«Eine Bibel?»

«Ich kenne mich in der Heiligen Schrift ganz gut aus», sagte Nora entschuldigend, «aber auswendig kann ich sie nicht. Eine Großdruckbibel, wenn du so was hast. Und Zettel und Bleistift.»

Jane nickte, holte ihre ledergebundene King-James-Bibel heraus und nahm vom Nachttisch neben dem Telefon Block und Bleistift. Nora war so verändert, daß sie sich fragte, ob sie vielleicht einen leichten Schlaganfall gehabt hatte. Aber als Jane ihr das Gewünschte brachte, schien sie völlig klar und handelte sehr zielbewußt. Während Jane rasch in die Küche ging, um den Tee zu machen, begann Nora Bonesteel im Alten Testament zu blättern und fuhr mit geübtem Finger an den Textzeilen herunter.

Jane telefonierte vom Wandtelefon in der Küche aus. «Sein Zustand ist kritisch, aber stabil», meldete sie, als sie mit dem Teetablett wieder ins Wohnzimmer kam. «Aber du hast recht, er soll keinen Besuch haben. Er liegt im Koma.» Sie machte eine Pause, weil sie sehen wollte, wie ihre Freundin auf diese Nachricht reagierte. Aber Nora Bonesteel äußerte sich nicht dazu, sondern las weiter in der Bibel, wobei sie sich eifrig Notizen machte.

Jane stellte das Tablett auf den Couchtisch vor Noras Sessel und schielte auf den Block. *1. Könige 4.22* stand da. *Richter 5.25.* Ein seltsamer Ort und eine seltsame Zeit für Bibelstudien, dachte Jane, aber vielleicht war Nora wegen Mr. Stargills schwerer Krankheit besonders trostbedürftig.

«Ist er ein guter Bekannter von dir?» wollte sie wissen. «Oder ein Vetter?»

Nora Bonesteel schloß die Augen. «Vor langer Zeit hätte ich ihn fast geheiratet. Randall sah in seiner Offiziersuniform sehr gut aus.» Sie lächelte. «Und das wußte er auch.»

«Hattest du Angst vor einer Zukunft ohne ihn, weil er vielleicht nicht aus dem Krieg zurückkommen würde?»

«Nein. Was mir angst machte, war eine Zukunft *mit* ihm. Dann hätte ich nämlich meinen Berg verlassen und auf Stargill-Land leben müssen. Randall liebte die Farm mehr als mich. Für ihn war es undenkbar, daß er sie anders als mit den Füßen voran verlassen würde. Und es ist ja auch schön dort – nur nicht für meinesgleichen.»

Jane überlegte. «Heißt das, daß du … etwas bei den Stargills gesehen hast?»

Nora seufzte. «Reden wir nicht darüber. Es ist ohnehin bald vorbei. Aber ich will dich nicht von deiner Arbeit abhalten. Du wirst für Spencer Essen machen wollen.»

«Spencer kommt nie zum Mittagessen nach Hause.»

Nora lehnte sich, die Bibel auf dem Schoß, in ihrem Sessel zurück. «Wenn er anruft, Jane, sag ihm bitte, daß ich hier bin.»

8

Wenn wir ihnen jetzt nachgeben, werden wir das
auch in Zukunft tun müssen.
Daniel Boone in einem Brief an
Oberst Henderson vom 1. April 1775

Robert Lee hastete ins Haus, während Garrett nach besten Kräften versuchte, seine schreiende Frau zu beruhigen, und Clayt und Charles Martin mit Kelley sprachen, die vernünftig und gefaßt schien. Wo war Lilah? Was erwartete ihn im Haus – ein medizinischer Notfall? Lilah hatte in ihrer Jugend geraucht und nach den Wechseljahren stark zugenommen, so daß ein Herzanfall nicht ausgeschlossen war. Hatte jemand den Rettungsdienst verständigt? Er spürte sein eigenes Herz bedrohlich hämmern, als er, das Schlimmste befürchtend, die Stufen zur Hintertür hochstolperte.

Seine Frau wirkte keineswegs krank, sie saß im Wohnzimmer, hatte einen polierten Kasten mit geschlossenem Deckel auf dem Schoß und sah mit feierlich-starrem Kirchgängergesicht ins Leere. Als sie ihn kommen hörte, blickte sie auf und lächelte ihm beruhigend zu.

«Was ist passiert?» stieß er keuchend hervor.

«Setz dich, Robert. Die beiden haben sich erschreckt, das ist alles. Junge Leute sind heute nicht mehr so stabil wie früher, findest du nicht auch?»

«Mag sein.» Hatte hier irgendwie Engel Rudy die Hand im Spiel? Er ertappte sich dabei, daß er sich umsah, als könne der Schutzengel seiner Frau irgendwo in einer

Ecke herumlungern und sich mit abgeklärtem Engelslächeln an ihrer Aufregung weiden. Lilah behauptete, sie habe Rudy noch nie gesehen, wohingegen er, Robert Lee, ständig fürchtete, ihn zu Gesicht zu bekommen. «Was war denn? So wie sie sich aufgeführt haben, dachte ich schon, dich hätte der Schlag getroffen.»

Lilah schüttelte den Kopf. «Eine alte Bekannte deines Vaters war hier. Nora Bonesteel.»

Robert Lee schluckte krampfhaft. Hier in der Gegend wußten alle, was es mit Nora Bonesteel auf sich hatte, und fürchteten das, was sie sah. Sie bemühte sich stets, keine schlechten Nachrichten mitzubringen, aber schon der Gedanke an das, was sie womöglich wußte, war den Leuten unbehaglich. «Hat sie was über Dad gesagt?» fragte er gepreßt.

«Nein. Sie wußte, daß er krank ist. Oder nein, ich muß es anders sagen: Sie schien das Schlimmste zu befürchten. Sie hat diesen Kasten mitgebracht und sagte, daß Daddy Stargill damit begraben werden will. Ist das nicht sehr sonderbar, Robert?»

«Kann man wohl sagen. Aber Miz Bonesteel ist eben überhaupt eine sonderbare Person.» Er schämte sich seiner Erleichterung. Für Daddy war es entschieden besser, wenn er jetzt schnell starb, ohne leiden zu müssen, als wenn er nach einer fragwürdigen Besserung seines Zustandes zum Pflegefall wurde, um dann in einigen Wochen oder Monaten doch diese Welt zu verlassen, so daß er, Robert, sich noch einmal ein paar Tage freinehmen mußte.

«Natürlich habe ich sie erkannt», erklärte Lilah ein wenig selbstzufrieden. «Es war die dunkelhaarige Schöne, mit der dein Vater vor dem Krieg befreundet war. Fotos von ihr sind im Familienalbum. Weshalb Clarsie sie dringelassen hat, ist mir allerdings ein Rätsel.»

«Das ist lange her, Schatz.» Robert tätschelte ihre Schulter.

«Ja, das meint Rudy auch. Ich wollte ihr gerade sagen, daß Daddy Stargills Krankheit nur die Familie was angeht, zu der sie ja schließlich nicht gehört, da sagte Rudy klar und deutlich: ‹Lilah Rose, du hast verdammt noch mal deine Nase nicht in Sachen zu stecken, die vor deiner Geburt passiert sind und die dich auch jetzt nichts angehen.›»

Robert trat unbehaglich von einem Fuß auf den anderen. «Hat er *verdammt noch mal* gesagt?»

Lilah nickte nachdrücklich. «Wenn Engel Rudy so richtig in Fahrt ist, drückt er sich gern drastisch aus.»

«Und Nora Bonesteel hat den Kasten hiergelassen, weil er mit Daddy begraben werden soll? Wirklich eine komische Geschichte. Soweit ich mich erinnere, haben wir nie mehr als ein paar Worte miteinander gewechselt. Nicht mal in der Kirche.»

«Dein Vater hatte eben, nachdem er als junger Mann gleich zwei jungen Damen den Hof gemacht hat, später Frauen überhaupt nicht mehr viel zu sagen», stellte Lilah fest. Sie selbst hatte mit ihrem Schwiegervater nur wenige und ziemlich nichtssagende Gespräche geführt.

Robert setzte sich neben sie und nahm ihr den polierten Kasten ab. «Ganz schön schwer. Gut gearbeitet. Was ist drin? Liebesbriefe?»

«Das haben wir auch gedacht», sagte Lilah. «Mach auf.»

Robert griff nach dem Deckel, aber jetzt kamen die anderen herein. Debba schnuffelte vor sich hin und umklammerte Garretts Arm, und Kelley, die noch immer sehr blaß war, sagte halblaut, sie müsse mal nach Kayla sehen, und ergriff die Flucht.

«Los, mach schon», drängte Garrett. Er und Charles

stellten sich hinter das Sofa, um ihrem Bruder über die Schulter zu sehen. Robert Lee holte tief Atem – *Nora Bonesteel!* – und klappte den Deckel auf.

Sein erster irrationaler Gedanke war, daß jemand eine Sammlung von Elfenbeinschnitzereien in den Kasten gepackt hatte, aber Sekunden später begriff er, daß das, was er sah, zarte, vergilbte Gebeine waren. Durch einen der langen Knochen war eine Wurzel gewachsen, an anderen waren Bißspuren zu sehen, alle aber waren so sauber, als habe man sie vor dem Einpacken gewaschen. Der eierschalenfarbene Schädel ruhte auf einer gestrickten Decke. Robert Lee hörte Charles Martin nach Luft schnappen, und selbst Clayt hatte der erste Schreck die Sprache verschlagen.

«Menschenknochen?» Robert Lee tippte mit dem Zeigefinger an den Schädel. Noch hoffte er, daß sich beim Herausnehmen die längliche Kopfform zeigen würde, wie sie etwa für ein Rehkitz typisch ist, aber nein – es war eindeutig ein menschlicher Schädel, klein, aber vollkommen, mit feinen Rissen kreuz und quer über der Hirnschale und jener kleinen Öffnung, die sich allmählich schließt, wenn aus dem Kind ein Erwachsener wird. Hier würde sich die Fontanelle nie mehr schließen.

In der Ecke würgte Debba an einem Schluchzen und wühlte das Gesicht in das rote Sesselpolster. «Na, na, nimm's nicht so schwer», sagte Garrett, aber es klang eher ungeduldig als tröstend. Er beugte sich vor, um den Inhalt des Kastens genauer ansehen zu können.

«Traurig, nicht?» Lilah war nicht aus der Ruhe zu bringen. «Sie will wohl, daß das Kind mit dem Vater zusammen begraben wird.»

«Was redest du da?» fuhr Robert auf. «Mein Vater und Miz Bonesteel waren – waren nicht verheiratet.»

«Nein, Robert. Aber deshalb könnten sie sehr wohl ein

gemeinsames Kind haben. Vielleicht ist das Baby bei der Geburt gestorben, und sie hat den Kasten all die Jahre aufbewahrt. Sie war nie verheiratet, nicht?»

Garrett griff nach dem Schädel und hob ihn dicht vor die Augen. «Das ist kein Baby. Ich bin zwar kein Fachmann, aber ich habe einschlägige Erfahrungen – näher will ich mich darüber nicht auslassen –, und dieser Schädel ist zu groß. Ich schätze, daß es ein Kind von fünf oder sechs Jahren war.»

Robert machte ein ratloses Gesicht. «Nora Bonesteel hatte kein Kind. Jedenfalls keins, das fünf oder sechs Jahre geworden ist, so was hätte sich in einer so kleinen Gemeinschaft nicht verheimlichen lassen.»

«Aber wer ist es dann?» fragte Lilah. «Warum möchte sie, daß das Kind mit deinem Vater begraben wird, Robert, wenn es nicht ihrs ist?»

«Wie mag es gestorben sein?» fragte Clayt.

Robert sah auf das Häufchen Knochen herunter. «Ich weiß es nicht. Am besten verständigen wir den Sheriff. Was in dem Kasten steckt und warum sie damit hergekommen ist, hat Miz Bonesteel euch nicht gesagt?»

Lilah schüttelte den Kopf. «Sie wollte offenbar nicht darüber sprechen.»

In der Küche läutete das Telefon. Clayt ging an den Apparat und bedeutete den anderen, da zu bleiben.

«Wenn sie keine Erklärung abgegeben hat, ist das ganz klar ein Fall für den Sheriff», bestätigte Garrett. «Neben allem anderen brauchen wir uns das nicht auch noch aufzuhalsen.»

«Sollen wir den Sheriff anrufen?» Charles Martin betrachtete geistesabwesend die Gebeine, und seine Finger griffen Akkorde auf dem Sofa.

«Im Augenblick hängt Clayt noch am Telefon», sagte Lilah.

«Das vernünftigste wäre, ihm den Kasten zu bringen, das spart ihm den Weg hier herauf. Es geht ja nicht um eine Tatortbesichtigung. Und wir wissen sowieso von nichts. Er wird mit Nora Bonesteel reden müssen.»

«Und wer bringt ihn hin?» fragte Robert.

Clayt, der gerade wieder ins Zimmer gekommen war, hörte die Frage. «Ich gebe das Holz in der Möbeltischlerei ab», sagte er, «und will danach bei den Stallards vorbeifahren. Das war Dovey, die sich über irgendwas aufgeregt hat, aber sie will nicht sagen, worum es geht. Ich könnte Kayla mitnehmen, wenn Kelley nichts dagegen hat.»

«Warum nicht», meinte Charles. «Aber du solltest nicht gleichzeitig ein Skelett spazierenfahren! Das hätte Kelley sicher nicht gern.»

Garrett schickte einen düsteren Blick zu seiner Frau hinüber. Jetzt brauchte sie wieder einen ganzen Nachmittag lang Tee und Streicheleinheiten. Aber bitte nicht von ihm! Sollte Lilah sich um sie kümmern, die schien ein mütterlicher Typ zu sein. Er straffte die Schultern. «Ich bring den Kasten nach Hamelin. Das Büro des Sheriffs ist noch da, wo es immer war, Clayt?»

Der Bruder nickte.

«Wie alles in Hamelin.» Garrett feixte. «Hier ändert sich nie was.»

«Hör mal, Garrett», sagte Charles Martin etwas befangen, «könntest du dem Sheriff sagen, daß er die Sache nicht herumerzählen und daß er nicht mit Reportern reden soll? Sonst haben wir morgen die schönsten Schlagzeilen in der Sensationspresse. *Familie eines Country-Sängers findet Leiche im eigenen Keller* und so Sachen. Diese Art von Publicity können wir alle nicht gebrauchen.»

«Mach ich schon!» sagte Garrett.

Clayt sah auf die Uhr. «Elf. Wird Zeit, daß ich losfahre. Helft ihr mir beim Laden?»

Garrett griff nach dem Kasten. «Ich mach mich am besten auch auf den Weg.»

Als sie draußen waren, hob Debba das verweinte Gesicht und sah Lilah an. «Er ist wieder böse auf mich.»

«Wer? Garrett? Ja, Langmut ist eine Tugend, die bei der Army nicht allzu hoch im Kurs steht, Debba.» Sie zögerte einen Augenblick, dann sagte sie entschlossen: «Mut um so mehr.»

Um Debbas Lippen lag jetzt ein Zug von Bitterkeit. «Garrett Stargill ist vielleicht nicht verständnisvoll – aber er weiß, was los ist.»

Lilah zuckte die Schultern. Im Lauf der Jahre hatte sie gelernt, daß es nichts brachte, sich unaufgefordert mit den Problemen anderer Leute zu befassen. Sie beugte sich über einen Karton mit Babysachen und fing an, die bestickten Kleidungsstücke zu sortieren, die so dünn und so gelb wie Pergament waren. «Das arme Kind», sagte sie halblaut. «Ob es jemals hübsche Sachen hat tragen dürfen?» Sie wartete auf Rudys Antwort, hörte aber nur Debba Stargills Schniefen.

Garrett blieb einen Augenblick stehen und sah sich die Autos seiner Brüder an, die neben seinem 95er Chevy Blazer standen. «Was fährst du?» sagte er laut. Es war die herkömmliche Begrüßung der Alten im östlichen Tennessee, wenn man nach langer Abwesenheit zurückkam. Nicht «Wie geht's?» sondern «Was fährst du?» Dem Sinn nach ist es dasselbe, dachte er, während sein Blick von Charles Martins Lexus zu Clayts klapprigem Geländewagen aus den siebziger Jahren wanderte. Für seine Person gab der Chevy Blazer eine wohl durchaus zuverlässige Antwort: Er hatte einen guten Job und mit angeberisch-auffälligen Schlitten nichts am Hut.

Er fuhr rückwärts aus der Einfahrt heraus und rollte

bergab in Richtung Stadt. Der hölzerne Kasten, den er vor den Beifahrersitz gestellt hatte, klapperte, und Garrett überzeugte sich mit einem raschen Seitenblick, daß er nicht umgefallen war. Er hatte im Lauf seines Lebens schon so viele Tote gesehen, daß er bei ihrem Anblick nicht in Panik verfiel, aber der Anblick der zarten Kinderknochen hatte ihn traurig gestimmt. Waren es vielleicht die Gebeine eines aus einem alten Gräberfeld geraubten Indianerkindes? Sein Vater hatte als Junge nach Pfeilspitzen gegraben. Womöglich war er bei einer seiner Expeditionen unvermutet auf diesen Fund gestoßen. Keine andere Erklärung gab einen Sinn. Schließlich waren sie die Stargills, keine Kriminellen wie die Sorleys oder weißer Pöbel wie die Harkryders. Seit Menschengedenken hatte es in der Familie keine Gewalttat gegeben, und einen Rechtsanwalt hatten sie – wenn man von Dwaynes im Suff begangenen Eskapaden absah – nie gebraucht.

Garrett versuchte sich auf die Straße zu konzentrieren. Dabei erinnerte er sich früherer Fahrten ins Tal, auf denen er, Charles Martin und Dwayne sich wie eine Meute von Jagdhunden auf der Pritsche von Daddys altem Pickup zusammengedrängt hatten. Oder an den Tag, an dem er mit dem ersten eigenen Auto in Rennfahrermanier den Berg heruntergerast war, um die Bremsen zu schonen, weil er sich keine neuen leisten konnte. Inzwischen war er älter und ein umsichtiger Fahrer geworden. Er und der Tod kannten sich besser. Außerdem war ihm durch Debbas Tränen, auch wenn sie nicht neben ihm saß und jammerte, der Spaß an Angebertum und Imponiergehabe vergangen. Er beschloß, im Krankenhaus vorbeizufahren, wenn er seinen Auftrag bei Sheriff Arrowood erledigt hatte. Er wollte gern eine Weile mit dem Alten allein sein. Vor einer Massenszene am Sterbebett graute ihm. Er bedauerte es jetzt, daß er sich nicht mehr Zeit für seinen Vater genommen hatte, als sie sich noch miteinander hätten unterhalten, als sie sich – unter anderem – über ihre Kriegserlebnisse hätten austauschen können.

Randall Stargill hatte zwei lustige Geschichten über den Zweiten Weltkrieg auf Lager, die er immer wieder erzählte. In der einen ging es um eine Bulldogge, die er auf dem Stützpunkt in England gehabt hatte, in der anderen um seinen Kameraden Schlintz aus Alabama, den die Leute im Pub für einen deutschen Agenten gehalten hatten, weil er so komisch redete. Falls Leutnant Stargill im Krieg Heroisches oder Tragisches widerfahren war, hatte er das ein halbes Jahrhundert lang für sich behalten. Garrett war ihm darin sehr ähnlich. Am liebsten sprach er überhaupt nicht von seinen Einsätzen, und wenn jemand außerhalb der Einheit ihn drängte, Einzelheiten zu erzählen, gab er eine sorgsam bearbeitete Fassung zum besten, die so langweilig war, daß das Interesse des Fragestellers an seiner Tätigkeit schnell erlahmte.

Garrett bedauerte es, daß er nicht freimütig, ohne Angst und Anspannung schamhaft verschweigen zu müssen, mit dem Vater über seine Einsätze gesprochen hatte. *Hast du im Einsatz auch einen Ständer gekriegt, Daddy?* Unvorstellbar, dem wortkargen Alten mit so einer Frage zu kommen. Auch wenn er es nur mit Hilfe von Alkohol geschafft hätte – er hätte ihm alles erzählt, bei seinem Vater aber auf der gleichen Offenheit bestanden. Sie hätten sich auf einer gemeinsamen Basis finden und sich gegenseitig als Männer, als Kameraden akzeptieren können. So aber wußte Garrett, daß der Vater ihn nach wie vor für einen grünen Jungen hielt, während für ihn, den Sohn, Randall Stargill praktisch ein Fremder war. Die Chance, daran etwas zu ändern, war vertan.

Randall Stargill lag allein in seinem Krankenzimmer, ungestört vom Pflegepersonal oder von Besuchern, und trieb dahin, ohne etwas von seiner Umgebung wahrzunehmen. Regungslos in seinem schweißgetränkten Bettzeug liegend, versuchte er, die englische Küste zu erreichen und jenseits der nebelverhangenen, zerklüfteten grauen Klippen die ersten grünen Felder zu erkennen. Frühling 1944. Es war seine achte und letzte Bombermission in der B 17, der die Jungs aus den Bergen den Spitznamen «The Pistol-Packing Mama» verpaßt hatten. Der Judy-Canova-Hit, der von einem strammen Revolverweib handelte, war ein Lieblingssong des Piloten gewesen, der aus West Virginia stammte und sich einiges auf seinen Tenor einbildete. Sie hatten das Cockpit mit dem Bild eines vollbusigen Cowgirls geschmückt, das einen Revolver in jeder Hand hielt, einer amerikanischen Walküre, die krakeelende Krieger in die Schlacht führte. Das Gesicht der gemalten Lady stand Randall deutlicher vor Augen als die Gesichter der meisten lebendigen Frauen, die er seither gesehen hatte.

Der Einsatz war bis dahin ohne besondere Vorkommnisse verlaufen. Als sie dann auf dem Rückflug über Holland zu dicht an einem deutschen U-Boot-Stützpunkt in Ymuiden vorbeikamen, eröffneten die deutschen Bodentruppen mit einer Batterie von 20-mm-Geschützen das Feuer. Ein Treffer erwischte den Motor Nummer zwei der *Mama*, die aber ihren Flug über einen grüngrauen Flikkenteppich aus Meer und Wolken fortsetzte. Die Besatzung freute sich, daß nicht mehr passiert war, und sang «On Top of Old Smokey», und Randall rief alle zu sich, zeigte auf den Wolkenkranz unter ihnen und sagte, daß ihn dieser Anblick an das Tal und den Friedhofshügel der Stargill-Farm in Tennessee erinnerte. «Da oben war ich mit meiner Liebsten», sagte er, «und hab ihr erzählt, daß ich mir Geld zusammenspare, um mal in einem Flugzeug mitfliegen zu können ...»

Sie lachten so laut, daß sie Thompsons Rufe zuerst nicht hörten. Der zweite Motor hatte Feuer gefangen, der Öldruck war auf Null abgesackt. Der Pilot setzte den Propeller auf Segelstellung und aktivierte den Feuerlöscher, aber die Flammen loderten weiter und machten eigene Wolken im Dunst.

Randall spürte, daß die Maschine an Höhe verlor. Das Motorengeräusch verstummte, und er schmeckte Galle in der Kehle, während er sich auf den Aufprall gefaßt machte, aber in diesem Moment kamen die Propeller wieder in Gang, und das Fahrgestell wurde ausgefahren. *Er versucht mit dem Luftzug die Flammen zu löschen, dachte Randall.*

Aber das gelang nicht. Die Kameraden schnappten sich ihre Fallschirme und liefen an ihm vorbei zum Bombenschacht. «Aussteigen! Sie geht hoch!» Es war das letzte, was er den Käpt'n sagen hörte.

Sie waren 180 m über dem Wasser, als Randall und noch einer – Schlintz? – durch den vorderen Notausgang sprangen. 180 Meter – in dieser Höhe konnte der Automatikfallschirm sich gerade noch öffnen. Die anderen, die nur Sekunden später aus dem Bombenschacht sprangen, schafften es nicht mehr. Als Randall sich unter dem schwimmenden Fallschirm vorgekämpft hatte, sah er, wie die Tragfläche explodierte, während der Pilot eine Notwasserung versuchte. Die B 17 trudelte nach rechts, überschlug sich und stürzte ins Meer. Randall sah den Käpt'n nie wieder.

Ein PBY Catalina-Wasserflugzeug fischte drei von ihnen lebend heraus. Randall hatte Knochenbrüche, kam aber durch. Einer war bewußtlos, konnte sich aber über Wasser halten, bis Hilfe kam. Er starb im Rettungsflugzeug, die Leichen der anderen wurden später aus dem Kanal oder an einem englischen Strand geborgen.

Von diesem Tag erfuhren Randalls Söhne nie. Keiner Menschenseele erzählte er, daß er, im Wasser treibend, Nora Bonesteels Gesicht an jenem Vormittag auf der Berghöhe vor sich gesehen hatte, ihren kummervollen Blick, als er ihr gestanden hatte, wie gern er einmal fliegen würde. Noch vom Lazarett aus löste er brieflich die Verlobung, und als er danach Urlaub bekam, fuhr er heim und heiratete die ernste, unscheinbare kleine Clarsie Hollister. Er achtete darauf, daß man auf den Hochzeitsfotos seinen Stock nicht sah. Mit Nora Bonesteel hatte er sich nie mehr getroffen, aber manchmal träumte er von ihr, sah sie mit tränenüberströmtem Gesicht am offenen Bombenschacht stehen, und rief ihr zornig zu: «Warum hast du sie nicht gewarnt?» Und dann wachte er zitternd und zähneklappernd auf und lag mit trockenen Augen wach bis zum Morgen.

Clayt Stargill hatte dem Möbeltischler von Hamelin die Rosenholzbretter zum Hobeln gebracht, und Dalton Wheeler hatte ihm versprochen, daß sie morgen abend fertig sein würden. «Schwer zu bearbeiten, so ein Holz», hatte der Alte gesagt. «Ein schönes Stück, wenn's fertig ist, aber beim Nageln heißt es aufpassen, die Bretter springen gern. Also nichts übereilen, Jungs.»

Clayt versprach, die Warnung an seine Brüder weiterzugeben. Kayla war während der Fahrt nach Hamelin ziemlich schweigsam gewesen und hatte in der Werkstatt respektvollen Abstand zu Wheelers Maschinen gehalten, ein unauffälliges blondes Persönchen, dem nichts entging, das man aber kaum bemerkte. Die Kleine versteht es, sich für Erwachsene nahezu unsichtbar zu machen, dachte er und überlegte, ob ihr dieses Verhalten angeboren war oder ob sie die Lektion im Laufe eines kurzen, harten Lebens gelernt hatte.

«Möchtest du ein Eis?» fragte er, als sie wieder in Richtung Autobahn rollten.

«Wenn es keine Umstände macht … Schoko mag ich am liebsten.»

Clayt lächelte. «Typisch Frau!» Er fuhr auf den Parkplatz der Dairy Queen, ging mit ihr hinein und ließ sich eine große Eistüte und einen Stoß Papierservietten zum Schutz der Autositze geben.

«Ich kleckere eigentlich kaum», sagte sie. «Aber ich esse auch nicht oft im Auto.»

«Kann ich mir vorstellen», sagte Clayt trocken und dachte an den silberfarbenen Lexus seines Bruders. «Was machst du sonst noch gern, außer Fernsehgucken?»

Kayla zuckte die Schultern. «Malbücher ausmalen. Schwimmen. Lesen kann ich noch nicht gut.»

«Magst du Tiere?»

«Mama sagt, daß ich keinen Hund haben darf. Die machen zuviel Schmutz.»

«Um etwas zu mögen, braucht man es nicht selbst zu haben», sagte Clayt. «Siehst du den Vogel da auf der Telegraphenstange? Den grauen?» Kayla lehnte sich in die angegebene Richtung und nickte. «Das ist eine Spottdrossel, das Wahrzeichen des Staates Tennessee. Du kannst ihr Bild auf Wegweisern sehen.»

«Und die kleinen dicken Vögel, die gerade über das Auto weggeflogen sind?»

«Schneevögel», antwortete Clayt, ohne hinzusehen. Er hatte sie so systematisch, wie er alles wahrnahm, was sich in der Natur tat, im Vorbeifliegen registriert, hatte sie aber nicht erwähnt, weil er sie nicht für interessant genug hielt.

«Wieso Schneevögel? Sie sind doch nicht weiß.»

«Die Leute nennen sie so, weil man sie im Winter sieht, besonders an den Futterhäuschen. Richtig heißen sie Winterammerfinken. Sie haben blaue Schnäbel, hier bei uns sind sie dunkler als bei denen im Flachland, aber frag mich nicht, warum.»

«Welches ist dein Lieblingsvogel?»

«Der Zaunkönig. Aber den kann ich dir nicht zeigen. Ein kleiner Kerl mit braunem Körper, weißer Unterseite und weißen äußeren Schwanzfedern.»

«Und wieso kannst du ihn mir nicht zeigen?»

«Weil es vielleicht gar keine mehr gibt. Früher haben sie hier auf den Farmen gelebt. Sie mögen offenes Gelände und Lichtungen, wie die Siedler sie schlugen. Ihre Nester bauen sie in verlassenen Gebäuden, Schrottautos, Blechkanistern ...» Er seufzte. «Und jetzt sind sie weg. Der letzte wurde, soviel ich weiß, vor zehn Jahren gesichtet. Ich selbst habe nie einen gesehen, obgleich ich ständig mit dem Fernglas auf der Jagd bin.»

«Und wo sind sie hin?»

«Erstens hat sich das Land verändert – viele Farmer haben aufgegeben, ihr Land ist jetzt Teil des Nationalparks –, und zweitens haben neue, robustere Vogelarten sie verdrängt.»

«Du weißt wirklich viel über die Natur und all das.»

«Ja, das ist mein Job. Ich gehe in die Schulen und rede mit Kids wie dir über die Umwelt.»

«Können wir zusammen spazierengehen und über die Natur und all das reden, wenn wir zurück sind?»

«Vielleicht am späteren Nachmittag, wenn dann noch Zeit bleibt. Jetzt bringe ich dich nach Hause, und dann muß ich zu einer Farm ganz oben auf der Höhe und eine junge Dame besuchen.»

«So wie du bist?» Kayla deutete mit dem Kopf auf Clayts dreckige Jeans und sein zerknautschtes Hemd.

«Das wird sie nicht stören. Könnte sein, daß sie Hilfe braucht. Außerdem möchte ich wetten, daß ich selbst nach der Arbeit in der Scheune sauberer bin als Daniel Boone es je war.»

Kayla blinzelte verblüfft. «Wieso?»

«Damals gab's noch keine Zentralheizung, und wenn man warmes Wasser haben wollte, konnte man nicht einfach den Hahn aufdrehen, sondern mußte ein Holzfeuer machen, und das Baden war deshalb furchtbar umständlich, ebenso wie das Wäschewaschen. Kopfläuse gehörten zum Alltag.»

Kayla rümpfte die Nase. «Läuse im *Haar*?»

«Aber ja. Einmal hatten Indianer Boones Tochter Jemima entführt, und sie wußte, daß ihr Vater und seine Leute ihnen dicht auf den Fersen waren. Als die Indianer Rast machten, setzte sich Jemima hin und sammelte dem Häuptling die Läuse aus dem Haar, damit er nicht so schnell weiterzog.»

«Ich würde niemandem die Läuse aus dem Haar sammeln», erklärte Kayla sehr bestimmt.

«Vielleicht doch, wenn du dafür die Freiheit zurückbekommen würdest», widersprach Clayt. «Und es hat geklappt. Der Indianer war so froh, daß Jemima ihm die Läuse fing, daß er glatt vergaß, nach den Siedlern Ausschau zu halten. Und dann tauchten Boone und seine Leute auf und befreiten die Gefangenen, und bei Anbruch der Nacht war Jemima wieder zu Hause.»

«Was ist aus dem Häuptling geworden?»

«Hm ... also ...» Clayt sah sie an. Was antwortet man einem kleinen Mädchen auf so eine Frage?

Kayla überlegte einen Augenblick. «Sie haben ihn natürlich umgebracht.»

«Ja. Väter können fuchsteufelswild werden, wenn jemand ihren Töchtern was tut.»

«Ich kenn mich da nicht aus.» Kayla guckte rasch weg.

Auf der Suche nach einem neuen Gesprächsthema sah Clayt sich um. «Da, schau mal in den Ahorn auf deiner Straßenseite. Fast an der obersten Spitze sitzt ein Turmfalke. Das ist ein Raubvogel. Die Schneevögel müssen aufpassen.»

Kayla sah interessiert aus dem Fenster. «Was sind das für schwarze Vögel auf dem Feld?»

Clayts Gesicht verfinsterte sich. «Stare. Jede Menge. Von denen kann sich von mir aus der Falke gern ein paar zum Abendessen holen.»

Kayla musterte ihn nachdenklich, während sie mit der Zunge penibel an ihrer Eistüte entlangfuhr. «Stare haben doch so ein hübsches, glänzendes Gefieder. Wieso magst du sie nicht?»

«Das hat verschiedene Gründe. Erstens gehören sie nicht hierher.» Als er ihr verblüfftes Gesicht sah, ergänzte er: «Stare sind keine einheimischen Vögel. Sie sind erst seit etwa hundert Jahren, also seit verhältnismäßig kurzer Zeit, in Nordamerika. Daniel Boone hat nie einen zu Gesicht bekommen.»

Kayla lächelte. «Und deshalb magst du sie nicht. Wie sind sie denn hergekommen?»

«Ein Mann namens Scheifflin, ein Großindustrieller mit mehr Geld als Verstand, hat sie 1892 ins Land gebracht. Er hatte sich in den Kopf gesetzt, Amerika mit sämtlichen Vögeln zu beglücken, die bei William Shakespeare vorkommen, deshalb brachte er alle möglichen Arten von Europa her und ließ sie im Central Park von New York City fliegen. Viele gingen ein, aber die Stare fanden es richtig schön hier. Innerhalb weniger Jahre hatten sie sich über den ganzen Erdteil verbreitet und wurden immer lästiger.»

«Wie kann denn so ein kleiner Vogel lästig sein?»

fragte Kayla. «Die sind doch gar nicht groß genug, um jemandem was zu tun.»

«Den anderen Vögeln schon. Sie sind laut und bösartig und aufdringlich. Es dauerte nicht lange, da hatten sie unsere schönen einheimischen Singvögel aus ihrem Lebensraum vertrieben, legten sich mit ihnen an, wo sie nur konnten, und stahlen ihnen das Futter. Sie ziehen in großen Schwärmen und machen alles voll.»

«Kannst du Vogelstimmen nachmachen? Wie hören sie sich an?»

«Auch das geht mir bei den Staren gegen den Strich. Sie haben nicht mal ein eigenes Lied, sie machen immer nur die anderen Vögel nach – Rotkehlchen, Kardinale und viele andere. Sie nehmen sich alles, was anderen gehört – das Land, das Futter, sogar das Lied der Vögel, die hier zu Hause sind.»

Kayla dachte einen Augenblick nach. «Das sind also die, die deinen Zaunprinz vertrieben haben, ja?»

«Zaunkönig. Ja, sie sind hier eingefallen und haben sich rücksichtslos breitgemacht.»

Eine halbe Meile fuhren sie schweigend, dann tippte Kayla seinen Arm an. «Weißt du was? Ich wette, der Indianerhäuptling mit den Kopfläusen hätte dasselbe über die Pioniere gesagt. Für den war Daniel Boone so was wie ein zweibeiniger Star, der den Indianern ihr Land und ihr Wild und alles weggenommen und sie dann ganz vertrieben hat.»

«Da kannst du recht haben.» Clayt fuhr schweigend weiter und überlegte, ob einer Welt ohne Stare auch die Pioniere fehlen würden.

Dovey Stallard fand ihren Vater auf der Schafweide. Er saß auf einem Stein und blickte auf die Berge. Blaß und zerbrechlich sah er aus in der Nachmittagssonne, als habe das Land sich die Kraft, die es brauchte, aus seinem Körper genommen. Sie vergaß manchmal, daß er ein alter Mann war. Für sie war er ein schlanker Einundfünfzigjähriger mit silbrigem Haar geblieben, aber manchmal, besonders wenn Sorgen ihn plagten, sah sie doch, daß die Jahre aus seinem Gesicht eine zerklüftete Landschaft gemacht hatten.

Sie legte ihm eine Hand auf die Schulter. «Hast du das Lamm gesehen?»

Er nickte. «Das, was davon übrig ist. Ich grabe es nachher ein.»

Dovey wußte, daß «nachher» nicht «gleich» bedeutete, sondern «bald» oder «wenn ich Lust habe». Sie setzte sich neben ihn auf den Boden und tätschelte seine Hand. «Laß mich das machen. Du hast genug zu tun. Ich muß sowieso meinen Hahn begraben oder das, was von ihm übrig ist – ein Klumpen Blut und Federn im Hühnergehege. Ich habe Clayt Stargill gebeten, ihn sich mal anzusehen. Vielleicht können wir ja doch was gegen die Räuber unternehmen.»

J. Z. Stallard schüttelte den Kopf. «Manchmal denke ich, daß es ein Zeichen ist, Dovey. Überleg mal, was in letzter Zeit alles über uns hereingebrochen ist. Womöglich will der liebe Gott, daß wir das Land verlassen und ein neues Leben anfangen.»

«Ich will kein neus Leben», sagte Dovey. «Wenn wir Geld brauchen, könnte ich mir einen Job suchen, die Nachtschicht in einer Fabrik oder so, und trotzdem tagsüber hier erledigen, was anfällt. Das hätte ich schon machen sollen, als damals die Scheune abgebrannt ist, aber du wolltest ja davon partout nichts wissen.»

«Deine Mutter hat nie gearbeitet, Dovey.»

Sie seufzte. «Das ist lange her, Daddy. Inzwischen hat sich die Welt verändert. Außerdem hatte Mama einen

Mann und zwei Kinder zu versorgen und mußte außerdem noch auf der Farm mitarbeiten. Niemand hat mehr geschuftet als Mama, dagegen ist das, was ich mache, ein Klacks. Ich backe nicht mal sehr oft Brot, und wir haben eine Waschmaschine. Gekocht ist für zwei Leute im Handumdrehen, und nachdem wir die Holsteinkühe verkauft haben, ist auf der Farm kaum noch genug Arbeit für uns beide da ...» Es gab ihm einen merklichen Stich, als sie die Milchkühe erwähnte, und dann sah er unbewegt zu den blauen Bergen hin, als habe er seine Tochter vergessen. Sie hätte ihn nicht daran erinnern dürfen.

«Ich werde zu alt», sagte J. Z. Stallard. «Hätte Tate die Farm übernehmen können, würden wir jetzt anders dastehen. Er hätte die Dinge in Schwung gehalten.»

Dovey preßte die Lippen aufeinander, sie sagte nichts. Ihr älterer Bruder Tate war, nachdem er das College geschmissen hatte, zu den Marines gegangen und in Vietnam gefallen. Sein Tod tat ihr noch immer weh, und ihre Mutter hätte, als sie an Krebs erkrankte, vielleicht nicht so schnell aufgegeben, wenn der Sohn noch gelebt hätte. Aber wäre der Bruder gesund und munter zurückgekommen, hätten sich die Dinge womöglich nicht so entwikkelt, wie ihr Vater es erhoffte. Tate machte sich nichs aus der Landwirtschaft, er war, so wie Dovey ihn einschätzte, überhaupt nicht sehr aufs Arbeiten erpicht gewesen. Vermutlich wäre er nur zurückgekommen, um sich wieder einmal furchtbar mit seinem Vater zu streiten, ihm möglichst viel Geld abzuluchsen und sich damit in die nächstbeste Großstadt abzusetzen. Aber wenn sie sich mit dem Vater über Tate stritt, änderte sie damit nichts am Hier und Jetzt.

«Hast du mit dem geschniegelten Typ gesprochen, der heute vormittag hier war?»

Dovey nickte. «Was wollte der denn verkaufen?»

«Nichts. Er möchte was haben. Grundstücksmakler aus Hamelin. Hat mir seine Karte gegeben und uns ein Angebot für die Farm gemacht. Dreihundert pro Acre.»

«Hast du ihn mit der Mistgabel weggejagt?»

«Nein. Ich hab ihm gesagt, daß ich nicht verkaufe. Aber jetzt denke ich schon die ganze Zeit darüber nach. Vielleicht wäre es doch das Beste.» Er zog einen zerknitterten Brief aus der Tasche seiner Arbeitshose. «Hab dir bis jetzt nichts von gesagt. War vielleicht ein Fehler.»

Dovey faltete den zerschlissenen Briefbogen auseinander und überflog den maschinegeschriebenen Text. «Gerichtlicher Vollstreckungsbeschluß ... Zwangsversteigerung zur Eintreibung von Steuerschulden ... Wie lange hast du das schon, Daddy?»

Er zuckte die Schultern und sah sie nicht an. «Ein, zwei Wochen. Hab versucht, es zu verdrängen. Eigentlich wollte ich damit mal zu einem Anwalt gehen, aber irgendwie bin ich noch nicht dazu gekommen.»

«Aber das könnte uns die Farm kosten, Daddy.»

«Deswegen hab ich auch schon gebetet.»

Dovey seufzte. «Warum hast du es mir nicht gesagt? Ich hätte einen Anwalt beauftragen, vielleicht mit den Leuten von der Kreisverwaltung reden können. Da muß man doch was unternehmen ...»

«Vielleicht soll es so sein.» J. Z. Stallard sah seine Tochter immer noch nicht an.

Dovey kniff die Augen zusammen. «Meinst du? Dann laß dir sagen, daß ich nicht kampflos das Land der Stallards aufgebe, nur weil irgendwelche Typen aus der Stadt geil auf ländliche Abgeschiedenheit und eine schöne Aussicht sind. Das ist unser Land, und das bleibt es auch.»

«Ich sehe keinen Ausweg, Tochter, wenn nicht deine Mutter im Himmel den lieben Gott dazu bewegen kann, ein Wunder zu wirken.»

«Red kein Blech, Daddy! Mit deinem Gottvertrauen vertreiben wir diese Steuerhyänen nicht von unserer Schwelle. Wir müssen kämpfen, um zu behalten, was uns gehört. Wir haben schon immer kämpfen müssen.»

J. Z. Stallard tätschelte mit traurigem Lächeln die Schulter seiner Tochter. «Gegen den Staat kannst du nicht ankämpfen, Kind.»

«Das wollen wir erst mal sehen», sagte Dovey.

9

Ich kann nicht behaupten, daß ich jemals die Orientierung verloren hätte, aber einmal kannte ich mich drei Tage nicht recht aus.
Daniel Boone

Garrett Stargill hatte keine Mühe, das Sheriffsamt zu finden. Das Geschäftsviertel von Hamelin bestand aus einer Hauptstraße, die sich nach ein paar Blocks zu einer Bundesstraße mauserte und am Buffalo Mountain in Schlangenlinien zu einer Reihe von Farmen und kleinen Orten in immer höher gelegenen Tälern zwischen immer steileren Bergen führte. Das Sheriffsamt war in einem alten, zweigeschossigen Backsteinhaus in einer Nebenstraße hinter dem Verwaltungs- und Gerichtsgebäude untergebracht. Es hatte eine kleine Veranda mit frisch gestrichenen, schnörkeligen Verzierungen. Rechts und links vom Eingang standen Kübel mit Geranien. Garrett guckte nachdenklich die Geranien an. Er war sich ziemlich sicher, daß er schon mehr vom Tod gesehen hatte als der Sheriff und seine Leute in diesem hübschen Haus.

Er stellte seinen Wagen auf dem gekiesten Parkplatz ab, holte den Kasten heraus und überquerte damit die Straße. Was so schwer war, war das Holz. Die zarten Knochen wogen kaum etwas.

Vor den Stufen blieb Garrett stehen und besah sich das Holzschild: «Sheriffsamt». In Uniform hätte er sich wohler gefühlt, dann hätte er, statt als bloßer Zivilist aufzutreten, mit dem Sheriff von gleich zu gleich reden können. Es konnte nicht schaden, wenn er schon im ersten Satz seinen Rang erwähnte.

Den Kasten in seinen Armen ausbalancierend, drehte er den Türknauf und trat ein. «Ich bin Warrant Officer Garrett.» Eine blonde, höchstens zwanzigjährige Frau mit glattem Haar und zu dunkel getuschten Wimpern sah blinzelnd zu ihm hoch. Offenbar die Sekretärin. «Jennaleigh» las er von dem Namensschild auf ihrem Schreibtisch ab. Was ihn herführte, brauchte sie nicht unbedingt zu wissen. «Ist der Sheriff da?» fragte er ohne Lächeln.

Die junge Frau besah sich Garretts verschlossenes Gesicht, besah sich den Kasten – und verzichtete auf weitere Fragen. «Bitte warten Sie, ich hole ihn.» Sie klopfte an eine Tür und verschwand dahinter.

Garrett stellte den Kasten auf einen Stuhl, war aber zu unruhig, um sich zu setzen. Statt dessen lief er auf dem Kiefernboden hin und her und besah sich die Aushänge am Schwarzen Brett: zwei Plakate einer bundesweiten Fahndung, ein paar gerichtliche Mitteilungen auf Kopfbogen des Staates Tennessee und einen maschinegeschriebenen Bogen mit der Überschrift «Zwangsversteigerung». Er wollte gerade den Text lesen, als der Sheriff hereinkam.

«Sheriff Arrowood. Was kann ich für sie tun?»

Garrett drehte sich um und schnappte unwillkürlich nach Luft, als er den mittelgroßen blonden Mann sah, der in seinem Alter sein mochte, einen Sheriffstern an der Khakiuniform und eine 9 mm Glock im Hüfthalfter trug. Erst Sekunden später hatte er sich soweit wieder gefaßt, daß er die Hand ausstrecken konnte. «Entschuldigen Sie meine Verblüffung. Ich bin Warrant Officer Garrett Stargill, U. S. Army. Freut mich, Sie kennenzulernen,

Sheriff. Einen Augenblick war ich total verunsichert. Dumm von mir. Ich hatte Nelse Miller erwartet.»

Der Sheriff nickte. «Nelse ist schon vor einigen Jahren gestorben, Mr. Stargill. Er fehlt uns sehr, mir auch. Er war lange Jahre unser Sheriff. Kommen Sie hier aus der Gegend?»

«Mein Vater ist Randall Stargill. Sie kennen wahrscheinlich unsere Farm.»

«Und Ihren Bruder», sagte Spencer Arrowood. «Charles Martin Stargill, den Country-Sänger. Ich bin mit ihm zur Schule gegangen. Wie geht's ihm denn so?»

«Er fährt einen silberfarbenen Lexus», erwiderte Garrett trocken.

«Ich höre ihn hin und wieder im Radio.» Spencer Arrowood musterte seinen Besucher, warf einen Blick auf den Holzkasten, der auf dem Stuhl an der Tür stand, und faßte sich höflich in Geduld.

Ein paar Sekunden blieb es still, dann begriff Garrett, daß der Sheriff auf eine Erklärung wartete, und nahm den Kasten wieder an sich. «Deswegen bin ich gekommen. Könnten wir in Ihr Büro gehen?»

Jetzt stand der Kasten auf dem Schreibtisch des Sheriffs. Spencer Arrowood hörte sich aufmerksam an, was Garrett von Nora Bonesteels Besuch und ihrem Ansinnen erzählte, Kasten und Inhalt mit Randall Stargill zur letzten Ruhe zu betten. «Wir vermuten, daß mein Vater nicht mehr lange zu leben hat», fuhr Garrett fort. «Er ist im Krankenhaus von Johnson City und liegt im Koma, so daß wir über diese Sache nicht mit ihm sprechen können. Da kommt sie einfach her und stellt uns das Ding auf den Tisch. Als hätten wir nicht genug Sorgen mit seiner Krankheit und den Kosten und allem Drum und Dran. Kurzum, wir hielten es für das Beste, Ihnen den Kasten zu bringen.»

Spencer Arrowood zog ihn zu sich heran. «Ich kenne Miz Bonesteel. Eine außergewöhnliche Frau. Mal sehen, was sie Ihnen gebracht hat.» Er klappte den Deckel hoch, und Garrett meinte einen flüchtigen Ausdruck der Überraschung auf dem Gesicht des Sheriffs zu sehen, der aber gleich wieder verschwunden war. «Ein Skelett. Das Skelett eines sehr jungen Kindes. Aus älterer Zeit, so wie's aussieht. Diese Wurzel muß schon seit vielen Jahren da sein. Und sie hat nichts dazu gesagt?»

«Nein. Und uns zu befragen ist sinnlos, Sheriff, wir haben keine Ahnung, was das soll und wer das ist. Wir hatten keine Geschwister, die als Kinder gestorben sind.»

«Es war ganz richtig, daß Sie damit zu mir gekommen sind», sagte der Sheriff. «Jetzt will ich erst mal hören, was Miz Bonesteel mir zu sagen hat.»

«Es wäre gut, wenn die Öffentlichkeit nichts davon zu erfahren brauchte», sagte Garrett. «Die Familie möchte keinen Skandal. Außerdem wäre es nicht fair, weil Daddy im Koma liegt und seine Seite der Sache nicht vertreten kann – der Sache, die damals passiert ist, meine ich.»

Spencer überprüfte die Knochen sorgfältig auf Brüche oder andere Auffälligkeiten. «Die Öffentlichkeit? Nein, das wird wohl nicht nötig sein. Im Augenblick gibt es keinerlei Hinweise auf eine Gewalttat. Wir wissen noch nicht, wer das Kind ist und warum man Ihnen die Knochen gebracht hat. Wenn wir etwas erfahren, gebe ich Ihnen Bescheid.»

«Sehr nett von Ihnen. Charles Martin war deswegen ein bißchen in Sorge. Sie wissen ja, wie die Sensationspresse hinter den Showgrößen her ist.»

«Ich habe davon gehört. Und Ihre Familie hat wirklich keine Ahnung, wem diese Knochen gehören können oder warum sie bei Ihnen gelandet sind?»

Garrett schüttelte den Kopf. «Meine Schwägerin

glaubt, es wäre ein gemeinsames Kind meines Vaters mit dieser Bonesteel. Sie behauptet, daß die beiden ein Liebespaar waren, ehe Dad meine Mutter geheiratet hat. Aber das halte ich für pure Spekulation. Ich hab davon nie was gehört.»

Spencer klappte den Kasten zu. «Ich auch nicht, Mr. Stargill. Und ich denke, ich hätte es eher erfahren als Sie.»

Frank Whitescarver zählte die Autos, während er in die Einfahrt der Stargill-Farm einbog. Er war ein bißchen später dran als geplant, und die Brüder waren offenbar nicht alle zu Hause. Zu seinem Glück hatte sich aber auch keine Schar hilfsbereiter Nachbarn bei der Familie versammelt. Früher war es üblich, daß man die Angehörigen eines Sterbenden besuchte, Essen mitbrachte, beim Nähen der Sterbekleider half oder sonst tat, was nötig war. Aber wer sollte die Stargills schon besuchen? Die Söhne waren vor langer Zeit weggezogen, um sich ihren Lebensunterhalt in der Großstadt zu verdienen, und waren inzwischen hier völlig fremd. Die meisten jungen Leute gingen ja heutzutage weg, aufs College oder zur Army oder in einen Job, mit dem sie genug verdienten, um eine Familie ernähren zu können. Wenn die Alten starben – wie jetzt Randall Stargill – rückten die Fremden nach. Nicht, daß sich Frank Whitescarver nach dieser sogenannten guten alten Zeit zurücksehnte, die war so tot wie die Wandertauben, und ihm war es ganz recht so. Wenn das Land in der Familie blieb, war mit Immobilien nicht viel Geld zu machen.

Er parkte den Jeep Cherokee, musterte den klapprigen Geländewagen und den silbernen Lexus, der hoffentlich noch nicht bezahlt war, und rief laut hallo. Nötig gewesen wäre das wahrscheinlich nicht, da ja jüngere

Männer aus der Stadt im Haus waren, aber in abgelegeneren Bergregionen lohnte es sich, an dieser Gewohnheit festzuhalten. Die Leute dort hatten es nicht gern, wenn man sich unvermutet an sie heranschlich – ein Überbleibsel aus schweren Zeiten zu Anfang des Jahrhunderts, als bewaffnete Grenzer ihre Razzien machten, oder aus dem Bürgerkrieg, als Partisanen in den Bergen des Südens Vieh stahlen und die Farmen überfielen. Vielleicht ließ sich der Argwohn Ortsfremden gegenüber sogar noch weiter zurückverfolgen, bis nach Schottland, wo bei dem Aufstand von 1745 der Herzog von Cumberland seine Soldaten in die Highlands geschickt hatte, um die Jakobiter niederzumachen. Viele von denen, die sich versteckt hatten – denn das waren diejenigen, die allen Fremden mißtrauten und deshalb überlebten –, waren ausgewandert und hatten sich in dieser Gegend niedergelassen. Die Lehren der Vergangenheit wirkten bis heute nach. Fremden, die hier nichts zu suchen hatten, mißtraute man instinktiv, und dafür hatte Frank durchaus Verständnis. Heutzutage konnte so ein Fremder ein Jäger sein, der den Farmern versehentlich die beste Kuh erschoß, oder ein Tourist, der den ganzen Bundesstaat als öffentlichen Freizeitpark betrachtete. Und deshalb setzte Frank Whitescarver bei seinen Besuchen stets ein breites Grinsen auf und meldete sich vorn an der Haustür.

Die Stargills allerdings würden sich wahrscheinlich freuen, wenn sie hörten, weshalb er gekommen war. Er ging noch einmal zu seinem Jeep und holte eine Handvoll mit dem Whitescarver-Firmenlogo bedruckte Schlüsselringe und Kugelschreiber heraus. Kleine Geschenke erleichterten den Gesprächsbeginn. Wenn die Leute erst mal seine Kinkerlitzchen angenommen hatten, fühlten sie sich zumindest verpflichtet, höflich zu sein.

Auf der vorderen Veranda erschien ein untersetzter Mann, der dem Besucher aus zusammengekniffenen Augen leicht besorgt entgegensah – offenbar einer der Stargill-Söhne. Er mochte um die fünfzig sein, trug Polyesterhosen und ein Seersucker-Sportsakko. Frank lockerte den Schlips, zauberte einen Ausdruck gutnachbarlicher Teilnahme auf sein Gesicht und kam mit großen Schritten näher.

«Mr. Stargill», sagte er gedämpft, aber herzlich. «Ich wollte Ihnen meine Aufwartung machen. Wie geht es Ihrem Vater?»

«Es sieht leider so aus, als würden wir ihn verlieren.» Robert Lee zog eine angemessen feierliche Miene. Obwohl er spürte, daß diesen Mann keine persönliche Anteilnahme herführte, streckte er ihm zu einer zurückhaltenden Begrüßung die Hand hin.

«Können Sie mir verraten, welcher Stargill Sie sind?» fragte der Fremde. «Übrigens – ich bin Frank Whitescarver.» Er drückte seinem Gegenüber einen Schlüsselring und einen Kühlschrankmagneten in die ausgestreckte Hand.

«Robert Lee. Der Älteste.»

«Hab doch gewußt, daß Sie nicht der Sänger sind! Freut mich sehr, Sie kennenzulernen, Mr. Stargill. Demnach sind Sie jetzt das Familienoberhaupt.»

Robert Lee tat es gut, wichtig genommen zu werden, auch wenn er sehr bezweifelte, daß sich seine Brüder von ihm etwas sagen lassen würden. Sie waren dickköpfig und verbohrt, gingen leichtsinnig mit ihrem Leben und ihrem Geld um, und bisher hatte noch keiner gute Ratschläge von ihm angenommen.

Frank Whitescarver musterte bewundernd das weiße Haus und die Narzissen in den noch von Clarsie angelegten Blumenbeeten. «Ein hübsches Anwesen haben Sie hier, Mr. Stargill», sagte er lächelnd. «Wir freuen uns schon darauf, Sie wieder hier im Ort begrüßen zu können.»

«Begrüßen zu können? Wieso?»

«Wenn Ihr Vater das Zeitliche gesegnet hat, werden Sie doch sicher herkommen, um die Farm zu bewirtschaften. Die Schafzucht soll hier in der Gegend recht vielversprechend sein – gute Weiden, sauberes Wasser. Gewiß, die Wollpreise sind im Keller, und es gibt Kojoten, aber vielleicht verstehen Sie ja von der Landwirtschaft mehr als ich.»

Robert schüttelte den Kopf. «Ich habe mir eine Existenz in Cincinnati aufgebaut und kann es mir nicht leisten, meinen Posten dort aufzugeben, um mir eine Farm aufzuhalsen. Zur Viehzucht braucht man Kapital, und selbst für junge Leute ist sie eine elende Schinderei.»

«Da haben sie ein wahres Wort gesprochen.» Frank schlenderte durch den Garten und bewunderte die Forsythien und den Judasbaum. «Respekt vor den Pionieren, kann ich da nur sagen, die der Wildnis solche Farmen abgerungen haben.»

«Vermutlich waren das junge Kerle.»

Frank nickte. «Hübsche Blumen haben Sie. Ich liebe Narzissen. Ihre Mutter hatte bestimmt einen grünen Daumen.»

«Das stimmt.» Robert Lee sah sich die Kinkerlitzchen an, die Frank ihm geschenkt hatte.

«Nur schade, daß Blumen einem nicht über den Winter helfen, was?» sagte Frank. «Ich kann verstehen, daß man es sich dreimal überlegt, Cincinnati gegen eine einsame Farm einzutauschen. Vielleicht hätte Ihr berühmter Bruder Lust, sie als Sommersitz zu nutzen?»

«Charles Martin konnte seinerzeit gar nicht schnell genug hier weg.»

«Jaja, anderswo ist das Gras immer grüner.» Der Makler lächelte geschmeidig. «Die jungen Leute haben es alle eilig, den Bergen den Rücken zu kehren, dafür stehen in der Stadt die Leute Schlange, um ein Grundstück in den Bergen zu ergattern, einfach der schönen Landschaft wegen. Verrückte Welt ...»

«Mag sein.»

«Mir kommt das entgegen.» Frank war in den hinteren Garten geschlendert. Er zog es vor, das heikle Gespräch fortzusetzen, ohne ins Haus zu gehen. An einem der vorderen Fenster hatte sich eine Gardine bewegt, und er hatte den Verdacht, daß er im Beisein von Robert Lee Stargills Familie nicht so leichtes Spiel haben würde. «Manchmal macht mir mein Beruf echt Spaß, da komme ich mir fast vor wie eine gute Fee.»

Robert Lee warf erneut einen Blick auf den Namen, der auf dem Kühlschrankmagneten stand. «Immobilien?»

«Ganz recht. Land bedeutet Träume, Mr. Stargill. Jeden Tag kann ich Träume wahr werden lassen. Die Leute kommen zu mir und sagen: ‹Bitte, Mr. Whitescarver, beschaffen Sie uns ein Stück Land mit schöner Aussicht, wir möchten unseren Lebensabend in diesen wunderbaren Bergen verbringen.› Und andere Leute rufen mich an und sagen: ‹Du weißt doch, Frank, Mama ist gestorben und hat uns die Farm vererbt, aber wir haben gute Jobs in der Großstadt und keine Lust, unsere Ersparnisse in eine veraltete Farm zu stecken, auf der wir uns zu Tode schuften müßten. Und das Finanzamt will Steuern. Was sollen wir machen?› Beiden Seiten kann ich helfen. Es macht mich glücklich, Menschen zu helfen, die in Not sind.»

Robert Lee nickte. «Sie kaufen Farmen auf und verkaufen das Land an reiche Leute, die sich dort Ferienhäuser bauen lassen.»

«Eine befriedigende Lösung für beide Teile, Mr. Stargill. Die Städter, die es in die Berge zieht, bekommen ihre Traumhäuser, und die Leute, die sich in der Großstadt ein neues Leben aufgebaut haben, brauchen nicht aus Rücksicht auf die Familie dort alles im Stich zu lassen. Sie bekommen eine nette Summe auf die Hand, um ihre Schulden zu bezahlen oder sich einen neuen Wagen zu kaufen, und Käufer wie Verkäufer sind mir dankbar.» Er schlug sich an die Brust. «Sagen Sie selbst – ist das nicht besser, als einen Eiswagen zu fahren?»

«Von welchen Größenordnungen reden wir hier, Mr. Whitescarver?»

Die lang ersehnte Frage! Frank Whitescarver unterdrückte ein Lächeln. «Das müßten wir mal in Ruhe besprechen. Ich wollte zunächst mit Ihnen allein reden für den Fall, daß Ihre Brüder einen Rat von dem neuen Familienoberhaupt brauchen.»

Robert Lee schüttelte den Kopf. «Ich glaube nicht, daß ich die anderen dazu bringen könnte, die Farm zu verkaufen. Sie sind strikt dagegen.»

«Haben Sie überhaupt schon mal darüber gesprochen? Es ist ein großes Grundstück. Wollen Sie denn, daß hier alles verfällt, wenn Sie wieder wegfahren und so weiterleben wie bisher?»

«Ich weiß. Es ist schlimm, daß Daddy so plötzlich …»

Frank sah seine Chance für einen eleganten Abgang. Es war Zeit, den Grundstückseigentümer mit seinen Gedanken an Geld – viel Geld! – alleinzulassen. «Bitte denken Sie nicht, daß ich Sie unter Druck setzen will», sagte er und klopfte Robert Lee freundschaftlich auf die Schulter. «Aber einen gutnachbarlichen Hinweis möchte ich Ihnen noch geben. Die Steuern für Ihren Besitz werden steigen.»

«Das ist ja nichts Neues!»

«Ja, aber mehr, als Sie meinen. Bei der nächsten Veranlagung dürften sie doppelt so hoch sein. Von den deftigen Erbschaftssteuern ganz zu schweigen.»

«Warum denn das?»

«Weil die Steuerveranlagungsbehörde den Besitz mit einem geradezu exotischen Betrag ansetzen wird, der den Preis, den Sie beim Verkauf erzielen könnten, weit übersteigt. Der Berg wird in Kürze zum Wohngebiet umgewidmet, und die Grundstücke werden so bewertet, als hätten Sie zwei Häuser auf einem Acre stehen, was bei Ihnen nicht der Fall ist und auch nie der Fall sein wird, weil das Gelände zu steil ist. Unfair, aber das sind eben so die Tricks von Vater Staat.»

Frank zog ein teilnahmsvolles Gesicht. Robert Lee Stargill gehörte zu einer Generation, die in dem Glauben lebte, daß man sich gegen den Staat nicht wehren könne, ja, daß sogar ein entsprechender Versuch fast unpatriotisch sei.

Robert Lee blinzelte. «Aber das ist doch nicht recht. Warum sollten sie ...»

«Ich kann Ihnen im Vertrauen sagen ...» – Frank senkte die Stimme zu einem Bühnenflüstern – «... daß die Stallard-Farm – leider weit unter Wert – an einen Stadtplaner gehen wird, einen fixen Jungen, der auf das Grundstück eine ganze Siedlung mit gepflasterten Straßen, Wasser- und Sielanschluß und allem Drum und Dran stellen will. Und damit erhöht sich fürs Finanzamt auch der Wert Ihres Besitzes, weil der Staat sagt, daß Sie mit Ihrem Land viel Geld verdienen könnten.»

«Aber warum sollten sie das einer Familie antun, die seit einer halben Ewigkeit hier lebt?»

Frank Whitescarver schüttelte seufzend den Kopf. «Ich habe es aufgegeben, nach den Beweggründen des Staates zu fragen», sagte er betrübt.» Ich versuche nur, Ihnen aus dem Schlamassel herauszuhelfen. Beraten Sie sich in aller Ruhe mit Ihrer Familie und rufen Sie mich dann an. Ich verspreche Ihnen, daß ich für Sie tun werde, was ich kann.»

Spencer Arrowood hatte seine Mutter eigentlich nur angerufen, um zu fragen, ob sie etwas brauchte. Wenn er unterwegs war und nichts allzu Dringendes zu erledigen hatte, brachte er ihr auf dem Rückweg meist ein Brot oder einen halben Liter Milch vom Markt mit, um ihr einen Weg zu ersparen. Diesmal aber hatte Jane Arrowood keine Einkaufsliste für ihn parat gehabt, sondern eine Nachricht: «Nora Bonesteel läßt dir sagen, daß sie bei mir ist.»

Spencer fluchte leise vor sich hin. Vor ihm auf dem Schreibtisch stand der Kasten. Er hatte sich gerade auf den Weg zum Ashe Mountain machen wollen, um die alte Dame zu befragen – und jetzt saß sie bei seiner Mutter und ließ ihm etwas ausrichten, gerade so, als habe sie ihn erwartet. «Sag ihr, daß ich gleich komme.»

«Ja, mein Junge. Ich hab dir was zum Mittagessen gemacht, es steht schon auf dem Herd.»

Spencer legte auf und fluchte erneut. Diesmal deutlich hörbar.

«Ist was?» fragte Jennaleigh. Sie war neu als Dispatcher und hatte immer das Gefühl, es sei ihre Schuld, wenn im Büro was schieflief.

Spencer rang sich ein Lächeln ab. «Du weißt ja, wie Mütter sind, Jennaleigh. Und ich wünschte, Martha Ayers wäre schon aus Donelson zurück, dann hätte ich ihr diesen Fall aufgehalst. Da nimmt man sich als Deputy eine Frau für die heiklen Fälle, bei denen Fingerspitzengefühl gefragt ist – und wo steckt sie, wenn man sie braucht?»

«Auf einem Kurs im Walters State Community College», antwortete Jennaleigh, als hätte er ihr eine Quizfrage gestellt. «Sie haben Martha selbst hingeschickt.»

«Ich weiß. Daß ich sie so bald brauchen würde, habe ich eben nicht geahnt.»

«Aber sie kann jetzt nicht zurück. Deputy LeDonne sagt, daß man, wenn man bei dem Kurs auch nur einen Tag schwänzt, noch mal ganz von vorn anfangen muß.»

«Mir liegt ja auch daran, daß sie ihn ordentlich abschließt. Ich hab nur ein bißchen gemotzt.» Spencer Arrowood nahm den Kasten unter den Arm. «Im Grunde ist ja auch nichts dabei, eine alte Dame zu vernehmen, die ich von klein auf kenne. Schließlich ist das hier kein OK Corral.»

«Wetten, das wäre Ihnen lieber?» sagte Jennaleigh. Aber sie sagte es erst, als der Sheriff außer Hörweite war.

Das Gefühl der Beklommenheit, mit dem Charles Martin Stargill zu kämpfen hatte, als er am Bett seines Vaters stand, war schlimmer als das Lampenfieber, das ihn überkam, wenn er von der verdunkelten Bühne her auf tausend Zuhörer heruntersah. Die Martin-Gitarre hatte er in eine Ecke gestellt. Jetzt sah er fast hilfesuchend zu ihr hin. «Hallo, Daddy», sagte er leise.

Der Alte lag mit leicht gerunzelter Stirn da. Ob man trotz aller Medikamente auch noch im Koma Schmerzen haben kann? Oder können einen die Träume sogar noch in einen so tiefen Schlaf verfolgen?

«Da bin ich wieder, Daddy», sagte Charles Martin. «Ich hab geschworen, mich hier nie mehr sehen zu lassen, weißt du noch? So richtig hab ich nie hergepaßt, und ich konnte es kaum erwarten abzuhauen. In der Schule war ich die große Niete: Kein guter Sportler, in keiner Clique, mittelmäßige Zensuren. Keiner traute mir was zu, und was noch schlimmer war: Keiner interessierte sich für mich und meine Zukunft. Nachdem ich ganz groß in der Country-music rausgekommen war, dachte ich, daß meine Leute wenigstens das zur Kenntnis nehmen würden. Aber so lief das nicht. Sie haben mich weiter gründlich ignoriert. Der *New York Times*, dem *Nashville Banner*, der *Parade*, sogar dem *Guardian* in England habe ich Interviews gegeben, und soll ich dir mal sagen, wer mich nie interviewt hat? Der *Hamelin Record*. Nicht mal die Pressenotiz für mein Gastspiel in Johnson City haben sie gebracht. Dabei hatte mein PR-Mann noch extra draufgeschrieben: ‹Sozusagen ein Heimspiel!› Ja, Scheiße! Wahrscheinlich haben sie nur einen flüchtigen Blick drauf geworfen und gesagt: ‹Soso, der gute alte Charlie Stargill spielt am Freitag in Johnson City ... Na und?›»

Bei CMA war ich letztes Jahr als Hit-Single des Jahres nominiert, ich bin in den Charts von *Cashbox* und *Billboard*, aber euer Lokalsender spielt mich nicht. Woher ich das weiß? Ich weiß es eben, kannst es mir glauben. Kathy Mattea hat mich gefragt, ob ich mit ihr für ihr nächstes Album eine Nummer einspielen will. Wetten, daß sie die dann auch nicht bringen?»

Er sah auf die im grellen Licht und unter den gestärkten Bettüchern seltsam geschrumpfte Gestalt hinunter. «Hast du sie mal darum gebeten, Daddy? Hast du die Mistkerle mal angerufen und gesagt: ‹Mein Junge ist keine Niete, verdammt noch mal, jetzt spielt gefälligst seine Platte.› Oder hast du genau wie die gedacht, daß ich ein Großmaul bin, ein Angeber, der seine Bedeutung maßlos überschätzt? Aber wenn die Leute dich wie Luft behandeln, Daddy, bleibt dir ja nichts anderes übrig, als einen mächtigen Wirbel zu veranstalten. Ebensogut hätte ich in Nashville einen Burger King betreiben können. Du weißt, wie hart ich gearbeitet habe, Daddy. Wie oft ich im Tourbus geschlafen und als Nachtisch Magenpillen geschluckt habe. Wie oft nach den Acht-Stunden-Sessions meine Finger blutig waren. Ich habe härter gearbeitet als ein Milchfarmer, Daddy, und dabei genau gewußt, daß mein Bestes womöglich nicht gut genug war. Daß man sich etwas sehr wünscht, reicht nicht. Das bringt einen vielleicht bis nach Nashville, aber Wunder wirkt es noch lange nicht. Niemand weiß, warum die Leute irgendeinen ganz gewöhnlichen Burschen zum Star machen und die anderen im Dreck sitzenlassen.

Aber ich hab mich nicht abwimmeln lassen. War überall dabei. Hab Songs geschrieben. Die aufgestylten Anzugtypen angequatscht. Und bei Gott, Daddy, damit hab ich es erreicht. Durch pure Willenskraft hab ich mich in die Charts geschafft, und jetzt bin ich endgültig auf dem Weg nach oben.» Seine Stimme schwankte. «Und ich wünschte mir so sehr, daß es außer mir noch jemanden gibt, der sich darüber freut.»

Charles Martin setzte sich auf den harten Stuhl am Bett. Er merkte, daß er die Zähne zusammengebissen und die Hände zu Fäusten geballt hatte. Er holte ein paarmal tief Luft und stieß den letzten Atemzug in einem langen Seufzer wieder aus. «Jetzt hab ich die ganze Zeit nur von mir geredet und vergessen, wie schlecht du dran bist», sagte er zu dem Schlafenden. «Ich hoffe sehr, daß du es noch mal schaffst. Natürlich wissen wir beide, daß ich nicht so daherreden würde, wenn du wach wärst.»

Er wartete, aber an Randall Stargill rührte sich nichts. Nicht einmal mit einem Lidzucken gab er zu erkennen, daß er etwas von dem mitbekommen hatte, was sein Sohn ihm erzählt hatte.

«Wär schön zu wissen, ob du mir zuhörst, Daddy. Ob du weißt, daß ich gekommen bin. Daß ich mich kümmere. Ich hab eine Freundin, die würd ich dir gern vorstellen. Kelley heißt sie. Ich bin jetzt seit ein paar Monaten mit ihr zusammen. Vielleicht klappt's diesmal. Sie hat es schwer gehabt vor mir, Daddy, und sie hat eine süße kleine Tochter. Ich möchte sie natürlich nicht enttäuschen, aber Stars tun sich nun mal schwer mit so was. Ich ...»

Und dann fehlten ihm die Worte. Er war rot geworden, so schwer fiel es ihm, über sein Bühnenleben hinaus von etwas Persönlichem zu sprechen. Er holte die Gitarre aus der Ecke. «Vielleicht weißt du gar nicht, daß ich hier bin, Daddy. Aber es könnte ja doch sein, daß du es spürst und daß es dir ganz lieb ist, wenn ich dir ein bißchen die Zeit vertreibe. In der langen Dämmerung haben wir oft auf der hinteren Veranda gesessen und gesungen, und die alte Gitarre – da war sie noch kein Vermögen wert – war immer dabei. Vielleicht weckt das bei dir die eine oder andere schöne Erinnerung.»

Er schlug einen Akkord an, senkte den Kopf, bis er fast den Hals des Instruments berührte, und sang «Will the Circle be Unbroken». In der klaren Baritonstimme schwangen ungeweinte Tränen mit.

In der Mittagspause saß Deputy Joe LeDonne im Streifenwagen und versuchte, an Martha Ayers zu schreiben. Viel gab es nicht zu sagen, nur daß sie ihm fehlte und daß er sie gern hatte, aber Gefühle schriftlich auszudrücken war seine Sache nicht. Wenn ihm nichts an ihr läge, würde er nicht schreiben, und er konnte nur hoffen, daß ihr das klar war.

Sie waren jetzt seit mehreren Jahren zusammen. Erst war es die versuchsweise Verbindung zweier mißtrauischer Menschen gewesen, dann ein bewußter Anlauf, diese letzte Chance zu nutzen.

Anfangs war Martha Dispatcher im Sheriffsamt gewesen, die Stellung des Deputy hatte sie erst seit kurzem.

Ihre Beförderung hatte ihn in seinem Selbstverständnis härter getroffen, als er zugeben mochte, und indem er sich mit einer anderen Frau einließ, hatte er die Beziehung zu Martha schwer gefährdet. Er hatte sie verletzen wollen, und das war ihm nur zu gut gelungen.

Die Beziehung war nicht ganz in die Brüche gegangen, aber manchmal schämte er sich in Grund und Boden, wenn er ihr Gesicht sah. Sie sah aus wie ein getretener Hund, der alles tut, um nie wieder verprügelt zu werden. Wie lange würde es wohl dauern, bis sie ihm wieder vertraute? Und würde es jemals wieder so werden wie früher?

Aber so etwas konnte er in einem Brief an eine Kollegin nicht schreiben. Und sagen konnte er es schon gar nicht. LeDonne strich den Briefbogen glatt und schrieb: *«Liebe Martha. Hoffe, in Deinem Kurs läuft alles bestens. Ich versuche bald mal, Dich anzurufen. Hier geht alles seinen gewohnten schwerfälligen Gang. Das einzig Interessante ist, daß der Frühling im Anzug ist, und darüber bin ich sehr froh, weil die Autoheizung im Eimer ist. Natürlich bedeutet gutes Wetter auch, daß wir wieder mehr Ärger mit Touristen haben. Na ja …*

Du fehlst mir. Die Raser in Wake County haben es gut, weil wir jetzt nur noch zu zweit Streife fahren …»

Er überlegte, ob er mit «Dein Dich liebender Joe» unterschreiben sollte und fragte sich sofort, ob es wohl für ihn schwerer wäre, diese Worte hinzuschreiben, als für sie, ihnen zu glauben.

Spencer Arrowood parkte den Wagen in der Einfahrt seiner Mutter. Er blieb noch einen Augenblick sitzen, schaute das weiße Haus an und überlegte, wie er bei seinem Gespräch vorgehen sollte. Wahrscheinlich würde seine Mutter sich im Hintergrund bereithalten, um ihrer alten Freundin bei zudringlichen Fragen des Sheriffs den

Rücken zu stärken, und er gestand sich ein, daß er vermutlich Nora Bonesteel die Fragen mit dem gleichen Widerwillen vorlegt, mit dem sie darauf antworten würde. Bei einem Babyskelett hätte er von einer Totgeburt ausgehen und versuchen können, die Sache schnellstens wieder zu vergessen. Aber das Kind hatte – wenn auch vor langer Zeit – einige Jahre gelebt, und er mußte wissen, was geschehen war. Er war nun mal dem Recht und der Gerechtigkeit verpflichtet, auch wenn er dadurch, daß er seine Pflicht tat, womöglich Zwietracht unter den Lebenden säte, während dem toten Kind doch nicht mehr zu helfen war. Auf dem Weg zum Haus überlegte er, ob Nora Bonesteel wohl besser als er wußte, wie das Gespräch verlaufen würde.

Auf der Veranda kam ihm seine Mutter entgegen. «Gut, daß du da bist, Spencer», sagte sie leise. «Miz Bonesteel sitzt im Wohnzimmer, blättert in der Bibel und schaut sehr sorgenvoll drein. Hat sie wieder mal eine Erscheinung gehabt?»

«Das weiß ich noch nicht», gab der Sheriff zurück. «Ich muß erst mit ihr reden. Und ich muß mich auf den Standpunkt stellen, daß der Staat Tennessee nicht an Erscheinungen glaubt, auch wenn ihr Ladies da anderer Ansicht seid.» Lächelnd schob er sich an ihr vorbei. «Und auf dich als Deputy kann ich bei dem Gespräch gut verzichten.»

«Du könntest mir wenigstens verraten, worum es geht», flüsterte Jane Arrowood, während er die Tür aufmachte.

Er warf einen Blick ins Wohnzimmer, wandte sich dann noch mal an seine Mutter und bedeutete ihr, ihm nicht zu folgen. «Vielleicht möchte sie nicht, daß du etwas davon erfährst.»

Nora Bonesteel sah nicht von der Heiligen Schrift auf,

als er eintrat und sich auf das Sofa neben dem Queen-Anne-Sessel setzte. Er sah, wie sie gewandt die Seiten umblätterte. Sie wußte ganz offensichtlich, wo sie was zu suchen hatte. Ihm schien sie seit seiner Kindheit fast unverändert. Schon damals war sie für ihn eine alte Frau gewesen. Gewiß, alle Erwachsenen waren ihm damals alt vorgekommen, aber sie hatte etwas Zeitloses an sich gehabt, das ihm auch jetzt wieder auffiel. In den dunklen Haaren waren nur wenige Silberfäden, das Gesicht war ruhig und gesammelt. Keine Anzeichen jener Hilflosigkeit, die er oft in den Zügen der Alten sah. Wenn er in dreißig Jahren noch so gut erhalten war, konnte er seinem Schicksal dankbar sein.

Er berührte behutsam ihren Arm. «Ich glaube, Sie haben mich erwartet, Miz Bonesteel.»

Sie ließ die Seiten zurückfallen. «Guten Tag, Sheriff Arrowood.» Im Dialekt der Bergbewohner hörte es sich an wie «Arwood» (nur Ortsfremde sprachen alle drei Silben aus), aber das war er gewöhnt und reagierte auf den Namen auch in dieser Form. Hauptsache, sie wußten, wie man ihn schrieb.

«Wie ich höre, haben Sie einen ereignisreichen Tag hinter sich», sagte er herzlich. Wahrscheinlich hätte er, auch wenn er es versucht hätte, dieser Frau gar keine Angst einjagen können, aber er wollte es nicht darauf ankommen lassen. Ein Sheriffstern wirft manchmal auf alte Bekanntschaften ein ganz neues Licht. In einem freundschaftlichen Gespräch standen die Chancen besser, etwas zu erfahren.

«Ich habe mir gedacht, daß Sie gern mit mir sprechen würden.» Nora Bonesteel sah ihm offen, ernst und ohne spürbare Nervosität ins Gesicht. Wer ein schlechtes Gewissen hatte, wirkte meist angespannt oder schlug die Augen nieder.

«Einer der Stargill-Söhne hat mich heute im Büro aufgesucht. Er hat mir erzählt, daß Sie heute vormittag auf der Farm waren, sich nach Randall Stargill erkundigt und einen Holzkasten dagelassen haben. Sie sollen gebeten haben, den Kasten zusammen mit Mr. Stargill zu begraben für den Fall, daß er ...»

Nora Bonesteel nickte. «Seine Zeit ist gekommen, Gott gebe ihm Frieden. Ich denke, er wird nicht traurig sein, daß es zu Ende geht.»

Spencer äußerte sich nicht. Er war nicht bereit, sich auf die Dinge einzulassen, die sie wußte, ehe andere sie wissen konnten. Manche Leute hatten Angst vor ihr. Er fand es einfacher, an derlei gar nicht erst zu glauben und kurzerhand abzuschalten, wenn seine Mutter versuchte, mit ihm darüber zu reden. Jetzt beugte er sich vor und sagte ernst, aber nicht ärgerlich: «Zurück zu dem Holzkasten, den Sie heute vormittag den Stargills gebracht haben. Kannten Sie den Inhalt?»

«Knochen.»

«Genau.» Spencer spürte einen Druck auf der Brust. «Menschenknochen. Von einem kleinen Kind, so wie es aussieht. Einzelheiten werden wir vom Labor erfahren. Woher haben Sie den Kasten?»

Sie seufzte. «Randall hat ihn gemacht. Vor langer Zeit.»

«Und hat Ihnen den Kasten geschenkt? Mit den Knochen?»

«Nein. Leer. Er war als Aussteuertruhe gedacht, für feine Handarbeiten, Schmuck und dergleichen.» Sie wandte den Blick ab. «Wir hatten uns früher einmal sehr gern.»

Diese schlichten Worte ließen vieles ungesagt, aber Spencer dachte sich, daß eine verlorene Liebe ihn nichts anging, und wandte sich entschlossen wieder handfesteren Dingen zu. «Als Sie den Kasten heute vormittag den Stargills zurückgebracht haben, enthielt er weder Handarbeiten noch Schmuck, Miz Bonesteel», sagte er ruhig und freundlich. Vielleicht konnte er ihr die Wahrheit entlocken, solange ihre Gedanken noch mit der Vergangenheit beschäftigt waren. «Haben Sie die Knochen hineingelegt?»

Sie nickte und sah ihn noch immer nicht an. Sie saß ganz ruhig, aber die im Schoß gefalteten Hände zuckten. Spencer wartete einen Augenblick. In seiner langen Berufspraxis hatte er gelernt, daß man manchmal mit Schweigen weiter kommt als mit Fragen. Menschen, die etwas auf dem Gewissen haben und ohnehin nervös sind, flüchten sich vor der Stille in einen Wortschwall und sagen dann unweigerlich zuviel. Nora Bonesteel schien die Stille nicht zu stören.

Schließlich sagte er: «Ich muß wissen, wessen Gebeine es sind und woher Sie sie haben.»

«Das kann ich Ihnen nicht sagen.»

Er lächelte etwas mühsam. «Ich weiß, daß so ein Gespräch mit einem Polizeibeamten immer unerfreulich ist, Miz Bonesteel, aber wir kennen uns schließlich lange genug. Vielleicht beruhigt es Sie, wenn ich Ihnen sage, daß diese Gebeine ziemlich alt sein müssen. Solange ich lebe, ist hier in der Gegend kein Kind als vermißt gemeldet worden, ich habe in den Akten nachgesehen. Vorsichtshalber. Nötig gewesen wäre es nicht. Was diesem Kind widerfahren ist, liegt lange zurück, und vermutlich ist es zu spät, in der Sache etwas zu unternehmen.»

Nora Bonesteel hörte zu, ohne eine Miene zu verziehen.

Als sie weiterhin schwieg, fuhr er fort: «Ich will Ihnen etwas sagen, wovon ich hoffe, daß es nie an die Öffentlichkeit kommt. Ein Sheriff gibt so was nicht gern zu, aber es ist die Wahrheit. Ich habe mir die Knochen angesehen, und es gibt keine offenkundige Todesursache. Keinen Schädelbruch, kein Einschußloch, keine Kerben von einer Messerklinge. Es gibt keine Möglichkeit, die Todesursache zu ermitteln. Kurzum: Ich brauche eine Aussage, um den Fall abzuschließen, und werde Ihnen abnehmen, was Sie mir sagen. Vielleicht hat sich das Kind im Wald verirrt und ist erfroren, oder es hat giftige Beeren gegessen und ist allein in den Bergen gestorben, und Sie haben die Gebeine ganz zufällig gefunden. Sagen Sie mir irgendwas, Miz Bonesteel, was ich zu Protokoll nehmen kann, dann lasse ich Sie in Ruhe.»

Die Augen der alten Frau waren dunkel vor Kummer. «Dieses Irgendwas wäre nicht die Wahrheit, Sheriff.»

«Dann sagen Sie mir die Wahrheit», drängte Spencer, auch wenn er sich nicht sicher war, ob er sie hören wollte.

«Nein.»

10

Zu seinem Glück braucht der Mann nur dreierlei: Eine gute Flinte, ein gutes Pferd und eine gute Frau.
Daniel Boone

Die kahle Eiche, die ganz für sich auf dem Bergkamm stand, sah aus, als trüge sie riesige Früchte, so dicht drängten sich die dunklen, rundlichen Gebilde im Geäst. Hin und wieder löste sich ein schwarzer Schatten aus dem Baum, umkreiste einmal träge die Bergkuppe und kam zu seinem Sitz zurück. Manchmal verschwand einer im Wald, dann stritten sich sofort zwei andere um den freigewordenen Platz auf den durchhängenden Zweigen. Zweihundert gnadenlose Augen waren auf die beiden Menschen gerichtet, die sie vom Weidezaun aus beobachteten.

«Da sind sie», sagte Dovey Stallard und zog fröstelnd den Schaffellmantel fester um sich. «Wenn ich sie nur sehe, krieg ich eine Gänsehaut.»

Clayt nickte und ließ den fünfzig Meter weit entfernten Baum nicht aus den Augen. «Da geht es dir nicht anders als den meisten Geschöpfen unserer Erde. Diese Burschen gelten als ausgesprochene Todesboten. Als du mir von Vögeln erzählt hast, die euer Vieh angegriffen hätten, habe ich Truthahngeier erwartet und allenfalls ein Dutzend, aber nicht ein ganzes Gruselgeschwader.»

«Die Federn am Hals sehen aus wie die Kapuze einer Mönchskutte.» Sie griff nach seinem Arm. «Hat der hier es auf uns abgesehen?»

«Nur ein kleiner Aufklärungsflug. Aber wir sind ihm wohl zu gesund. Siehst du, er sitzt schon wieder auf seinem Baum. Sprich leise, Dovey, sonst erschreckst du sie.»

«Scherzbold! Was meinst du, wie gern ich sie erschrekken würde. Nachdem ich das Lamm gefunden hatte, bin ich schreiend auf sie losgegangen und hab wie verrückt die Arme geschwenkt, aber sie sind nur ein paar Meter weit geflogen, dann haben sie sich wieder hingesetzt und mich angesehen, als wollten sie sagen: *Beim nächsten Mal kommst du dran!*»

Clayt ließ den Blick von dem Baum zu der Wiese wandern, wo die Schafe mit den schwarzgefleckten Köpfen grasten. Es war eine kleine Herde von Kerry Hills, einer seltenen, aus England importierten Rasse. Die Stallards hatten sie erst seit einem Jahr, und jedes fehlende Tier war ein schwerer Verlust, auch wenn Dovey im Augenblick das, was mit dem Lamm passiert war, offenbar weit mehr zu schaffen machte als die finanzielle Einbuße. Ob sie schon wußte, daß die Versicherung für das Lamm nicht aufkommen würde?

Clayt hockte sich am Zaunpfosten hin und winkte Dovey zu sich heran. «Es sind Schwarzgeier, *coragyps atratus*. Truthahngeier haben rote Köpfe und durchgehend schwarze Flügel. Diese Burschen haben graue Köpfe und sind unten auf den Flügeln weiß gefleckt. Man sieht das Weiße aufblitzen, wenn sie mit den Flügeln schlagen.»

«Das interessiert mich herzlich wenig», sagte Dovey. «Wir sind hier nicht auf einer naturkundlichen Exkursion. Ich hasse sie.»

«Sie sind aggressiver als Truthahngeier, aber fairerweise muß man sagen, daß sie unter den Tieren, die überfahren auf der Straße liegenbleiben, und anderen Kadavern gründlich aufräumen. Oder ist es dir lieber, wenn die Würmer das erledigen?»

Sie holte tief Luft. «Heute ist aber auch ein richtiger Unglückstag! Erst finde ich im Hühnergehege meinen schönsten Hahn als einen Klumpen aus Blut und Federn, dann kommt so ein Schleimer aus einem Maklerbüro her, schnüffelt herum und wird uns bald noch mehr Ärger machen ...»

«Probleme, Dovey?» fragte er, beunruhigt durch ihren Tonfall.

Dovey schüttelte den Kopf. «Nichts, wobei du mir helfen könntest, Clayt, wenn du nicht gerade das Große Los gewinnst. Aber eins kann ich dir sagen: Der Makler war nicht besser als diese Aasgeier, nur daß er zwei Beine hatte. Und während Daddy ihn abfertigt, gehe ich auf die Weide, um nach den Lämmern zu sehen, und finde einen Schwarm Schwarzgeier, die sich abwechselnd an einem Neugeborenen gütlich tun. Die Augen hatten sie ihm schon ausgehackt, aber es war noch nicht tot.» Sie wandte sich ab. Er sollte ihre Tränen nicht sehen. «Gestern habe ich auf der Heimfahrt gesehen, wie sie ein Kalb verfolgten. Ich dachte immer, Geier fressen nur Aas. Was ist bloß hier los?»

Aus alter Gewohnheit blickte er zu dem fernen Tal hinüber und prüfte, ob dort womöglich Rauch aufstieg und sich mit dem Wolkenkranz vermischte, der den Bergen ihren Namen gegeben hatte: die Smokies. Aber er sah nichts, was auf einen Waldbrand hindeutete. Noch waren keine Touristen auf den Wanderwegen unterwegs. Die Bäume waren noch unbelaubt, die Ahornzweige mit den rötlichen Knospen und die silbrigen Zweige der Birken zeichneten sich zart wie Spinnweb vor den Hügeln ab. Forschend sah er zum Himmel hoch, konnte aber die Goldadler und kleineren Raubvögel, die er suchte, nicht entdecken.

Schließlich sagte er: «Ältere Leute hab ich hier und da

mal von Schwarzgeierattacken erzählen hören, ich selbst habe so was allerdings noch nie erlebt. Sie sind auf der Reise und haben Hunger. Wahrscheinlich haben sie nicht genug Aas gefunden.» Er sah zu ihrem Schlafbaum hinüber. «Der Schwarm umfaßt gut und gern hundert Vögel, und jeder einzelne wiegt an die vier Pfund. Sie brauchen viel Fleisch, um bei Kräften zu bleiben.»

«Was kann ich gegen sie tun, Clayt? Ich kann doch nicht rund um die Uhr bei meinen Lämmern Wache halten.» Einer der schwarzen Gesellen stieß auf die Weide herunter. Dovey warf einen Stein nach ihm, traf ihn aber nicht, und der Geier flog unbeeindruckt weiter.

«Ich hätte nie gedacht, daß ich so was über die Lippen bringen würde, aber ich wünsche diesen Viechern den Tod. Wahrscheinlich würde ich es nicht fertigbringen, sie einfach abzuschießen, aber ich könnte vergiftete Köder auslegen.»

«Tu das nicht, Dovey.» Er hob die Hand, als sie protestierend den Mund aufmachte. «Ich will dir keinen Vortrag darüber halten, daß man nicht in natürliche Vorgänge eingreifen soll, weil ich weiß, daß du so was im Augenblick nicht hören willst. Und mir ist auch durchaus klar, daß du nicht zu den Leuten zählst, die sich ein Haus im Wald bauen und dann am liebsten die Rehe und Hirsche, die ihnen den Garten ruinieren, abschießen, und die Waschbären, die in ihren Mülltonnen wühlen, vergiften würden.»

«Warum kann ich dann diese verdammten Geier nicht totmachen, Clayt? Sie sind eine Plage, und sie sind auf unserem Land.»

»Weil sie bundesweit geschützt sind. Aus unserer Sicht mögen Geier häßliche, bösartige Biester sein, aber es sind nun mal Zugvögel, und das Gesetz über Zugvögel von 1936 stellt sie unter den gleichen Schutz wie den hübschen roten Kardinal, der an dein Futterhäuschen kommt. Wenn du sie umbringst, kann dir das FBI eine Geldstrafe von fünftausend Dollar und ein halbes Jahr Knast pro Vogel aufbrummen. Bei den hundert Burschen, die auf dem Baum da hocken, dürfte dich dieser Rachefeldzug selbst für ein importiertes Kerry-Hill-Lamm ziemlich teuer zu stehen kommen.»

«Aber was soll ich denn machen? Ich kann es mir nicht leisten, noch mehr Vieh zu verlieren. Was ist, wenn ich an den Landwirtschaftsminister oder den für solche Sachen Zuständigen schreibe und eine Ausnahmegenehmigung beantrage? Oder vielleicht würde jemand von einer staatlichen Stelle kommen, sie einfangen und abtransportieren?»

Clayt schüttelte den Kopf. «Da bekämst du als Antwort allenfalls einen Formbrief. Du mußt sie einfach mehr nerven als sie dich.»

«Aber wie denn?»

«Lärm mögen sie nicht. Du könntest deinen Vater bitten, mit seiner Kettensäge unter ihrem Schlafbaum jeden Tag zwei Stunden Feuerholz zu sägen, möglichst frühmorgens oder in der Dämmerung, denn tagsüber sind sie meist auf Nahrungssuche. Wenn das nicht funktioniert, könnte ihnen ein Transistorradio mit lauter Rockmusik den Spaß an der Gegend verderben.»

«Aber unseren Schafen auch», wandte Dovey ein.

«Es ist noch früh im Jahr. Vielleicht ziehen sie, wenn es wärmer geworden ist, weiter nach Norden.»

«Hoffentlich. Widerliche Kreaturen. Jetzt starren sie uns an, als ob sie auf etwas warten.»

Clayt Stargill lächelte. «Glocken hast du wohl nicht läuten hören, als sie über dich weggeflogen sind?»

Sie sah ihn groß an. «Glocken? Nein. Warum?»

«Es ist eine alte Gebirgssage. Wenn ein bedeutender

Mitbürger im Sterben lag, erzählten die Leute früher, flog ein großer alter Geier über das Tal, und dann läutete eine Glocke, die den Todesfall ankündigte.»

Unwillkürlich lächelte sie. «Das hast du dir ausgedacht, Clayt. Wie den Unsinn von dem Riesenwels im Watauga Lake, den du ahnungslosen Fremden auftischst.»

«Die das meist anstandslos schlucken», sagte Clayt ernsthaft. «Aber das mit dem Todesgeier habe ich nicht erfunden, es ist eine überlieferte Sage aus dem Grenzland Amerikas. Aus der Zeit als *wir* das Grenzland waren. Vielleicht – aber das sind nur Vermutungen – ist sie eine verballhornte Fassung von Edgar Allen Poes *Raben* oder eine Erinnerung an die Sage von Banshee, der irischen Todesfee, die Einwanderer in die Kolonien mitgebracht haben. Allerdings erscheint der Geier nur auf der Bildfläche, wenn ein ganz besonderer Mensch stirbt, deshalb ist es kein Wunder, daß man ihn in unserer Gegend schon lange nicht mehr gesehen hat.»

Dovey Stallard sah zu dem Baum mit den stumm starrenden Geiern hin und fröstelte. «Diese Burschen haben nichts Besonderes an sich», flüsterte sie. «Sie stehen für den ganz gewöhnlichen, alltäglichen Tod. Für ein häßliches, gemeines, belangloses Sterben.»

Spencer Arrowood saß wieder an seinem Schreibtisch und betrachtete düster die darauf ausgebreiteten Knochen, während sich auf dem Kaffee in seinem Becher eine schlierig-schillernde Schicht bildete. Joe LeDonne, sein Stellvertreter, hatte sich den zweiten Stuhl herangezogen und sah kommentarlos abwechselnd das Beweismaterial und den Sheriff an.

«Du kennst Nora Bonesteel», sagte der Sheriff schließlich. Es war keine Frage, und LeDonne war die Bemerkung auch keine Antwort wert. Im Gegensatz zu Spencer war er nicht in dieser Gegend aufgewachsen, nach zehn Jahren Wake County aber waren ihm die Namen der meisten Bewohner geläufig. Polizeibeamten begegnen immer wieder dieselben Kunden, die sie wegen eines Bagatellvergehens oder wegen häuslicher Streitigkeiten einbuchten müssen, und mit den gesetzestreuen Bürgern bekommen sie spätestens dann Kontakt, wenn sie Opfer eines Verbrechens geworden sind. LeDonne hatte Nora Bonesteel weder in der einen noch in der anderen Eigenschaft kennengelernt, aber hin und wieder sprachen die Leute über sie, meist mit gedämpfter Stimme oder einem kleinen Auflachen und einer einleitenden Bemerkung wie: «Natürlich glaube ich normalerweise nicht an so was, aber …»

«Sie ist über siebzig», sagte der Sheriff. «Eine Freundin meiner Mutter. Ich hatte sie im Kindergottesdienst. Bis heute schaffe ich beim Schwertfechten Rekorde.» Er lachte. «So schnell wie ich zog keiner.»

«Schwertfechten?» LeDonne staunte. «Im Kindergottesdienst?»

«Ein anschauliches Bild, das sich die Baptisten ausgedacht haben. Das Schwert ist die Heilige Schrift. Es geht darum, schneller als alle anderen einen Bibelvers zu benennen. Der Lehrer sagt: Galater 1.12, und du …»

«Verstehe», sagte LeDonne. «Eine dieser lieben alten Damen …»

«Sie war schlimmer als ein Oberschleifer bei den Marines. Kleine Jungen befassen sich eben nicht freiwillig mit der Bibel. Dabei fällt mir ein, daß sie in der Bibel las, als ich heute kam. Stell dir vor, sie kreuzt mit diesem Kasten bei den Stargills auf …» Er erzählte von Garrett Stargills Besuch und dessen Bericht und von seinem eigenen Versuch, etwas aus Nora Bonesteel herauszubringen.

«Und jetzt willst du mich mit dem Beweismaterial ins

Labor schicken, um die Todesursache feststellen zu lassen.»

Spencer Arrowood runzelte die Stirn. «Von wollen kann keine Rede sein. Aber es bleibt uns wohl nichts anderes übrig, auch wenn es mir sehr viel lieber gewesen wäre, Nora Bonesteel hätte, wenn sie schon so geheimnisvoll tut, die Knochen gelassen, wo sie waren. Ich habe ja nichts dagegen, wenn das Kind auf anständige Art und Weise bestattet wird. Aber deshalb sehe ich noch lange nicht ein, warum man einer alten Frau wegen irgendeiner Sache, die wahrscheinlich passiert ist, ehe wir auf der Welt waren, den Prozeß machen soll.»

LeDonne zuckte die Schultern. «Mord verjährt nicht.»

«Du siehst alles immer nur schwarz oder weiß», seufzte Spencer Arrowood. «Nicht, daß ich darauf aus wäre, einen Kindesmörder laufenzulassen. Den Fall Harkryder habe ich schließlich auch durchgezogen, obgleich mir das Mädchen leid getan hat. Aber dieses Kind hier ...» Er deutete auf die gelblichen Knochen «... ist vermutlich älter als wir.»

«Eine sehr unwissenschaftliche Spekulation», nörgelte LeDonne.

«Mag sein. Dabei habe ich das Gefühl, daß ich damit gar nicht so falsch liege. Aber ich will nicht mit dir streiten. Wir müssen in dem Fall ermitteln, ob wir wollen oder nicht, und die Knochen zur Analyse schicken.»

«Du hast also nicht vor, Miz Bonesteel zu verhaften?»

«Und ihr Kost und Logis im Knast von Erwin zu verpassen? In ihrem Haus auf dem Ashe Mountain sitzt sie ja praktisch schon in Einzelhaft. Viele Leute fragen sich, wie sie es da oben überhaupt aushält. Außerdem haben wir bisher noch nicht mal die Todesursache, geschweige denn Hinweise auf ein Verbrechen. Alte Knochen aufzubewahren und eine anständige Bestattung zu verlangen ist nicht verboten. Ein bißchen verschroben meinetwegen, da gebe ich dir recht, aber auch das ist nicht strafbar. Nora Bonesteel zu verhaften bringt uns nicht weiter.»

«Okay, es ist deine Entscheidung», sagte LeDonne. «Dann fahre ich den Kasten hin. Eilauftrag?»

«Lieber nicht. Auf dem normalen Dienstweg erfahren wir es in zwei Tagen. Wenn wir Druck machen, lassen sie uns wochenlang hängen. Schade, daß es nicht Zeit hat, bis Martha von der Walters State zurück ist. Vielleicht könnte sie der alten Dame eine Antwort entlocken.»

LeDonne erlaubte sich ein schmales Lächeln. «Spann doch deine Mutter ein.»

«Nein», entschied Spencer. «Ich weiß, bei wem ich es noch versuchen könnte.»

Nora Bonesteel hatte, seit Jane Arrowood sie in ihren Wagen gesetzt hatte, noch kein einziges Mal den Mund aufgemacht. Sie könne die alte Dame heimfahren, hatte Spencer zu seiner Mutter gesagt, sich aber standhaft geweigert, ihr zu verraten, worum es bei dem Gespräch gegangen war.

«Ich muß immer an Randall Stargill denken», sagte Nora Bonesteel schließlich. «Obgleich wir so lange getrennt waren, wird es mir merkwürdig vorkommen, in einer Welt aufzuwachen, in der es ihn nicht mehr gibt.»

Jane nickte. «So ging es mir auch, als Hank starb. Es war nicht nur so, daß er mir fehlte – sogar mehr, als ich für möglich gehalten hätte –, sondern da war vor allem dieses unheimliche Gefühl, daß ich mit ihm auch einen Teil von mir verloren hatte. Allerdings hatten wir eine lange Ehe hinter uns, Hank und ich. Du hättest dich eigentlich inzwischen daran gewöhnen können, ohne Randall zurechtzukommen.»

«Ja, das habe ich schon vor langer Zeit und unter Tränen gelernt. Und ich hab ja gewußt, daß es so kommen mußte. Ihm war es nicht geheuer, daß ich – Dinge sehe. Und Clarsie war ein liebes, stilles Mädchen, mit dem er ein friedliches Leben führen konnte. Ich hoffe jedenfalls, daß er Frieden gefunden hat. Als junger Mann war er nicht sehr glücklich.

Wir kannten uns seit der Grundschule. Es war eine Zwergschule mit einer Lehrerin für alle Klassen, und wenn man das Pensum der einen Klasse beherrschte, wurde man in die nächste befördert, so daß ich Randall schnell eingeholt hatte.» Nora Bonesteel lächelte leicht. «In der zweiten Klasse blieb ich nur einen Tag. Als die Lehrerin mich erwischte, wie ich hinter dem Lesebuch in Zane Grey schmökerte, kam ich gleich in die dritte Klasse. Randall war klein für sein Alter, und ich war jünger als die anderen, das verband uns wohl.»

Jane Arrowood nahm Gas weg, um eine Kurve der zweispurigen Ashe Mountain Road zu nehmen. Links sah man durch eine Lücke in den Bäumen die vom ersten Frühlingsgrün überhauchte braune Landschaft. «Und später seid ihr dann ein Liebespaar geworden?»

«Ja. Es lag irgendwie nah. Wir waren ja fast immer zusammen. Und ich glaube, Randall war einsam. Er sehnte sich nach ... jemandem, den er verloren hatte.»

«Hatten Eure Familien ein gutes Verhältnis zueinander?»

Nora Bonesteel überlegte. «Wir waren Nachbarn. Die Stargills waren sehr zurückhaltend. Besuch war bei der alten Mrs. Stargill nicht willkommen. Sie konnte sehr kalt sein. Randall, ihren Enkel, hatte sie gern, aber ich glaube, seine Mutter mochte sie nicht. Meine Großmutter hat hin und wieder davon gesprochen – natürlich nicht mit uns, aber Kinder kriegen so was natürlich mit.»

«Allerdings.» Jane Arrowood hatte fast ihr ganzes Leben in Wake County verbracht, konnte sich aber nicht an die Stargills erinnern, jedenfalls nicht an die Zeit vor siebzig Jahren. Es war schon sonderbar, über Zwistigkeiten in Familien zu klatschen, die längst zu Staub geworden waren. Vergeblich versuchte sie sich zu erinnern. «Wer war Randall Stargills Mutter eigentlich?»

«Sie hieß Luray. Eine schmächtige Blondine, hübsch wie ein Püppchen, aber nicht von Stargill-Format. Der Vater war Hilfsarbeiter in der Stadt, glaube ich. Kein Land, kein Name, kein Geld. Die Nachbarn haben sich bös die Mäuler über sie zerrissen.»

Jane Arrowood lächelte. «Auf Außenstehende muß es sonderbar wirken, wenn arme Farmer die Nase über Leute rümpfen, denen es gar nicht mal so viel schlechter geht als ihnen. Aber weil sie Landbesitz hatten, galten sie wohl als was Besseres. Ich weiß schon, wie du es meinst.»

«Eben! Du bist eine Miller, hast einen Arrowood geheiratet, bist mit den Honeycutts, den McCourys und den Barnetts verwandt. Deine Vorfahren haben noch vor dem Leidenszug der Cherokee nach Oklahoma in diesen Bergen gesiedelt. Dadurch bist du – zumindest durch Heirat – eine der Alteingesessenen. Du gehörst hierher.»

«Und das war bei Randalls Mutter nicht der Fall.»

Nora Bonesteel nickte. «Mit einem Trauring ist es da nicht getan. Ich weiß noch, wie verbraucht sie wirkte, so jung sie auch war. Wenn ich jetzt zurückdenke, glaube ich, daß sie Angst vor der alten Miz Stargill hatte. Randalls Vater war nicht da. Es muß hart für sie gewesen sein, so ganz allein auf dieser einsamen Farm, auf der man sie nicht haben wollte.»

«Erstaunlich, daß sie dort geblieben ist.»

«Sie wußte vermutlich nicht wohin.»

Sie waren jetzt auf halber Höhe der Berge. Eichenzweige wölbten sich über die kurvenreiche Straße. Es waren nur noch ein paar Meilen bis zu Nora Bonesteels Haus, das knapp unterhalb des Gipfels lag. Jane beschloß, das Problem beim Schopf zu packen, ehe die Chance ganz vertan war.

«Du weißt ja, daß ich nicht neugierig bin», fing sie an, sah Noras Gesicht und mußte lachen. «Jedenfalls nicht mehr als jede andere alte Frau in einer Kleinstadt», verbesserte sie sich. «Ich habe keine Ahnung, was Spencer heute mit dir besprochen hat, aber daß es dir nahegegangen ist, merke ich natürlich. Da du nicht von selbst davon angefangen hast, wollte ich dir doch sagen, daß ich dir gern helfen möchte, soweit ich das kann. Ich kenne dich schon lange, und du hast immer einen Grund für das, was du tust – auch wenn wir anderen oft erst später dahinterkommen.»

Nora Bonesteel seufzte. «Ich tue es für Randall, der alten Zeiten wegen. Es ist etwas, was getan werden muß. Daß die Leute auch für alles immer eine Erklärung haben müssen! Es tut mir leid, aber ich bin nicht befugt, sie zu geben.»

«Wenn ich was für dich tun kann, brauchst du es nur zu sagen», meinte Jane. «Wir sind alte Freunde. Wenn du willst, rede ich mal mit Spencer.»

«Nein, Jane. Sag ihm nur – sag ihm, er soll sich in acht nehmen. Vor alten Freunden.»

Clayt Stargill lag auf dem Rücken und sah in den blauen Himmel, über den nur in der Ferne ein paar dünne Wölkchen zogen. Kayla, die neben ihm saß, sah mit zusammengekniffenen Augen in die helle Welt hinein. «Worauf warten wir?» fragte sie.

«Auf Pendler. Schau, da kommt einer.»

«Ein großer brauner Vogel», stellte Kayla fest, während der Fleck am Himmel größer wurde, bis sie braune

Schwingen und einen Spritzer Weiß an den Schwanzfedern erkennen konnte. «Ein Bussard?»

«Genau. Auf einem Berg hat man gute Chancen, einen zu sehen. Diese Bergkette, die Appalachen, ist so was wie eine himmlische Autobahn. Sie geht von Norden nach Südwesten, von Kanada bis ins nördliche Alabama, und ist von oben gut zu erkennen. Im Frühjahr und Herbst orientieren die Vögel sich an der Bergkette auf ihrer Reise in die Winterquartiere und zurück.» Er deutete auf den in trägen Kreisen über ihnen schwebenden Bussard. «Die großen Burschen – wie der da über uns – nutzen die Thermik zwischen Berggipfeln und Tälern zur Fortbewegung.»

Als Clayt von seinem Besuch bei den Stallards zurückgekommen war, hatte Kayla in ihrer blauen Windjacke und den verwaschenen Jeans auf der vorderen Veranda gesessen und auf den versprochenen Ausflug in die Natur gewartet. Er holte sich die Erlaubnis von Kelley, die sichtlich froh war, wenn die kleine Tochter ihr nicht ständig vor den Füßen herumlief, und Kayla kletterte erwartungsvoll wieder in den Geländewagen. Clayt fuhr einen Holzweg hoch zu einer Bergwiese, von der man einen weiten Blick in die Landschaft hatte. Es war einer seiner Lieblingsplätze, er war oft dort, machte sich Gedanken über seine – und Daniel Boones – Berge und überlegte, wie und seit wann sie sich verändert hatten.

Auf der Höhe wehte ein frischer Wind, aber da Kayla beteuerte, ihr sei überhaupt nicht kalt, waren sie noch ein Stück über die Bergwiese gewandert und hatten einen blühenden Huflattich und Wildfährten gefunden.

Jetzt stand Kayla auf und betrachtete die hintereinander aufgefalteten Bergketten, die sich bis in den fernen Dunst hinein erstreckten. «Keine Häuser», sagte sie. «Und keine Autos. Kommst du oft her?»

«Sehr oft.»

«Warum? Ist das der Blick, den Daniel Boone hatte?»

«Bei weitem nicht. Aber etwas Besseres kann ich dir heute nicht mehr bieten.»

Kayla sah sich um: Lange braune Gräser, immergrüne Gehölze und das zart knospende Grün des Hartriegels, hier und da das erste Gold der Forsythien. «Ich finde es schön. Wieso ist es anders als damals?»

Clayt deutete auf die wolkenverhangenen Gipfel am Horizont. «Es ist ein schöner Frühlingstag. Die Luftverschmutzung hält sich im Vergleich zu den dunstigen Sommermonaten in Grenzen. Du siehst bis zu Bergen, die an die zwölf Meilen entfernt sind. 1761, in Daniel Boones Zeit, konnte man neunzig Meilen weit sehen.»

«Wie weit ist das?»

«Von hier bis Knoxville und zur Virginia Blue Ridge. Sogar für mich ist das fast unvorstellbar.»

«Und warum geht das heute nicht mehr?»

«Wegen der Luftverschmutzung.»

Kayla sah zum blauen Himmel hoch. «Sieht doch schön aus.»

«Du hast eben noch nie einen klaren Himmel gesehen. Als ich Kind war, konnte man vielleicht zwanzig Meilen weit sehen – lange nicht so weit wie in Daniel Boones Zeit, aber doch besser als jetzt.»

«Kann man dagegen was machen?»

«Kaum. Es gibt einfach zu viele Autos, Fabriken und Schornsteine. Selbst ein Holzfeuer in der Blockhütte verschlechtert die Luftqualität, und deshalb ging es schon zu Daniels Lebzeiten bergab damit. So wie 1761 wird es nie mehr werden. Sieh dir die Bäume an. Sie sind anders als früher. Viel kleiner. Hier oben gab es noch richtigen Urwald mit bis zu achtzig, neunzig Meter hohen, alten Bäumen. Die heutigen Wälder wirken ganz schön mickrig dagegen.»

«Aber Wild gibt es doch noch.»

Clayt fiel auf, daß ihre Sprache eine ganz leichte Dialektfärbung hatte, die man über den großen Teich bis zu den Hebriden oder den Tälern von Antrim zurückverfolgen konnte.

«Ja, nur sieht man das am Tage nicht. Sie zeigen sich nicht gern in offenem Gelände. Man muß in der Dämmerung am Waldrand nach ihnen Ausschau halten. Das alte keltische Wort für Wild bedeutet *Kinder des Nebels.*»

«Keltisch?«

«Irland», erläuterte Clayt. «St. Patrick. Leprachauns.»

«Johnny Cash», ergänzte Kayla. «Der hat einen Song über Irland geschrieben. ‹Forty Shades of Green›. Er ist sehr nett, wir haben alle seine Platten.»

«Du hast sicher Spaß daran, in Nashville zu leben und all diese berühmten Leute kennenzulernen.»

«Ich wünschte, wir könnten hier wohnen bleiben», sagte Kayla.

«Das Leben hier liegt nicht jedem. Charles Martin hat sich nie viel daraus gemacht. In den Bergen kann man nicht viel Geld verdienen. Es gibt einen anderen irischen Ausdruck, der heißt *das grüne Martyrium.* Martyrium bedeutet, daß du für das, was du glaubst, zum Tode verurteilt wirst. Wie die frühen Christen, die in der Arena den Löwen zum Fraß vorgeworfen wurden. Und für die Missionare war es ein grünes Martyrium, wenn sie in ein rückständiges Land wie Irland gehen mußten, um die Heiden zu bekehren. In der Wildnis kamen sie sich vor wie lebendig begraben. Deshalb sage ich manchmal daß es mein grünes Martyrium ist, in den Smokies zu leben.»

«Ist es aber gar nicht», widersprach Kayla. «Für die in Irland mag es eine Strafe gewesen sein, wenn sie aufs Land mußten, für dich ist das hier aber doch der Himmel.»

Clayt lächelte. «Was die Leute für den Himmel halten, ist wahrscheinlich relativ.»

Sie hatten Charles Martin Stargill zum Einkaufen ins Tal geschickt. Die Bestandsaufnahme, die seine Schwägerin Lilah in der Vorratskammer gemacht hatte, war unbefriedigend ausgefallen, daraufhin hatten sich die Frauen zusammengesetzt, die Vor- und Nachteile verschiedener Speisefolgen erörtert, nach gründlicher Beratung eine Liste gemacht und sie Charles Martin in die Hand gedrückt, der sich zu seinem Pech just in diesem Augenblick in der Küche hatte sehen lassen.

Er hatte den Lexus auf dem gekiesten Parkplatz in möglichst großem Abstand von den rostigen Chevys und klapprigen Pickups geparkt. Jetzt rollte er mit seinem Einkaufskorb an den Konserven vorbei, suchte nach den Markennamen, die Lilah ihm aufgeschrieben hatte, und überlegte, ob sie sich auch mit etwas anderem zufriedengeben würde.

«Hallo, Charlie», sagte hinter ihm eine Stimme, die ihm bekannt vorkam.

Er wandte sich um, das Prominentenlächeln auf den Lippen und bereit, nichtssagende Konversation zu machen, bis er herausgefunden hatte, welcher wohlmeinende Mitbürger aus seiner Vergangenheit ihn da angesprochen hatte. Doch die Verzögerungstaktik erwies sich als unnötig, und das Lächeln verrutschte. Er hätte Dovey Stallard überall wiedererkannt, so unverändert sah sie aus mit dem dunklen Haar, der sommersprossigen, glänzenden Nase, auf der kein Hauch von Puder lag, den alten Levis. Sie hatte keinen Einkaufswagen.

«Hallo, Dovey.» Er gab ihr den flüchtigen Kuß auf die Wange, der im Showbusineß anstelle eines freundlichen Nickens üblich ist. Sie erwiderte den Kuß nicht. «Ich wollte sowieso noch bei euch vorbeikommen», schwindelte er. «Schade, daß wir uns nicht irgendwo zusammensetzen und über alte Zeiten reden können, aber ich muß meine Einkäufe machen, sonst bekomme ich von Roberts Frau was zu hören.» Er schwenkte mit hilflosem Lächeln seine Liste.

Dovey sah ihn an. «Dieses Gekrakel kannst du doch ohne Brille sowieso nicht lesen, stimmt's?»

Sein Gesicht erstarrte. «Woher weißt du ... ich meine ...»

«Ich habe dich beobachtet. Du hast den Zettel eine Meile weit weg gehalten und ein Gesicht gemacht, als ob griechischer Text draufsteht. Du kannst ja nicht mal die Etiketten auf den Dosen lesen. Warum trägst du keine Lesebrille?»

«Hab ich zu Hause gelassen.»

Er sah ihr an, daß sie ganz genau wußte, warum er keine Brille trug, aber sie lächelte nur und nahm ihm die Liste ab. «Wenn du willst, lese ich dir die Posten vor.»

«Lieb von dir – aber mußt du nicht auch einkaufen?»

«Nicht der Rede wert. Für Daddy und mich brauche ich nicht viel zu kochen. Außerdem haben ihm seine Sorgen wegen der Farm in letzter Zeit sowieso den Appetit verschlagen. In dem Zusammenhang wollte ich auch noch was mit dir besprechen ...»

«Clayt hat mir erzählt, daß ihr Daddy gefunden und Hilfe geholt habt, dafür wollte ich mich noch bedanken, Dovey.»

«Wir haben getan, was wir konnten. Nicht diese Mayonnaise, Charlie. Ihr eßt doch alle nur Duke's. Deine Schwägerin ist aus Ohio, sie weiß es nicht besser.» Sie stellte ein Glas mit schwarzem Etikett in den Einkaufswagen und bedeutete ihm, das andere wieder ins Regal zu stellen. «Am Ende des Ganges links herum.»

«Wie geht's dir denn so?» erkundigte sich Charles Martin. Erst als er die Frage ausgesprochen hatte, begriff er, daß sie womöglich nicht ganz ungefährlich war.

«Es ist mir schon besser gegangen. Im Augenblick haben wir eine Pechsträhne auf der Farm. Letztes Jahr ist uns die Scheune abgebrannt, und jetzt sitzt uns das Finanzamt im Nacken. Du hast wohl doch recht gehabt, Charlie.»

«Womit?»

«Ich hätte dich heiraten sollen.»

Und so was ausgerechnet im Supermarkt, dachte er. Takt war noch nie Dovey Stallards Stärke gewesen. Dabei konnte er sich über ihr Eingeständnis noch nicht mal freuen. Sie hatte nicht gesagt, daß sie ihn liebte, sondern nur, daß sie sich eine gute finanzielle Absicherung hatte entgehen lassen. Er tätschelte ihren Arm und grinste leicht verlegen. «Sei froh, daß du nicht an mir hängengeblieben bist, Dovey. Schon für den Künstler selbst ist die Unterhaltungsbranche eine harte Sache, aber für den Partner ist das, wie lebenslänglich im Knast zu sitzen.»

Sie türmte Spaghettipackungen auf die Konservendosen in seinem Einkaufswagen. «Du hast schon recht, wahrscheinlich hätte ich es nicht gepackt. Ich wollte immer hier oben bleiben, und nach Tates Tod mußte ich Daddy helfen, die Farm am Laufen zu halten. Die Leute hier haben gemeint, ich solle doch einen Stargill heiraten, dann hätten wir die Farmen zusammenlegen können. Aber damit war es ja dann nichts.»

«Nein.» Charles Martin staunte, daß es nach all den Jahren noch immer weh tat, darüber zu sprechen. Alle Stargills waren früher oder später hinter Dovey Stallard her gewesen, bis auf Robert Lee, aber der war so viel älter, daß er in ihrer Kindheit kaum eine Rolle gespielt hatte. Charles Martin erinnerte sich, wie er sich mit Garrett darum geschlagen hatte, wer Dovey von einem Basketballspiel nach Hause bringen durfte. Daß sie alle drei im gleichen Wagen heimfuhren, spielte dabei keine Rolle. Diese Schlacht hatte er verloren, aber er hatte schon damals gewußt, daß er es noch mal zu was bringen würde, und hatte geglaubt, er könnte den Krieg gewinnen. Doch das hatte er nicht geschafft.

«Dwayne hatte aber doch nie viel mit der Landwirtschaft am Hut. Ich weiß ja nicht, ob wir anderen mehr getaugt hätten, aber der war nun wirklich nicht der Beste aus dem Wurf.»

Mit Genugtuung registrierte er den schmerzlichen Ausdruck, der plötzlich in Doveys Gesicht stand, dann verschwand die Falte zwischen ihren Augenbrauen, und er hätte nicht sagen können, was sie in diesem Augenblick dachte. Sie zuckte die Schultern, aber sie machte sich nicht die Mühe, es zu leugnen. «Ich hätte nicht gedacht, daß jemand es weiß. Deiner Familie habe ich es nie erzählt. Und meiner auch nicht.»

«Sie haben es bestimmt nicht gewußt. Ich hab's nicht rausgelassen. Dwayne hatte mir aus Florida geschrieben, daß ihr an einem Samstagabend zusammen durchgebrannt seid, als er seine Eltern besucht hatte. Er würde dich kommen lassen, wenn er sich da unten eingerichtet hatte, schrieb er. Kurze Zeit später ist er dann tödlich verunglückt. Und danach wäre es sinnlos gewesen, davon anzufangen, mir jedenfalls wäre das gegen den Strich gegangen. Aber nach all den Jahren würde mich doch interessieren, warum du es getan hast.»

Dovey seufzte. «Weißt du, daß ich mich nicht mal mehr so richtig erinnern kann, wie Dwayne aussah? Ich hab nur ein paar körnige Fotos, die unten am See aufgenommen worden sind. Nicht so scharf wie die in eurem Album. Und nicht so schmeichelhaft.»

Charles Martin krampfte die Knöchel um den Griff des Einkaufswagens. Er hatte viele Jahre warten müssen, um eine Antwort auf seine Frage zu bekommen, da machte es ihm nichts aus, jetzt noch ein bißchen länger zu warten. Notfalls bis zum Ladenschluß.

Dovey schwieg einen Augenblick, dann sagte sie: «Hier in der Brotabteilung können wir nicht bleiben, Charlie. Wenn du mich ins Kreuzverhör nehmen willst, gehen wir besser woanders hin.»

Er ließ den Einkaufswagen einfach stehen. Der Supermarkt würde bald schließen, mahnte Dovey, und er sollte doch lieber seine Einkäufe machen, aber er marschierte nach draußen, als wären die Leute um ihn herum Luft für ihn, während Dovey hinterherlief und ihm ärgerlich zurief, er solle nicht so rennen.

Noch ehe sie die Wagentür zuschlagen konnte, hatte er den Lexus angelassen und donnerte wortlos in Richtung Johnson City.

«In Johnson City ist ein Kroger-Supermarkt», sagte Dovey, «der ist lange auf. Hast du die Liste auch nicht liegenlassen?»

«Warum Dwayne?» fragte Charles Martin, den Blick starr auf die Straße gerichtet. Dovey sah, wie schnell der Zeiger des Tachos höher kletterte.

«Wenn du Gas wegnimmst, sag ich's dir.»

Gerade noch rechtzeitig vor einer scharfen Kurve ging er auf 55 Meilen runter. «Schieß los.»

Dovey holte tief Luft. «Für so was werden wir allmählich zu alt, mein Junge. Also schön: Dwayne Stargill ... Warum habe ich mir, da vier von fünf Stargill-Söhne mir den Hof machten, ausgerechnet Dwayne ausgesucht, der von klein auf ein Verlierer war? Dwayne Stargill, der Oberpechvogel. Jetzt kommt es mir auch komisch vor, aber damals ... Mit Dwayne konnte man Spaß haben. Er war ein hübscher Kerl mit seinen verwegenen blauen Augen und hatte unheimlich viel Charme. Er hat mich zum Lachen gebracht. Ihr anderen wart alle so ernst.»

«Unsinn. Denk doch an damals, als ...»

«Ich rede nicht von deinen kindischen Streichen, Charlie. Ihr habt euch alle unheimlich ernst genommen – so meine ich das. Du wolltest unbedingt berühmt werden, Garrett hatte sich vorgenommen, es bis zum General zu bringen und die Welt zu erobern, und Clayt entwikkelte sich zu einem zweiten Johnny Appleseed, lief ständig in den Wald, träumte von irgendwelchen seltenen Vögeln oder beklagte die Bedrohung seiner kostbaren Wildnis. Mich habt ihr im Grunde gar nicht gebraucht. Für euch wäre ich eine hübsche Beigabe gewesen, aber nicht der Mittelpunkt der Welt.»

«Erzähl mir nicht, daß du das für Dwayne warst. Sein einziges Lebensziel war es, immer genug Alkohol zu kriegen, ohne dafür arbeiten zu müssen.»

«Das war mir gleich», sagte Dovey. «Ich wollte wohl einfach vor allen ernsthaften Dingen davonlaufen. Auf der Farm hatten wir zu kämpfen – wir haben gekämpft, so lange ich denken kann –, und meine Eltern haben den Verlust von Tate nie ganz verwunden. Selbst wenn es lustig bei uns zuging, lief unter der Oberfläche immer der Kummer mit und die Hoffnung auf etwas, das nie passieren würde. Meine Mutter hat bis zu ihrem Tod bei Tisch ein Gedeck zuviel aufgelegt. Dwayne ...» Sie schloß die Augen. «In jenem Sommer war ich zwanzig, und ihr wart alle schon heftig damit beschäftigt, euch einen Namen zu machen. Und da war Dwayne mit seinem schnellen Wagen und seinem strahlenden Lächeln. Er wollte nach Florida. ‹Komm mit›, sagte er zu mir. ‹Ich liebe dich bis zum Winter.› Und dann lachte er. ‹Und in Florida, Dovey, gibt es keine Winter.›»

«Nur Wirbelstürme», sagte Charles Martin und überholte eine langsame Limousine.

«Und Autounfälle», flüsterte Dovey.

«Aber du bist mitgegangen?»

«Ich habe ihn geheiratet. Meiner Mutter habe ich erzählt, ich wollte mit Mary Louise nach Myrtle Beach. Die fuhr wirklich da hin und hat mich gedeckt. Dwayne und ich sind an dem Wochenende nach Dillon in South Carolina gefahren und haben uns von einem Friedensrichter trauen lassen. Ich hatte ein trägerloses gelbes Sonnenkleid an und Dwayne ein Gatlinburg-T-Shirt. Hinterher haben wir im Motel Kentucky Fried Chicken gegessen und ... und am nächsten Morgen sind wir dann wieder heimgefahren. Ich habe mich am Briefkasten absetzen lassen, damit meine Eltern seinen Wagen nicht sehen. Drei Tage später fuhr Dwayne nach Florida, und ich blieb bei den Eltern wohnen, weil Dwayne noch nicht soweit war, mich nachkommen zu lassen. Meine Mutter hätte es umgebracht, wenn sie gewußt hätte, daß wir ohne kirchlichen Segen geheiratet hatten, aber ich wurde nicht schwanger, deshalb brauchte ich ihr nichts zu sagen. Ich behielt mein Geheimnis für mich und wartete. Und dann erzählte eines Tages deine Mutter meiner Mutter von dem Unfall. Sie würde hinfahren und sich um seine Asche kümmern, sagte sie. Da hätte ich ihnen alles sagen und mitfahren können. Aber das wollte ich nicht.»

«Glaubst du wirklich, er hätte dich nachkommen lassen?» fragte Charles Martin. «Dwayne?»

«Ich frage mich was anderes, Charlie: Wäre ich hingefahren?»

«Und du hast nicht noch mal geheiratet in all den Jahren ...»

«Das lag nicht an Dwayne», sagte Dovey. «Es ist nicht so, daß mein Herz immer nur bei ihm ist. Ab und zu hat jemand mir einen Partner zum Ausgehen besorgt. Die meisten waren fette, geschiedene Farmer oder junge Burschen wie Dwayne, aber ohne seinen Charme. Verlierertypen, die nur deshalb hier oben blieben, weil sie nicht genug im Kopf oder nicht genug Ehrgeiz hatten, es anderswo zu versuchen. Gewiß, es gibt auch nette Männer bei uns, aber die sind alle verheiratet. Und einen Mann zu stehlen hab ich nicht nötig, da bleibe ich lieber allein.» Ein tiefer Atemzug. «Wie ich höre, hast du endlich jemanden gefunden, Charlie.»

Es dauerte ein paar Sekunden, bis er begriff, daß sie Kelley meinte. «Ja, stimmt. Aber wir sind nicht verheiratet oder so. Ein Rotschopf, bildhübsch. Ich hab sie in Nashville kennengelernt. Sie ist aus einer Kleinstadt in Kentucky, war aber so vernünftig, da abzuhauen.»

«Und da ist sie dann bei dir gelandet», sagte Dovey leise.

Charles kniff die Augen zusammen, aber sie lächelte nicht, und in ihrer Stimme war kein Spott. «Ich hab den Eindruck, daß sie sich ganz wohl fühlt», sagte er und hatte eigentlich hinzufügen wollen: «Genau wie ich», aber statt dessen hörte er sich fragen: «Worüber wolltest du heute abend mit mir sprechen, Dovey?»

11

Wir müssen kämpfen, Jungs! Verkauft euer
Leben so teuer wie möglich.
Daniel Boone

Charles Martin Stargill fuhr mit der Hand über das frisch gehobelte Brett. Der schwere Rosenholzgeruch trieb ihm Tränen in die Augen. «Na, dann mal los», sagte er. «Es wird länger dauern, als ich gedacht hatte.»

«Besonders, wenn wir Mist bauen», ergänzte Garrett.

Seit zwei Tagen arbeiteten sie jetzt an dem Sarg. Clayt hatte die gehobelten Bretter vom Möbeltischler geholt, und fast den ganzen ersten Nachmittag hatten sie damit verbracht, auf einer Papiertüte Skizzen zu machen und sich über die Form des Sarges zu streiten. Robert Lee war für eine einfache Holzkiste, die sich, wie er sagte, mit Elektrowerkzeugen in ein paar Stunden zusammensetzen ließ. Charles Martin konterte mit «unwürdiger Hast» und erklärte, ein richtiger Sarg müsse einen dreieckigen Deckel mit schrägen Wänden und ein gerades Unterteil haben. Nach langem Hin und Her einigten sie sich darauf, einen herkömmlichen Sarg mit handgeführten Werkzeugen zu bauen, aber über eine weniger aufwendige Methode nachzudenken, wenn sie zeitlich oder anderweitig ins Gedränge kamen.

Das Unterteil war gestern fertig geworden.

«Wollt ihr etwa auch noch mit der Hand schleifen?» Robert Lee tupfte sich mit einem zerknautschten Papiertaschentuch die Nase. «Meine Nase ist von dem feinen Staub schon jetzt total verstopft. Wenn wir weiter mit der Hand sägen und dann mit Schleifpapier arbeiten, bin ich noch vor Daddy tot.»

Garrett seufzte. «Warten wir doch mal ab, wie es geht. Gibt's denn keine Tabletten dagegen, Robert? Und hol dir eine neue Schachtel Papiertaschentücher aus dem Haus, ich hab keine Lust, dich noch mal zwölf Stunden schniefen zu hören.»

«Ich nehme Maß, du sägst», sagte Clayt zu Charles Martin. Er holte ein Bandmaß und einen Bleistiftstummel aus seiner Jacke und deutete mit einer kurzen Kopfbewegung zur Handsäge hin. «Versuchen wir es erst mal damit. Wenn wir auflaufen, können wir immer noch zur modernen Technik übergehen.»

«Wie wär's, wenn wir uns ein Radio herholen?» fragte Robert Lee.

«Nur über meine Leiche», fuhr Charles Martin auf. «Ich kann dieses Radiogedudel nicht mehr hören, es macht mich krank. Wen diese DJs aus den Provinzsendern für einen Country-Star halten, will ich gar nicht wissen. Dann hör ich mir noch lieber Roberts Geschnuffel an, und das will viel heißen.»

Zum Frühstück hatte es nur Cornflakes und Magermilch gegeben, weil keiner, wie Lilah es ausdrückte, gut genug geschlafen hatte, um sich ab fünf Uhr früh in der Küche zu betätigen.

Clayt, der zeitig aufgestanden war, um seinen morgendlichen Rundgang zu machen, war vor den anderen mit dem Essen fertig und rief im Krankenhaus an. Der Zustand seines Vaters war unverändert.

Die Frauen wären ganz gern noch bei einer Tasse Kaffee am Tisch sitzen geblieben, aber allen Stargill-Männern fiel das Stillsitzen schwer, und als Garrett bemerkte, sie hätten wieder einen arbeitsreichen Tag vor sich, gossen seine Brüder den letzten Schluck Kaffee herunter und folgten ihm, noch ehe die Tür hinter ihm zugefallen war.

Jetzt waren sie in der kalten Werkstatt versammelt und fingen da wieder an, wo sie gestern abend bei Einbruch der Dämmerung aufgehört hatten. Ein Teil der gehobelten Bretter war schon vermessen und zugesägt.

«Wir müssen was besprechen, Jungs», platzte Robert Lee unvermittelt heraus. Der Augenblick – Charles Martin summte vor sich hin, während Garrett und Clayt sich über das letzte Maß nicht einigen konnten – war nicht günstig gewählt, aber seine Anspannung war so groß, daß sie ihm schon auf den Magen geschlagen war.

«Was ist denn jetzt schon wieder?» Garrett sah nicht auf.

«Robert Lee fuhr sich mit der Zunge über die Lippen. «Was machen wir mit der Farm?»

«Fängst du wieder damit an», stöhnte Charles Martin. «Wir haben dir schon mal gesagt, du sollst dich mit dem Verteilen gedulden, bis Daddy nicht mehr ist.»

«So lange können wir aber nicht warten. Es sei denn, ihr wollt nach der Beerdigung noch zwei Wochen mit der Nachlaßregelung verbringen. Wir haben ein Angebot bekommen.»

Clayt sah ihn an. «Was für ein Angebot?»

«Vor zwei Tagen war ein Makler hier, der sich für die Farm interessiert. Ich habe bisher nichts davon gesagt, weil ich dachte, mit Vater könnte es jeden Augenblick zu Ende gehen, aber jetzt zieht es sich hin, und wir müssen eine Entscheidung treffen. Selbst wenn er sich noch mal erholt – allein leben kann er hier nicht mehr.»

«Da ist was dran», räumte Charles Martin ein.

«Eben! Er ist alt und gebrechlich. Wenn er durchkommt, soll er die bestmögliche Pflege haben, und die kostet Geld.»

Clayt machte ein finsteres Gesicht. «Ein Makler? Die wittern den Tod so schnell wie die Geier. Was für ein Angebot hat er dir gemacht, Robert? Will er hier Landwirtschaft betreiben?»

«Auf diese Idee würde heutzutage kein vernünftiger Mensch mehr kommen. Geld bringt nur der Verkauf von Luxushäusern mit schönem Blick. Whitescarver möchte unsere Farm kaufen und hier eine Villensiedlung hinstellen.»

«Kommt nicht in Frage», erklärte Clayt. «Damit wäre die ganze Gegend ruiniert und das Habitat vieler Arten zerstört. Mir wird ganz anders, wenn ich nur daran denke.»

«Überlegen sollten wir es uns schon», sagte Garrett. «Ich sage nicht, daß wir sofort zugreifen müssen, aber daß Daddy hier nicht mehr leben kann, ist ganz richtig. Und irgendwas müssen wir mit dem Land schließlich anfangen.»

«Warum?» konterte Clayt. «Wir sind all die Jahre ohne die Farm ausgekommen. So dringend braucht keiner von uns das Geld, und in vier Teile geteilt wäre es sowieso nicht sehr viel. Warum schenken wir es nicht dem National Park Service unter der Bedingung, daß die natürliche Umgebung erhalten bleibt?»

«Du kannst es dir vielleicht leisten, den Hippie zu spielen und über alles, was nach Geld riecht, die Nase rümpfen, aber wir anderen zerbrechen uns den Kopf darüber, wie wir Daddys Krankenhauskosten zahlen sollen, und haben schließlich einen gewissen Lebensstandard, den wir halten wollen.» Robert Lee war rot angelaufen vor Empörung. Menschen, die so taten, als seien praktische Dinge etwas Unmoralisches, waren ihm verhaßt. Dabei reizten ihn weder Sportwagen noch Kreuzfahrten in die Karibik. War es denn so verwerflich, wenn er seine Hypotheken loswerden, ein paar Außenstände bezahlen, sich eine kleine Rücklage für Alter oder Krankheit schaffen wollte? Meist waren es gerade die Leute, die so taten, als sei Geld völlig unwichtig, die einen links liegenließen, wenn man keins mehr hatte.

«Clayt hat ja gar nicht so unrecht», sagte Charles Martin. «Es wäre ein Jammer, die schöne Gegend mit aufgemotzten Backsteinhäusern zu verschandeln. Und wenn unser Elternhaus nicht mehr da wäre, das fände ich schon schlimm.»

«Eben!» bestätigte Garrett. «Es ist schon komisch mit Grund und Boden, der so lange in Familienbesitz ist. Keiner von uns kann oder will wieder hier leben, aber die Farm soll bleiben, wie und wo sie ist, um uns daran zu erinnern, wer wir sind. Mir ist es wichtig zu wissen, daß sie jahrein, jahraus hier auf dem Berg ist, unverändert, und dieses Wissen gibt mir die Freiheit, mich an anderen Orten und in anderen Jobs umzutun, weil ich ja hier meine Wurzeln habe und jederzeit zurückkommen könnte.»

«Die Farm gehört seit fast zweihundert Jahren den Stargills», sagte Charles Martin. «Es wäre nicht recht, sie wegzugeben.»

«In meinem ganzen Leben hab ich noch keinen solchen Blödsinn gehört!» fuhr Robert Lee auf. «Man kommt sich ja vor wie in *Bonanza*! So eine Farm pflegt sich nicht selbst, während ihr euer Leben weiterführt. Das ist nicht wie ein Bild im Film, das ihr stehenlassen könnt, bis ihr wieder ins Zimmer kommt. Wenn sich niemand um die Farm kümmert, geht sie ganz schnell vor die Hunde. Die Farbe blättert ab, das Dach wird undicht, die Weideflächen verkommen, die Zäune verrotten.

Wenn niemand Arbeit und Geld reinsteckt, wird sie im Umsehen wieder zur Wildnis.

Wer soll denn das Haus hüten, wenn Vater nicht mehr ist? Wollt ihr es Termiten, zerstörungswütigen Rabauken oder der Trockenfäule überlassen, weil keiner von euch die Zeit hat, sich darum zu kümmern, oder den Mumm, sich davon zu trennen? Herrgott, könnt ihr nicht endlich erwachsen werden?»

«Reg dich nicht künstlich auf», sagte Garrett. «Wir bemühen uns ja nur, die richtige Entscheidung zu treffen. Eine, die das Land nicht verschandelt. Vielleicht finden wir jemanden, der eine Farm hier oben haben will. Viele Städter wissen es ja nicht besser.»

«Als Nebenerwerbsstelle könnte man sie wahrscheinlich halten», sagte Clayt. «Wenn man ein zweites Einkommen hätte, an der Uni zum Beispiel. Dann könnte man die Landwirtschaft gewissermaßen als Hobby betreiben und nicht, um Geld zu verdienen. Im Winter in die Stadt zu pendeln ist allerdings kein Spaß. Hat dein Makler sich das mit der Siedlung hier oben auch gut überlegt?»

«Er würde eine Straße bauen lassen», sagte Robert Lee.

«Das würde ein Vermögen kosten und wäre nicht gut für die Umwelt. Der Grundwasserspiegel würde sich verändern, das könnte zu Erosion führen, die unsere gefährdete Wildflora ...»

«Aufhalten kannst du die Entwicklung doch nicht, Clayt, da hilft alles Jammern nicht. Entweder steigen wir jetzt mit ein, oder wir lassen uns die Chance entgehen, aus dem Unvermeidlichen wenigstens noch ein bißchen Kapital zu schlagen.»

«Apropos Kapital», sagte Garrett. «Das Holz würden wir doch schlagen, ehe wir verkaufen, nicht? Mir ist gerade eingefallen, daß Clayt gesagt hat, so ein Nußbaum sei womöglich fünftausend Dollar wert.»

«Kommt nicht in Frage», sagte Clayt. «Es wäre ein Frevel, diese Bäume zu fällen. Wie hast du das übrigens gemeint, Robert Lee, daß wir die Entwicklung doch nicht aufhalten können?»

Robert Lees Gesicht lief puterrot an.

«Man hat mir in dieser Sache eine vertrauliche Mitteilung gemacht», erklärte er gestelzt, «über die ich mich nicht näher äußern möchte.»

«Er meint die Stallard-Farm», sagte Charles Martin. «Ich hab neulich zufällig Dovey getroffen, sie hat es mir erzählt.»

«Sie hat es *dir* erzählt?» Clayts Gesicht verfinsterte sich.

Charles Martin sah ihn nicht an. «Ich bin ihr im Supermarkt über den Weg gelaufen, und wir haben über alte Zeiten geredet. Da hat sie erwähnt, daß ein Bauunternehmer hinter ihrem Land her ist und sie es sowieso verlieren werden, weil sie die Steuern nicht zahlen können. Sie hat mich gefragt, ob ich ihr, um die Farm zu retten, Geld leihen würde.»

«Und?» fragte Garrett.

Robert Lee lachte bitter auf. «So versöhnlich ist unser Bruder bestimmt nicht gestimmt!»

«Damit hat es überhaupt nichts zu tun», widersprach Charles Martin hitzig. «Clayt ist derjenige, dem Dovey Stallard noch im Kopf rumgeht.»

«Aber das Geld hast du ihr nicht gegeben.»

«Ich habe versucht, ihr klarzumachen, daß ich nicht so viel auf der hohen Kante habe. Ich habe laufende Ausgaben und muß immer wieder größere Summen investieren. Da ist der Tourbus, die Backup-Gruppe, alle naselang müssen neue Kostüme her. Die Leute denken, daß Country-Sänger im Geld schwimmen, aber es ist ebenso rasch wieder ausgegeben, wie es eingenommen wird, das dürft ihr mir glauben.»

«Und in deinen fahrbaren Untersatz hast du ja auch so einiges gesteckt», ergänzte Robert Lee.

«Nicht zu fassen, daß sie ausgerechnet dich um Hilfe gebeten hat», sagte Clayt.

«Ja, wen denn sonst, kleiner Bruder?» Charles Martin lächelte bitter.

«Weit ist sie gekommen mit ihrem Bittgang bei dir», sagte Clayt.

«Es steht also fest, daß die Stallard-Farm an ein Bauunternehmen geht?»

«Sieht so aus», bestätigte Charles Martin. «Die Stallards haben nicht das Geld, um es zu verhindern. Deshalb müssen wir tatsächlich bald eine Entscheidung treffen. Wenn unser Berg zum Wohngebiet wird, fressen uns die Steuern bei lebendigem Leibe auf. Es wäre vielleicht gar nicht schlecht, mit diesem Baumenschen zu reden.»

«Und es wäre vielleicht noch besser, den Stallards unter die Arme zu greifen», sagte Clayt.

«Du kannst ihnen ja einen Scheck schreiben.» Robert Lees Augen glitzerten böse. «Vielleicht können sie sich ein paar Türklinken dafür kaufen, und Dovey wird dir ewig dankbar sein. Aber erwarte nicht, daß wir da mitmachen. Du solltest an die gewaltige Krankenhausrechnung denken, die auf uns zukommt, statt dich aufs hohe Roß zu setzen, weil wir zögern, anderer Leute Farm zu retten.»

Clayt seufzte. «Daß wir uns nicht mißverstehen: Ich hab nichts gegen Geld. Ja, glaubt ihr denn, ich hätte nicht gern ein nettes Haus in Stadtnähe und einen Wagen, der nicht schon auseinanderfällt, wenn er nur in der Einfahrt steht? Wenn ich so viel verdienen würde, daß ich ein bißchen Freizeit hätte, statt jede wache Minute irgendwelchen Jobs nachhetzen zu müssen, damit die Kohle von einem Monat zum nächsten reicht, würde ich gern ehrenamtlich für eine Umweltgruppe arbeiten. Ich könnte das Geld wahrscheinlich besser gebrauchen als ihr alle miteinander. Aber ich glaube, ich würde lieber verhungern, als das Land, das unserer Familie gehört, einem Baulöwen in den Rachen zu werfen, der dort hundert Häuser auf briefmarkengroße Grundstücke hinstellen würde. Wißt ihr, wie viele Habitate zerstört würden, wenn wir das zulassen?»

Garrett legte seinem Bruder eine Hand auf die Schulter. «Du solltest dich nicht als Hüter der Menschheit sehen, Clayt. Alle kannst du nicht retten. Laßt uns lieber überlegen, was Daddy gewollt hätte.»

Robert Lee lachte. «Da brauchen wir nicht lange zu rätseln. Daddys Liebe zur Natur beschränkte sich auf das, was man schießen und essen kann. Er hätte die Farm an eine Bergwerksgesellschaft verkauft, wenn er ein halbwegs vernünftiges Angebot gekriegt hätte.»

«Aber er ist hiergeblieben», wandte Clayt ein.

«Vielleicht hatte er kein Interesse an der großen weiten Welt», sagte Charles Martin. «Er ist nur einmal hier rausgekommen, im Krieg nämlich, und da ist er über dem Ärmelkanal abgeschossen worden. Nach so einer Sache zieht es vielleicht jeden wieder in die Berge. Ich hab ihn nie dazu bewegen können, noch mal nach Italien zu reisen, nicht mal, als ich in Rom gespielt habe.»

«Hier hat er sich aber auch nicht viel bewegt», sagte Clayt. «Wißt ihr noch, wie er uns immer wieder erzählt hat, daß er irgendwann mal mit uns zum Campen gehen oder eine lange Kanufahrt auf dem Nolichucky machen würde? Wir haben nie was mit ihm unternommen. Tagsüber hat er gearbeitet, danach hat er auf der Couch gelegen und mit einem Western-Taschenbuch im Schoß ferngesehen.»

«Wer eine Farm in Schuß halten will, muß hart arbeiten», sagte Robert Lee.

«So hart nun auch wieder nicht. Und nicht ununterbrochen», widersprach Garrett. «Und in unserer Kinderzeit war er nicht älter als ich jetzt. Erzähl mir nicht, daß er da schon zu schlapp und verbraucht war.»

«Er wollte immer nur seine Ruhe haben», sagte Charles Martin. «Wenn man ihn ansprach, hat er nur geguckt, und dann hat er gesagt: ‹Ach ja, wirklich?›, so daß man nie wußte, ob er richtig hingehört hatte.»

«Damals war eben die Kindererziehung noch nicht Sache der Väter», sagte Robert Lee höhnisch. «Ihr könnt froh sein, daß er euch nicht windelweich geprügelt hat und ständig an der Flasche hing. Wir hatten Freunde, die solche Väter hatten.»

«Wenn ihm die Farm oder seine Kinder am Herzen lagen, hat er das erfolgreich verborgen», sagte Charles Martin.

«Mir jedenfalls liegt die Farm am Herzen», erklärte Clayt. «Außerdem geht es hier nicht nur um Daddy. Wir sind Stargills, es ist Stargill-Land, und wir müssen entscheiden, was daraus werden soll.»

«Okay, dann laß mal hören, Clayt», sagte Charles Martin. «Sollen wir am Land festhalten und es früher oder später doch ans Finanzamt verlieren oder zusehen, wie es immer enger von Spielzeughäusern umzingelt wird? Oder sollen wir nicht doch lieber versuchen, einen Käufer zu finden, mit dem wir leben können? Oder willst du es einfach dem Staat schenken und nach zweihundert Jahren harter Arbeit mit leeren Händen dastehen?»

Clayt ging zum Fenster und rieb gedankenverloren den Schmutz von der Scheibe. «Noch ist hier draußen Winter. Deshalb können wir so leichthin davon reden, das Land aufzugeben. In drei Wochen würde euch so ein

Satz in der Kehle steckenbleiben. Ihr habt offenbar alle vergessen, wie es im späten Frühling hier ist. So schön, daß einem der Atem stockt. Der Flieder reicht inzwischen fast bis zum Obergeschoß, und in ein paar Wochen steht er in voller Blüte, dann ist die Frühlingsbrise wie Parfüm. Die Ahornbäume an den Hängen haben ausgeschlagen, man sieht die Bergketten bis nach North Carolina. Im Bach kann man die ersten Forellen fangen, die Brombeeren blühen, und in der Dämmerung kommen die Rehkitze und spielen am Waldrand auf den Wiesen. Wenn ihr all das noch wüßtet, könntet ihr das Land nicht aufgeben.»

«Wir haben es doch schon aufgegeben», wandte Robert Lee ein. «Ich lebe seit über dreißig Jahren in Cincinnati, Garrett und Charlie leben im Flachland von West-Tennessee und Kentucky. Deine lyrischen Ergüsse über die Schönheit der Berge kannst du dir sparen, denn das Land sind wir schon jetzt los. Wir können uns das Leben hier einfach nicht leisten.»

«Sollten wir uns nicht wenigstens mal anhören, was dieser Makler zu sagen hat?» meinte Garrett. «Vielleicht kann er uns die eine oder andere Sorge nehmen, so daß sich eine Lösung finden läßt, mit der wir alle leben können.»

«Mit einer Lösung, bei der ein Makler seine Hand im Spiel hat, könnte ich nie leben», erklärte Clayt.

Spencer Arrowood war nicht begeistert, als Frank Whitescarver in aller Frühe in seinem Büro erschien. Der dickliche Typ im Polyesteranzug sah aus, als sei er in einer dringenden Angelegenheit gekommen, und das, sagte sich Spencer, konnte für alle Beteiligten außer dem Makler nur Ärger bedeuten.

Als Sheriff konnte er die Lokalpolitik nicht ignorieren, aber sie war für ihn nicht mehr als ein notwendiges Übel. Zu oft hatte er erlebt, daß jemand in ein Amt gewählt wurde, weil die arbeitende Bevölkerung, die nur sein Biedermanngesicht und den abgewetzten Anzug sah und den heimischen Dialekt hörte, ihn für einen der Ihren hielt. Erst viel später – wenn überhaupt – ging den arglosen Wählern auf, daß der scheinbare Tölpel vom Lande um seines eigenen Vorteils willen ihre Interessen verraten hatte. Ihre Anträge auf den Bau einer Straße wurden auf die lange Bank geschoben, die Müllkippe vor ihrer Tür eingerichtet, die Wohnwagensiedlung für ihren Ort genehmigt. Der gewählte Vertreter ihrer wohlhabenderen Mitbürger hätte sich so etwas nie gefallen lassen, der joviale Kandidat der armen Leute aber nutzte sein Amt, um dem Staat sein Land zum Bau einer Grundschule zu verkaufen oder sich ein Grundstück zu sichern, das genau die richtige Lage für ein künftiges Bauvorhaben hatte. Einer dieser windigen Typen war Frank Whitescarver. Er saß in allen möglichen Vorständen und Ausschüssen, wo er, soweit Spencer das beurteilen konnte, nur in die eigene Tasche wirtschaftete.

Weil er sich als Sheriff aber davor hüten mußte, den Stab über unbescholtene Bürger zu brechen oder sich ohne Not Feinde zu machen, stand er auf und streckte die Hand aus. «Was kann ich für Sie tun, Mr. Whitescarver?» fragte er höflich, aber ohne dem Besucher ein Lächeln zu gönnen.

Whitescarvers wabbelige Züge trugen einen ungewohnt ernsthaften Ausdruck, und seine Hand fühlte sich feucht an. «Die Sache ist die, Sheriff, daß ich Ihre Amtshilfe brauche, um eine Entscheidung durchzusetzen.» Er griff in die Tasche und holte ein paar maschinebeschriebene Bogen heraus.

Spencer Arrowood las die ersten Zeilen, dann sah er seinen Besucher skeptisch an. «Eine Räumungsklage?»

Der Makler nickte. «Sehr bedauerlich, wirklich, aber manchmal tut man diesen armen, dickschädeligen Farmern geradezu einen Gefallen damit, sonst hungern sie sich und ihre Familien noch zu Tode.»

Der Sheriff las den Schriftsatz sorgfältig, dann sagte er: «Sie haben J. Z. Stallards Land gekauft, weil er seine Steuern nicht zahlen konnte?»

Frank wiegte kummervoll den Kopf. «Zunächst habe ich ihm ein Angebot gemacht, bin extra Anfang der Woche hingefahren, um ihm seine Farm abzukaufen – die Steuern hätte ich ja obendrein zahlen müssen –, aber er hat sich stur gestellt. Eine Vogel-Strauß-Politik, die weit verbreitet ist. Besonders bei älteren Leuten. Die können sich einfach von ihrem Land nicht trennen.»

«Und dann kam es zur Zwangsversteigerung?» fragte Spencer ausdruckslos.

Whitescarver deutete auf das Schwarze Brett im Vorzimmer. «Sie haben die Ankündigung draußen hängen, Sheriff.»

«Und Sie haben J. Z. Stallards Farm gekauft.» Das klang wie eine Ohrfeige, aber Frank Whitescarver zuckte nicht mit der Wimper.

«Stimmt genau.»

«Und jetzt soll ich die Stallards von ihrem Land vertreiben.»

«Jawohl. Dazu sind Sie, soweit ich weiß, nach den Gesetzen des Staates Tennessee durch ihren Amtseid verpflichtet.» Frank Whitescarver schob das Kinn vor und blinzelte. Offenbar war ihm die Situation jetzt doch etwas peinlich, aber er bestand auf seinem Recht. Schließlich hatte er ja alles schwarz auf weiß.

Spencer Arrowood seufzte. Er mußte noch Ermittlungen wegen des Kastens anstellen, den Nora Bonesteel ihm aufgehalst hatte. Für heute vormittag stand die Notiz *Bei Rattle vorbeifahren* auf seinem Terminkalender. Außerdem gab es jetzt, da er und LeDonne alles allein erledigen mußten, auch sonst mehr als genug zu tun. Er würde Martha Ayers nie verraten, wie sehr ihre Unterstützung ihnen fehlte. «Im Augenblick muß ich mich noch um was anderes kümmern», sagte er. «Aber ich schiebe es irgendwann mal ein. Wie lange haben die Stallards denn noch Zeit? Ein halbes Jahr?»

«Eine Woche.»

«Eine Woche?»

«Sie hatten Jahre Zeit, um ihre Steuern zu zahlen. Die haben ganz genau gewußt, was auf sie zukommt. Was sein muß, muß sein. Das Leben geht weiter. Am besten erledigt man so was kurz und schmerzlos, so, als wenn man einen Splitter rauszieht, finden Sie nicht?»

«Na gut, wenn es sich nicht vermeiden läßt ...»

«Ich dachte, ich fahre mit Ihrem Deputy mit, wenn er die Räumungsklage zustellt ...»

Spencer Arrowood schüttelte den Kopf. «Ich mach das selber. Das bin ich ihnen schuldig.»

Lilah Rose rappelte sich mit einem zufriedenen Seufzer vom Frühstückstisch hoch. «So, ihr Lieben! Sobald ich mich ein bißchen verschönert habe, können wir wieder anfangen zu nähen.» Lächelnd fuhr sie sich über die runzlige Wange. «Gips, Füllspachtel und ein bißchen Farbe – das wäre ein ideales Make-up, sag ich immer. Deckt garantiert alle Schäden ab.»

Kelley gähnte. «Für uns brauchst du keine Kriegsbemalung aufzulegen.»

«Mir ist das alles sowieso viel zu mühsam», sagte Debba.

Lilah musterte sie kritisch. Die Schwägerin sah mit dem strähnigen Haar, den wimperlosen Augen und blutleeren Lippen aus wie abgestandene Buttermilch. «Na ja, du bist auch noch jung», sagte sie nachsichtig, denn Rudy hatte was gegen Boshaftigkeiten. «Ich hab immer Angst, die Welt könnte mich ausspucken wie der Wal den Jonah, wenn ich mich nicht ein bißchen proper herrichte.» Sie ging schnell hinaus, ehe die Kosmetikdiskussion sich fortsetzen konnte.

Kelley sah Debba Stargill an und zuckte die Schultern. «So ganz unrecht hat sie nicht. Schließlich ist sie mindestens dreißig Jahre verheiratet. Ich hol mal meinen Lippenstift.»

Debba Stargill blieb am Frühstückstisch sitzen, denn ihr war nicht danach, sich aufzuputzen. Sie trank gerade den letzten Schluck Kaffee, als Kayla in Jeans und einem Sweatshirt erschien und sich den Schlaf aus den Augen rieb. «Wo ist meine Momma?» wollte sie wissen, fragte aber nicht nach ihrem Frühstück. Bei einer Frau wie Debba taten Kinder sich schwer, um etwas zu bitten.

«Im Schlafzimmer, glaube ich.» Ziemlich widerstrebend setzte sie hinzu: «Möchtest du was essen?»

Kayla hatte schon den Kühlschrank aufgemacht, holte die Erdbeermarmelade und eine Schüssel Trauben heraus und griff sich das Brot. «Das reicht mir.» Sie fuhr mit dem Buttermesser ins Marmeladenglas und schmierte sich eine Scheibe Brot. «Näht ihr heute wieder?»

«Ja, wir fangen gleich an. Wenn du fernsehen willst, könnten wir uns ja vielleicht auch woanders hinsetzen», sagte Debba ohne große Begeisterung. Sie selbst hatte keine Kinder, wußte auch nicht, wie man mit Kindern redete und begegnete ihnen deshalb mit der gleichen steifen Höflichkeit wie den befrackten Kellnern in einem Restaurant, das sie sich eigentlich nicht leisten konnte.

«Nicht nötig», sagte Kayla mit vollem Mund. «Ich geh raus zum Spielen, das ist super. Gestern hab ich ein Kaninchen gesehen. Und Clayt hat mir schon ganz viel über Vögel erzählt.»

«Na, das ist ja nett. Aber sei schön vorsichtig, hörst du? Im Wald kann einem kleinen Mädchen so allerlei passieren. Und wenn du Fremden begegnest, kommst du sofort zurück!»

Kayla nickte. «Klar.» Sie steckte sich ein paar Trauben in die Taschen ihrer Jeans. «Kannst Momma sagen, daß ich schon weg bin.»

Frank Whitescarver, dem die Gesprächsthemen ausgegangen waren, sah aus dem Fenster des Streifenwagens. Die vertraute Landschaft zog an ihm vorüber. Spencer Arrowood hatte auf seine Anläufe, ein unverbindliches Gespräch anzufangen, erst mit einsilbigen Antworten und dann mit völligem Schweigen reagiert, wobei er tat, als müsse er sich auf die Straße konzentrieren. Frank wußte natürlich, daß der Sheriff diesen Auftrag nur sehr ungern übernommen hatte und ihn am liebsten ohne Begleitung ausgeführt hätte. Sein Pech, dachte Frank ungerührt. Gewiß, es war nicht angenehm, Leute von ihrem Land zu vertreiben, aber es mußte nun mal sein, und schließlich war es die Pflicht und Schuldigkeit des Sheriffs, dafür zu sorgen, daß die gesetzlichen Bestimmungen eingehalten wurden. Und zwar alle, nicht nur solche, die ihm in den Kram paßten. Da der Sheriff offenbar nicht mehr geneigt war, mit ihm zu reden, konzentrierte Frank Whitescarver sich auf die Gegend. Man konnte nie wissen, ob man nicht unvermutet etwas Neues entdeckte, auch wenn man die Strecke schon hundertmal gefahren war.

Die Straße schraubte sich in Serpentinen den Berg

hoch. Hier und da konnte man einen Blick ins Tal tun, und hin und wieder säumten frühblühende Wildblumen als bunte Farbtupfer den Weg. Jetzt war es nicht mehr weit. Frank richtete sich auf. «Hier rechts geht gleich ein Schotterweg ab. Sie wissen Bescheid?»

«Ja.» Spencer Arrowood machte schmale Lippen. «Ich hab mit Tate Stallard in der High-School Basketball gespielt und ihn manchmal nach den Spielen nach Hause gebracht. Wir waren befreundet.»

Frank nickte. «Ich kann mich auch noch an ihn erinnern. Er ist in Südostasien gefallen, nicht? Da drüben haben wir viele gute Leute verloren. Vielleicht wäre es anders gelaufen, wenn er's überlebt hätte.»

An dem Briefkasten mit der Aufschrift «Stallard» bog Spencer ab. Über dem steilen Hang hingen Haufenwolken im blauen Dunst, umkränzt von Ahornbäumen, die so alt wie das Jahrhundert waren. Als sie die Höhe erreicht hatten, kam das weiße Holzhaus in Sicht, das mal wieder eine frische Schicht Farbe gebraucht hätte, ansonsten aber stolz und fest vor dem Höhenzug stand.

«Hübsches Fleckchen, was?» sagte Frank.

«Kann man wohl sagen.»

«Sie sind zu Hause. J. Z. Stallards Pickup steht an der Scheune. Soll ich im Wagen bleiben, während Sie die Papiere zustellen?»

Spencer warf seinem Mitfahrer einen scharfen Blick zu. «Das möchte ich mir ausgebeten haben!»

«Wenn Sie mich brauchen oder wenn ich was erklären soll, winken Sie einfach, dann komme ich Ihnen zu Hilfe.»

Der Sheriff hielt neben dem Haus, griff sich die Papiere, stieg aus und machte ganz gegen seine Gewohnheit die Wagentür mit einem heftigen Knall zu. «Sind Sie da, J. Z.?» rief er zum Haus hinüber. «Ich muß Sie sprechen.» Dann sah er, daß sich an der Scheune etwas regte. Er drehte sich um und wartete, aber die beiden, die dort im Schatten standen, rührten sich nicht.

Spencers Hand bewegte sich – wie immer in kritischen Situationen – ganz automatisch zum Halfter. Dann aber lächelte er, wenn auch ein bißchen mühsam, und ging auf die Stallards zu. Schließlich kannte er sie ja von klein auf.

Die Quadrate der Sargdecke im Schoß, setzte sich Lilah Stargill auf dem Sofa im Wohnzimmer zurecht. «So, jetzt können wir wohl loslegen. Sollen wir es wie bisher machen? Du schneidest, Kelley, und Debba und ich nähen.»

«Soll mir recht sein», sagte Kelley. «Aber von dem Kostüm, das Mrs. Stargill zur Hochzeit getragen hat, haben wir nur noch zwei Quadrate. Wir brauchen Nachschub.»

«Haben wir denn was von den Söhnen?» Lila fuhr mit der Hand über das bereits genähte Stück. «Babydecke, Hochzeitsstaat, italienischer Schal ...»

«Was nehmen wir aber, wenn es von den Söhnen sein soll? Haben Sie Krawatten mitgebracht? Das ginge vielleicht.»

«Für Charles Martin hab ich nur einen Schlips eingepackt», sagte Kelley, «und der ist aus Seide, ein echter italienischer, an den trau ich mich mit der Schere nicht ran.»

Debba nickte. «An seinem hängt Garrett auch. Eigentlich sieht er nach nichts aus, ein ganz gewöhnlicher Militärschlips, aber in dem Punkt ist er abergläubisch, er denkt, daß er ihm Glück bringt.»

«Bei Clayt bin ich mir noch nicht mal sicher, ob er überhaupt einen Schlips hat», meinte Lilah.

«Vielleicht brauchen die Männer ihre Krawatten ja

auch für die Beerdigung», wandte Kelley ein, «und außerdem geben sie nicht viel an Stoff her. Wir müssen noch die ganze zweite Hälfte der Decke nähen, und so langsam geht uns das Material aus.»

«Wir können uns ja noch mal die Koffer anschauen. Vielleicht finden wir raus, welche Sachen Mr. Stargills Eltern gehört haben», meinte Debba und setzte achselzuckend hinzu: «Aber womöglich tun es ja auch einfach irgendwelche hübschen Stoffe. Allzu viel Zeit haben wir ja wohl nicht mehr …»

«Wie wäre es mit etwas von Nora Bonesteel?» fragte Kelley.

«Das wäre nicht recht», widersprach Lilah. «Die beiden waren schließlich nicht verheiratet.»

«Na und?» konterte Kelley. «Charles Martin und ich sind auch nicht verheiratet, aber ich denke doch … ich hoffe jedenfalls …»

«Was ein Mann wirklich von dir hält, weißt du erst, wenn er bereit ist, die Sache zu legalisieren.»

Kelley sah sie scharf an. «Wenn ich dran denke, wie viele verheiratete Männer schon versucht haben, mich anzubaggern, scheint mir ein Trauschein auch keine Garantie für Treue zu sein. Zumindest weiß ich, daß Charles Martin aus freien Stücken bei mir bleibt.»

Lilah lächelte etwas mitleidig. Früher oder später mußte eine Frau selbst bei dem nettesten Mann der «Freiwilligkeit» ein bißchen nachhelfen – aber das würde Kelley schon noch selbst begreifen, falls die beiden lange genug zusammenblieben.

«Wie wäre es mit einem Stück aus Mr. Stargills Uniform?» fragte Debba. «Garrett hätte das bestimmt gewollt, das heißt, er will natürlich in seiner Uniform begraben werden, aber ihr wißt schon, wie ich es meine. Männer legen großen Wert auf so was.»

Lilah nickte. «Für sie ist es das, was für uns das Hochzeitskleid ist. Wir schauen mal nach, ob wir seine Uniform finden. Noch was? Tagesdecke? Tischdecke?»

«Das Schondeckchen auf dem Fernseher», platzte Debba heraus, und als die anderen sie groß ansahen, stotterte sie: «Ich meine ... na ja ... er muß sechzehn Stunden am Tag vor dem Kasten gesessen haben. Wenn wir zu Besuch kamen, hat er uns kaum angeguckt. Ich glaube, den Fernseher hatte er genauso gern wie seine Familie.»

«Er hat nie viel Gefühl gezeigt», bestätigte Lilah. «Also, wie er sich nach Dwaynes Tod benommen hat ... Ich kenne Leute, die haben um ihren Hund mehr Aufhebens gemacht als er um den Sohn, der gerade in Florida tödlich verunglückt war. Aber das heißt nicht, daß er sich nicht gegrämt hätte. Er hat nur nichts rausgelassen.»

«Sagt das dein Engel?» Kelley hatte die Spitze zum Thema Ehe noch nicht verwunden.

«Nein. Rudy hat sich weder über Daddy Stargill noch über die Sargdecke geäußert. Er redet nicht groß über andere Leute, ihm geht's nur um mich und daß ich mich anständig benehme. Heute hat er sich überhaupt noch nicht gemeldet.»

Kelley und Debba wechselten einen Blick, und Kelley zuckte die Schultern. «Damit bringen wir aber unsere Arbeit nicht weiter. Ich geh mal auf den Boden und schau nach, was da noch an Brauchbarem liegt. Ich bringe einfach alles mit, was irgendwie nett aussieht. Für Symbolik wird die Zeit zu knapp, Ladies!»

Spencer Arrowood ging den Hang hoch zur Scheune. Er hätte gern auf die beiden Menschen, die dort im Schatten standen, beruhigend eingeredet, aber er war noch zu weit weg, um sich verständlich zu machen. In seiner Brieftasche steckten ein paar Telefonnummern von

Sozialdiensten, die er den Stallards gern gegeben hätte, aber alles, was nach milden Gaben aussah, würden sie bestimmt kategorisch ablehnen. Vielleicht hätte er einen konkreten Vorschlag – eine vorläufige Unterkunft, ein Hilfsangebot von der Kirche – mitbringen sollen, aber Whitescarver hatte ihn derart überrumpelt, daß er keine Zeit gehabt hatte, den Fall in Ruhe zu durchdenken. Immerhin hatten sie ja noch eine Woche Zeit, um ihre Sachen zu packen, vielleicht fiel ihm bis dahin etwas ein, was sie, so stolz sie auch waren, würden annehmen können.

Er sah sich kurz um, als er eine Autotür schlagen hörte. Frank Whitescarver war aus dem Streifenwagen gestiegen und lief mit rotem, schweißfeuchtem Gesicht hinter ihm her. Spencer beschleunigte den Schritt. Im Beisein des Maklers würde er sich noch schwerer tun, seine unerfreuliche Aufgabe zu bewältigen. Für die Stallards mußte es unendlich demütigend sein, wenn er unter den Augen des Mannes, der ihnen ihr Land weggenommen hatte, die Räumungsklage zustellte.

Ihm schien, daß es eine kleine Ewigkeit dauerte, bis er vor der ausgebrannten Scheune stand. Er hatte sich alle möglichen beruhigenden Floskeln zurechtgelegt, aber ein echter Trost für die Stallards war ihm noch nicht eingefallen. Der Auftrag war nicht nur unerfreulich, sondern für ihn auch ungewohnt. Er hatte zwar schon die eine oder andere gescheiterte Existenz aus einer Wohnwagensiedlung entfernt, noch nie aber eine der alten Familien von dem Land vertreiben müssen, das ihnen seit Menschengedenken gehörte. Und er hätte sich tausendmal lieber mit einem händelsüchtigen, messerschwingenden Säufer aus einem verrotteten Wohnwagen auseinandergesetzt, als einen Mann wie J. Z. Stallard in aller Form vor die Tür zu setzen. Spencer wußte, daß seine beiden Deputies, LeDonne und Martha Ayers, das anders sahen, und vielleicht hatte er gerade deshalb diesen Auftrag selbst übernommen.

Er war jetzt nah an die Scheune herangekommen. J. Z. Stallard sah in seiner verwaschenen grauen Arbeitskleidung würdevoll und feierlich aus wie ein Kirchendiakon. Er blieb ernst und streckte dem Sheriff nicht die Hand hin, aber er schien nicht zornig zu sein. Eher gekränkt oder beschämt. Genau wie ich, dachte Arrowood.

«Hallo, Mr. Stallard», sagte er freundlich und blieb ein paar Schritte vor dem älteren Mann stehen. Es sollte nicht wie eine Verhaftung aussehen. «Sie wissen sicher, warum ich gekommen bin. Ich muß Ihnen ein Schriftstück zustellen.»

J. Z. Stallard ließ den Kopf hängen. «Es ist wohl meine Schuld. Ich hab nie gern um Hilfe gebeten. Vielleicht hätten wir staatliche Unterstützung oder eine Fristverlängerung bekommen können, aber betteln kann ich nicht, das bringe ich einfach nicht fertig.»

«Von Betteln kann keine Rede sein», sagte Spencer energisch, obgleich er sich seiner Sache gar nicht so sicher war. «Schließlich sind es Ihre Steuern. Wenn andere Bedürftige davon was zurückkriegen, warum nicht auch Sie?»

J. Z. Stallard schüttelte den Kopf, aber Spencer hätte nicht sagen können, ob die Geste seinem Hilfsangebot oder dem Verhalten von Vater Staat galt. «Mr. Whitescarver hat Ihre Farm bei einer Zwangsversteigerung erworben», fuhr er fort. «Juristisch ist an der Sache nicht zu rütteln. Wenn Sie es wünschen, muß er Ihnen sämtliche Unterlagen zeigen, und vielleicht sollten Sie den Fall mit einem Anwalt besprechen. Ich kann Ihnen einen empfehlen.»

Als der Alte erneut den Kopf schüttelte, sprach Spencer schnell weiter. «Jedenfalls ist er der neue Eigentümer und sagt, daß er in einer Woche das Grundstück in Besitz nehmen will. Ein sehr kurzfristiger Termin, ich weiß, und wahrscheinlich läßt sich da noch was machen. Zunächst aber ist es meine traurige Pflicht, Ihnen mitzuteilen ...»

«Wir gehen hier nicht weg.» Dovey Stallard hatte sich aus dem Schatten der Scheune gelöst. Ein paar Schritte hinter ihrem Vater blieb sie stehen und beäugte den Sheriff mit dem argwöhnischen Blick eines in die Ecke getriebenen Verbrechers. Sie trug einen Mantel aus billiger Schaffell-Imitation und wirkte nicht viel älter, als Arrowood sie in Erinnerung hatte. Unter ihren Augen lagen dunkle Schatten, und sie sah aus, als habe sie in den letzten Tagen wenig Schlaf bekommen. Er hätte ihr gern gesagt, daß er mit ihrem Bruder Tate befreundet gewesen war, aber sie sah ihn so böse an, als sei das alles seine Schuld. Es wäre sinnlos gewesen, ihr zu sagen, daß er die Gesetze nicht gemacht hatte, sondern sie nur durchsetzen mußte. Ein Mensch, der in seinem Kummer nicht mehr aus noch ein weiß, braucht jemanden, den er hassen kann, und oft genug war dieser Jemand der Sheriff, der sich daran allerdings nie gewöhnt hatte.

«Sie haben sicher gehört, was ich zu Ihrem Vater gesagt habe, Miss Stallard. Es tut mir wirklich sehr leid.»

«Es ist so unfair!» stieß Dovey mit tränenerstickter Stimme hervor. «Das ist unsere Farm! Warum darf ein habgieriger alter Mistkerl uns von unserem Land vertreiben, um es in Parzellen für Reicheleutehäuser aufzuteilen und sich damit eine goldene Nase zu verdienen?»

«Ich will Ihnen gar nicht widersprechen», sagte Spencer. «Aber weder Sie noch ich können im Augenblick etwas dagegen tun.»

«Und nun sind Sie hier, um uns höchstpersönlich rauszuwerfen? Unsere Möbel auf die Straße zu stellen?»

«Das werde ich wohl nicht tun müssen.» Er vermied es, sie anzusehen. Der alte Stallard schwieg. Dovey führte den Kampf um das Land allein.

«Wenn Sie uns nicht mit Gewalt vor die Tür setzen wollen, sollten Sie jetzt gehen», sagte Dovey. Sie schob das Kinn vor, ihre Lippen waren schmal und blutleer. «Und nehmen Sie das Arschloch da mit.»

Spencer wandte sich um. Frank Whitescarver kam keuchend den Hang hoch und winkte, noch an die zwanzig Meter weit weg, der Gruppe lächelnd zu. Spencer hatte keine Lust, bei einem Schimpfduell zwischen dem Makler und der verzweifelten jungen Frau den Schiedsrichter zu spielen. «Entschuldigen Sie», sagte er zu den Stallards. «Ich will nur schnell etwas mit Mr. Whitescarver besprechen.» Rasch verstellte er ihm den Weg. «Was haben Sie hier zu suchen?»

«Ich wollte den beiden nur was sagen», japste Whitescarver. «Vielleicht kann ich ihnen ein bißchen helfen. Auf einem Grundstück in Hamelin hab ich einen Wohnwagen stehen, der zur Zeit nicht genutzt wird. Der Heißwasserboiler ist kaputt, aber ...»

Spencer mußte sich zwingen, den Mann mit dem roten Gesicht nicht anzuschreien. «Am besten helfen Sie uns, wenn Sie sich wieder in den Streifenwagen setzen. Bitte!»

Doch Frank Whitescarver hatte sich nun mal auf die Rolle des Wohltäters versteift. Er winkte an dem Sheriff vorbei den Stallards zu. «Hallo, Freunde! Nichts für ungut, wie? Ich hab da einen kleinen Wohnwagen in der Stadt – O Gott, Sheriff, sie hat eine Flinte!»

Spencer Arrowood hatte keine Zeit mehr, sich umzudrehen. Er machte einen Satz auf Frank Whitescarver zu und riß ihn zu Boden. Im gleichen Moment dröhnte ein Schuß.

12

Ich begann jetzt wegen einer Flucht zu verhandeln.
Daniel Boone

B*eamter am Boden.* Millie Fortnum überlief es eiskalt. So eine Meldung hatte der Rettungsdienst von Wake County noch nie bekommen, aber natürlich kannten sie die Bestimmung, die für jeden Tatort galt: Sie hatten zu warten, bis Polizeibeamte das Gebiet gesichert hatten, ehe sie sich dem Verletzten näherten. Nur war das hier kein beliebiger Tatort. Diesmal hatte es einen ihrer Leute erwischt.

Lieber Gott, mach, daß die Polizei schon da ist, dachte Millie. Mit dem Leben eines harmlosen Betrunkenen oder eines prügelgeilen Ehemannes zu spielen war eine Sache – aber für sie war es unvorstellbar, ruhig im Krankenwagen sitzen zu bleiben, während draußen Spencer Arrowood verblutete.

Wenn der Kerl nicht gerade neben Spencer steht und eine Knarre schwingt, sagte sie sich, gehe ich raus und tue, was ich kann, auch wenn LeDonne noch nicht da ist.

«Ich kann nicht glauben, daß jemand auf Spencer Arrowood geschossen hat», sagte Carlton Scott, Millies Einsatzpartner.

Millie zuckte nur die Schultern. Ihr war nicht nach Reden zumute. Sie hoffte immer noch, über Funk weitere Einzelheiten zu erfahren, aber alles blieb still. Ihr war, als ob Eiswasser in ihrer Magengrube schwappte. War das ihre Angst um Spencer, oder lag es daran, daß Carl so fuhr, als verliefen die Straßen hier im Gebirge schnurgerade? Er war neu im Team und hatte keine Erfahrungen mit Notfallsituationen. Außer dem Kurzlehrgang für freiwillige Helfer hatte er keine medizinische Ausbildung. Millie flickte seit Jahren Verletzte zusammen, aber auch sie war nicht als Sanitäterin ausgebildet, sondern nur eine Hausfrau, die einst davon geträumt hatte, Krankenschwester zu werden. Die Verantwortung drohte sie plötzlich zu erdrücken. Sie war mit Spencer Arrowood befreundet. Er hatte Besseres verdient, als ihre gut gemeinten, aber laienhaften Bemühungen. *Lieber Gott, mach, daß es eine Fleischwunde ist,* dachte sie.

Es war keine Fleischwunde.

Als der Krankenwagen vor dem Haus der Stallards hielt, waren dort weder der zweite Streifenwagen noch der Angreifer zu sehen.

Noch ehe Carlton die Handbremse hatte anziehen können, war Millie aus dem Wagen gesprungen und hastete den Hang hoch. Notfalls konnte sie sich über ihre Entscheidung mit ihm später noch auseinandersetzen.

J. Z. Stallard kniete vor dem am Boden liegenden Mann. In seinem Schoß lag eine grüne Armeedecke. Er konnte sich offenbar nicht entscheiden, ob er sie über den Verletzten breiten sollte oder nicht. Er zupfte an dem Stoff herum und starrte auf den reglosen Mann herunter. Als Millie sich neben ihn kniete, sah er nicht einmal auf. Schock, konstatierte sie, hatte aber keine Zeit, sich um ihn zu kümmern.

«Haben Sie ihn von der Stelle bewegt?» fragte sie.

J. Z. Stallard schüttelte den Kopf. «Ich hab auf Sie gewartet. Jemand sollte bei ihm bleiben, hab ich gedacht.»

Sie nickte. «Das haben Sie ganz richtig gemacht.»

Spencer Arrowood war ohne Bewußtsein. Er lag auf

dem Bauch. Auf seinem Khakihemd zeichnete sich ein roter Fleck ab, der ständig größer wurde. Die Kugel hatte den Sheriff seitlich drei, vier Zentimeter über der Taille getroffen. Zumindest nicht ins Herz, dachte sie. Sie überprüfte die wichtigsten Funktionen und zwang sich, in ihm einen beliebigen Verletzten zu sehen, dem geholfen werden mußte. Sie konnte es sich nicht leisten, kostbare Sekunden mit Entsetzen oder mit Sorge um einen Freund zu verschwenden.

Jagender Puls. Niedriger Blutdruck. Natürlich innere Blutungen. Welche Organe mochte es getroffen haben, und wie schnell verlor er Blut? Er atmete flach. Sie legte das Ohr an seine Brust und horchte. Keine Rasselgeräusche. Und keine Luftblasen in dem Blut, das aus der Wunde trat. Das Zwerchfell war nicht getroffen. Wenn die Scheidewand zwischen Brust- und Bauchraum durchschlagen wird, stellen die Lungen ihre Tätigkeit ein. Er wäre tot gewesen, noch ehe J. Z. Stallard Zeit gehabt hatte, zum Haus zu laufen und telefonisch Hilfe anzufordern. Wichtig war jetzt, daß er aus der Kälte herauskam.

«Wo ist der Täter?» fragte Millie den alten Mann, der jetzt neben ihr stand und noch immer an der Decke herumzupfte, während sie Spencer zum Transport im Krankenwagen vorbereitete.

J. Z. Stallard zögerte einen Augenblick. «Sie ist weggelaufen.»

Sie? Eine Frau hatte den Sheriff angegriffen? Millie streifte das zerquälte Gesicht des Mannes mit einem schnellen Blick und verzichtete auf weitere Fragen. Das Wie und Warum hatte sie nicht zu interessieren. Sie mußte Spencer Arrowood so weit zusammenflicken, daß er es bis in die Klinik schaffte. Sie versuchte nicht daran zu denken, wie oft sie zusammen an einem Unfallort gewesen waren, bei Verkehrsunfällen, Bränden, hin und wieder auch einer Schießerei. Nein, nicht daran denken! Es kam auf jede Sekunde an.

Carl brachte die fahrbare Trage. «Wir sollten doch eigentlich im Krankenwagen ...» Unter ihrem Blick erstarb seine Stimme. «Recht hast du! Wir können ihn schließlich hier nicht liegenlassen. Den Sheriff ...»

Sie hoben ihn auf die Trage und rollten sie den Hang herunter zum Krankenwagen. Am liebsten wäre Millie sofort losgebraust wie die Sanitäter in den Fernsehfilmen, aber so glatt läuft das im wirklichen Leben nicht. Noch mehrere kostbare, hektische Minuten würden vergehen, ehe sie fahren konnten. Carl mußte über Funk das Krankenhaus verständigen und Einzelheiten über den Zustand des Patienten durchgeben.

Millie legte den Tropf an. «Linksseitiger Bauchschuß, keine Rasselgeräusche», sagte sie zu Carl. «Vermutlich Kreislaufschock aufgrund des Blutverlusts. Ich schaffe einen Zugang zur Subclavia. Die Werte sind ...»

«Da kommt ein Streifenwagen», sagte Carl. «Wake County Sheriff's Department.»

«LeDonne. Wenn er dich anschreit, weil du einen ungesicherten Tatort betreten hast, schrei zurück und halt ihn mir vom Hals.» Sie legte dem Sheriff die Sauerstoffmaske übers Gesicht. «Sag in der Klinik Bescheid. Es geht los.»

Diesmal leitete Deputy Joe LeDonne den Einsatz, aber er empfand keine Genugtuung darüber. Noch nie war er sich so verlassen vorgekommen.

Nach der telefonischen Mitteilung von der Stallard-Farm, daß Spencer Arrowood angeschossen worden sei, hatte er zunächst überprüft, ob der Rettungsdienst schon Bescheid wußte, und war dann in geradezu selbstmörderischem Tempo auf Nebenstraßen um Hamelin herum gerast, um vor den Sanitätern da zu sein. Sie hatten es nicht so weit zum Ashe Mountain wie er, hoffentlich waren sie so vernünftig, nicht auf ihn zu warten. Er hatte das Gefühl, daß von seiten dieses Angreifers der Besatzung des Krankenwagens keine Gefahr drohte. Falls er sich geirrt hatte, würde er eben an Ort und Stelle eingreifen müssen.

Aus dem Anruf war er nicht schlau geworden. J. Z. Stallard hatte zwar deutlich gesprochen, aber keine detaillierten Angaben gemacht. Seine Stimme hatte seltsam unbeteiligt geklungen, als sei das, wovon er da sprach, etwas für ihn völlig Unwirkliches. LeDonne, geschockt und mit einer unbändigen Wut im Bauch, wußte nicht, was er von der Sache halten sollte, zumal er im Hintergrund noch Frank Whitescarver lamentieren hörte.

Er wußte nur so viel: Spencer lebte, war aber nicht bei Bewußtsein.

Seine Wut richtete sich jetzt gegen Martha. Säße sie im Büro, statt auf der Walters State noch mal die Schulbank zu drücken, würde die Aktion ablaufen wie ein Militärmanöver, und er könnte so lange im Krankenhaus warten, bis er sicher sein konnte, daß der Sheriff außer Gefahr war. Martha hätte gewußt, was zu tun war, wer verständigt werden mußte. Jennaleigh, die erst seit ein paar Wochen als Dispatcher im Sheriffsamt saß, brauchte genaue Anweisungen, und die konnte nur er ihr geben. An so einen Fall hatte niemand gedacht, als sie eingearbeitet worden war. Zunächst aber mußte LeDonne Wut und Schmerz zurückdrängen, bis er den Täter in Gewahrsam genommen hatte. Er brachte die zitternden Hände am Steuer zur Ruhe, indem er sich vorstellte, wie er dem genesenden Spencer ins Gesicht schreien würde: «Hab ich dir nicht gesagt, daß man heutzutage keinem Menschen trauen kann? Von wegen alte Freunde! Eine bewaffnete Frau ist wie ein Schimpanse mit einer Handgranate.» Er hoffte inständig, daß er sich den Luxus dieses Wutausbruchs würde leisten können.

Später – viel später – würde er Martha anrufen müssen, um ihr zu sagen, daß hier alles in geordneten Bahnen verlief und sie nicht zurückzukommen brauchte. Er würde ihr versprechen, sie über den Zustand des Sheriffs auf dem laufenden zu halten. Wenn sie sich Vorwürfe machte, daß sie nicht dagewesen war, würde er sich auf die Zunge beißen, um ihr nicht zuzustimmen. Vielleicht war es sogar besser, mit dem Anruf noch einen Tag zu warten, dann war das Schlimmste überstanden, und er konnte wahrheitsgemäß berichten, daß die Verdächtige in Haft und der Sheriff auf dem Weg der Besserung war. Sie durfte sich auf keinen Fall durch Schuldgefühle oder falsches Mitleid dazu hinreißen lassen, den Kurs abzubrechen, und sie sollte sich nur nicht einbilden, daß Le-Donne mit einer Notfallsituation nicht auch allein fertig wurde. Dann fiel ihm ein, daß ein Anschlag auf einen Sheriff in ganz Tennessee Schlagzeilen machen und Martha es erfahren würde, noch ehe er sich gemeldet hatte. Also mußte er sie unbedingt anrufen, sobald er eine freie Minute hatte. Sie durfte es nicht von anderer Seite erfahren. Und Spencers Mutter mußte verständigt werden. Aber woher die Zeit nehmen? Konnte er es Jennaleigh überlassen, eine so heikle und traurige Nachricht zu übermitteln? Jane Arrowood hatte schon einen Sohn im Einsatz verloren. Er konnte nur hoffen, daß ihr der andere blieb.

LeDonne versuchte an sechserlei gleichzeitig zu denken, nur nicht an das eine: Daß sein Freund und Kollege sterben könnte.

Erst eine Viertelmeile vor der Abzweigung stellte er die Sirene an. Später begründete er das damit, daß er sich nicht hatte bemerkbarmachen wollen, falls der Täter noch in der Nähe war, in Wirklichkeit aber hatte er es über all seinen anderen Sorgen glatt vergessen. In seinem Kopf ging es so laut zu, daß er gar nicht merkte, daß die Sirene schwieg. Der Krankenwagen stand mit eingeschalteten Scheinwerfern und laufendem Motor da. Keine Spur von der Besatzung, keine Spur von einem Verletzten. Er hielt unmittelbar neben dem Fahrer, um Zeit zu sparen. Carlton Scott erschien am Fenster an der Fahrerseite und kurbelte die Scheibe herunter. «Wir stabilisieren ihn gerade für die Fahrt.»

«Johnson City Medical?» Die Klinik dort war die beste und außerdem die nächstgelegene. Sie schickten oft Leute hin, meist Opfer von Verkehrsunfällen, ab und zu einen verletzten Jäger.

«Wir sind gleich soweit.»

«Wo hat's ihn erwischt?» fragte LeDonne so ruhig wie möglich.

«Oberbauch. Er verliert viel Blut, aber die letzten zwanzig Minuten hat er durchgehalten. Das ist ein gutes Zeichen.»

«Los!» Millie Fortnums Stimme war unter dem Zeitdruck schrill geworden. Glück im Unglück, daß gerade heute Millie Dienst hat, dachte LeDonne.

«Ist er bei Bewußtsein?» fragte er.

«Nein. Er muß so schnell wie möglich hier weg. Wir haben ein zweites Team angefordert, das soll sich um den Alten und um den Grundstücksmenschen kümmern. Der Alte ist nicht verletzt, aber er hat einen schweren Schock. Faßt ihn nicht zu hart an.»

LeDonne nickte Millie und ihrem Partner zu und hielt den Atem an, als sie losbrausten.

J. Z. Stallard wartete im Garten. Er war sehr blaß und so wacklig, als könnte er jeden Augenblick zusammenklappen, aber ein möglicher Komplize, fand LeDonne, verdiente kein Mitleid. Er knallte die Tür des Streifenwagens zu. «Wo ist sie?»

«Weggelaufen. Der Makler ist im Wohnzimmer. Unverletzt, nur ein bißchen angeschlagen, weil er auf den Boden geworfen worden ist.» Seine Stimme zitterte. «Das hat sie nicht gewollt.»

«Nein?» Die Absichten der Verdächtigen interessierten LeDonne im Augenblick herzlich wenig.

«Daß wir die Farm verloren haben, hat sie sehr getroffen, und sie hatte eine Wut auf Frank Whitescarver, weil der uns das Land abgeluchst hat und wahrscheinlich auch hinter der Zwangsversteigerung steckte. Andere Leute, die Steuerschulden haben, werden ja auch nicht so mir nichts, dir nichts von Haus und Hof gejagt. Dovey hat ihm gesagt, daß sie das nicht richtig findet und daß wir unser Haus nicht verlassen würden. Sie wollte ihn mit der Flinte wohl nur einschüchtern.»

«Es ist versuchter Mord», sagte LeDonne. «Wo ist Ihre Tochter jetzt?»

J. Z. Stallard hatte nasse Augen. «Ich sag doch, sie ist weggelaufen», flüsterte er. «Als sie sah, was sie getan hatte – der Sheriff hat sich vor Whitescarver geworfen, er mußte dran glauben, weil er diesen Fiesling geschützt hat –, als Dovey das sah, ist sie auf und davon.»

«Zu Fuß?»

«Ja. In den Wald.»

«Wo ist die Waffe?»

«Die liegt vor der Scheune. Aber sie hat eine Pistole mitgenommen.»

Kayla kannte die Hänge jenseits des Stargill-Zauns inzwischen schon recht gut. Das Gewirr von Ästen und das gelegentliche Rascheln zwischen den Bäumen erschreckte sie nicht mehr. Clayt hatte ihr erklärt, was sich hinter den Geräuschen alles verbergen konnte, und ihr Geschichten von seltenen Pflanzen und Tieren erzählt, so daß der Wald für sie nicht mehr mit Ungeheuern bevölkert, sondern ein freundlicher Ort war. Als sie genug davon hatte, im Garten und in der Scheune herumzustöbern, sah sie rasch zum Haus hinüber, vergewisserte sich, daß sie unbeobachtet war, und lief dann den Hang zu dem kleinen Friedhof der Stargills hoch, hinter dem der Wald begann.

Clayt hatte ihr erzählt, daß er und seine Brüder als Kinder dort Pionier gespielt hatten. Daß Charles Martin Stargill mal wie ein richtiges Kind mit einer Spielzeugpistole im Wald herumgelaufen war, konnte Kayla sich gar nicht recht vorstellen. Wenn man ihn reden hörte, hatte er in seiner Jugend von morgens bis abends nur Gitarre gespielt und Songs geschrieben. Spielsachen hatte Kayla auf dem Dachboden nicht gefunden, aber im Wald ging es auch so. In Nashville war die Mutter mit ihr in *Pocahontas* gewesen, und jetzt konnte sie so tun, als ob sie im Wald einen sprechenden Bären oder einen freundlichen Waschbären traf – so wie die Indianerprinzessin im Zeichentrickfilm.

Angst, sich zu verirren, hatte sie nicht. Die Grabsteine am Hang waren ein guter Orientierungspunkt. Die Fichten am Waldrand standen dicht und dunkel da, aber die anderen Bäume hatten erst ganz wenig zartes Laub, und sie sagte sich, daß sie den Friedhof noch lange würde erkennen können.

Unterwegs sah sie sich aufmerksam um in der Hoffnung, irgendwo eine Wildblume, eine Vogelfeder oder sonst etwas Interessantes zu finden, worüber Clayt ihr dann eine Geschichte erzählen konnte, aber sie sah nur Tannennadeln und dürre Äste, nichts, was das Mitnehmen gelohnt hätte.

Plötzlich schien sich tiefer im Wald einer der Bäume zu bewegen. Kayla spürte ihr Herz wie eine geballte Faust in der Brust. Sie blieb stehen. Als sich ihre Augen an das Dämmerlicht gewöhnt hatten, erkannte sie Beine und einen Arm, der sich an einem Baumstamm abstützte.

«Hallo», rief Kayla. «Nicht schießen, wenn Sie ein Jäger sind. Ich bin ein kleines Mädchen.»

Jetzt sah Kayla, daß es eine Frau war, die auf sie zukam. Sie hatte dunkles Haar und blaue Augen mit roten Rändern, als ob sie geweint hätte. «Was machst du hier ganz allein?» fragte die Frau.

«Ich spiele Pocahontas.»

Die Frau lächelte wie über einen guten Witz. «Pocahontas? Sehr erfreut ... Dann bin ich wohl wieder mal Nancy Ward.»

«Wer ist Nancy Ward?»

«Eine Cherokee, die vor langer Zeit hier gelebt hat. Sie hat versucht, den Indianern ihr Land zu erhalten und war gut Freund mit den Weißen – genau wie Pocahontas.»

Kayla überlegte einen Augenblick. Die Augen der Frau waren sehr blank, und ihre Stimme hörte sich komisch an. Schließlich fragte sie: «Wenn Sie gut Freund mit den Weißen sind, warum haben Sie dann eine Pistole?»

Charles Martin Stargill besah sich die Blasen an seinen Fingern. «Mit dieser Arbeit mache ich mir die Hände total kaputt. Wenn wir fertig sind, kann ich bestimmt kaum noch einen Akkord greifen.» Er klopfte sich das Sägemehl von dem Westernhemd mit den schwarzen Fransen. «Ich hätte Handschuhe tragen sollen.»

«Das sagst du mindestens einmal am Tag», meinte Clayt. «Warum fährst du nicht mit deiner Kreditkarte zum Kmart und kaufst dir welche?»

«Jetzt, wo wir fast fertig sind, lohnt es nicht mehr. Außerdem habe ich, wenn ich beim nächsten Konzert danebengreife, eine gute Entschuldigung. *Hab mir die Hände aufgerissen, als ich den Sarg für meinen Vater gebaut hab.*»

«Wenn du ständig nur darüber nachdenkst, was andere Leute von dir halten, findest du nie raus, was du wirklich willst, Charlie. Außerdem sind deine Hände in einer Woche bestimmt wieder in Ordnung, du mußt sie nur gut eincremen.» Clayt war damit beschäftigt, den Sargdeckel abzuschleifen, und wirbelte Wolken von feinem Staub auf.

«Daddy fand es immer toll, wenn ich ihn auf der Bühne erwähnte. Ruhm aus zweiter Hand. Seine Zuneigung wuchs mit der Entfernung.»

Es war ein kalter Tag. Das Fenster der Werkstatt war beschlagen, der elektrische Heizofen lief auf Hochtouren. Trotz Charles Martins Protest spielte das Radio, sie hatten es auf den Lokalsender von Hamelin eingestellt. Der Sarg war fast fertig.

Robert Lee hielt sich schniefend ein Taschentuch an die Nase. «Ich hätte mir eine OP-Maske ausleihen sollen, als ich das letztemal bei Daddy im Krankenhaus war. Dieser Staub bringt mich noch um.»

«Aber die Mühe hat sich gelohnt.» Clayt trat zurück, um das geschliffene Rosenholz zu bewundern. «Ist das nicht wunderschön?»

Robert Lee sah mit roten Augen auf. «Ich darf nur nicht daran denken, was für eine sündhafte Verschwendung es eigentlich ist. Wir nehmen dieses wertvolle Holz, verwenden viel Zeit und Geld darauf, etwas daraus zu zimmern und graben es dann ein, um es verrotten zu lassen. Die Leute müssen uns für verrückt halten.»

Garrett Stargill lächelte. «Hättest du lieber einen Couchtisch daraus gemacht?»

«Nein. Ich hoffe nur, daß unser Vater es zu würdigen

weiß. Was ihm allerdings nicht ähnlich sähe. Bei jedem Geschenk, das man mitgebracht hat, hat er immer so komisch gelächelt, ist euch das auch aufgefallen?»

«Komisch? Wie denn?»

«Als ob er sich darüber amüsierte, daß man auf die Idee kommen konnte, ihm so was Ausgefallenes zu schenken. Dann hat er sich feierlich bedankt, es irgendwohin gestellt, und man hat es nie wieder gesehen.»

«Über dieses Geschenk würde er sich bestimmt freuen», sagte Clayt. «Er hat es sich ja gewünscht. Und außerdem tun wir es ja auch nicht nur für Daddy. Ich jedenfalls nicht. Für mich ist es wie ein Ritual. Der letzte Stargill, der auf dieser Farm gelebt hat, soll so feierlich wie möglich auf dem Familienfriedhof zur letzten Ruhe gebettet werden. Mit ihm geht etwas sehr Wertvolles zu Ende. Von jetzt ab sind wir wurzellos. Zwei Generationen später haben unsere Nachkommen das alles vielleicht schon vergessen.»

«Es ist nur eine alte Farm, Clayt», sagte Robert Lee. «Nicht Jeffersons Monticello.»

«Seid mal ruhig.» Garrett trat näher ans Radio heran. «Ich hab da was gehört ...» Er stellte den Ton lauter. «Eine Schießerei ... in Wake County, wenn ich das richtig mitgekriegt habe ...»

Sie standen jetzt alle um den schwarzen Kasten herum, den Charles Martin vor ein paar Jahren seinem Vater zu Weihnachten geschenkt hatte. Hörbar betroffen, verlas der Sprecher Einzelheiten über eine Schießerei auf einer Farm in Wake County. Sheriff Spencer Arrowood war in kritischem Zustand ins Krankenhaus eingeliefert worden ... die Verdächtige war noch nicht gefaßt ... weitere Einzelheiten lagen noch nicht vor.

Als der nächste Werbespot eingeblendet wurde, sah Garrett Stargill seine Brüder an. «Der Sheriff von Wake

County … Vernünftiger Mann. Ich hab ihn ja kennengelernt.» Robert Lee schüttelte sorgenvoll den Kopf. «Genau so schlimm wie in Cincinnati. Heutzutage ist man offenbar nirgends mehr sicher.»

«Die Gegend ist nach wie vor in Ordnung», widersprach Clayt. «Fünfundneunzig Prozent der Probleme gehen auf fünf Prozent der Bevölkerung zurück. Wer mag es diesmal gewesen sein? Einer der Harkryders?»

«Kayla! Bist du da?» Kelleys Stimme hallte durch die Scheune. «Kayla!» Gleich darauf stand sie, fröstelnd in ihrem dünnen Sweatshirt, unter der Tür. «Ich suche das Kind wie eine Stecknadel. Ist sie bei euch, Charlie?»

«Nein, ich hab sie heute überhaupt noch nicht zu Gesicht bekommen. Wann hast du sie denn zuletzt gesehen?»

Kelley runzelte die Stirn. «Wenn ich das wüßte … Sie treibt sich ja nur noch draußen herum und entwischt einem ständig. Kommt nur herein, um sich ein Marmeladenbrot zu machen, und läuft damit wieder weg. Daß sie zwischendurch mal im Haus war, hab ich nur an dem schmutzigen Messer auf dem Abtropfbrett gemerkt.»

Clayt legte den Schleifblock aus der Hand. «Sie ist wahrscheinlich irgendwo im Wald, Kelley. Soll ich sie suchen gehen?»

Kelley lächelte. «Ich will dir keine Mühe machen, aber es ist sehr kühl geworden, und ich möchte nicht, daß sie sich erkältet, das könnten wir jetzt am allerwenigsten gebrauchen.»

«Weit kann sie nicht sein», sagte Clayt beruhigend. «Geh du zurück zum Haus, ich schau mal nach ihr.»

Er ging mit Kelley durch die Scheune. Der Wind hatte aufgefrischt, und die Nachmittagssonne wärmte kaum. Clayt sah sich im Garten um und blickte zu dem alten Ahorn hoch. Vielleicht hatte Kayla den Erwachsenen einen Streich spielen wollen? Aber auch da war sie nicht zu sehen.

Er wollte gerade Kelley in die Küche schicken, damit sie für ihre streunende Tochter Kakao kochte, als er den jungen Mann in Uniform die Auffahrt hochkommen sah. Autobahnpolizei. Clayt hatte den Mann noch nie gesehen. Kelley zuckte zusammen. Sie legte die Hand auf den Mund, als wollte sie einen Schrei ersticken. «Kayla», stieß sie hervor. «Sie ist überfahren worden.»

Der junge Mann kam rasch auf sie zu. Clayt überlegte, wie es sich wohl in einem Beruf lebte, bei dem man allein durch sein Auftreten den Menschen einen Schrecken einjagte. «Wir suchen ein kleines Mädchen, das sich möglicherweise verirrt hat», sagte er. «Haben Sie sie vielleicht gefunden?»

Der Polizist stutzte. «Ein *kleines* Mädchen?»

«Sie ist fast sieben», sagte Kelley leise. «Und sie weiß genau, daß sie nicht an der Straße spielen soll, ich hab's ihr tausendmal gesagt.»

Er schüttelte den Kopf. «Nein, Ma'am. Ich hab einen Augenblick gezögert, weil ich auch ein Mädchen suche. Oder eigentlich eine junge Frau.»

Sie sahen ihn groß an, in Gedanken noch mit Kayla beschäftigt.

«In Ihrer Gegend ist ein Suchtrupp unterwegs, und ich gehe von Haus zu Haus, um die Leute zu warnen. Die Verdächtige ist bewaffnet und gilt als gefährlich.»

«Hat es etwas mit dem Angriff auf den Sheriff zu tun?» fragte Clayt, und als er den argwöhnischen Blick des jungen Polizeibeamten sah, fügte er hinzu: «Wir haben die Meldung im Radio gehört. Wie geht es ihm?»

«Im Krankenhaus ist er lebend angekommen. Mehr wissen wir auch nicht.»

«Sie suchen eine junge Frau?» fragte Kelley.

«Dovey Stallard. Ende Dreißig, dunkle Haare …»

«Die kennen wir gut, wir sind Nachbarn», unterbrach ihn Clayt. «Aber sie würde nie auf jemanden schießen.»

«Hat sie aber. Es war wegen einer Räumungsklage.» Der Beamte machte ein verlegenes Gesicht. Er hatte Anweisung, sich nicht zu dem Fall zu äußern, aber die ungläubige Reaktion der beiden hatte ihn in Harnisch gebracht. «Nach meinen Informationen ist sie, wie gesagt, bewaffnet. Nähern Sie sich ihr also bitte nicht, auch wenn Sie noch so gut mit ihr bekannt sind, sondern verständigen Sie sofort die Polizei.»

«Gefährlich», wiederholte Kelley bestürzt und packte Clayt am Arm. «Wir müssen Kayla finden. Wenn sie im Wald herumläuft … und wenn bewaffnete Polizisten unterwegs sind …»

Clayt nickte zerstreut. «Ich gehe schon», sagte er leise.

Joe LeDonne kam sich vor wie im Krieg. Es würde bald dunkel sein – im März waren die Tage kurz –, und die Verdächtige war wider Erwarten noch nicht gefaßt. Nach seiner Erfahrung waren Frauen nicht gewalttätig, und wenn sie im Affekt auf den Freund geschossen oder sich sonstwie strafbar gemacht hatten, blieben sie meist, wo sie waren und ließen sich – häufig unter Tränen – widerstandslos festnehmen. Auf der Fahrt ins Gefängnis versuchten sie dann zu erklären, warum sie es getan hatten. Frauen versuchten immer, sich herauszureden, wenn sie in der Klemme steckten. Daß sie fliehen würde, hätte LeDonne nicht gedacht. Sie hatte keine Vorstrafen. Von Rechts wegen hätte sie ihn auf der Veranda erwarten müssen, mit einer Schachtel Kleenex im Schoß und dem Anwalt an ihrer Seite.

Um so besser, daß es anders gekommen war.

Er wollte zu der Frau, die Spencer Arrowood niedergeschossen hatte, nicht höflich sein müssen. Sie war ein reißendes Tier. Nun konnte er sie so zur Strecke bringen, wie man das mit Raubzeug macht. Er hatte seine Kommandozentrale in J. Z. Stallards Wohnzimmer eingerichtet, einmal, weil er damit nah am Tatort war, aber auch, damit Dovey Stallard sich nicht ins Haus schleichen konnte, während sie die Wälder nach ihr absuchten. Nach einer immer wieder von Stöhnen und ersticktem Schluchzen unterbrochenen Vernehmung hatte Frank Whitescarver seine Frau angerufen und war auf dem Weg ins Krankenhaus von Erwin zur Untersuchung. Dem alten Stallard hatten sie etwas gegen den Schock verpaßt und ihn dann ins Pfarrhaus gebracht, damit sich jemand um ihn kümmern konnte und er nicht im Weg war, wenn der Suchtrupp sich versammelte.

Heute nacht würde die Temperatur auf dem Berg bis auf den Gefrierpunkt sinken, aber friedlich würde es dort nicht zugehen. Polizeibeamte aus fünf, sechs Orten würden, mit Handscheinwerfern und Walkie-talkies ausgerüstet, den Wald durchkämmen, so daß sie sich vorkommen würde wie in einem Footballstadion. Obgleich LeDonne der Einsatzleiter war, hatte er nicht die Absicht, im Wohnzimmer der Stallards sitzen zu bleiben, der Lokalpresse Interviews zu geben und Markierungsstifte auf einer Geländekarte umzustecken. Er hatte alle Polizeistationen in weitem Umkreis um Unterstützung gebeten. Dann hatte er einen Deputy aus Carter County angerufen, den er ganz gut kannte und der als tüchtiger Beamter galt, einen gewissen Stansberry, und ihn gebeten, sich in Johnson City beurlauben zu lassen und die Suchaktion auf der Stallard-Farm zu koordinieren. Während er auf die Verstärkung wartete, lief LeDonne unruhig im Zimmer hin und her. Er würde versuchen, im schwindenden Licht ihre Spur aufzunehmen. Später würde er sich selbst an die Spitze des Suchtrupps setzen. Er wollte sie finden. Und er wollte, daß sie sich wehrte.

Nora Bonesteel spielte Versteck mit dem kleinen Mädchen im Wald. Sie war immer «dran», aber das störte sie nicht, denn sie hatte sonst niemanden zum Spielen. Ihre Mutter hatte gesagt, sie solle im Garten bleiben, weil sie erst fünf war und sich am Berg verirren konnte, aber Nora hatte keine Lust mehr gehabt, die Hühner zu füttern und die verwilderten Hofkatzen zu jagen. Für die Erwachsenen war heute Backtag. Ein kleines Mädchen, das ihnen am heißen Backofen ständig vor den Füßen herumlief, konnten sie dabei nicht gebrauchen. Nora war über die Weide zum Wald gegangen und hatte nach Blumen gesucht, die sie Großmutter Flossie mitbringen wollte.

Nicht weit vom Wiesenrand hatte sie ein blasses Gesicht hinter einer Eiche hervorlugen sehen. Nora winkte der Kleinen freundlich zu, die aber reagierte nicht. Sie war etwa in Noras Alter und hatte große dunkle Augen und fast weißblondes Haar. Ihr Kleidchen war verwaschen und abgetragen. Sie lief barfuß wie alle Kinder hier in den Bergen in der warmen Jahreszeit. Nora hatte sie noch nie gesehen und freute sich, in dieser einsamen Gegend ein anderes Kind zu treffen. Wieder winkte sie der Fremden zu. Als Einzelkind hatte sie nicht viel Gelegenheit, mit anderen Kindern zu spielen.

Die kleine Blonde zog ein erschrockenes Gesicht, sie hatte wohl nicht damit gerechnet, beobachtet zu werden. Nora ließ die Veilchen fallen, die sie gepflückt hatte, und lief auf die kleine Unbekannte zu, die aber zog sich ins Rhododendrondickicht zurück und lief dann tiefer in den Wald hinein.

«Komm zurück», rief Nora. «Ich tu dir nichts.»

Ein Stück weit rannte sie, so schnell sie konnte, hinter dem fremden Kind her, aber nach dem langen Winter in Schuhen waren ihre Füße noch empfindlich, und das Laufen über Steine und dürre Äste tat weh. Schließlich setzte sie sich auf einen Haufen Tannennadeln, die der Wind am Boden zusammengeweht hatte. «Warum kommst du nicht heraus?» fragte sie das Kind, das sie nicht sehen konnte. «Ich bin so einsam. Es macht keinen Spaß, immer nur allein zu spielen.»

Jetzt schaute das blasse Gesichtchen verschüchtert aus einer drei, vier Meter entfernten Robinie hervor.

«Ich lauf dir nicht nach», versprach Nora. «Ich will mich nur mit dir unterhalten. Wir können Freundinnen sein.»

Die Kleine regte sich noch immer nicht, aber ihre Miene wurde zugänglicher.

Nora sprach beruhigend auf die ängstliche kleine Unbekannte ein. Sie erzählte von Großmutter Flossie, von den Hofkatzen, dem Stück Garten, das sie ganz allein pflegen durfte. Sie sang ihren Lieblingschoral, soweit sie sich an den Text erinnerte, und hoffte, die Kleine würde vielleicht mitsingen, aber sie sah Nora nur aus sicherer Entfernung unverwandt an.

«Soll ich noch was singen?» fragte Nora. «Großmutter Flossies Lieblingslied ist ‹Bleib bei mir, Herr›, aber ich krieg die Melodie nie so richtig hin. Kennst du das?»

Jetzt sah das blonde Kind an Nora vorbei und machte wieder ein ängstliches Gesicht. Nora wandte sich um, weil sie sehen wollte, was die Kleine erschreckt hatte, dann hörte sie ihren Namen rufen. «Das ist Mama», sagte sie. «Ich muß gehen. Willst du nicht mit ...»

Aber als sie sich umdrehte, war das fremde Kind verschwunden.

13

Der Himmel ist ein wahres Kentucky …
Aus einer Predigt,
The Christian Traveler, 1818

Martha Ayers, angehender Deputy Sheriff von Wake County, hatte vor zwanzig Jahren ihren High-School-Abschluß gemacht, aber als sie jetzt wieder die Schulbank drückte, kam es ihr vor, als läge dieser Tag eher zwei Jahrhunderte zurück. Ganz abgesehen davon, daß sie die Lehrbücher auf Armeslänge von sich weghalten mußte, um die kleine Schrift entziffern zu können, war sie einfach zu alt für die spartanische Unterbringung in einem Zimmer ohne Kühlschrank und Mikrowelle und mit einer Toilette für die ganze Etage. Aber sie hatte ihr Ziel fest vor Augen: Falls ihr Magen dem hauptsächlich aus Fleisch und Kartoffeln bestehenden, schweren Kantinenessen standhielt und ihre Muskeln den unbarmherzigen Drill aushielten, konnte sie in wenigen Wochen die Abschlußprüfung machen, und dann war sie ein vollgültiger Deputy Sheriff des Staates Tennessee. Sie hatte Heimweh nach Hamelin und überlegte oft, wie wohl Spencer Arrowood und Joe LeDonne ohne sie zurechtkamen. Eine Karte von Spencer und LeDonnes wortkarge Anrufe gaben ihr darüber kaum Aufschluß. Bestimmt aber würden sie froh sein, wenn sie als frisch gebackener Deputy Entlastung brachte. Vielleicht entschloß sich Spencer dann sogar, den schon längst fälligen Urlaub zu nehmen. Sie würde ihm zureden, sich im Juni für ein paar Tage freizumachen, dann war die Rhododendronblüte vorbei, und der Touristenstrom nahm bis zum Herbst, wenn die Laubfärbung einsetzte, ein bißchen ab. Im Zusammenhang mit Hamelin dachte Martha bewußt vor allem an das Berufliche. Mit ihrer Beziehung zu LeDonne mochte sie sich noch nicht näher beschäftigen. «Mal sehen, wie es läuft», hatte sie gesagt. Sie merkte, daß er sich Mühe gab und versuchte, stillschweigend etwas an ihr gutzumachen, aber Versöhnlichkeit war nicht ihre starke Seite.

«Ayers! Telefon!»

Martha sah rasch auf ihre Armbanduhr. Für einen Anruf von LeDonne war es viel zu früh. Meist wartete er bis elf, weil dann das Telefonieren billiger war. Außerdem hatte er erst vorgestern angerufen, eigentlich war jetzt sie dran. Aber wer konnte es sonst sein?

«Martha? Hier Jennaleigh!»

Martha schluckte. Die Neue im Sheriffsamt gehörte nicht zu Marthas Freundeskreis und hätte für einen unverbindlichen Schwatz bestimmt kein Ferngespräch geführt. «Was ist, Jennaleigh?» fragte sie knapp. In diesem Moment hatte sie schon im Schnellvorlauf fünf, sechs Katastrophen an sich vorbeiziehen lassen.

«Ist im Lehrgang alles okay?» fragte Jennaleigh. «Schönen Dank für deine Postkarte. Hör zu, LeDonne würde mich fertigmachen, wenn er wüßte, daß ich dich anrufe, aber ich denke mir, du würdest es gern erfahren. Männer haben für so was ja kein Verständnis ...»

Nein, dachte Martha. Aber sie kommen schneller zur Sache. «Was ist los?» Sie schloß die Augen und holte tief Luft.

«Der Sheriff ist verletzt. Er liegt im Krankenhaus in Johnson City. LeDonne ist total ausgeflippt, ich hab heute wie verrückt in der Weltgeschichte herumtelefonieren müssen, aber dich sollte ich auf keinen Fall belästigen …»

«Was ist denn mit Spencer?»

«… wegen des Lehrgangs und so, hat er gesagt», fuhr Jennaleigh ungerührt fort. «Wenn du auch nur einen Tag ausfallen läßt, hat er gesagt, mußt du noch mal ganz von vorn anfangen, und das dauert noch mal sechs Wochen, und darum …»

«Wie das hier geregelt ist, weiß ich», sagte Martha. «Aber ich weiß immer noch nicht, was mit Sheriff Arrowood ist. Wirst du mir das jetzt freundlicherweise sagen, oder muß ich Joe anrufen?»

Jennaleigh stieß einen leisen Schreckensschrei aus. «Du wirst doch nicht petzen?»

Martha wartete.

«Er ist angeschossen worden.»

«Spencer? Wie kam denn das?» *Er hat seine Waffe gereinigt und sich in den Fuß geschossen,* dachte Martha. Eine Gewalttat in einem so ruhigen Nest wie Hamelin? Unmöglich! Und doch nicht an Spencer! LeDonne war aggressiv, seit Vietnam brauchte er die Konfrontation wie eine Droge. Daß jemand LeDonne attackierte, war verständlich, denn jeder seiner Blicke, jede seiner Gesten war eine stumme Herausforderung. Aber Spencer? Der spendierte einem Betrunkenen, den er abends einsperren mußte, am nächsten Morgen noch ein Frühstück. Er hatte keine Feinde. Er persönlich nicht, verbesserte sich Martha in Gedanken. Wohl aber «der Sheriff». Sie konnte sich durchaus vorstellen, daß junge Rabauken auf eine Khakiuniform schießen würden, ohne etwas über den Mann zu wissen, der sie trug. «Wie ist es passiert, Jennaleigh?»

«Kennst du die Stallards? Sie wohnen auf dem Berg.»

«Ja.» Sie erinnerte sich an Tate von der Schule her,

aber er war der einzige Sohn gewesen, und Mr. Stallard mußte inzwischen über siebzig sein. «Weiter!»

«Sie konnten die Steuern nicht zahlen und sind die Farm losgeworden, sie ist in einer Zwangsversteigerung an Frank Whitescarver, den Makler, gegangen. Die Stallards wollten nicht weg, und da hat er Spencer Arrowood gezwungen, hinzufahren und ihnen die Räumungsklage zu überbringen.»

Martha zuckte zusammen. Er würde sich lieber in den Fuß schießen, als so was zu tun, dachte sie. «Wann war das?»

«Heute vormittag. Aber ich hab das Gefühl, daß es schon viel länger zurückliegt, so viel ist inzwischen passiert. Mr. Stallard hat hier im Büro angerufen und gemeldet, daß Spencer angeschossen wurde. Von Dovey Stallard. Die Verdächtige ist weiß, weiblich, Alter ...»

«Kenne ich», fiel Martha ihr ins Wort, stellte aber Genugtuung fest, daß Jennaleigh unwillkürlich in den Amtsjargon verfallen war und demnach nicht den Kopf verloren hatte. Vielleicht wird doch noch ein guter Dispatcher aus ihr, dachte Martha. «Wie geht es ihm?»

«Die Ärzte sagen, daß sein Zustand kritisch ist, aber das sagen sie immer, damit sie gedeckt sind für den Fall, daß ein Patient ihnen plötzlich wegstirbt. Den Sheriff hat es in der Seite erwischt, als er versucht hat, Mr. Whitescarver zu Boden zu reißen. Innere Verletzungen. Er ist immer noch bewußtlos. Ich muß mich kurz fassen. LeDonne richtet hier eine Befehlszentrale ein, er hat jede Menge Unterstützung kommen lassen.»

«Unterstützung? Wofür?»

«Ach, hab ich das noch nicht erzählt? Dovey Stallard ist verschwunden. Sie ist bewaffnet und noch nicht gefaßt. Sie haben eine große Suchaktion aufgezogen, mit Beamten aus Unicoi und Carter und Kollegen aus Erwin und

Johnson City. Ich mußte sogar bei ATF anrufen und eins dieser Flugzeuge mit Infrarotsuchgerät anfordern für den Fall, daß sie die Nacht durch suchen müssen.»

«Ich komme zurück», sagte Martha.

«Genau das hat LeDonne befürchtet. Deshalb wollte er dich ja nicht anrufen. Gerade jetzt ist es doch wichtig, daß du den Lehrgang abschließt, begreifst du das nicht? Selbst wenn Sheriff Arrowood durchkommt – und er kommt durch, Martha, da bin ich ganz sicher –, dauert es eine Weile, bis er sich wieder berappelt hat. In dieser Zeit brauchen wir den zweiten Deputy, mit einem schaffen wir es nicht. Du mußt bleiben und deinen Abschluß machen.»

Jennaleigh hatte natürlich recht, und das ärgerte Martha nur noch mehr. Natürlich war es wichtig, daß sie ihren Abschluß machte, aber fast ebensowichtig war es, in den Bergen nach Dovey Stallard zu suchen, ehe LeDonne sich von einer bewaffneten Frau über den Haufen schießen ließ. Er würde die Konfrontation mit dieser unbesonnenen, verstörten jungen Person suchen, die auf Spencer Arrowood geschossen hatte. Lebend würde er sie nicht festnehmen wollen.

«Ich muß Schluß machen, Martha», flüsterte Jennaleigh.

«Ich möchte LeDonne sprechen.»

«Er ist noch nicht da, aber so nach und nach kommen die Kollegen.»

«Okay, ich versuch's später noch mal.» Martha legte auf und lehnte sich an die Wand. Sie mußte hierbleiben und sich auf ihre Arbeit konzentrieren, so hätte auch Spencer es gewollt. Sie würde sich auf Joe LeDonne verlassen müssen – und damit hatte sie neuerdings so ihre Probleme.

Keine Zeit. Keine Zeit. Im OP wußten sie, was zu tun war, niemand brauchte es ihnen vorzubuchstabieren. Der Chirurg stand am Becken, der Verletzte mußte innerhalb von Minuten zur Operation fertig gemacht werden. Die OP-Schwester gab das Betadin unmittelbar aus der Flasche über Brust und Unterleib des Patienten. Es blieb keine Zeit, ihn zu waschen oder an der Operationsstelle das Körperhaar zu rasieren. Das Tuch wurde über den Körper gelegt, nur der Bauch blieb frei.

«Er tut sich schwer mit dem Atmen.»

Peter O'Neill nickte dem Assistenzarzt zu. «Das Blut in der Bauchhöhle behindert die Zwerchfelltätigkeit. Wir müssen zunächst sehen, woher es kommt.» Er legte einen Schnitt vom Brustbein bis zum Schambein und trat einen Schritt zurück, als erwartungsgemäß das Blut aus dem offenen Bauchraum schoß. Er wartete, bis die OP-Mannschaft es mit Vakuumflaschen abgesaugt hatte, die an der Wand hingen, und sondierte die linke Nierengegend. «So weit, so gut. Das Geschoß hat die Niere verfehlt. Aha, da haben wir die Blutung. Milzruptur. Klemmen!»

Er untersuchte die Bauchhöhle und holte mit den Händen klumpenweise geronnenes Blut heraus, bis das verletzte Organ freilag. Nachdem der Druck durch das angesammelte Blut weg war, blutete die Milz heftiger.

«Das ist der Sheriff von Wake County», sagte der Assistenzarzt, während er die Arbeit des Chirurgen verfolgte. «Und die Täterin ist noch auf freiem Fuß. Wenn wir den Patienten verlieren, stellen sie das ganze östliche Tennessee auf den Kopf, und wir können uns vor Straßensperren nicht mehr retten.»

«Konnte er sich nicht einen ungefährlicheren Beruf aussuchen?» knurrte O'Neill.

Die Entfernung einer Milz dauert nur an die vier Minuten, aber bei einem Patienten, der nach einer Schußverletzung im Schock ist, kann das schon zu lange sein. O'Neill klemmte Vene und Arterie ab und durchtrennte sie. Es war das Werk weniger Augenblicke, das verletzte Organ zu entfernen, das mit dumpfem Laut auf dem Fußboden landete. Niemand achtete darauf. Das Team setzte seine Arbeit fort, O'Neill saugte, band, nähte.

Die Blutung hatte aufgehört. Jetzt erst konnte man feststellen, ob das Geschoß noch mehr Schaden angerichtet hatte. O'Neill hielt einen Augenblick inne, holte tief Luft, dann prüfte er Leber, Pankreas, Zwerchfell, Aorta, noch einmal die linke Niere. «Er hat Glück gehabt. Das Geschoß hat eine Rippe gestreift, aber die inneren Organe verschont. Da ist der Übeltäter.» Er fischte die blutigrote Kugel aus dem Bauchraum, die Schwester hielt ihm eine Metallschüssel hin, und der Chirurg warf sie mit Schwung hinein. Es sah aus wie ein Freiwurf beim Basketball. Als der metallische Nachklang verhallt war, blieb es einen Augenblick still. Das ballistische Kunststück war ein Ritual, das Peter O'Neill vielleicht aus einem Western oder einem alten Ärztefilm übernommen hatte.

Er wollte gerade Anweisung geben, den Bauchraum zu schließen, da stieß der Anästhesist hervor:

«Kammerflimmern.» Der Zeitdruck zwang zum Telegrammstil. Keine Zeit. Keine Zeit.

Jemand rief nach einem Reanimationswagen.

«Soll ich Platz machen?» fragte O'Neill.

Das Team wimmelte um ihn herum. «Kompressen!»

«Her damit.»

Der Anästhesist injizierte Medikamente. Er wartete einen Moment, den Blick auf den Monitor gerichtet, dann nickte er dem Chirurgen zu. «Nullinie. Sehen Sie zu, was Sie tun können.»

Wir verlieren ihn ...

Keine Zeit. Keine Zeit.

Spencer Arrowood ließ sich treiben. Als Kind waren er und sein Bruder Cal an Sommertagen mit den großen schwarzen Schläuchen von Lkw-Reifen zum Fluß gegangen, und dann waren sie an den stillen Nachmittagen, an denen der Hitzedunst über dem Tal lag, im Fluß herumgegondelt, um sich abzukühlen. Über lange Strecken war der Nolichucky tief und ruhig, man konnte, gemütlich zurückgelehnt, langsam und lautlos mit den Füßen im Wasser dahinziehen und sich einlullen lassen.

Dieses Gefühl hatte er jetzt. Als läge er in einem dieser dicken schwarzen Schläuche und triebe mit der Strömung.

«Hallo», sagte der alte Mann.

Sonderbarerweise sah Spencer nur ihn und nicht seine Umgebung – den Fluß oder was immer es war. Seine Gedanken schienen ebenso langsam dahinzutreiben wie der Schlauch. Er versuchte, sich etwas Nettes einfallen zu lassen, was er zu diesem Fremden sagen konnte, der für diese Art von Vergnügungsfahrten auf dem Fluß eigentlich viel zu alt war. Wo mochte Cal stecken?

«Er ist schon angekommen», sagte der Alte. Spencer stutzte. Hatte er eben laut gedacht?

«Friedlich hier, nicht?» sagte er und überlegte, ob er den Alten kannte. Er schien hier aus der Gegend zu sein, vielleicht von einer der entlegeneren Farmen: klein und drahtig, dünnes weißes Haar, blaue Augen mit Fältchen in den Augenwinkeln.

«Friedlich? Ja, wie es sich gehört.» Der Alte lächelte. «Ich bin schon eine Weile hier, mir fällt's gar nicht mehr so richtig auf.»

Mit einem Teil seines Verstandes versuchte Spencer sich daran zu erinnern, daß Cal ja in Vietnam gefallen und daß er selbst Sheriff von Wake County war und kein magerer Teenager, der sich auf dem Fluß treiben ließ.

Und außerdem spürte er kein Wasser an den Beinen. Und – war nicht erst März?

«Da oben sind die Stromschnellen. Das Wasser wird schneller, merken Sie's?» sagte der Alte.

Tatsächlich – die Strömung unter ihm machte sich bemerkbar, und er hatte plötzlich das Gefühl, dagegen angehen, sich wieder stromaufwärts kämpfen zu müssen.

«Sie müssen zurück», sagte der Alte.

«Und Sie?»

«Auf mich wartet da unten jemand. Meine Schwester. Vielleicht ist sie mir noch böse wegen einer bestimmten Sache, ich muß ihr sagen, daß es mir leid tut. Aber ich glaube nicht, daß jemand auf Sie wartet. Noch nicht.»

«Könnten Sie mich vielleicht nach Hause bringen?» fragte Spencer. Hatte er irgendwo am Ufer seine Sachen abgelegt? Wie war er überhaupt hergekommen? Mit dem Rad?

Der Alte schüttelte lächelnd den Kopf. «Ihre Leute erwarten Sie stromaufwärts.»

Unvermittelt brachen Lärm und Licht in die Stille ein, Hände machten sich an seinem Körper zu schaffen. Spencer kam sich jetzt so nackt vor wie als Junge im Fluß, aber er spürte die Nässe an seiner Brust und an seinen Schultern, nicht an den Beinen. Ehe er dahintergekommen war, was das wohl zu bedeuten hatte, sackte er wieder weg in ein traumloses Nichts.

Jane Arrowood überlegte, ob alle Leute aufstanden, wenn ein Arzt zu ihnen auf den Gang herauskam. Nicht aus Hochachtung oder Ehrfurcht, sondern aus dem Gefühl heraus, daß man das Ungeheuerliche der Botschaft, die er brachte, im Stehen und so gefaßt wie möglich entgegennehmen müsse. Auch der Angeklagte vor Gericht erhob sich ja bei der Urteilsverkündung.

Sie hatte lange Zeit in dem Warteraum vor dem OP verbracht. Ihren guten Wintermantel hatte sie zu einem Kissen zusammengeknüllt, und auf dem Rock ihres grauen Wollkleides waren Kaffeeflecke, aber wie sie aussah, spielte jetzt keine Rolle, denn die Ärzte sahen doch sicher nur die Augen der Angehörigen. Große, angstvolle Augen, die das Urteil erwarteten.

«Mrs. Arrowood?» Er war ein jüngerer Mann, und auch er war sichtlich erschöpft, war verschwitzt und unrasiert. Auf dem Namensschild, das an seinem weißen Kittel steckte, stand *Peter O'Neill.* «Bitte behalten Sie Platz.» Er deutete auf einen der Plastiksessel und setzte sich neben sie.

«Wie geht es ihm?» fragte sie und wartete, im Geiste noch immer stehend, auf die Antwort.

«Ich glaube, er ist jetzt außer Lebensgefahr. Die Kugel hat nicht viel Schaden anrichten können. Er hat nur seine Milz verloren.»

Jane spürte, wie Tränen auf ihre Wangen tropften. «Ist das schlimm?»

«Ohne Milz kann man leben. Sie ist wie ein großer Schwamm, in dem ein Blutvorrat ist für den Fall, daß der Körper in einer Notsituation welches braucht. Kann sein, daß er in Zukunft anfälliger für Erkältungen und dergleichen ist. Hätte die Kugel ihn rechts erwischt, sähe die Sache anders aus. Dann hätte sie die Leber getroffen, und wir hätten ihn verloren.»

«Aber er ist außer Lebensgefahr?» wiederholte Jane. Sie konnte es gar nicht oft genug hören.

«Ja. Er wird noch eine Weile beatmet, im Augenblick könnte er also nicht sprechen, wenn er zu sich käme, aber das ist nur eine unterstützende Maßnahme. Sobald er wieder bei Bewußtsein ist – so um Mitternacht, schätzen wir –, nehmen wir ihn von der Maschine weg. Er hat einen schweren Tag hinter sich.» Der Chirurg atmete einmal tief durch und klopfte Jane Arrowood auf die Schulter. «Und nicht nur er.»

Sie horchte auf. «Wie meinen Sie das?»

Er fuhr sich mit der Hand durch das zerzauste Haar und nickte zum OP hinüber. «Wir hätten ihn fast verloren, Mrs. Arrowood. Es dauerte seine Zeit, bis sie ihn vom Berg bis in den OP geschafft hatten, er war im Schock, und das war fast zuviel für seinen Körper. Nahezu eine Minute hatten wir eine Nullinie, und wir mußten uns einiges einfallen lassen, um ihn zurückzuholen. Aber er ist jung und fit, sehr bald war er wieder da. Wir haben die Kugel herausgenommen und die Milz entfernt. Bis auf eine lange Narbe wird nichts zurückbleiben.» Er betrachtete Jane Arrowoods erschöpftes Gesicht, die rotgeränderten Augen. «Es hätte wohl keinen Zweck, Sie heimzuschicken?»

Jane schüttelte den Kopf. Seit Spencer zum Sheriff gewählt worden war, hatte sie Angst vor dieser Nacht gehabt. Hin und wieder hatte sie davon geträumt, und in die Erinnerungen an diese Alpträume mischten sich immer die an ihren älteren Sohn Cal. An seinem Sterbebett hatte sie nicht Wache halten können. Zwei Offiziere in Uniform hatten an einem Frühlingstag im Jahre 1966 vor ihrer Tür gestanden und ihr mitgeteilt, daß eine halbe Welt entfernt ihr Sohn gestorben war. Damit weiterzuleben war schwer genug gewesen. Dann war Spencer zur Polizei gegangen. Es war, als habe er sich bewußt einen Beruf gesucht, in dem er tagtäglich sein Leben aufs Spiel setzte. Manchmal überlegte sie, ob er noch immer in Konkurrenz zu seinem älteren Bruder stand. Ob er es darauf anlegte, angeschossen zu werden. Und nun war es soweit gekommen.

Sie hatte in ihrer Phantasie diese Nachtwache oft genug durchlebt und war fest entschlossen, sich nicht davonzustehlen. Trotzdem fragte sie: «Könnte ich es denn wagen, eine Weile wegzugehen?»

«Er wird sich später noch ein bißchen schonen müssen, aber ich glaube nicht, daß etwas nachbleibt. Achten Sie darauf, daß er nicht leichtsinnig ist und zu früh wieder anfängt zu arbeiten.»

Jane senkte den Kopf. Die Erleichterung war so groß, daß sie keine Worte fand.

Dr. O'Neill sah sich um. «Man muß auch im Sheriffsamt Bescheid sagen, daß er außer Gefahr ist. Seine Mitarbeiter haben unentwegt hier angerufen und sich nach ihm erkundigt. Wollen Sie das erledigen, oder soll ich es tun?»

Jane war plötzlich sehr müde. Sie war seit dem frühen Nachmittag im Krankenhaus. Ob sie etwas gegessen hatte, wußte sie nicht mehr. «Es wäre nett, wenn Sie das übernehmen würden. Kann sein, daß Sie eine Nachricht hinterlassen müssen. Ich nehme an, daß sie auf der Suche nach dem Täter sind.»

Dr. O'Neill runzelte die Stirn. «Hoffentlich bedeutet das nicht zusätzliche Arbeit für mich.»

«Hoffentlich», sagte Jane Arrowood. Sie hatte nur den einen Wunsch, daß die Mitglieder der Suchmannschaft ihren Einsatz heil überstanden und daß die Frau, nach der sie suchten, Dr. O'Neills Dienste nicht mehr brauchen würde. Aber das sagte sie nicht laut.

Kayla wickelte sich fester in ihre Jacke. Es wurde dunkel, und hin und wieder spürte sie auch durch das dichte Gehölz hindurch den kalten Wind, so daß sie fröstelte. Sie waren lange bergauf gegangen. Kayla wußte jetzt nicht mehr, in welcher Richtung die Stargill-Farm lag und wie weit sie von ihr entfernt waren, sie wußte nur, daß sie müde war und Hunger hatte. Jetzt konnte sie nichts zu essen verlangen, das war ihr klar. Sie hatte ein paar Gummibonbons in der Tasche, aber davon hatte sie noch keine gegessen, vielleicht würde sie die später noch nötiger brauchen.

Ab und zu erlaubte ihr die Frau mit der Pistole, sich auf einen Stein zu setzen, damit sie wieder zu Atem kam. «Feuer können wir wohl nicht machen?» fragte Kayla leise.

Dovey Stallard schüttelte den Kopf. «Nein. Und auch nicht reden. Könnte sein, daß jemand uns hört.»

«Glaub ich nicht. Suchtrupps machen zuviel Lärm. Sie haben Hunde und Scheinwerfer und Walkie-talkies dabei und schreien ständig rum. Wenn die anrücken, merken wir es bestimmt.»

Dovey lächelte ein bißchen. «Du weißt ja gut Bescheid. Siehst du viele Westernfilme?»

«Manchmal. Charles Martin mag sie. Er hat sie auf Video, ein ganzes Regal voll. Jede Menge Clint Eastwood. Und ein paar mit John Wayne. So heißt das doch, nicht? Wenn Cops jemanden jagen, ist das ein Suchtrupp.»

Die Frau seufzte. «Als Kinder haben wir so was gespielt, ich und Charles Martin und seine Brüder. Da hätte ich mir nie träumen lassen, daß ich es mal am eigenen Leib erleben würde.»

«Was haben Sie eigentlich gemacht?» fragte Kayla interessiert. Die Frau hatte sie nicht gehauen, hatte nicht mal mit der Pistole gefuchtelt, so daß Kayla vor dieser neuen Erwachsenen in ihrem Leben eigentlich keine Angst hatte. Daß sie nicht betrunken war, fand sie schon mal gut. Da hatte sie mit Freunden ihrer Mutter ganz andere Sachen erlebt, auch wenn die versucht hatten, nett zu ihr zu sein. Und dann war diese Frau auch noch eine gute Bekannte von Charles Martin Stargill, das hatte sie selbst gesagt, demnach war sie okay, schien aber ganz schön durcheinander zu sein. Irgendwie tat sie Kayla leid.

«Böse Männer haben versucht, mir mein Land wegzunehmen», sagte Dovey. «Da hab ich geschossen, damit sie weggehen.»

Kayla machte große Augen. «Sie haben doch nicht etwa einen umgebracht?»

«Ich ... ich hoffe nicht.» Dovey Stallard stand auf. «Reden wir nicht drüber. Wir müssen weiter.»

«Haben Sie mich deshalb mitgenommen? Damit keiner auf Sie schießt?»

«Ich weiß nicht. Ja, doch. Vielleicht. Eine Geisel ist besser als nichts, habe ich gedacht. Und vielleicht wollte ich Charlie Stargill treffen. Er hätte mir helfen können.»

«Wie denn?»

«Er ist reich. Ich hab ihn um Geld für die Farm gebeten, aber er hat es mir nicht gegeben. Wenn uns jetzt was passiert, muß er damit leben.» Dovey richtete den Pistolenlauf auf den Boden und half Kayla mit der anderen Hand hoch.

Kaylas Augen hatten sich inzwischen an die Dunkelheit gewöhnt, trotzdem kam sie nur langsam voran, denn Steine oder Wurzeln waren im tiefen Schatten schlecht zu sehen, und ein paarmal war sie schon der Länge lang hingefallen. «Wie dunkel es ist», sagte sie und klopfte sich die Jeans ab. «Eine Taschenlampe haben Sie wohl nicht mitgenommen?»

«Ich habe überhaupt nichts mitgenommen. Ich bin einfach losgelaufen.»

«Wissen Sie wenigstens, wohin Sie wollen?»

«Mehr oder weniger. Wenn ich noch hinfinde. Nimm dich vor dem Rhododendron in acht, er ist sehr dicht und kann einem ganz schön das Gesicht zerkratzen.»

Kayla blieb stehen und lauschte. In der Ferne hörte sie die Spürhunde bellen und hin und wieder jemanden rufen. Ob ihre Mutter sie schon vermißte? Und ob jemand sich denken konnte, wo sie steckte? Clayt war ihr Freund, Clayt würde irgendwann kommen und sie holen. Charles Martin war ja soweit ganz nett, aber daß er im dunklen Wald herumlaufen und sich die maßgeschneiderten italienischen Stiefel ruinieren würde, konnte sich Kayla bei ihm nicht vorstellen. Clayt war so was egal, der trug sowieso nur alte Klamotten. Und er redete mit ihr wie mit einem richtigen Menschen. Außerdem wäre es ganz nach Daniel Boones Herzen gewesen, in der Wildnis nach ihr zu suchen, schon deshalb würde Clayt Spaß daran haben.

Dabei fiel ihr etwas ein. Auch Daniel Boone hatte in der Wildnis mal nach einem kleinen Mädchen gesucht, Clayt hatte ihr die Geschichte erzählt, als sie das Holz für den Sarg vom Tischler geholt hatten. Daniel Boone hatte die Indianer verfolgt, die ihm die Tochter weggenommen hatten, und die hatte ihm geholfen, sie zu finden, indem sie bei den Shawnees längere Rastzeiten herausgeschlagen hatte, um dem alten Häuptling die Läuse aus dem Haar zu klauben. Nur war mit diesem Trick in ihrem Fall wohl nichts zu machen, die Frau mit der Pistole war zwar verschwitzt und durcheinander, aber Kopfläuse hatte sie bestimmt keine. Sollte sie Clayt die Suche erleichtern? Andererseits wollte sie der Lady keinen Ärger machen. Aber die hatte von Clayt bestimmt nichts zu befürchten, Clayt würde nie auf einen Menschen schießen.

Kayla angelte ein Gummibonbon aus der Jeanstasche und ließ es fallen. «Wollen wir Indianer spielen?» fragte sie die Frau.

Dovey seufzte. «Das tun wir ja schon.»

«Wieso?»

«Wir werden von Männern mit Flinten durch den Wald

gejagt, die unser Land gestohlen haben. Genau wie die Indianer ...»

«Ich hab zu Halloween ein Pocahontas-Kostüm gekriegt. Aber ich hab nur bei vier Häusern klingeln dürfen. Wie hieß gleich die Indianerin, die Sie spielen?»

«Nancy Ward. Sie war eine Cherokee und sehr berühmt.»

Kelley Johnson mußte immer wieder blinzeln, um durch ihre Tränen hindurch den Saum zu erkennen, den sie für Randall Stargills Sargdecke nähte. Sie hatten in dem Schrankkoffer auf dem Dachboden noch alte Krawatten und Hemden von Randall gefunden und zurechtgeschnitten, und Lilah hatte fast den ganzen italienischen Schal verbraucht. Er war jetzt in einzelnen Quadraten über die ganze Fläche verteilt und verlieh dem Quilt mit seinem seidigen Schimmer und der feinen Stickerei einen für diesen Anlaß beinahe zu festlich-heiteren Anstrich.

Die Sargdecke – sieben Fuß lang, sieben Fuß breit – war jetzt fast fertig, bald würden sie die drei Streifen zusammennähen und beiseitelegen können, bis Randall Stargill gestorben war und sie brauchen würde.

Alle Stargills bis auf Clayt saßen steif im Lichtkreis der Tischlampen. Der Fernseher lief ohne Ton, so daß die Menschen auf der Mattscheibe hilflos schweigend herumrannten und gestikulierten. Kelley fühlte sich ihnen sehr nah: Auch sie war dazu verdammt, lautlos zu schreien.

Die Stargills führten belanglose Gespräche und versuchten so zu tun, als sei alles wie sonst. Kelley hätte am liebsten ihr Nähzeug aus der Hand gelegt und die Kaffeetasse an die Wand geworfen oder ihren Gefühlen auf andere Weise Luft gemacht. Da draußen in der Dunkelheit war ihre kleine Tochter, und die anderen benahmen sich, als wäre dies ein ganz gewöhnlicher Abend. Sie hatten beteuert, daß es ihnen sehr leid tat, und tröstend gesagt, bis Mitternacht sei Kayla bestimmt wieder da. Nur Debba hatte sie mit großen, angstvoll geweiteten Augen angesehen, als rechne sie mit einem Unglück, ja, als sähe sie es schon vor sich. Den Optimismus der anderen empfand Kelley als gefühllos. In stummer Wut nähte sie weiter.

Lilah hatte zumindest versucht, sich nützlich zu machen. Sie brachte Kelley eine Tasse Tee nach der anderen und meinte, man solle Dr. Banner holen, der Kelley etwas zur Beruhigung geben könne, aber das hatte sie abgelehnt. Sie wollte sich nicht betäuben lassen, sie wollte wach bleiben und warten. Und ganz fest daran glauben, daß Kayla nichts passiert war.

«Ich kann mir einfach nicht vorstellen, daß Dovey Stallard auf jemanden schießen würde», sagte Charles Martin nun schon zum zehntenmal.

Lilah fixierte durch ihre Lesebrille das Nadelöhr, durch das sie den Faden ziehen wollte. «Das ist das Schlimme bei Schußwaffen», sagte sie. «Daß man im Bruchteil einer Sekunde eine Tat begeht, die man sein Leben lang bereut. Inzwischen tut es ihr bestimmt schon leid.»

«Das macht das Klima hier», bemerkte Robert Lee. «Es war schon immer ein Klima der Gewalt. Wir können froh sein, daß wir damit nichts mehr zu tun haben.»

Kelley sah über ihre Näherei hinweg zu Charles Martin hinüber, der seit einer halben Stunde ihren Blick mied. Er saß in dem Ohrensessel, hatte die Martin-Gitarre im Arm und zupfte Akkorde. Kelley erkannte die Melodie von «Footprints in the Snow». Das war ein alter Song von Flatt und Scruggs über einen Mann, der ein Mädchen findet, das sich im Wald verirrt hat, indem er ihren Spuren im Schnee folgt. So was konnte Charles wohl singen, aber nicht tun.

Unvermittelt sah er auf. Ihre Blicke begegneten sich. Er schlug zuerst die Augen nieder. «Kayla wird schon nichts passieren», sagte er halblaut. «Einem Kind würde Dovey nie was tun. Sie ist heißblütig, aber sie meint es nicht so.»

«Heute vormittag hat sie jemanden angeschossen», sagte Kelley.

«Da ging es um das Land. Sie wollte die Farm behalten. Ich verstehe das nicht. Sie ist die Letzte der Stallards, die Farm wäre sowieso früher oder später an Fremde gegangen, aber ...» Er schüttelte den Kopf. «Dovey Stallard ... Ich kann es einfach nicht fassen.»

«Ich schon», erklärte Robert Lee. «Wenn es um Land geht, reagieren die Leute hier völlig irrational. Ich glaube fest, Clayt würde es genauso machen, wenn's hart auf hart käme.»

«Zumindest kümmert sich jetzt niemand um den Kasten mit Knochen, den ihr zur Polizei gebracht habt», sagte Lilah. «Ich kann nur hoffen, daß sie im Sheriffsamt verstauben und wir euren Daddy in aller Ruhe begraben können. Das wäre immerhin ein Lichtblick.»

«Das mit Dovey und Kayla ist weit mehr als eineAblenkung von einem alten Familienskandal», meinte Charles Martin. «Für dieses Kindergerippe würde sich ja sowieso nur die Regenbogenpresse interessieren. Wenn man echt in der Klemme steckt, ist es einem wohl egal, was die anderen denken. Ich kann einfach nicht glauben, daß Dovey zu so etwas fähig ist.»

Kelleys Blick sagte ihm, daß er zuviel über Dovey sprach. «Ich kann nur hoffen, daß Kayla nichts passiert», sagte er etwas zu laut und zupfte die Melodie zu einem anderen Song. Kelley erkannte «The Bounty Hunter» des Folksingers Mike Cross aus North Carolina. «Und das gilt auch für Clayt. Was für ein Blödsinn, einfach loszurennen, um Dovey aufzuspüren. Er spielt einfach schon zu lange Daniel Boone. Aber ich schätze, er ist bald wieder da. Die Polizei hat es nicht gern, wenn so ein ahnungsloser Trottel während einer Suchaktion auf eigene Faust in den Bergen herumsteigt. Er kann von Glück sagen, wenn ihn nicht in der Dunkelheit eine Kugel trifft.»

«Ich hätte mitgehen sollen», sagte Kelley.

«Nein, ich.» Garrett Stargill stand auf. «Ich bin derjenige mit Erfahrungen in Kommandounternehmen. Wahrscheinlich war ich öfter nachts im Einsatz auf Spurensuche als die Leute da draußen alle miteinander. Ich hätte meine Hilfe anbieten sollen.»

Debba Stargill packte ihren Mann am Handgelenk. «Du darfst nicht da raus, Garrett! Es ist gefährlich.»

«Das glaube ich nicht», wandte Lilah ein. «Die junge Frau hat jetzt vermutlich nur noch Angst und wird sich's schön überlegen, ehe sie noch mal ein Unglück anrichtet.»

Garrett lachte. «Menschen, die Angst haben, sind immer die gefährlichsten. Stimmt's, Debba?»

Sie ließ den Kopf hängen. «Mag sein», flüsterte sie.

«Debba muß es wissen.» Garrett zog seinen Arm weg. «Debba weiß, wohin Angst führen kann.»

«Hör auf», sagte sie tonlos und sah zu Boden.

Lilah musterte die beiden beunruhigt und sah dann zu Kelley hinüber, die fast hechelnd atmete und aussah, als könne sie jeden Augenblick vollends die Fassung verlieren. «Wir könnten mal das Krankenhaus anrufen», schlug sie vor. «Um zu fragen, wie es Daddy Stargill geht und uns nach dem armen Sheriff zu erkundigen.»

«Ich tippe auf Bauchschuß», sagte Garrett. «Wenn eine Frau schießt, weil sie Angst hat, zielt sie gewöhnlich auf den Bauch. Oder aufs Herz, und der Schuß geht in den Bauch, weil sie nicht richtig schießen kann. Was würdest du sagen, Debba: War es Absicht oder ein schlecht gezielter Schuß?»

Sie fröstelte. «Ich hab es nicht gewollt ...»

«Sehr tröstlich für die Angehörigen, Debba.» Er wandte sich an die anderen. «Debba ist immer nervös, wenn ich weg bin. Sie denkt, daß ganz West-Tennessee sich verschworen hat, sie in meiner Abwesenheit zu kidnappen. Neben der Haustür hat sie einen Baseballschläger stehen, und auf ihrem Nachttisch liegt eine chemische Keule. Eine richtige Vororttterroristin, unsere kleine Debba Stargill.»

Garrett machte eine Pause, aber niemand sagte etwas. Er war offenbar noch nicht fertig.

«Vor zwei Jahren, als ich zu einem Einsatz war ... Haiti? Somalia?» Er zuckte die Schultern. «Egal. Jedenfalls war ich derjenige, den sie in eine Gefahrenzone geschickt hatten, während in Fort Campbell alles friedlich war, aber Debba Stargill fühlt sich eben nie sicher. An einem Nachmittag hört sie ein Geräusch. An einem *Nachmittag*, wohlgemerkt – nicht früh um drei, nicht in einer dunklen, stürmischen Nacht. Sie geht also raus, um nachzusehen, was für entmenschte Ungeheuer da gekommen sind, um sie zu schänden, und im Vorgarten steht ein junger Mann, knapp zwanzig Jahre alt, der eigentlich zu einem unserer Nachbarn will, weil der eine Anzeige wegen einer Katze in die Zeitung gesetzt hatte. Und weil er nicht genau weiß, welches Haus es ist, geht er auf die hübsche kleine Mrs. Stargill zu, um nach dem Weg zu fragen, und die jagt ihm eine Kugel Kaliber 0.44 in den Leib und schreit, daß er sie vergewaltigen will.»

Debba schlug die Hände vors Gesicht. «Er hätte nicht an die Hintertür kommen sollen, er ...»

«Es war ein Bauchschuß. Er war tot, noch ehe der Krankenwagen kam. Debba hat nicht den Notruf verständigt, sie hat dagestanden und geschrien, bis die Nachbarn angelaufen kamen. Vielleicht sind wir ja ein perfektes Paar, Debba und ich. Ich werde bezahlt, um im Auftrag von Onkel Sam Menschen umzulegen, Debba macht es kostenlos.»

«Ich hasse dich», stieß Debba Stargill hinter dem Schutzwall ihrer Hand hervor.

«Ich gehe jetzt», sagte Garrett. «Ich will versuchen, Kelley ihre Tochter zurückzubringen. Ihr bleibt besser bei meiner lieben Frau. Paßt auf, daß sie nicht an die Küchenmesser und an Daddys Schrotflinte geht. Ich möchte nicht, daß sie einen der Polizisten mit Dovey Stallard verwechselt und ihn in ‹Notwehr› abknallt. Aber wahrscheinlich würde sie straffrei davonkommen. Das Rechtssystem von Tennessee nimmt viel Rücksicht auf zarte Frauen, die bei der gerichtlichen Untersuchung kübelweise Tränen vergießen. Sie ist nicht mal vor Gericht gekommen. Vielleicht sollte es Dovey Stallard auch mal mit diesem Dreh versuchen, wenn sie gefaßt wird. Ob's bei ihr funktioniert, wage ich allerdings zu bezweifeln.»

Er drehte sich um und ging hinaus. Niemand sagte ein Wort.

In den Bergen war es dunkel geworden, aber die Suche ging weiter.

Noch in der Dämmerung hatte LeDonne die Spur an der Scheune aufgenommen, wo Dovey Stallard zuletzt von Augenzeugen gesehen worden war, und suchte nach einem erkennbaren Schuhabdruck, niedergetretenem Gras, abgebrochenen Zweigen, um zu ermitteln, in welcher Richtung sie geflohen war. Auch nachts konnten sie solchen Spuren nachgehen, aber sie kamen langsamer voran. Gebückt, mit starken Handscheinwerfern ausgerüstet, fahndeten die Spurensucher nach jedem in einem ungewöhnlichen Winkel abgeknickten Grashalm. Für ein paar Meter brauchen sie manchmal Stunden. Um das Vorgehen zu beschleunigen, waren die Mitglieder des Suchtrupps in großen Abständen voneinander postiert. Alle suchten nach Anzeichen dafür, daß vor kurzem hier ein Mensch vorbeigekommen war. Die ersten Spurensucher begannen eine Meile vom Ausgangspunkt entfernt, die anderen waren hinter ihnen verteilt und suchten langsam und sorgfältig den Boden nach der kleinsten Andeutung einer Fährte ab. Wenn einer etwas fand, machte er den anderen ein Zeichen, die Männer hinter ihm rückten vor und verteilten sich fächerförmig um den neuen Ausgangspunkt.

In der Dunkelheit war das ein mühsames Geschäft. Zuweilen entpuppte sich die eine Stunde lang hoffnungsvoll verfolgte Spur als Hufabdruck eines Rehs, der sich in weicher Erde abzeichnete. Dann mußte der Suchtrupp sich auf die zuletzt eingenommene Position zurückziehen und einen neuen Anlauf machen.

Joe LeDonne, der ganz vorn war, fieberte dem Tagesanbruch entgegen. Er fand es unheimlich ermüdend, Zoll für Zoll hinter einer Spur herzukriechen. Seine Nerven waren so angespannt, so daß er die Zähne zusammenbeißen mußte, bis ihm der Kiefer weh tat, und der gebückte Gang, der nötig war, um im bereiften Gras auch kleinste Spuren erkennen zu können, war ungewohnt, so daß ihm bald die Beine weh taten. Er hatte seit dem Frühstück nichts mehr gegessen, war aber grimmig entschlossen, nicht aufzugeben.

Nur wenn sie die Fährte noch in dieser Nacht aufnahmen, konnten sie auf einen Erfolg hoffen, denn schon acht Stunden später waren womöglich alle Spuren verwischt, hatte das geknickte Gras sich wieder aufgerichtet, hatten in der Nacht herumstreunende Tiere Zweige verschoben oder Fußabdrücke mit ihren eigenen Spuren überdeckt. War die Fährte erst erkaltet, würden sie warten müssen, bis die Flüchtige einen Fehler beging, in ein leerstehendes Ferienhaus einbrach etwa oder einen Wagen stahl und ihnen damit einen neuen Ansatzpunkt für ihre Suche gab.

Einer der Kollegen von der Bundespolizei kam auf LeDonne zu, wobei er darauf achtete, hinter den Scheinwerfern zu bleiben, um eventuelle Spuren nicht zu zerstören. «Ich soll Ihnen sagen, daß der Hund gleich Feierabend macht.»

LeDonne richtete sich stirnrunzelnd auf. Der Wind war eiskalt, und er ärgerte sich, daß er nicht an Handschuhe gedacht hatte. «Jetzt schon?»

«Viel länger als eine Stunde halten Spürhunde nicht durch. Muß sehr anstrengend sein, mit der Nase einer Spur zu folgen, deshalb sind sie so schnell erledigt.»

«Dann brauchen wir eben einen anderen Hund.»

«Wenn einer greifbar ist. Ihre Leute versuchen gerade, telefonisch eine Hundestaffel zu bekommen, haben aber bisher kein Glück gehabt. Und das Suchflugzeug ist unterwegs, kann aber wegen einer Gewitterfront wahrscheinlich erst gegen Morgen hier sein.»

«Dann brauche ich es nicht mehr.» LeDonne seufzte. Die Spur war inzwischen schon kälter als der Nachtwind. Der Cherokee National Forest, in dem Dovey Stallard untergetaucht war, erstreckte sich über ein Gebiet von zweitausend Quadratmeilen. Wenn sie dem Suchtrupp hier auf dem Berg entwischte, konnte die Jagd Wochen dauern, und die einzige Hoffnung war dann, daß die Flüchtige von selbst aufgab. Wenn sie nicht Hilfe von ahnungslosen Wanderern bekam, einen Raubüberfall beging oder einen Wagen stahl, war sie Kälte und Hunger und Verfolgung eines Tages vielleicht leid und stellte sich. Falls es ihr aber gelang, per Anhalter bis Knoxville oder Charlotte zu kommen, war sie womöglich für immer auf und davon. Um das zu verhindern, lohnte es sich schon, eine Weile auf Essen und Schlaf zu verzichten, sagte sich LeDonne. Denn wenn Dovey Stallard ungestraft davonkam, würde er womöglich nie wieder ein Auge zutun können.

14

So manche dunkle, schlaflose Nacht verbrachte ich als Gefährte von Eulen, fernab von jeder menschlichen Gesellschaft, versengt von der Sommersonne, geplagt von der Winterkälte …
Daniel Boone

Clayt ging einen alten Holzfällerweg am Rand eines Erlendickichts entlang. Dahinter lag eine Wiese im Dunkeln. Ob genug Tau gefallen war, um einen Fußabdruck im trockenen Gras festzuhalten? Falls sie über das feuchte Feld gelaufen war, konnte er, wenn er den Lichtkegel seiner Taschenlampe über die Wiese streifen ließ, vielleicht Spuren erkennen. Aber würde er in der Dunkelheit eine Tier- von einer Menschenfährte unterscheiden können? Wohl kaum. Außerdem war es unter Umständen nicht ungefährlich, mit der Taschenlampe zu arbeiten. Der Wald war voll bewaffneter Streifen, am Ende hielten sie ihn für die Gesuchte und eröffneten das Feuer. Andererseits mußte er Dovey finden, ehe der Suchtrupp sie zu fassen bekam. Er blieb einen Augenblick stehen und lauschte, wie er es von seinen Streifzügen in der Wildnis gewohnt war, in die Dunkelheit hinein. Tief am Horizont stand der Vollmond. Es wurde von Minute zu Minute kälter. Er hielt den Atem an und lauschte.

Von der Suchmannschaft war nichts zu hören, die war zu weit weg. Einen Augenblick blieb alles ruhig.

Der März ist ein stiller Monat in den Bergen. Die Grillen zirpen noch nicht, nur ein paar Nachtfalter flatterten im Mondlicht herum. Aus dem Schatten der Wiese erhob sich ein Vogelruf, ein *Pieps!*, bei dem er immer an das Besetztzeichen in der Telefonleitung denken mußte. Bei Tage und später im Jahr – im April etwa – hätte er gesagt, daß es ein Ziegenmelker war, der da rief, aber so früh im Jahr waren sie noch nicht aus wärmeren Gefilden zurück. Dann also eine Waldschnepfe, wie die Alten sie zum Verdruß der örtlichen Vogelkundler nannten, die diese Bezeichnung einem ähnlich aussehenden Vogel mit langem Schnabel, aber aus einer ganz anderen Spezies zugedacht hatten. Wenn man aus Schabernack jemanden in die Irre gehen ließ, hieß das früher, man schicke ihn «auf die Schnepfenjagd». War das, was er hier in der Nacht trieb, auch so was wie eine Schnepfenjagd?

Da war wieder das *Pieps!*, gefolgt von einem schrillen Pfiff, der bedeutete, daß der Vogel aufgeflogen war. Für die Schnepfe war jetzt Balzzeit mit kreiselnden Tänzen über den Feldern, lauten Rufen und rauschendem Flügelschlag – alles, um den Hennen zu imponieren, die von unten zusahen.

Clayt kauerte sich vor das Erlendickicht, legte die Hände vor den Mund und stieß den Ruf des Virginischen Uhus aus. Das würde ihnen den Spaß verderben. Niemand soll heute nacht Feste feiern dürfen, dachte er. Noch ehe der Ruf verhallt war, flog vor ihm mit rauhem Schrei ein dunkler Schatten auf und streifte seine Wange. Er wich taumelnd zurück, verstört von der plötzlichen Bewegung des Vogels, der vor dem vermeintlichen Uhu floh. Eine ganze Weile blieb er mit hämmerndem Herzen stehen, bis sich der jähe Schreck gelegt hatte. «Es ist doch nur eine Schnepfe», sagte er leise. Am Berg ging es heute bedrohlich zu. Aber er mußte weiter.

Clayt betrachtete den dunklen Wald, der vor ihm lag,

und überlegte, was wohl gefährlicher war: die Taschenlampe zu benutzen oder sich ohne Licht vorwärtszukämpfen.

Kelley Johnson klopfte bei Lilah, die allein auf ihrem Zimmer saß. Als Garrett losgefahren war, hatte Debba schluchzend die Flucht ergriffen, und niemand war ihr gefolgt. Robert Lee hatte sich im Fernsehen ein Basketballspiel gesucht und den Ton voll aufgedreht. Charlie warf hin und wieder einen Blick auf die Mattscheibe, meist aber griff er Akkorde auf seiner Martin-Gitarre. Als Kelley das Wohnzimmer verließ, saßen sie ganz zufrieden da und verfolgten das Geschehen auf dem Bildschirm, als seien Trubel und Aufregung der vergangenen Stunden Teil eines Fernsehspiels auf einem anderen Sender gewesen statt greifbarer, hautnaher Wirklichkeit. Kelley brauchte jemanden zum Reden.

Lilah machte ihr auf und bat sie herein. «Gibt's was Neues?»

Kelley schüttelte den Kopf. «Ich wollte dich nur mal besuchen.»

Lilah deutete auf den Hocker vor der Frisierkommode. «Du brauchst Gesellschaft. Zusammen trägt sich manches leichter.» Lilah hatte ein Stück Quilt mit nach oben gebracht. Jetzt nahm sie die Arbeit in die Hand und machte gleichmäßige Zierstiche auf dem grünen Samt. «Ich fühle mich so einsam», sagte Kelley. «An Charles Martin habe ich keine Hilfe. Er will einfach nicht glauben, daß jemand Kayla etwas tun könnte. Die Polizei würde die Frau jeden Augenblick schnappen, sagt er, und in ein, zwei Stunden sei dann Kayla wieder zu Hause.»

«Hoffen wir, daß er recht hat.»

«Ich hoffe es ja auch, aber ich kann mich nicht einfach hinsetzen und Basketball gucken. Das Kind da draußen ist meine Tochter.» Mit der geballten Faust wischte sie die Tränen ab, die ihr über die Wangen liefen. «Charlie tut, als wäre ihm das alles ganz egal.»

Lilah lächelte traurig. «Ja, so sind die Stargills, Kind. Sie haben früh gelernt, ihre schwachen Stellen nicht zu zeigen. Wenn Robert Lee sich über etwas kränkt – die häßliche Bemerkung eines Kunden oder wenn was im Haus kaputtgeht, was Geld kostet –, würde man ihm das nie ansehen. Eine Sekunde ist sein Gesicht wie erstarrt, dann schiebt er das Kinn vor und tut, als wäre nichts gewesen. Ich bin jetzt seit dreißig Jahren mit ihm zusammen, und ich spüre, wenn er innerlich leidet, weil jemand etwas zu ihm gesagt oder ihn schlecht behandelt hat, aber er läßt es nie raus.»

«Aber dann werden sie ja ihre Sorgen und ihren Ärger nicht los, dann verheilen die Wunden ja nie.»

«Ich glaube, das haben sie von ihrem Vater. Er hat es wahrscheinlich Mumm genannt. Für die Menschen, die ihnen nahestehen, ist das schwer genug, aber für sie selbst ist es wohl am härtesten, all ihren Schmerz für sich zu behalten.»

«Ich hatte mich schon entschlossen, ihn zu verlassen», gestand Kelley.

«Ja, das mußt du nun selbst entscheiden», sagte Lilah. «Frag dich, ob er deiner kleinen Tochter, wenn sie wohlbehalten zurückkommt, ein guter Vater wäre. Du darfst nicht denken, daß ihm die Sache nicht unter die Haut geht, nur weil er nicht im Wald herumläuft und sein Leben riskiert. Schön, Charles Martin ist kein Held – aber wäre er im täglichen Leben der richtige für dich? Denn darauf kommt es schließlich an. Für den Alltag braucht man den meisten Mumm.»

«Wenn er sie lieb hätte ...»

«Da draußen sucht ein ganzer Trupp von Polizisten

nach dem Kind. Lieben die deine Kayla? Oder lieben sie die Gefahr? Garrett ist zu ihnen gestoßen. Frag dich, warum sie da draußen sind.»

«Ich habe solche Angst», flüsterte Kelley.

Lilah nickte. «Ich werde für Kayla beten. Aber ich habe das Gefühl, daß ihr nichts passiert.»

«Warum sollte ihr nichts passieren? Denk an den Kasten, den diese komische Alte hergebracht hat. Den Kasten mit Kinderknochen. Vielleicht haben die Eltern damals auch gebetet. Vielleicht meinten sie auch, daß ihrem Kind nichts passieren würde.»

«Damals war das Leben härter», sagte Lilah. «Viele Kinder sind jung gestorben. Wir wissen nicht, was dem Kind passiert ist. Vielleicht war es krank ...»

«Und warum hat uns die alte Frau nichts davon erzählt?»

Lilah lächelte. «Alte Leute sind manchmal ein bißchen wunderlich.»

Kelley war nicht überzeugt, aber sie war schließlich nicht zum Streiten gekommen. «Hast du wirklich einen Schutzengel?» Noch vor einer Woche hätte sie nicht gedacht, daß sie so eine Frage je stellen würde, aber jetzt griff sie nach jedem Strohhalm.

Lilah seufzte. «Ich habe einen Engel, jedenfalls behauptet Rudy, daß er einer ist. Ich sehe ihn nur als unscharfes Bild in meinem Kopf, deshalb kann ich nicht sagen, ob er diese schönen weißen Flügel hat, die man auf Weihnachtskarten sieht, aber ich glaube fest, daß jemand bei mir ist. Nicht im Augenblick, du brauchst dich nicht nach ihm umzuschauen, du würdest ihn sowieso nicht sehen. Ja, irgend jemand spricht zu mir.»

«Warum zu dir?»

«Rätselhaft, nicht?» Lilah war kein bißchen beleidigt. «Ich frage mich oft, warum ich einen Engel habe, wo es so viele Leute gibt, die frömmer sind als ich, und andere, die schlechter dran sind und wirklich einen gebrauchen könnten. Ich kann's dir nicht sagen, beim besten Willen nicht. Ich weiß nur, daß er da ist.»

«Könntest du ihn bitten, Kayla zu helfen?»

«Bitten kann ich ihn schon, aber du darfst dir nicht zuviel von Rudy versprechen. Er sieht die Dinge ein bißchen anders als wir und greift selten in das ein, was auf der Erde geschieht. Ich hab ihn mal danach gefragt, aber da hat er gesagt – wortwörtlich! –, daß er nicht dazu da ist, über theologische Fragen mit mir zu diskutieren oder Wünsche zu erfüllen wie eine gute Fee. Meist redet er mir nur ins Gewissen, damit ich ein anständiger Mensch bleibe. Nur Angeber wirken Wunder, sagt er.»

Kelley zuckte die Achseln. «Was nützt er einem dann?»

Joe LeDonne lehnte mit dem Rücken an einen Baum und machte eine Pause, trank Kaffee, hauptsächlich, um sich die Finger zu wärmen, und hörte sich Berichte des Koordinierungsbeamten an.

Die letzte vielversprechende Spur hatte sich vor einem Fuchsbau verloren. Die Tierfährte, die der Suchtrupp für die Spur der Gesuchten gehalten hatte, hatte sie über eine Stunde gekostet. Jetzt mußten sie sich eine Viertelmeile auf den letzten Bezugspunkt zurückziehen. Inzwischen konnte Dovey Stallard immer mehr Vorsprung gewinnen.

LeDonne schluckte seinen Zorn herunter. «Was hört man vom Sheriff?» fragte er den Deputy aus Carter County.

«Er liegt auf der Intensivstation, hat aber die Operation gut überstanden. Das ist ein gutes Zeichen.»

LeDonne nickte. Es war ihm lieber, hier imWald statt wie ein gefangenes Tier in der Klinik herumzulaufen.

Hier konnte er seine Wut zumindest sinnvoll abreagieren. «Noch was?»

Der Kollege zögerte. «Haben Sie das mit dem kleinen Mädchen schon gehört?»

«Mit dem kleinen Mädchen?»

«Ein Kollege von der Autobahnpolizei hat heute nachmittag die Leute hier in der Gegend vor der Flüchtigen gewarnt. Er berichtet, daß auf der Stargill-Farm eine Sechsjährige vermißt wird. Vielleicht hat die Verdächtige sie als Geisel genommen.»

LeDonne holte tief Luft und stieß sie langsam wieder aus. Das änderte die Situation von Grund auf. Einerseits kam die Flüchtige mit einem Kind im Schlepptau langsamer voran. Andererseits war eine Konfrontation jetzt sehr riskant geworden. Er wollte nicht, daß ein Unschuldiger ins Kreuzfeuer geriet, und schon gar nicht ein Kind.

Um so wichtiger war es, Dovey Stallard zu finden, ehe sie der Geisel etwas antun konnte oder die Kleine an Unterkühlung starb. Noch waren es viele Stunden bis zur Dämmerung. In seinem Frust hätte er am liebsten die Faust in den Baum gerammt. Ob Marthas Instinkt ihr gesagt hätte, wohin Dovey mit dem Kind wollte? Schließlich war Martha auch eine Frau.

«Was halten Sie davon, den Vater der Verdächtigen herzuholen?» fragte LeDonne. «Wenn sie eine Geisel bei sich hat, muß jemand mit ihr verhandeln, sobald wir sie gefunden haben.» An die Möglichkeit, daß sie ihnen entkommen könnte, mochte er gar nicht denken. «Für die Straßensperren sind Vorkehrungen getroffen worden?»

«Ja, auf den meisten Hauptstraßen jedenfalls. Kann sein, daß uns der eine oder andere unbefestigte Weg entgangen ist. Noch ist kein Fahrzeug als gestohlen gemeldet worden.»

LeDonne nickte. Immerhin etwas. «Noch was? Ich muß weiter.»

«Wir haben einen Freiwilligen, der uns bei der Suche helfen will. Von der Nachbarfarm, auf der die Kleine vermißt wird. Garrett Stargill. Hat Einsatzerfahrung von der Army her.»

«Bloß nicht! Mit einem klapprigen Veteranen aus dem Zweiten Weltkrieg ...»

«Nein, er ist noch aktiv. In Fort Campbell stationiert. Er ist nur zu Besuch hier.»

«Na gut, setzt ihn ein und seht zu, ob er eine Fährte findet.»

«Er kennt die Verdächtige, sagt er, und könnte rauskriegen, wohin sie will.»

«Wie denn?» LeDonne stand auf und goß den Kaffee weg. «Wo ist der Bursche? Ich möchte ihn mir mal ansehen.»

«Weiter hinten bei den anderen. Er sagt, daß er mit seinen Brüdern und Dovey Stallard hier im Wald gespielt hat und daß sie damals ein paar Lieblingsverstecke hatten.»

«Und die will er jetzt wiederfinden? In der Dunkelheit?»

«Er will's versuchen.»

Clayt Stargill blieb einen Augenblick auf der Kammhöhe stehen und sah durch die kahlen Zweige einer Platane hindurch den Vollmond an. Manches war seit Daniel Boones Zeit unverändert, aber er konnte sich nicht darüber freuen. Der Mond hatte sich nicht geändert, und vielleicht hatten sich auch die Menschen nicht geändert. Ein Mann war angeschossen, ein kleines Mädchen gekidnappt worden. Daniel Boone wäre heute wohl in seinem Element gewesen. Er, Clayt Stargill, war es nicht.

Er war unbewaffnet, noch benommen von dem Schock der Ereignisse – *Dovey!* –, die auf ihn eingestürmt waren, und er hatte Angst. Im Wald wimmelte es von Polizisten, und wenn die ihn mit der Gesuchten verwechselten, konnte ihn dieser Irrtum das Leben kosten. Heute nacht hier am Berg herumzusteigen war nicht weniger gefährlich als Daniel Boones Suche nach seiner Tochter vor zweihundert Jahren. Daniel Boone aber hatte sich zumindest einen ehrlichen, geradlinigen Zorn leisten können. Um seine Tochter zurückzubekommen, war er entschlossen gewesen, gnadenlos zu töten. Hier und heute lag der Fall nicht so eindeutig. Dovey und Kayla ... und ein Tal voll Fremder, die Jagd auf die beiden machten.

Er folgte weiter dem Höhenweg. Wohin würde Dovey gehen? Was hätte er, Clayt Stargill, getan, wenn die Polizei von Tennessee in Kompaniestärke angerückt wäre, um ihn auf dem Ashe Mountain zu jagen? Natürlich stellte sich die Frage so nicht. Angenommen, er hätte diese Tat begangen, hätte er sich widerstandslos ergeben in der Hoffnung, ein umweltbewußter Anwalt würde seine Tat als übertriebene Reaktion eines Naturschützers darstellen. Clayt glaubte an die Macht des Wortes, wenn er in Schwierigkeiten steckte, aber hatte noch nie erlebt, daß ein Cop verständnisvoll zugehört hätte. Er würde sich nie jagen lassen wie ein Karnickel. In ihrem Zorn darüber, daß sie fast einen Kollegen verloren hätten, konnten die Polizisten nur zu leicht vergessen, daß es ein Mensch war, den sie jagten.

Im Gegensatz zu Clayt hatte Dovey kein Talent und wohl auch keine Lust, sich aus Schwierigkeiten herauszureden. In der Schule hätte sie wie andere Kinder Zerknirschung heucheln können, um ihre Haut zu retten oder eine schlechte Note zu vermeiden, aber dazu hatte sie sich nie durchringen können. Sie hatte störrisch geguckt und trotzig geschwiegen und war dafür dann meist besonders streng bestraft worden. Dovey hatte nie um Gnade gebeten, und deshalb ließ man bei ihr auch kaum Gnade vor Recht ergehen. Offenbar hatte sie es immer noch nicht gelernt, das Spiel nach jenen Regeln zu spielen, die nun mal in dieser Welt galten.

Auch Daniel Boone war so gewesen. In seinen Memoiren erzählte er, wie sein Vater die aufmüpfigen Söhne zu bestrafen pflegte. Squire Boone peitschte sie, bis sie um Gnade flehten. Das funktionierte bei allen – bis auf Daniel. Der biß die Zähne zusammen und ließ die Züchtigung über sich ergehen. «Warum bittest du nicht», fragte der Alte, wenn sogar er fand, daß er Daniel zu lange geschlagen hatte. «Um Himmels willen, warum *bittest* du nicht?» Aber das konnte und wollte Daniel nicht. Weder damals noch später. Vielleicht hatte ihn deshalb die Wildnis gelockt. Weil man in der Zivilisation zuviel bitten mußte.

«Die Rolle des Daniel Boone hätte besser zu dir gepaßt, Dovey», flüsterte Clayt. «Von Nancy Ward hast du nicht viel gelernt. Sie hätte sich rasch in den Regeln unserer Gesellschaft zurechtgefunden, sie hätte gewußt, was zu tun war, um ihr Land zu retten.Warum bist du dem Sheriff nicht um den Bart gegangen, hast nicht ein paar Tränen zerdrückt, um den Makler zu erweichen? Warum konntest du nicht *bitten*, Dovey?»

Nancy Ward ... was haben ihr alle Tricks und Kniffe gebracht? ließ sich eine Stimme in seinem Kopf vernehmen.

Nancy Ward ... Eine Erinnerung regte sich.

Trotz des hellen Mondlichts war die Sicht nicht so gut, daß er eine Spur hätte erkennen können. Allerdings war er sich auch nicht sicher, ob es ihm bei Tageslicht gelungen wäre, einer Fährte zu folgen. In solchen Dingen hatte er keine Übung. Als Naturschützer identifizierte er

Tierspuren oder hielt Ausschau nach abgenagten Blättern, verstreuten Samenhülsen, die ihm anzeigten, daß ein bestimmtes Tier an einer bestimmten Stelle vorbeigekommen war, aber da er nicht jagte, ging er den Tieren, die er aufgespürt hatte, nie nach. Vom Fährtensuchen erzählte er nur, wenn er vor Schulkindern seine Daniel-Boone-Vorstellungen gab. Etwas aus Büchern zu wissen war eine Sache; es dann aber auch anwenden zu können, wenn's drauf ankam, war etwas ganz anderes.

Sobald Kelley das Zimmer verlassen hatte, drehte Robert Lee den Ton des Fernsehers leiser und lehnte sich zu seinem Bruder herüber.

«Glaubst du wirklich, daß der Kleinen nichts passiert ist? Dovey würde doch einem Kind nichts tun, oder?»

Charles Martin zupfte die Melodie von «Maid of Constant Sorrow». «Ich weiß es nicht. Als Kind war sie ein Hitzkopf, und ich denke, aufbrausend ist sie immer noch, aber ich kann mir nicht vorstellen, daß sie eine Grausamkeit an einem unschuldigen kleinen Mädchen begehen könnte. Kayla kann ja schließlich nichts dafür.»

«Vielleicht will sie dir damit das Geld für die Farm abluchsen.»

«Das wäre nicht viel besser als Diebstahl», wandte Charles Martin ein, «und ich glaube, Dovey würde lieber sterben als stehlen. Ich wünschte, ich hätte ihr das Geld geben können.»

«Haben sie im Radio gesagt, ob der Makler verletzt ist?»

Charles schüttelte den Kopf. «Nicht daß ich wüßte.»

«Schau mich nicht so an.» Robert Lee war rot geworden. «Schön, ich hab tatsächlich an das Angebot gedacht, das er uns gemacht hat, aber deshalb bin ich noch lange kein Ungeheuer. Ich mach mir wegen Kelleys Tochter genauso große Sorgen wie ihr anderen auch, aber einer in der Familie muß auch ans Praktische denken. Daddy hat mich so erzogen, daß ich sparsam lebe, ein bißchen Geld auf die hohe Kante lege und immer auch eine kleine Reserve für unvorhergesehene Fälle habe. Ich kann nicht so tun, als ob ich mir, weil ein Kind vermißt wird, plötzlich keine Sorgen mehr um die Farm mache. Ich hoffe ja auch, daß wir sie wohlbehalten zurückbekommen, aber an unserer finanziellen Misere ändert das nichts.»

«Reg dich nicht auf, Robert.»

«Ich wär auch gern so hochherzig wie du und Clayt, aber das liegt mir nun mal nicht. Du kannst dir deinen Edelmut leisten, und Clayt weiß es nicht besser, aber ich muß an meine Alterssicherung denken und an die von Lilah. Und Garrett sollte auch sein Geld zusammenhalten. So wie's aussieht, wird er in Kürze Unterhalt zahlen müssen.»

«Ich mach dir ja keine Vorwürfe, Robert. Ich hab dich in den letzten Tagen ein bißchen besser kennengelernt und weiß, daß du dich um die Zukunft sorgst, und das kann dir keiner verdenken. Im Grunde hast du aber nach dreißig Jahren als Autoverkäufer vielleicht mehr Sicherheit als ich. Country-Sänger haben keine sehr treuen Fans. Was mache ich, wenn sie eines Tages meine Platten nicht mehr kaufen? Soll ich in den Kneipen von Nashville tingeln oder auf Autoausstellungen den paar Schlohköpfen, die sich noch an mich erinnern, Autogramme geben?» Er lächelte leicht melancholisch. «Vielleicht muß ich mich sogar irgendwo hinstellen und Gebrauchtwagen verkaufen. Du bist der einzige von uns, der eine ordentliche Ehe führt und einen sicheren, soliden Arbeitsplatz hat. Ich glaube, Daddy war stolz auf dich. Zumindest hat er sich um dich am wenigsten sorgen müssen.»

«Wie meinst du das?»

«Er mußte immer damit rechnen, daß ich mit meiner Karriere Schiffbruch erleide oder Garrett mit seinem Hubschrauber abstürzt oder Clayt keine Gelegenheitsjobs mehr kriegt und von der Fürsorge leben muß. Vielleicht hat er gehofft, daß du uns bei der Stange hältst.»

Robert blinzelte kurz, dann lächelte er. Das Telefon läutete. «Ich geh schon hin, kleiner Bruder», sagte er und verschwand in der Küche.

Charles beugte sich über die Gitarre und zupfte «Worried Man Blues». Kelley war noch nicht dahintergekommen, daß sie seine Gedanken nicht zu lesen brauchte. Die Gitarre war ein verläßlicher Gradmesser seiner Stimmungen.

«Ich brauche jemanden, der mich in die Stadt mitnimmt.» Charles Martin sah auf. Seine Schwägerin stand mit einem Koffer in der Hand in der Tür. Sie sah aus wie eine Halbwüchsige, die drauf und dran ist durchzubrennen. Sie hatte geweint, und er wünschte, sie wäre ihm sympathischer. «Wo willst du denn hin, Debba?»

«Nach Hause. Ich nehme den Bus. Garrett braucht mich hier nicht.»

Er legte die Gitarre aus der Hand und stand auf. «Ich fahre dich. Nervt ganz schön, hier tatenlos rumzusitzen.»

Debba runzelte die Stirn. «Ich hab ihr gesagt, daß sie nicht in den Wald gehen soll.»

Jetzt tauchte auch Robert Lee wieder auf. Tränen liefen ihm über die roten Wangen. «Er ist tot.» Sein Atem ging stoßweise, und er hatte Mühe, die Worte herauszubringen. «Daddy ist tot.»

Einen Augenblick schwiegen sie alle drei. «Ich hole Lilah», sagte Debba leise.

Robert Lee schüttelte den Kopf. «Ich geh in die Scheune. Wenn ich noch einmal Firnis auftrage, kann er bis morgen früh trocknen.»

Charles Martin zögerte. «Haben sie gesagt, ob einer von uns ins Krankenhaus kommen soll? Ich fahre sowieso nach Johnson City.»

«Ich weiß nicht», stammelte Robert. «Ich weiß es nicht ...»

«Am besten schau ich mal vorbei. Komm, Debba. Im Krankenhaus gibt es immer eine Menge Papierkram zu erledigen. Und sie können von dort aus gleich ein Bestattungsunternehmen anrufen, das die Leiche herbringt. Wenn du Kelley siehst, sag ihr bitte, wo ich bin.»

Robert Lee nickte und stolperte wieder in die Küche. Die Hintertür schlug zu, und dann hörten sie einen durchdringenden Klagelaut, als habe Robert Lee sein Leid nicht mehr für sich behalten können. Einen Moment blieben sie erschrocken stehen, dann griff Charles Martin sich Debbas Koffer und ging zur Tür. «Wenn mir jemand gesagt hätte, daß Daddys Tod Robert Lee derart mitnehmen würde, hätte ich ihn für verrückt erklärt.»

«Man weiß eben nie genau, wie die Menschen wirklich sind», sagte Debba.

Er hielt ihr die Beifahrertür des Lexus auf und verstaute ihren Koffer. «Hier geht's im Augenblick ein bißchen chaotisch zu», sagte er, während er langsam über die Auffahrt rollte. «Vielleicht kommt ihr in ein paar Tagen wieder miteinander klar, Garrett und du.» Er glaubte nicht so recht daran, aber irgend etwas mußte er ja sagen.

Debba war so weit wie möglich von ihm weggerückt. «Das renkt sich wieder ein. Sag ihm, daß ich zu Hause bin. Wahrscheinlich kommt er gleich nach der Beerdigung. Meistens ist er nach drei Tagen wieder da.»

Charles Martin versuchte, sich seine Überraschung nicht anmerken zu lassen. «Macht er so was öfter?»

«Ziemlich oft sogar. Besonders wenn er ein schlechtes

Gewissen hat. Und deinem Vater gegenüber hatte er ständig ein schlechtes Gewissen, ich weiß nicht, warum.»

Charles Martin seufzte. «Daddy war nie zufrieden. Bei allem, was man tat, sagte er, jemand anders hätte es besser gemacht. Wir haben wohl bis zuletzt versucht, ihm zu imponieren. Wenn wir es nicht schafften, hatten wir Schuldgefühle. Und wir haben es eigentlich nie geschafft.»

Debba nickte und kramte nach ihren Handschuhen.

Nach einer Weile hielt Charles Martin es nicht mehr aus. «Warum macht Garrett das? Er hat ein schlechtes Gewissen, sagst du …»

«Ja. Weil er mich alleingelassen hat. Sie hatten ihn zu einem Einsatz geschickt, und der Mann, der an unsere Tür kam, war ein Freund von ihm. Deshalb will er nicht glauben, was an dem Tag wirklich passiert ist.»

«Was ist denn passiert?»

«Der Mann hat versucht, mich zu vergewaltigen. Um seine Familie zu schonen, haben sie es später so hingestellt, als hätte ich die Nerven verloren und ihn aus Versehen erschossen. Er war in Somalia gewesen und hatte Kameraden sterben sehen, deshalb hieß es, er sei wohl nicht ganz richtig im Kopf. Kriegsneurose oder so. Er war noch blutjung, und hinterher tat er allen leid. Sogar mir. Aber so leid, daß ich hätte lügen können, nun auch wieder nicht. Auch Offiziersfrauen haben schließlich Gefühle.»

«Und warum macht dir Garrett dann Vorwürfe?»

Debba seufzte. «Er macht sich selbst Vorwürfe, weil er nicht da war. Aber – ein bißchen sieht er die Schuld wohl auch bei mir. Die Männer fragen sich immer, ob die Frau den Mann nicht provoziert hat. Und wenn die Narben verheilt sind oder genug Zeit über die Sache hingegangen ist, wundern sie sich, daß die Frau nicht mehr so gut wie neu ist. Manchmal weine ich ohne ersichtlichen Grund. Und wenn Garrett mich anfaßt, fahre ich zusammen. Ich habe ständig Angst, und das macht ihn wütend, weil wir dann beide wieder daran denken müssen. Er tut so, als wäre ich schon immer so ein Hasenfuß gewesen, als hätte ich den Jungen erschossen, weil ich so ängstlich war, aber das stimmt nicht. Die Angst kam später, und jetzt hat sie mich mit Haut und Haar verschlungen.»

Charles Martin fröstelte. «Und du glaubst, er kommt wieder zu dir zurück?»

«Es wäre mir lieber, wenn er wegbliebe, aber er kommt bestimmt. Das schlechte Gewissen treibt ihn wieder her. Und ich habe nicht den Mut, ihn zu verlassen.»

«Sind wir bald da?» fragte Kayla. Die Beine taten ihr weh, und in ihren Augen brannten Tränen, aber sie wußte, daß die Lady mit der Pistole böse sein würde, wenn sie weinte. Allerdings hörte sie manchmal ein Schniefen, das sich anhörte, als ob die Lady auch weinte. Nach einer langen Pause fragte sie: «Gibt's da, wo wir hingehen, was zu essen?»

«Nein», sagte Dovey. «Es tut mir leid. Aber wir müssen an einen sicheren Ort, damit die Männer mit den Gewehren uns nicht erwischen.»

«Finden Sie denn im Dunkeln hin?»

«Ich denke schon. Solange der Mond scheint. Ich hab hier im Wald gespielt, als ich klein war, ich kenne mich recht gut aus.»

Kayla suchte sich mühsam einen Weg zwischen den dürren Ästen. Sie ging ein bißchen langsamer als nötig und redete weiter, damit es nicht auffiel. «Was habt ihr gespielt?»

Dovey Stallard seufzte. Wie albern sich das jetzt anhörte! «Wir haben Pioniere gespielt, die Stargill-Jungen und ich. Sie waren Daniel Boone, Davy Crockett und John Sevier. Crockett lebte nicht zu derselben Zeit, aber das konnte keiner von uns Dwayne klarmachen. Er war so fest entschlossen, den Davy Crockett zu spielen, daß wir zum Schluß nichts mehr gesagt haben. Komm jetzt, wir müssen uns beeilen.»

«Meine Füße sind wund. Und wen haben Sie gespielt?»

«Clayt wollte immer, daß ich Daniels Frau bin, aber dann habe ich mir in der Bibliothek eine Figur gesucht, die interessanter war als Rebecca Boone, die nur zu Hause saß und ihre Kinder aufzog. Ich war Nancy Ward, eine Häuptlingsfrau der Cherokee.»

«Von der haben Sie mir schon erzählt. Aber die war eine gute Frau, haben Sie gesagt, und sie war mit den Weißen befreundet.»

«Das stimmt, aber sie konnte auch kämpfen, wenn es sein mußte. Im Krieg der Cherokee gegen die Creek hat Nancy Ward eine Schlacht entschieden. Sie griff sich die Flinte ihres Mannes, der gefallen war, und setzte sich an die Spitze ihrer Leute.»

«Hört sich besser an als Pocahontas. Gibt's über sie auch Filme?»

«Nein. Und es gibt kein Happy-End. Sie ist nicht weit von hier gestorben, an Altersschwäche. Ein paar Jahre später wurde dann ihr Volk vertrieben. Die meisten mußten nach Oklahoma.»

«Reba McIntyre», sagte Kayla.

«Wie meinst du?»

«Da ist sie her. Aus Oklahoma. Mama versucht, mir die Namen der Staaten beizubringen, und wenn Charlie mir hilft, machen wir es so: Loretta Lynn – Kentucky; Statler Brothers – Virginia; Randy Travis – North Carolina. Das geht gut.»

«Da hast du ja schon allerlei von Charles Martin Stargill gelernt.»

«Ja, ich hör ihm gern zu. Er ist okay. Wer hat denn den Indianern das Land weggenommen?»

«Daniel Boone zum Beispiel.»

Sie waren auf einer Lichtung angelangt. Das Mondlicht hob die Umrisse eines felsigen Hanges aus der Dunkelheit, ließ die jungen Sumachbäume wie kleine Männer aussehen und versilberte das steinige Bett eines Baches.

Dovey Stallard seufzte tief auf. Ihr Atem stand wie eine Wolke am klaren Nachthimmel. «Da wären wir. Jetzt müssen wir über den Bach, ohne nasse Füße zu kriegen.»

Kayla sah sich um und blies in die Hände, um sich die Finger zu wärmen. Sie mußte mal, aber in der Kälte mochte sie nicht die Hosen herunterziehen. Sie hatte gehofft, sie würden zu einer Hütte oder vielleicht einem Auto kommen, aber weit und breit waren im Mondlicht nur Felsen und Bäume zu sehen. Und der steil vor ihnen aufragende Berg. Ihre Stimme zitterte. «Ich seh nichts.»

«Es ist aber hier. Oder war es jedenfalls, als ich ein Kind war.» Dovey ging mit langen Schritten, von einem Stein zum anderen balancierend, über den Bach. Auf der Mitte streckte sie Kayla die Hand hin. «Man kommt fast mit einem Satz rüber. Aber wenn man nicht weit genug springt, fällt man rein, und das Wasser ist kalt.»

Kayla zauderte. «Mama mag nicht, daß ich im Wasser spiele.»

«Jetzt komm schon. Sie würde auch nicht wollen, daß du allein hier herumstehst.»

Auf der anderen Seite führte Dovey die Kleine zu einem Rhododendrondickicht. «Seit wir hier gespielt haben, ist es total zugewuchert», sagte sie fast zu sich selbst. «Wenn da nicht diese geknickten Zweige wären, hätte ich die Stelle fast übersehen. Irgendwas hat sich hier durchgezwängt.» Sie blieb einen Augenblick stehen und lauschte. «Hoffentlich kein Bär.»

Kayla folgte ihr. Es war so kalt und so dunkel, daß sie jetzt keine Lust mehr hatte wegzulaufen, außerdem hätte sie auch nicht mehr sagen können, in welcher Richtung die Farm lag. Sie duckte sich, um den kratzigen Zweigen auszuweichen. Unter den Rhododendrenbüschen war es noch dunkler, sie erkannte vor sich nur den dunklen Umriß von Dovey Stallard, die am Hang hockte und kürbisgroße Steine anhob oder wegstieß.

«Da ist es!» Sie packte Kayla an der Jacke. «Komm, wir haben es geschafft.»

Kayla stieß einen erschrockenen Schrei aus, als Dovey sie in die Finsternis zerrte. Sie spürte kalte Wassertropfen im Nacken, und als sie hinfiel, Feuchtigkeit auf den Knien ihrer Jeans. «Eine Höhle», sagte sie. Ihre Stimme hallte in der Dunkelheit wider. Sie schniefte leise. Hier würde niemand sie finden.

Sie spürte eine Hand auf ihrer Schulter. Kayla richtete sich auf, tastete sich zur Höhlenwand und schmiegte sich dicht an Dovey. Es war nicht so kalt wie draußen, dafür aber feucht, und sie hatte Angst, weil sie nichts sehen konnte. «Gibt's hier Schlangen?»

«Früher gab es keine. Außerdem sind sie bei der Kälte noch nicht wach. Hier kann uns nichts passieren.»

«Bleiben wir etwa hier?»

Es gab eine kleine Pause, in der man nur das Plop der Wassertropfen hörte, die in einen kleinen Teich im hinteren Teil der Höhle fielen. «Vielleicht bis morgen früh. Dann sehen wir weiter. Der Suchtrupp findet uns hier nicht. Meinst du, daß du schlafen kannst?»

Kayla sah zum Eingang der Höhle zurück, die sie jetzt, als ihre Augen sich an die Dunkelheit gewöhnt hatten, als schmale graue Öffnung erkannte. «Ich will nach Hause», schluchzte sie. «Mir ist kalt. Und ich bin schmutzig. Mama mag es nicht, wenn ich mich schmutzig mache.»

«Wir müssen hierbleiben. Heute nacht ist es draußen zu gefährlich. Es gibt jetzt Ferngläser, mit denen man uns sogar in der Dunkelheit sehen kann. Sie könnten auf uns schießen, weil wir nicht wissen, wo sie sind.»

«Es ist so dunkel», jammerte Kayla.

Gelbes Licht durchflutete jäh die Höhle. Kayla schrie auf und griff nach Doveys Arm, die aber schüttelte sie ab und zog die Waffe. Der Lauf schwankte, weil ihre Hand nicht ganz sicher war. «Wer ist da?»

«Hallo, Dovey!»

«Clayt!» Kaylas Weinen verstummte plötzlich. Sie lief über den matschigen Boden auf ihn zu. «Du hast mich gefunden!»

Sie warf sich in seine Arme, und er drückte sie an sich und legte seinen Parka um sie. «Ist ja gut, Kayla, ist ja gut. Ich bin da, jetzt kann dir nichts mehr passieren.»

«Ich hab ihr nichts getan», sagte Dovey. «Ich wollte eigentlich zu euch, aber dann hab ich es mir anders überlegt. Ich hab sie im Wald aufgegabelt.» Sie wartete, aber Clayt schwieg. «Gehörst du zum Suchtrupp, Clayt?»

Er stellte die Taschenlampe auf einen flachen Stein. In dem matten gelben Licht konnte Dovey sein Gesicht nicht erkennen. «Ich bin nicht bewaffnet», sagte er schließlich. «Ich wollte vor den anderen bei dir sein.»

«Und du hast dir gedacht, daß ich hierherkommen würde?»

«Als Kinder haben wir uns vor der Höhle gegrault, weißt du noch? Aber ich wußte, daß sie hier am Berg das einzig mögliche Versteck ist. Es war meine letzte Hoffnung.»

«Ich hätte sie vielleicht gar nicht gefunden, wenn du

nicht beim Hineingehen die Zweige abgebrochen hättest.»

Er schüttelte den Kopf. «Die habe ich schon so vorgefunden. Irgendwer war vor kurzer Zeit hier.» Er hörte Kayla wimmern und drückte sie beruhigend an sich. «Ein Bär war es nicht, ich hab vorhin die Umgebung abgeleuchtet. Die Höhle ist größer, als wir dachten, Dovey. Ich habe ganz hinten eine schmale Öffnung gefunden. Die Steine, mit denen sie verschlossen war, wurden weggeräumt. Ich bin nicht weiter gegangen, aber ich hab gerufen für den Fall, daß du da hinten bist. Dann habe ich beschlossen, auf dich zu warten. Bei Nacht hätte ich deine Fährte nicht verfolgen können.» Er nickte zum Eingang hin. «Die anderen sind bedeutend besser im Spurensuchen.»

Dovey zuckte die Achseln und ließ die Pistole kreisen. «Sie sollen nur kommen.»

«Warum hast du Kayla mitgenommen?»

«Ich weiß nicht recht. Vielleicht als Tauschobjekt. Dafür, daß sie mich laufen lassen. Aber jetzt sind sie wahrscheinlich erst recht entschlossen, mich zu schnappen.»

«Du hast Kayla nichts getan. Wir könnten sagen, daß sie freiwillig mitgekommen ist, das würde sie bestätigen. Dann gilt es nicht als Kidnapping. Und der Sheriff ist nicht tot – zumindest war er noch am Leben, als ich losgegangen bin. Wir könnten dir einen guten Anwalt beschaffen. Wenn er die Karten richtig ausspielt, kommst du vielleicht mit einer Bewährungsstrafe davon. Dallas Stuart würde dich bestimmt kostenlos verteidigen. Ich frag ihn gern.»

«Geh mir weg mit dem Staat und mit den Juristen, Clayt. Der Staat hat meinen Bruder in ein fernes Land geschickt, dort ist er in einem Krieg gestorben, den sie nicht mal versucht haben zu gewinnen. Der Staat hat Gesetze erlassen, um die Geier zu schützen, die unsere Lämmer schlagen – und diesen Geier Frank Whitescarver. Unser Land haben sie uns mit irgendeinem juristischen Hokuspokus weggenommen. Recht und Gesetz? Daß ich nicht lache!»

«Hier kannst du nicht bleiben, Dovey. Du kommst gegen die doch nicht an.»

«Besten Dank, Daniel Boone. Er ist später Politiker geworden, nicht?»

Clayt seufzte. «Kein sehr guter. Er hat sich wohl bemüht, redlich zu bleiben, aber für diese Meute war er nicht weltgewandt genug. Nicht wie Nancy Ward. Sie hätte sich nicht mit einem Gewehr hier verschanzt. Wir können in Frieden leben – weißt du noch? Und das Land teilen ... Sie hätte die Regeln gelernt und versucht, das Spiel der Politiker zu gewinnen.»

«Und was hatte sie letztlich davon? Das Land teilen, sagst du ... Genau das will ja Frank Whitescarver. Nur nicht so, wie sie es gemeint hat. Und uns will er in eine Wohnwagensiedlung stecken. Der Pfad der Tränen in einer modernen Fassung ... Ich bin bereit, ihm genau sechs Fuß Stallard-Land zu geben. Genug für ein Grab. Ich wünschte, ich hätte ihn erwischt, Clayt. Ich wünschte, ich hätte ihm eine Kugel durch den Kopf geschossen.»

«Hör zu, Dovey, vergiß das mit der Wohnwagensiedlung. Daddy liegt im Sterben. Wir würden die Farm gern behalten, aber keiner von uns kann es sich leisten, sie zu bewirtschaften. Vielleicht könnten wir sie dir und deinem Vater verpachten.»

Sie schüttelte den Kopf. «Das ist der Haken an der Geschichte von Nancy Ward. Das Ende. Sie muß sich schwergetan haben mit dem Sterben. Weil sie ja wußte, daß sie alles verloren hatte und sich nicht gewehrt hat.» Sie schwenkte die Pistole. «Diesmal wird es anders ausgehen.»

«Es ist eine abgewirtschaftete Farm, Dovey. Für so was lohnt es sich nicht, in den Tod zu gehen.»

«Wofür dann?»

Er hörte das Zittern in ihrer Stimme, schob Kayla sanft von sich weg und machte ein paar Schritte auf sie zu. «Dovey ...»

Sie richtete die Waffe auf ihn. «Zurück! Ich will nichts von dir haben.»

«Tu das nicht.»

«Es ist geschehen, Clayt. Aber Nancy Ward hätte Kayla nicht in diese Sache hineingezogen, da hast du schon recht. Sie hat Mrs. Bean vor dem Scheiterhaufen gerettet. Sie hätte kein Kind mit in den Tod genommen. Laß mir die Taschenlampe da, wenn du mir was Gutes tun willst, nimm Kayla und geh.»

«Die Taschenlampe kannst du haben. Aber wir lassen dich nicht allein, Dovey.»

Ihre Augen glitzerten. «Wenn du nicht willst, daß noch ein Unglück geschieht, Clayt, nimmst du jetzt das Kind und gehst. Sofort.»

Die Sonne stand schon tief, als die alte Frau in der Abendkühle auf der Veranda ihre Enkelin erwartete. Endlich erschien sie, mit schmutzigen Füßen, Beerenflecken am Kleid, müde und ein bißchen erschrocken, daß jemand nach ihr Ausschau hielt. Sie sah rasch noch einmal zurück zum Wald, dann kletterte sie über das Gatter und ging aufs Haus zu.

«Wo hast du denn den ganzen Tag gesteckt, Nora?» fragte Großmutter Flossie. «Wir wollten dich schon suchen gehen.»

«Hab im Wald gespielt», sagte Nora unschuldig, aber

sie sah zu Boden dabei und schob mit den nackten braunen Zehen Sandhäufchen zusammen. Es war Essenszeit. Der heiße Julitag war in einen milden, windstillen Abend übergegangen, und Noras Mutter stellte schon Schüsseln mit Bohnen und Kartoffelbrei auf die rotkarierte Tischdecke. Nora sah zur Fliegentür hin. «Kann ich jetzt reingehen?»

«Gleich. Du hast im Wald gespielt? Ganz allein?»

«Jaha.»

«Komm einen Augenblick mit in den Garten, Nora.»

«Aber es ist Essenszeit.»

«Wir pflücken noch ein paar Tomaten. Es dauert nicht lange.» Sie ging langsam, so daß das widerstrebende Kind mitkam. Dann kniete sie sich vor die Tomatenpflanzen, suchte die reifsten Früchte aus und pflückte sie Nora in den ausgebreiteten Rock ihres Kattunkleidchens.

Das Schweigen dehnte sich. Schließlich sagte die Großmutter: «Du hast das kleine Mädchen im Wald gesehen.»

Es war keine Frage, sondern eine Feststellung, und in ihrer Stimme war kein Vorwurf, sondern allenfalls leise Enttäuschung. Nora ließ den Kopf hängen und errötete, weil sie bei einer Lüge ertappt worden war.

«Und du hast den ganzen Tag mit ihr gespielt? Und auch an anderen Tagen?»

«Wir haben nichts Böses getan, und wenn wir Schlangen sehen, gehen wir nicht nah ran. Meist spielen wir Versteck.» Sie sah auf ihr verflecktes Kleidchen herunter. «Ich versuch, mich nicht schmutzig zu machen.»

Großmutter Flossie legte eine Hand auf Noras Schulter. «Es geht mir nicht um deine Sachen, Kind, sondern um dich. Und um das arme verlassene Mädchen dort auf dem Berg. Du weißt doch, daß sie tot ist, Nora?»

Nora schob das Kinn vor und sah weg. «Sie ist meine Freundin.»

«Das weiß ich, Kind. Und ich wünschte, sie hätte dich zu … zu einer besseren Zeit kennengelernt, aber jetzt ist es zu spät. Du kannst nicht mehr ihre Freundin sein, denn … denn sie hat sich verirrt und weiß nicht, wohin. Aber es gibt einen Ort, an den sie gehen muß, Nora, und du hältst sie zurück.»

«Sie hat sich nicht verirrt», widersprach Nora. «Sie ist immer draußen im Wald, sie will nur jemanden haben, mit dem sie spielen kann, weil sie so allein ist.»

«Sie muß diese Welt loslassen, Nora, aber wenn du sie mit deiner Liebe an die Welt kettest, kann sie das nicht.»

«Sie ist so traurig, Großmutter. Sie hat Schlimmes erlebt. Sie braucht eine Freundin.»

«Nein, Nora. Sie muß weiterziehen.» Die alte Frau legte beide Hände auf die schmalen Kinderschultern. «Es ist gefährlich für dich, mit ihr zusammenzusein. Versprich mir, daß du dich nicht wieder mit ihr triffst.»

In diesem Moment mahnte Noras Mutter von der Veranda, sie sollten das Abendessen nicht kalt werden lassen. Nora sah erleichtert zu ihr hin und lief zum Haus, ohne das verlangte Versprechen zu geben.

Vielleicht wäre es da auch schon zu spät gewesen.

15

Häufig hinterließ ich eine
blutige Spur.
Daniel Boone

John LeDonne kauerte außerhalb der Schußlinie hinter einer Eiche am Rande der Lichtung. Er zwang sich zur Ruhe. Nach dem stundenlangen Streß einer intensiven Suche atmete er flach, seine Muskeln waren verspannt. Er hatte sich inzwischen so an das rasende Tempo gewöhnt, daß er jetzt Mühe hatte, unvermittelt abzubremsen.

Dovey Stallard war in der Höhle. Im dritten Anlauf hatte Garrett Stargill auf das richtige Versteck seiner früheren Spielgefährtin getippt, und der Suchtrupp hatte, einmal auf die Fährte gesetzt, abgeknickte Zweige und Fußspuren am Bachrand entdeckt. Jetzt hatten sie sich um die Höhle verteilt und belauerten lautlos und unsichtbar den Eingang.

Sie hielten sich an die alte Regel: warten und nichts überstürzen. Die Zeit war auf ihrer Seite. Joe LeDonne hätte sich zwar einen Schußwechsel gewünscht, und die aufgestaute Wut ließ seine Nerven vibrieren, aber er wußte natürlich, daß er wenn irgend möglich einer gewaltsamen Konfrontation aus dem Weg gehen mußte. Die verzweifelte junge Frau in der Höhle brauchte nicht über den Haufen geschossen zu werden, nur weil sie versucht hatte, ihr Land zu verteidigen, und er durfte nicht das Leben seiner Kollegen aufs Spiel setzen, um seine Rachegelüste zu befriedigen. Spencer wäre für eine friedliche Lösung gewesen, auch wenn die Frau ihn tödlich verwundet hätte.

LeDonne wußte, daß man am besten so lange wie möglich passiv blieb, wenn man Todesopfer vermeiden wollte. Dovey Stallard hatte im Affekt geschossen, in einer Aufwallung von Wut und Empörung. Seitdem waren Stunden vergangen, und Müdigkeit und Hunger hatten ihr zugesetzt. Sie saß mit einer Pistole und wahrscheinlich wenig Munition in einer finsteren Höhle gefangen und hatte in der tiefen Stille viel Muße, über ihre Handlungsweise nachzudenken.

LeDonne lag sehr daran, daß sie reichlich Zeit zum Nachdenken hatte. Zum Nachdenken unter anderem über die möglichen Folgen einer Schießerei: ihren eigenen Tod oder eine Mordanklage, wenn die Polizei sie erwischte. Je mehr Zeit sie hatte, sich mit diesen Überlegungen auseinanderzusetzen, desto unwahrscheinlicher war es, daß sie von ihrer Pistole Gebrauch machen würde. Sie konnte sich ja denken, wie viele Schußwaffen auf den Höhleneingang gerichtet waren. Auf dem Hang oberhalb der Höhle hatten sie einen Scharfschützen postiert. LeDonne hatte seine Leute angewiesen, nicht zu schießen, aber wenn Dovey Stallard den ersten Schuß abgab, würde niemand die Polizisten davon abhalten können, das Feuer zu erwidern. Er bereute es jetzt, daß er nicht doch die in Knoxville stationierte Spezialeinheit angefordert hatte. Aber er hatte die Leitung der Aktion nicht aus der Hand geben wollen. Wenn die Spezialisten anrückten, ließen sie alle anderen nach ihrer Pfeife tanzen, sonst zogen sie gleich wieder ab. LeDonne wollte die Entscheidung selbst treffen. Spencer Arrowood würde von ihm Rechenschaft fordern für das, was sich hier am Berg abgespielt hatte, und er wollte sagen können, daß er getan hatte, was er konnte.

Er winkte einem der Deputies. «Haben Sie mal nachgefragt, ob wir den Vater herholen können?»

«Wir haben Stansberry ins Pfarrhaus geschickt. Dem Alten soll es nicht gutgehen. Kein Wunder, er hat schließlich nur noch Dovey. Der Arzt hat ihm eine Beruhigungsspritze verpaßt und ihm untersagt herzukommen.»

«Dabei könnte er unter Umständen seiner Tochter das Leben retten», sagte LeDonne. «Jemand muß mit ihr reden. Jemand, von dem sie sich nicht bedroht fühlt.»

Der Deputy überlegte. «Was ist mit Stargill, dem Mann, der uns hergeführt hat? Sie waren Nachbarskinder.»

«Ich versuch's erst mal selber. Für den Fall, daß sie schießt, ist es besser, wenn sie mich im Visier hat. Danach könnten wir Stargill vorschicken. Und wenn das nicht klappt ... Haben wir eine Blendrakete?»

«Ich denke, sie hat ein Kind dabei?»

«Ich werde versuchen, die Situation zu entschärfen, ohne daß den beiden was passiert, aber wenn mir das nicht gelingt, setzen wir die Rakete ein. Immer noch besser, die Kleine verliert ein Trommelfell als das Leben.»

Der Kollege zuckte die Schultern. «Es ist Ihre Entscheidung, Mr. LeDonne.»

«Hat jemand was zu trinken mit? Ich nehme auch Wasser, aber Limo oder Cola wäre irgendwie freundlicher.» Helfe, was helfen mag, sagte sich LeDonne. Spencer Arrowood wirkte von vornherein vertrauenerweckend, aber von Joe LeDonne ging eine gewisse Kühle aus, die argwöhnisch machte. Während der Deputy die Getränkedose holen ging, legte er sich zurecht, was er sagen wollte. Es mußte beruhigend klingen, aber nicht unaufrichtig. Und Vorsicht war geboten, denn wenn er näher herankam, um mit ihr zu verhandeln, mußte er schlimmstenfalls damit rechnen, daß sie ihn über den Haufen schoß.

Der Deputy streckte ihm eine warme, verbeulte Dose Mountain Dew hin. «Was anderes hab ich nicht. Wenn sie die aufmacht, fliegt ihr das Zeug wahrscheinlich um die Ohren.»

«Macht nichts. Es ist eine Friedensgabe. Wenn sie die Dose nimmt, sag ich ihr, daß sie damit auch eine Gesichtsdusche machen kann, wenn sie will, vielleicht entspannt das die Situation ein bißchen. Decken Sie mich, aber schießen Sie nur, wenn es unbedingt nötig ist.» Mit der Dose in der Hand robbte er näher an den Eingang heran.

Dann holte er tief Luft und richtete sich auf. «Dovey.» *Verwenden Sie Vornamen, damit die Gegenseite vergißt, daß Sie ein Vertreter der Sicherheitskräfte sind.* LeDonne hatte einen Kurs *Verhandlungstechnik in Krisensituationen* mitgemacht, aber sogar sein Ausbilder hatte gemeint, daß er für so was nicht geeignet war. Jetzt aber mußte er es zumindest versuchen. «Wir wissen, wo Sie sind, Dovey. Sie verstekken sich in der Höhle. Ich muß mit Ihnen reden. Das ist kein Trick. Ich will Sie nicht rausholen, ich will wirklich nur reden. Vielleicht finden wir gemeinsam eine Lösung.»

Er fröstelte. Jetzt, da er nicht mehr im Schutz der Bäume war, schien ihm der Wind noch kälter. Vielleicht kam die Kälte aber auch nur von dem Eiswasser, das in seiner Magengrube schwappte. Vor sich sah er nur Dunkelheit. In der nächsten Sekunde konnte er tot sein. Es blieb ganz still.

«Alles in Ordnung bei Ihnen, Dovey? Ich weiß, daß Sie schon den ganzen Tag im Wald sind, wahrscheinlich haben Sie Hunger und Durst.» Pause. «Mir geht's jedenfalls so. Ich hab Ihnen eine Dose Mountain Dew mitgebracht. Das Zeug ist ziemlich durchgeschüttelt, weil wir es die halbe Nacht rumgeschleppt haben, aber ich schicke Ihnen die Dose mal rüber. Ich lege sie hier auf den Boden und rolle sie in Richtung Eingang. Wie gut ich in der Dunkelheit zielen kann, weiß ich allerdings nicht.»

«Wenn Sie irgendwas in meine Richtung werfen, schieße ich Ihnen eine Kugel durch den Kopf.» Das klang ruhig und gelassen. Kein bißchen schrill. Um so besser. Dann bestand keine Gefahr, daß sie in einer Panikreaktion auf ihn schoß. Andererseits machte sie nicht den Eindruck, daß sie gutem Zureden sehr zugänglich war. Immerhin – er hatte sie zum Reden gebracht. Es war ein Anfang.

Er hielt die Hände hoch und drehte die Handflächen nach außen. «Schon gut. Es ist wirklich Mountain Dew. Aber wenn Sie das Zeug nicht wollen, möchte die Kleine vielleicht einen Schluck. Kann ich mal mit ihr sprechen?»

Wieder ein langes Schweigen. Und dann: «Ich habe sie laufenlassen. Und ich will Ihre verdammte Brause nicht.»

«Dann nehme ich sie eben», sagte LeDonne munter. Er hielt die Dose von sich weg und zog den Ringverschluß ab. Eine gelbe Fontäne schoß in die Luft, und Schaum lief an den Dosenwänden herunter. «Das war's dann wohl», sagte er laut und trank. «Kaum genug für einen ordentlichen Schluck.»

Seine Hoffnung, daß sie über das kleine Mißgeschick lachen würde, war vergeblich. *Du hattest sie schon*, sagte er sich. *Sieh zu, daß du sie wieder zu fassen kriegst.*

«Hören Sie, Dovey, ich muß jetzt mal ernsthaft mit Ihnen reden. Sie haben das kleine Mädchen ...» – *Sagen Sie nie Geisel!* – «Sie haben Kayla laufenlassen. Das ist gut. Das spricht für Sie.» Ihm fiel etwas ein. «Wo ist sie übrigens? Ich habe hier überall meine Leute postiert, aber keiner hat sie gesehen. Läuft sie ganz allein durch den Wald?»

«Na, dann lassen Sie doch Ihre Leute mal nach ihr suchen, während wir uns hier unterhalten», sagte sie fast belustigt.

Er biß die Zähne zusammen. *Ruhig bleiben. Womöglich ist das Kind noch in der Höhle.* Er holte tief Luft. «Ich bin sehr froh, daß Sie das Kind haben laufenlassen, Dovey. Aber Sie müssen noch an jemand anders denken ... Ihr Vater macht sich Sorgen um Sie. Er hat einen Schwächeanfall erlitten und mußte ärztlich behandelt werden. Machen Sie es ihm nicht noch schwerer. Er ist ein alter Mann. Wenn Ihnen was passiert, würde ihn das umbringen.»

«Er ist daran gewöhnt. Er hat seinen Sohn verloren. Auch daran war der Staat schuld.»

Richtig, ihr Bruder war in Vietnam gefallen, fiel ihm jetzt ein. *Mach dir das zunutze.* «Ich war auch in Vietnam, Dovey. Und als ich nach Hause kam und die Leute mich einen miesen Typ nannten, ist mir das verdammt sauer aufgestoßen. Ihrem Bruder wär das bestimmt genauso gegangen. Ich möchte heute nacht nicht zum miesen Typ werden, Dovey. Ich versuche doch, Ihnen zu helfen.»

Ein Laut. Vielleicht ein ungläubiges Schnauben. *Red weiter!*

«Der Sheriff kommt wieder auf die Beine, Dovey. Sie haben ihn rechtzeitig ins Krankenhaus gebracht, er ist schon operiert. Jetzt passen Sie mal auf. Sie haben nichts getan, was sich nicht noch in Ordnung bringen ließe. Ich weiß von der Sache mit der Räumungsklage, und daß Ihnen da die Sicherung durchgebrannt ist, kann ich Ihnen nicht mal verdenken. Sie haben im Affekt gehandelt, nicht vorsätzlich. Das ist nur Körperverletzung. Und es ist kein bleibender Schaden entstanden. Der Sheriff ist nicht gelähmt, er hat keine Niere verloren oder so. Es hat ihn nur in der Seite erwischt. Nichts Ernstes.» Er konnte nur hoffen, daß sich das, was er sagte, überzeugend anhörte und keiner der Kollegen ihm das Konzept verdarb. Ein einziger Zwischenruf – und mit dem Dialog war es ein für allemal vorbei.

«Sie brauchen nur ein Wort zu sagen, Dovey, und ich hole Ihnen einen Kautionsbürgen her. Und ich werde persönlich dafür sorgen, daß der Richter eine Kaution festsetzt, die Sie aufbringen können. Sie können heute abend noch frei sein und Ihren Vater besuchen.»

«Nach Hause wollen Sie mich schicken?» In ihrer Stimme schwang bitterer Spott. «Sie haben wohl vergessen, daß ich kein Zuhause mehr habe.»

Jetzt riß ihm der Geduldsfaden. Er hörte selbst, wie scharf seine Stimme geworden war. «Verdammt, alles kann ich schließlich nicht für Sie regeln! Ich kann dafür sorgen, daß Sie nicht hier auf dem Berg totgeschossen werden und daß Sie wegen des Angriffs auf einen Polizeibeamten eine mildere Strafe bekommen, vorausgesetzt, Sie kommen von Ihrem hohen Roß runter und sind bereit zur Mitarbeit. Ergeben Sie sich. Vielleicht kriegen Sie es ja doch noch hin, Ihre Angelegenheiten irgendwie zu regeln. Vom Knast aus geht das schlecht, und wenn Sie tot sind, schon gar nicht.»

Fast eine Minute blieb es wieder still. Man hörte nur Blätter rascheln, während seine Leute in Stellung gingen. «Also los, Dovey, entscheiden Sie sich. Sie haben keine Lebensmittel und kein Wasser. Sie sitzen in der Falle. Machen Sie es uns leicht, und kommen Sie raus. Die Leute hier wollen nach Hause.»

Wieder wartete er. Drei, vier, fünf Minuten – ungefähr die längsten seines Lebens. Aus der Höhle drang kein Laut, keine Bewegung. LeDonne zog sich wieder in den Schutz der Bäume zurück. Mußte er das nun als persönliche Niederlage verbuchen? Oder war es nicht vielleicht so, daß niemand – nicht mal Spencer Arrowood – Dovey Stallard dazu hätte überreden können, die Höhle zu verlassen?

Clayt trug Kayla auf den Schultern. Sie war nach der Tortur dieses Tages so erledigt, daß sie das Tempo, zu dem es ihn drängte, nicht hätte durchhalten können. Aus der Höhle hatte er Kayla glücklich herausgeholt. Jetzt wollte er sie so schnell wie möglich auf die Farm und zu ihrer Mutter bringen, kehrtmachen und auch Dovey aus der Höhle holen, ehe der Suchtrupp sie fand. Hätte er sich nicht um Kayla kümmern müssen, wäre er bei Dovey geblieben, hätte ihr notfalls zur Flucht verholfen. Das Land und nun auch noch Dovey zu verlieren – das war fast nicht auszuhalten.

Der Mond stand jetzt hoch am Himmel, und er konnte einem überwucherten Pfad folgen. Die Taschenlampe hatte er Dovey dagelassen. Vielleicht war es auch ungefährlicher, wenn er keine bei sich hatte. Den Weg kannte er in- und auswendig, als Kinder hatten die Stargills und die Stallards ihn benutzt, wenn sie zum Spielen in den Wald gegangen waren, aber Clayt kam trotzdem nur langsam voran, denn er mußte immer damit rechnen, daß ihm in einem der winterlichen Eisstürme abgeknickte Äste den Weg versperrten.

Um Kaylas willen konnte er nur hoffen, daß er nicht irrtümlich für Dovey gehalten wurde. Er mußte das Kind wohlbehalten heimbringen.

Inzwischen war sie wohl eingeschlafen. Als er sie gefunden hatte, hatte sie sich vor Müdigkeit kaum mehr auf den Beinen halten können, und seit ein paar Minuten schwieg sie. Ihr Körper lag warm und leicht an seinem Rücken. Er war froh, daß sie schlief. Ihre Stimme hätte den Suchtrupp auf den Plan rufen können. Er versuchte beim Gehen möglichst wenig Lärm zu machen. Aber mit Kayla auf dem Rücken tat er sich schwer damit.

«Stehenbleiben!»

Clayt erstarrte. Er zwang sich, den Kopf nicht in die Richtung zu drehen, aus der die Stimme gekommen war. «Ich habe ein kleines Mädchen bei mir», rief er. «Die Geisel, nach der Sie suchen. Dovey Stallard hat sie laufenlassen.»

«Geht es ihr gut?» Die Stimme kam jetzt ganz aus der Nähe, aber Clayt hatte keine Schritte, nicht einmal ein Rascheln gehört. Er spürte kalten Schweiß an den Schläfen.

«Ja, sehr gut. Ich bringe sie gerade heim.»

Ein Mann in Uniform stand vor ihm. Es war so dunkel, daß Clayt nicht erkennen konnte, zu welcher Einheit er gehörte. «Sie sollten hier nicht allein herumlaufen», sagte der Uniformierte. Er sprach im schleppenden Tonfall des Südstaatlers, kam also nicht aus den Bergen von Tennessee. FBI? «Die Leute da draußen meinen es gut, aber sie haben den Finger ein bißchen zu schnell am Abzug. Am Ende schießen sie sich noch gegenseitig über den Haufen.»

Jetzt erkannte Clayt im Mondlicht einen jungen Schwarzen mit bleistiftdünnem Schnurrbärtchen. Der schwarze Offizier wirkte sehr ruhig, allenfalls ein wenig verwundert über die Begegnung. Seine Waffe steckte im Holster, und er lächelte. Clayt atmete auf. «Könnten Sie den anderen über Funk unsere Position durchgeben, damit sie nicht versehentlich auf uns schießen?»

«Wird gemacht, Sir. Aber wenn Sie dem alten Pfad hier folgen, kommen Sie unbehelligt an Ihr Ziel. Bis zur Farm gibt es dann keine Suchmannschaften mehr.»

«Woher wollen Sie das wissen?» fragte Clayt skeptisch.

«So was zu wissen ist mein Job, Sir. Jetzt aber los, die

Kleine muß schleunigst in die Wärme. Wenn Sie heimkommen, sollen die Frauen ihr Kakao kochen. Das, was hier läuft, können Sie getrost uns überlassen. Ich wollte nur sicherstellen, daß Sie mit der Kleinen wohlbehalten nach Hause kommen.» Er drehte sich um, und gleich darauf hatte die Dunkelheit ihn verschluckt.

«Könnten Sie mir Ihre Taschenlampe leihen?» rief Clayt ihm nach.

Die Antwort kam schon aus erheblicher Entfernung. «Ich habe nie eine mit.»

Garrett Stargill war cooler als die Mehrzahl der Polizisten. Als Angehöriger einer Spezialeinheit, sagte sich LeDonne, hatte er wahrscheinlich auch mehr Erfahrungen mit Schießereien. Er hockte sich neben LeDonne und behielt, während er sprach, die Höhle im Auge. «Was wollen Sie jetzt machen?» fragte er. «Stürmen?»

Ein Cowboy. LeDonne sah ihn an, ohne eine Miene zu verziehen. «Wir werden noch einen Versuch machen, Miss Stallard zum Herauskommen zu überreden. Und zwar mit Ihnen. Sie ist allein da drin.»

«Und wo steckt Kayla Johnson?»

«Das weiß ich nicht. Miss Stallard behauptet, daß sie das Kind freigelassen hat, aber keiner hat Kayla gesehen. Wir müssen wohl davon ausgehen, daß sie noch in der Höhle ist, und werden deshalb zunächst verhandeln. Ich will keine Schießerei, wenn eine Geisel, noch dazu ein Kind, im Spiel ist.»

«Okay. Was soll ich sagen?»

LeDonne runzelte die Stirn. «Ich habe bei ihr kein Glück gehabt, Sir, aber Sie beide sind doch alte Freunde. Da müßten Sie das eigentlich selber wissen.»

Garrett zuckte die Schultern. «Ich glaube nicht, daß sie mich über den Haufen schießen wird, aber eigentlich bin ich nur gekommen, um Ihnen bei der Fahndung zu helfen. Von nächtlicher Spurensuche versteh ich nämlich was. Wenn Sie jemanden brauchen, der ihr Honig ums Maul schmiert, sind Sie mit meinem kleinen Bruder Clayt besser bedient. Ich glaube, irgendwie schwärmt er noch für sie. Vielleicht lockt die wahre Liebe sie ins Freie.»

«Warum versuchen Sie's nicht wenigstens? Ich möchte Zivilisten nicht mehr als nötig in Gefahr bringen. Sie haben doch Erfahrung in Kampfeinsätzen ...»

«Kann man wohl sagen. Mir sind schon auf drei Erdteilen die Kugeln um den Kopf geflogen. Also gut, ich mach mal einen Anlauf.»

«In Ordnung. Nähern Sie sich der Höhle bis auf etwa sechs Meter. Halten Sie sich so weit wie möglich in der Deckung der Bäume. Und machen Sie auf Optimismus. Wir wollen nicht, daß sie in Panik gerät, und wir wollen nicht, daß sie sich umbringt. Spielen Sie die juristische Seite herunter, und sagen Sie ihr, daß wir das regeln können, wenn sie rauskommt.»

«Stimmt das denn?»

«Wer weiß? Eine hübsche Frau, Pechsträhne auf der Farm – kann sein, daß ein Richter sie auf Bewährung laufenläßt. Ich würde es nicht machen, aber ich hab das ja auch nicht zu entscheiden.»

Garrett Stargill erhob sich seufzend. «Eine hübsche Frau mit einer Waffe. Na, das kann ja gut werden.» Er trat auf die Lichtung. «Dovey, ich bin's, Garrett Stargill. Wir haben uns lange nicht mehr gesehen. Ich komme dich holen, Dovey. Du kennst mich. Ich bin kein Polizist, sondern einer der Stargill-Brüder. Ich bin zusammen mit deinem Bruder Tate Soldat geworden und bei der Army geblieben, und wenn ich dir sage, daß die Jungs hier bewaffnet sind und es ernst meinen, darfst du mir das aufs Wort glauben. Aber ich paß auf, daß dir nichts passiert,

Dovey, das bin ich schon Tate und deinem Vater schuldig. Komm jetzt raus, Dovey.»

Schweigen.

«Ich bin extra deinetwegen gekommen, und ich bleibe bei dir, bis dein Anwalt da ist. Und sorge dafür, daß niemand Hand an dich legt oder dir das Leben schwermacht. Ich weiß, daß du niemanden verletzen wolltest, am allerwenigsten den Sheriff. Jetzt komm raus. Dir passiert nichts.»

Er ging langsam auf den Eingang zu, die Handflächen vorgestreckt, um ihr zu zeigen, daß er unbewaffnet war.

«Was macht denn dieser Idiot jetzt?» sagte LeDonne halblaut, aber er blieb, wo er war. Wenn er Stargill folgte oder ihm etwas zurief, erschreckte er sie womöglich so sehr, daß sie abdrückte. LeDonne beugte sich vor, die Waffe auf die dunkle Öffnung im Fels gerichtet. Am Rande der Lichtung hatten sich zwanzig Läufe auf die gleiche Stelle gerichtet. «Bleiben Sie aus der Schußlinie», flüsterte er, als könne der über sechs Meter entfernte Garrett Stargill ihn hören.

Der kämpfte sich durch das Rhododendrondickicht und nahm ihnen mit seinem Körper die Sicht auf den schmalen Zugang. Er sprach jetzt leiser, LeDonne konnte die Worte nicht verstehen. Aus der Höhle kam keine Reaktion.

Plötzlich duckte sich Garrett und war nicht mehr zu sehen.

LeDonne setzte sich mit gezogener Waffe in Bewegung und biß in Erwartung der Schüsse die Zähne zusammen.

Doch in diesem Moment kam Garrett Stargill wieder zum Vorschein, mit hoch erhobenen Händen, um nicht von einem der schießfreudigen Helfer mit der Gesuchten verwechselt zu werden. «Sie ist nicht da», rief er. «Sie ist weg.»

Lilah Stargill hatte Randalls alten karierten Autocoat über ihr Hauskleid gezogen und einen Schal über die rosa Schaumgummilockenwickler gelegt. Sie stand in der Tür zur Werkstatt und entließ Dampfwölkchen in die Luft, während sie zusah, wie ihr Mann den Rosenholzsarg polierte. Er hatte sie noch nicht gesehen, denn er stand mit dem Rücken zur Tür. Sie hörte seinen schweren Atem, der hin und wieder in ein Schluchzen überging, während er mit dem Lappen den Sargdeckel bearbeitete. Er rieb immer wieder auf derselben Stelle herum und sah dabei ins Leere, als habe der Arm, der sich an dem Holz zu schaffen machte, nichts mit ihm zu tun.

Lilah stellte sich hinter ihn und legte ihm die Arme um die Taille. «Ich hätte wissen müssen, daß es dich am schwersten trifft. Dich hat er am wenigsten geliebt.»

Er wandte sich um. Tränen liefen ihm über die roten Wangen. «Ich hatte immer gehofft, er würde stolz auf das sein, was ich aus meinem Leben gemacht habe. Ich war kein Kriegsheld wie Garrett oder ein Grand-Ol'-Opry-Star oder ein Studierter, aber ich habe einen verantwortungsvollen Posten in einem Autohaus, bekomme jedes Jahr einen neuen Wagen, in fünf Jahren ist das Haus abbezahlt, und wir haben Ersparnisse. Gewiß, das ist nichts Besonderes, aber es gibt viele Leute, die weniger aufzuweisen haben.»

«Das hat er gewußt, Robert», sagte Lilah leise und drückte ihn zärtlich. «Und jetzt, wo er im Himmel ist, weiß er vielleicht auch, daß es jemanden gibt, der dich von ganzem Herzen und ohne jedes Wenn und Aber liebt. Du bist der einzige Stargill, der keine Flügel hat, dafür aber Wurzeln. Auf dich konnte er sich verlassen, Robert. Mehr als er es verdiente, hab ich oft gedacht.» Sie nahm ihm den Lappen aus der Hand. «Schluß für heute. Morgen früh gibt es viel zu erledigen. Die Familie bedeutet mehr als das Land. Sie muß zusammenstehen, und du bist der einzige, der sie zusammenhalten kann. Die anderen drei sehen nur ihre eigenen Probleme, aber du bist jetzt das Familienoberhaupt und wirst dafür sorgen, daß sie sich am Riemen reißen.»

«Glaubst du?»

«Ja, natürlich.» Sie tätschelte seinen Arm. «Jetzt komm ins Haus, Robert Lee. Hier in der Scheune ist es zu kalt. Ich mache Kakao für Kayla, da kannst du auch gleich einen Becher haben.»

Robert Lee würgte an seinem letzten Schluchzer. «Ist Kayla denn wieder da?»

«Sie ist unterwegs.» Lilah lotste ihn durch die Werkstatt zu dem geöffneten Scheunentor. «Rudy hat es mir gesagt.»

«Rudy?»

«Ja, Robert. Beeil dich. Wenn die Milch anbrennt, macht er mir die Hölle heiß.»

«Was soll das heißen, Sie ist nicht da?» LeDonne drängte sich an Garrett Stargill vorbei und hockte sich am Höhleneingang hin. Er schaltete seinen Handscheinwerfer ein. Keine Schüsse. Keine eiligen Schritte.

Wo zum Teufel steckte sie?

Er wandte sich an Garrett Stargill. «Kennen Sie die Höhle?»

«Vor dreißig Jahren hab ich sie mal gekannt. Sie hat nur diese eine Felsenkammer, die gerade mal groß genug für vier, fünf Kinder ist. Wir waren nicht oft dort. Mein Bruder Clayt hat immer behauptet, daß es dort Schlangen gibt.»

«Kein rückwärtiger Zugang?»

«Nicht, daß ich wüßte. So was müßten Sie Clayt fragen. Ich bin mit achtzehn zur Armee gegangen und seither kaum mehr hier gewesen. Clayt streift ständig durch diese Wälder.»

«Gut», sagte LeDonne, «ich schicke jemanden zu ihm. Sie können jetzt gehen, Mr. Stargill, alles andere übernehmen wir. Und schönen Dank für Ihre Hilfe.»

Garrett öffnete den Mund zu einem Protest und machte ihn gleich wieder zu. Hier hatte der Deputy das Sagen, und mit einem Typ wie LeDonne mochte er sich nicht anlegen. Er holte tief Atem. «Gern geschehen», sagte er gedrückt und ging davon. Es war nicht das heroische Ende, das er sich vorgestellt hatte, aber zumindest hatte man seinen guten Willen gesehen. Wenn Dovey Stallard sich totschießen lassen will, dachte er, ist das ihr Problem. Er mußte zurück zu Debba. Sie würde sich fürchten, wenn so viele Leute bewaffnet auf dem Berg herumschlichen. Er hätte sie nicht alleinlassen dürfen. Sie fühlte sich nie sicher ohne ihn, und seine erste Pflicht war es jetzt, Wiedergutmachung für dieses eine Mal zu üben, als er nicht dagewesen war, um sie zu schützen. Er hätte nicht sagen können, was schlimmer war – der Verrat durch einen Kameraden oder der unausgesprochene Vorwurf, mit dem er seither hatte leben müssen. Mit dem er nur leben konnte, indem er seiner Frau die Schuld gab.

John LeDonne ging zum Waldrand zurück, wo seine Leute mit gezogener Waffe warteten. «Ich gehe hinein. In dem Teil der Höhle, den ich vom Eingang aus sehen kann, ist sie nicht. Kommt jemand freiwillig mit?»

Es gab eine verlegene Pause. Die Männer wußten natürlich, daß sie in einen lebensgefährlichen Hinterhalt geraten konnten, es war verständlich, wenn sie sich nach so einem Einsatz nicht drängten. Selbst eine leere Höhle war nicht ungefährlich. Wenn eine zu allem entschlossene, bewaffnete Frau drin war, konnte sie zur Todesfalle werden. LeDonne war dennoch entschlossen, sie zu betreten – ob mit oder ohne Rückendeckung.

«Ich, Sir.» Man meinte fast eine Kinderstimme zu hören. Ein junger Mann in Lederjacke und Tarnanzughose trat vor.

«Sind Sie Polizeibeamter?» fragte LeDonne.

«Ja, Sir. Hatte gerade dienstfrei, als der Aufruf kam, und bin gleich hergefahren. Ich arbeite im Nachbarkreis, wohne aber hier und kenne den Wald von der Jagd.»

LeDonne musterte den Jungen und überlegte flüchtig, ob er überhaupt wissen wollte, wie er hieß. Ach was, im Krieg hatte er sein Leben Männern anvertraut, die jünger gewesen waren als der hier, nur war das schon lange her. Und ihre Namen hatte er auch nicht immer gekannt. Einige der Gesichter aber würde er nie vergessen. Seit zwanzig Jahren versuchte er es vergeblich.

Er nickte dem jungen Polizisten zu. «Okay. Halten Sie sich an mich.»

Sie setzten sich in Bewegung. «Ich gehe zuerst», sagte LeDonne. «Mit dem Handscheinwerfer. Sie folgen mir geduckt und mit gezogener Waffe.» Er sah den Jungen an. «Die Sie aber tunlichst von mir weghalten, ist das klar?»

«Ja, Sir.»

«Gehen Sie langsam, der Boden der Höhle ist uneben. Wenn Sie über einen Stein stolpern, schießen Sie sich sonst noch ins Bein.»

Er kniete sich am Höhleneingang hin. «Ich weiß nicht, wo sie steckt und wie es da drin aussieht. Kann sein, daß die Höhle nach hinten zu schmaler wird. Oder voller Wasser ist. Oder wir nicht aufrecht darin stehen können.» Ideal für einen Hinterhalt, dachte er, aber das sagte er nicht laut. Entweder war der Junge clever genug, um das selbst zu erkennen, oder er jagte ihm damit einen Schrecken ein, so daß er womöglich eine Dummheit machte.

«Alles klar, Sir.»

«Wenn mir etwas passiert – wenn mir ein Stein auf den Kopf fällt zum Beispiel –, gehen Sie raus und holen Hilfe. Sie machen nicht im Alleingang weiter, verstanden?»

Der junge Mann nickte. «Verstanden, Sir.»

Jetzt ließ sich das Unvermeidliche nicht mehr aufschieben. LeDonne holte tief Luft und tauchte in die Dunkelheit ein. Er haßte Höhlen. In dunklen, geschlossenen, lichtlosen Räumen sträubten sich ihm regelmäßig die Haare, und die Kehle wurde ihm eng. In Vietnam hatte es Tunnel gegeben, die als Waffenlager, als Stützpunkte für Überfälle, als heimliche Transportwege und als letzte Zuflucht für den Vietcong dienten. Ein einziges Mal war LeDonne in so einen Tunnel geraten, aber noch heute, über zwanzig Jahre später, kämpfte er sich in Träumen immer wieder aus dieser Falle heraus. Wenn er heute nacht aus der Höhle kam, würde er wochenlang nachts das Licht anlassen, während ihn im Traum die schlimmere Finsternis heimsuchte.

Er schaltete den starken Handscheinwerfer ein, um sich zu vergewissern, daß die vordere Felskammer leer war, und wandte sich an seinen Begleiter. «Wir gehen durch den Gang da nach hinten», flüsterte er. «So lautlos wie möglich.»

Er machte einen Bogen um einen Haufen kleiner Steine, die um die schmale Öffnung herum lagen. Es sah aus, als sei der Gang früher einmal blockiert gewesen. Hatte Dovey Stallard die Steine weggeräumt? Ein Erdrutsch oder Grundwasser konnten es nicht gewesen sein. Er zwängte sich in die Öffnung und leuchtete in die Höhlenkammer hinein.

Er zählte bis zehn. Ein paar Schritte hinter sich hörte er die Atemzüge seines Begleiters. Keine Schüsse. Keine raschen Schritte in der Dunkelheit. LeDonne schob sich noch ein Stück vor. An der Wand der zweiten Felskammer lagen größere Gesteinsbrocken, die sich dem Licht in den Weg stellten, so daß der hintere Teil der Höhle in tiefen Schatten getaucht war. In der Mitte der Felskammer war der Boden eingebrochen und eine Grube von etwa zwei Meter Durchmesser entstanden. Er konnte nicht hineinsehen, dazu war er zu weit weg, aber an einer Seite ragte etwas aus der Tiefe hervor, was wie ein Stab oder eine Sprosse aussah, mit Sicherheit war es nichts Lebendiges. War etwa Dovey Stallard auf der Flucht vor ihrem Verfolger in die Grube gestürzt? Dann lag sie jetzt womöglich bewußtlos oder tot da unten. Um das festzustellen, würde er sich aus der Sicherheit des schmalen Zugangs in die Höhle selbst hinauswagen müssen. Düstere Erinnerungen regten sich. Seine Alpträume bedrängten ihn.

Er senkte den Handscheinwerfer, setzte sich an die Wand und überlegte. Vielleicht hätte er doch die Spezialeinheit aus Knoxville kommen lassen sollen. Aber hätte sie bessere Chancen gehabt, Dovey Stallard zur Kapitulation zu bewegen? Wohl kaum. Jetzt hing alles an ihm. Er mußte sich vergewissern, ob sie da hinten war. Und ob sie noch lebte.

Er winkte dem jungen Cop. «Ich gehe jetzt los. In der Mitte ist der Boden abgesackt, kann sein, daß sie reingefallen ist. Halten sie Ihren Scheinwerfer bereit, aber machen sie ihn erst an, wenn es unbedingt sein muß. Und geben Sie mir Feuerschutz.»

«Wollen Sie in die Grube steigen?»

«Nur im äußersten Notfall. Aber ich muß zumindest nachsehen, was da unten ist.»

Vorsichtig setzte er sich in Bewegung. Das Licht hielt er noch immer von sich weg, obgleich das wenig Sinn hatte, denn der starke Handscheinwerfer erhellte den kleinen Raum ohnehin so weit, daß seine Position erkennbar war und er nicht auf den Überraschungseffekt setzen konnte. «Sind Sie da drin, Dovey?» fragte er so beiläufig wie möglich. «Ganz schön mutig. Ich finde es nämlich ausgesprochen scheußlich hier.»

«Das ging uns auch so», gab sie ebenso ruhig und beiläufig zurück. Trotz des Echos, das die Felswände zurückwarfen, erkannte er, daß die Stimme hinter dem Geröllhaufen am Ende der Felskammer hervorkam. Sie klang müde.

«Wir sind als Kinder beim Pionierspielen im Wald und auf der Suche nach dem Boone-Baum auf die Höhle gestoßen und waren auch ein- oder zweimal drin, aber sie war uns nie ganz geheuer. Wir hatten immer das Gefühl, daß uns jeden Moment eine Schlange über den Schuh kriechen würde, auch wenn wir hier nie welche gesehen haben.»

«Erzählen Sie weiter», sagte LeDonne leise. Er war jetzt am Rand der Grube angekommen, stützte sich an einem Stein ab und richtete den Lichtkegel nach unten. An einer Wand der höchstens drei Meter tiefen Grube lehnte eine Leiter. Man sah keine Spiegelung, der Boden war demnach trocken. Neben ein paar Steinen lag etwas, was wie ein Häufchen Lumpen aussah, daneben waren kleine Knochen verstreut. Zu klein für menschliche Gebeine. Die Reste einer Bärenmahlzeit vielleicht? Ein altes Indianerlager? «Woher haben Sie die Leiter?» rief er Dovey zu.

«Die stand da schon. Als Kinder haben wir diesen Teil der Höhle nie betreten, er war mit Steinen versperrt. Dort unten war ich nicht. Es ist ja die reinste Schlangengrube!»

«Zu tief.» LeDonne konstatierte staunend, daß sie sich unterhielten wie zwei Wanderer, die sich unterwegs getroffen hatten. Dovey Stallard war durch die Dunkelheit und durch die großen Steine am hinteren Ende der Höhle unsichtbar, aber er sprach mit ihr nicht in dem gezwungenen Ton, den Polizeibeamte anschlagen, wenn sie jemanden zur Aufgabe bewegen wollen, sondern fast normal über ganz normale Dinge, Kindheitserinnerungen zum Beispiel. Den Gedanken, daß sie den Pistolenlauf wahrscheinlich auf seinen Kopf gerichtet hatte, versuchte er zu verdrängen.

«Irgendwas liegt da unten», sagte er, «und das schau ich mir gelegentlich auch mal an. Aber zunächst möchte ich hier raus. Ich hab was gegen enge, dunkle Räume. Kommen Sie mit?»

«Haben Sie etwa Angst?» fragte sie belustigt zurück.

«Höhlen sind für mich mit bösen Erinnerungen befrachtet. Und Ausweglosigkeit macht mich kribbelig. Gibt es hier noch einen Ausgang? Nein, natürlich nicht. Blöde Frage – sonst wären Sie nicht mehr hier. Warum drücken wir uns vor dem, was früher oder später doch sein muß, Dovey? Warum gehen wir nicht einfach?»

«Weil wir dann alles verlieren, mein Vater und ich. Wir verlieren das Land. Und das haben wir nicht verdient. Auf dieser Farm hat mein Vater sein Leben hart gearbeitet. Wir haben uns nie was schenken lassen. So dürfte es nicht zu Ende gehen.»

«Vielleicht ist das ja gar nicht das Ende. Vielleicht sollten Sie hier herauskommen, um weiterkämpfen zu können.»

Eine lange Pause. Dann sagte sie: «Ich bin müde.»

«Ich auch», sagte LeDonne. «Gehen wir heim. Bitte.»

«Zwei gegen einen?» fragte sie argwöhnisch.

Genaugenommen sehr viel mehr als zwei, dachte Le-

Donne, aber er spürte, daß sie nachgiebiger wurde. Sie wollte ihm gern trauen, sie wollte das Ende. Sie waren ins Gespräch gekommen, sie konnten es schaffen. Vielleicht war nur noch ein kleiner Vertrauensbeweis nötig. «Sie können gehen», sagte er zu seinem Begleiter – so laut, daß Dovey ihn hören konnte.

Der Junge schnappte nach Luft. «Sir, wir sollen doch nicht …»

«Auf meine Verantwortung. Gehen Sie raus, und sagen Sie den anderen, daß alles in Ordnung ist.»

Wieder gab es eine lange Pause. «Jawohl, Sir», sagte der junge Mann schließlich und stakste unter dem Gepolter loser Steine leise fluchend ins Freie.

Als seine Schritte verhallt waren, sagte LeDonne: «So, Dovey, jetzt sind wir nur noch zu zweit.»

«Dwayne war Ihnen sehr ähnlich», gab sie zurück. «Er hielt sich auch nicht an die Regeln.»

«Dwayne?»

«Der wilde Stargill-Bruder. Jünger als Robert und Charlie, älter als Garrett und Clayt. Ich hab ihn geheiratet, aber das ist lange her. Jetzt ist er tot. Ich war immer eine unvernünftige Person. Clayt war zehnmal mehr wert als er.»

«Es ist noch nicht zu spät», sagte LeDonne. «Wenn Sie rauskommen, gehen wir Clayt suchen. Er macht sich Sorgen um Sie.»

«Ich glaube, Sie sind mehr mein Typ.» In ihrer Stimme schwang bitterer Spott. «Ich glaube, Sie verstehen mich besser, als Clayt es je könnte.»

«Ich habe auch so manche Dummheit gemacht», sagte LeDonne. «Aber ich habe zumindest versucht, meine krummen Dinger wieder geradezubiegen. Mehr können wir wohl nicht tun.»

Schweigen.

«Ich könnte versuchen, dieses krumme Ding für sie geradezubiegen, Dovey.»

Ein langer, tiefer Seufzer.

«Also gut. Ich komme.» Im Aufstehen warf sie einen langen Schatten an die Höhlenwand. LeDonne kniete noch am Rand der Grube und hielt den Handscheinwerfer so, daß er ihr nicht ins Gesicht schien. Sie kam aus der Dunkelheit hervor, die Hände an der Seite. Die Pistole sah er erst in dem Moment, als sie die Waffe auf ihn richtete. Er erstarrte, im Lichtkreis des Scheinwerfers gefangen, und wußte, daß ihm keine Zeit für den ersten Schuß blieb.

Zweimal ein peitschender Knall wie von einem Feuerwerkskracher. LeDonne warf den Handscheinwerfer weg, rollte sich zur Seite und spürte, wie scharfe Steine in sein Fleisch schnitten. Er wartete auf den brennenden Schmerz, der ihm anzeigen würde, wo es ihn erwischt hatte, spürte aber nur Kälte, hochschießende Angst und dann den Adrenalinstoß, den vertrauten Kick der Konfrontation, der keinen Raum für Gedanken an die eigene Sicherheit ließ.

Der Handscheinwerfer war in die Grube gefallen, aber in dem schwachen Licht von unten sah er Doveys Silhouette vor den Steinen. Wie bei jedem Schußwechsel erlebte er diese Sekunden, in denen er den Scheinwerfer wegwarf und sich fallen ließ, die Dienstwaffe aus dem Holster zog und auf sie richtete, im Zeitlupentempo. Keine Zeit zum Zielen. Du drückst einfach ab. Immer wieder. Bis der Schatten zu Boden geht.

Alles im Zeitlupentempo.

Er hatte das Gefühl, beliebig viel Zeit zu haben – um ihr zu sagen, daß es ihm leid tat, daß er vielleicht, wäre es seine Farm gewesen, genauso gehandelt hätte. Er dachte an die Schüsse, die von der Felswand abprallten und zu ihm zurückkamen. In diesem Augenblick hätte er gern Dovey Stallards Gesicht gesehen, aber vielleicht war es besser so. Wie kann man einen Menschen gleichzeitig hassen und lieben? *Sie verstehen mich besser, als Clayt es je könnte.* Ja, verdammt, er verstand sie. Und hätte sie nicht auf Spencer geschossen, hätte er sie entkommen lassen. Auch wenn es fraglich war, ob ihr das was genützt hätte. Für einen kurzen Augenblick konnte er sich sogar vorstellen, mit ihr zusammen zu flüchten. Hätte sie nur nicht auf Spencer geschossen ... So viele Gedanken in so wenigen kurzen, wirren Sekunden zwischen den peitschenden Knallen seiner Pistole. Fünf Herzschläge vielleicht.

Fünf Herzschläge später erst begriff er, daß in der Höhle nur die Schüsse aus seiner Waffe und deren Echo zu hören waren.

Dovey Stallard kippte vornüber. Die Pistole fiel ihr aus der Hand. LeDonne blieb regungslos, mit weit geöffneten Augen liegen. Der Lauf seiner Dienstwaffe war auf die leere Felswand gerichtet. Er wartete auf ein Geräusch, auf eine Bewegung. Aber alles blieb still.

Schließlich rappelte er sich auf und robbte vorsichtig zu Dovey Stallard hin. Er konnte nicht erkennen, wo er sie getroffen hatte, spürte aber an ihrem Hals keinen Puls mehr.

LeDonne steckte die Waffe ins Holster. Und dann saß er nur da, lange Zeit, so schien es ihm, und streichelte abwesend ihr Haar. Aber daß es ihm leid tat, sagte er nicht.

Ein paar Minuten vergingen, auch sie im Zeitlupentempo, dann legte sich eine Hand auf seine Schulter. «Alles in Ordnung, Sir?»

Den Jungen hatte er ganz vergessen. Offenbar war er wiedergekommen, als er die Schüsse gehört hatte. Vorsichtig um den Rand der Grube herumgehend, beförderte er Dovey Stallards Pistole mit einem Tritt von ihrer ausgestreckten Hand weg.

LeDonne stand auf. «Mir ist nichts passiert. Bis auf ein paar blaue Flecke. Wir brauchen einen Krankenwagen. Aber ich glaube, sie ist tot.»

«Klarer Treffer.» Der junge Kollege hatte sich vor Dovey Stallard hingekniet. «Selbstmord durch Cop. Sie hat es so gewollt.» Man merkte, daß ihm die Sache naheging. «Ist das okay für Sie, Sir?»

«Aber ja.» LeDonne schien dem jungen Kollegen nicht sonderlich erschüttert. Er wirkte distanziert, fast abgeklärt, als seien die vergangenen Minuten auf einem Fernsehschirm vor ihm abgelaufen. Vielleicht hatte er aber die ganze Tragweite des Geschehens noch nicht erfaßt, und seine Gefühle würden ihn erst später einholen.

«So oder so – es ist vorbei», sagte der junge Mann abschließend.

LeDonne schwieg. Hatte sie es wirklich so gewollt? Oder hatte sie ihn erschießen und einen Fluchtversuch wagen wollen? Vielleicht hatte sie, erschöpft wie sie war, sogar vergessen, daß sie die Pistole in der Hand hielt, als sie auf ihn zukam, und er hatte sie für nichts und wieder nichts getötet. Das würde er nun nie erfahren.

LeDonne stand auf und stolperte auf den Ausgang zu. Er mußte hier raus, und zwar schnell. Die Kehle war ihm wie zugeschnürt, Übelkeit stieg in ihm hoch. Es war nicht vorbei. Er würde es wieder und wieder erleben. Noch sehr lange. Sobald er die Augen schloß.

Clayt Stargill taten die Arme weh, und die kalte Bergluft schnitt ihm in die Lungen, aber er hatte es geschafft. In der Ferne sah er die Lichter der Farm. Er straffte die Schultern. Kayla schlief noch immer, sie war offenbar völlig erschöpft. Er spürte ihren warmen Atem im Nacken, und hin und wieder stöhnte sie leise, als plage sie ein schlechter Traum. «Es ist vorbei, Schätzchen», sagte er leise, während er auf die Lichter zuhielt. «Ich hab dich heimgebracht.»

Kelley Johnson machte die Tür auf. Vielleicht hatte sie am Küchenfenster gestanden und Ausschau gehalten. Ihr Gesicht war naß von Tränen, und sie streckte wortlos die Arme aus.

«Sie ist schwer», sagte Clayt leise. «Ich bringe sie nach oben.»

«Nein, noch nicht. Wenn du sie aufs Sofa legen könntest ... Ich – ich möchte sie anschauen.»

Er lächelte. «Ja, natürlich.»

Sie folgte ihm und legte eine Decke über das schlafende Kind. «Sollen wir den Arzt kommen lassen?»

«Kayla fehlt nichts, höchstens ein Bad, aber das eilt nicht. Ich würde sie jetzt schlafen lassen.» Er sah sich um. Im Haus war es seit Tagen nicht so still gewesen. «Wo sind denn alle?»

«Lilah hat Kakao gekocht, er steht auf dem Herd, wenn du welchen willst, und dann ist sie in die Scheune zu Robert Lee gegangen. Charles Martin hat Debba zum Busbahnhof gebracht, sie will nach Hause. Und dann wollte er ...» Sie unterbrach sich, und als sie ihn ansah, hatte sie wieder Tränen in den Augen. «Das weißt du ja noch gar nicht ...»

«Was denn?»

«Dann wollte er ins Krankenhaus. Dein Vater ist gestorben.»

Clayt setzte sich neben das schlafende Kind aufs Sofa. Er holte tief Atem und steckte mit übertriebener Sorgfalt die Decke fest. Nach einer Weile sagte er: «Ich denke, nun hat er seine Ruhe.»

Kelley ging wortlos in die Küche. Sie brachte Clayt einen Becher Kakao und setzte sich in den Lehnstuhl neben dem Sofa. «Was ist am Berg passiert?»

«Es ist noch nicht vorbei – oder war es jedenfalls noch nicht, als ich dort weggegangen bin. Sie hatte sich in einer Höhle versteckt, in der wir als Kinder gespielt haben. Dort habe ich sie gefunden, und sie hat mich mit Kayla weggeschickt. Vielleicht kann sie flüchten, wenn es hell wird.»

Kelley merkte, daß er das für wenig wahrscheinlich hielt. «Du hast ihnen nicht gesagt, wo sie ist?»

«Nein. Ich hatte eigentlich vor, Kayla herzubringen und dann noch mal hinzugehen, um sie zur Aufgabe zu bewegen, aber es hätte keinen Sinn. Ich habe alles gesagt, was zu sagen war, aber sie hat nicht auf mich gehört. Das war schon immer so.»

Kelley nickte. «Du hast es zumindest versucht.»

«Ja. Ich habe es sehr lange versucht.»

«Ich weiß, wie das ist», sagte Kelley. Eine lange Pause. «Dank dir schön, daß du mir mein Baby zurückgebracht hast, Clayt.»

Er strich Kayla lächelnd über das zerzauste Haar. «Sie ist eine großartige kleine Person. Und unheimlich gescheit.»

«Sie mag dich auch.»

«Ja. Sie hat ein echtes Gespür für den Wald. Als ob sie hierher gehört. Die Vogelarten hat sie schneller gelernt als ich damals. Ich wünschte …»

Kelley wartete, aber er führte den Satz nicht zu Ende, sondern saß da und betrachtete die schlafende Kayla, als hätte er ihre Mutter ganz vergessen.

Nora Bonesteel war siebzig Jahre lang nicht mehr fünf gewesen.

Heute war sie allein in ihrem Haus auf dem Berg. Es

war nach Mitternacht, und sie war von dem vertrauten Geräusch wach geworden, das sie zu fürchten gelernt hatte. Dem Klopfen. Sie blieb in der trüb beleuchteten Diele stehen und legte die Hände über das Haustürschloß.

Es klopfte erneut.

«Du kannst nicht hereinkommen, Fayre», sagte sie leise. «Ich weiß, daß du da draußen einsam bist, aber ... aber jetzt dauert es nicht mehr lange.» Sie seufzte, während ihr das Bild des flachshaarigen kleinen Mädchens vor Augen stand, mit dem sie einst Freundschaft geschlossen hatte, und sie sagte wie so oft in den vergangenen Jahren: «Ich kann nicht mehr mit dir spielen.»

Wenn sie Fayre in Ruhe ließe, hatte Großmutter Flossie zu ihr gesagt, könne das tote Kind den Weg zu dem Ort finden, der ihm bestimmt war, aber das war nicht geschehen. Hin und wieder, in unvorhersehbaren Abständen, tauchte die Kleine wieder auf und wollte, daß Nora mit ihr spielte.

«Ich hab für dich getan, was ich konnte», sagte Nora leise. «Als ich erfuhr, daß Randall im Sterben lag, habe ich mir sogar eine Leiter genommen und bin in die Höhle gegangen, um dich zu holen, damit ihr zwei zusammen ruhen könnt.»

Wieder das Klopfen. «Nora? Ich bin's, Jane Arrowood. Hörst du mich? Alles in Ordnung?»

«Na so was!» Nora Bonesteel öffnete die Tür. Auf der Veranda stand in zerknautschtem schwarzen Mantel fröstelnd ihre Freundin. «Jane! Was machst du um diese Zeit auf dem Berg?»

«In mein leeres Haus wollte ich nicht zurück. Ich komme gerade aus dem Krankenhaus. Spencer ist angeschossen worden.»

Nichts in Nora Bonesteels Gesicht verriet, ob diese

Nachricht eine Überraschung für sie war. Schließlich sagte sie: «Es tut mir sehr leid, Jane. Komm herein, ich mach uns einen Tee.»

«Er wird es überleben», sagte Jane, die ihr in die Küche gefolgt war. «Ich habe im Krankenhaus gewartet, bis das Schlimmste überstanden war. Er hat seine Milz verloren, aber der Arzt sagt, daß man auch ohne Milz gut leben kann.»

Nora nickte und ließ Wasser in den Kessel laufen. «Er liegt also in Johnson City? Wie ist es denn passiert?»

Jane erzählte von der Räumungsklage und dem großen Aufgebot, das im Tal nach Dovey Stallard suchte. «Und noch etwas, Jane. Als ich aus dem Krankenhaus kam, wollte Charles Martin Stargill, der Country-Sänger, gerade herein, und jemand hat mir erzählt, daß sein Vater heute abend gestorben ist.»

«Ich bin froh, daß er es überstanden hat», sagte Nora. «Nach dem großen Kummer in jungen Jahren hatte er ein gutes Leben, glaube ich. Und Spencer ist auf dem Wege der Besserung, sagst du?»

Man merkte Jane Arrowood die Erleichterung an, daß ihr Sohn, das einzige Kind, das ihr geblieben war, nicht mehr in Gefahr war. Sie sprach, so müde sie war, lebhaft weiter und erzählte Einzelheiten über die Schießerei und die Operation.

Nora Bonesteel nickte, um sie zum Weiterreden zu ermutigen, aber ihre Gedanken waren draußen in der Dunkelheit, wo es heute abend so still war, und sie überlegte, ob das kleine Mädchen endlich heimgefunden hatte.

16

Wir müssen uns dem Schicksal fügen, Vorsorge für die Lebenden treffen und über unser Land reden.
Daniel Boone

Spencer Arrowood hielt die *Sports Illustrated* auf Armeslänge von sich weg und kniff die Augen zusammen, aber den Text konnte er trotzdem nicht entziffern. Er mußte unbedingt seine Mutter bitten, ihm bei ihrem nächsten Besuch die Lesebrille mitzubringen. Er war noch ein bißchen schlapp von der Operation, aber der Heilungsprozeß verlief normal. Jetzt, nach zwei Tagen, ging es ihm schon wieder so gut, daß er sich langweilte. Immerhin hatte er aus seinem Fenster einen schönen Blick auf die Berge und freute sich am Anblick der grünen Kuppen im fernen Dunst. Bis sie ihn hier herausließen, war es bestimmt richtig Frühling geworden.

«Empfangen Sie Besucher?»

In der Tür stand Nora Bonesteel. Sie hatte einen Krug mit leuchtend gelben Narzissen mitgebracht. In ihrem grauen Kleid und dem handgewebten scharlachfarbenen Tuch erinnerte sie ihn an den Bergahorn mit seinem schlanken, silbrigen Stamm und den Zweigen mit den roten Spitzen.

Der Sheriff legte lächelnd die Zeitschrift aus der Hand. «Herein mit Ihnen! Sie sehen aus wie der verkörperte Frühling, und ich habe das Alleinsein gründlich satt. So faul hab ich seit Jahren nicht mehr herumgelegen.»

«Ja, Müßiggang ist nicht immer ein Segen.» Nora stellte die Blumen auf den Nachttisch und setzte sich auf den Plastikstuhl am Bett.

«Ich habe ein schlechtes Gewissen, weil ich hier liege und nichts tue, während LeDonne im ganzen Landkreis allein für Ordnung sorgen muß. Zum Glück kommt Martha nächste Woche zurück, dann wird es ein bißchen besser.» Er beobachtete seine Besucherin aufmerksam. An ihrem feierlichen Gesicht erkannte er, daß es sich nicht nur um einen Höflichkeitsbesuch handelte. Er überlegte, ob er, ehe sie zur Sache kam, noch ein bißchen belanglose Konversation mit ihr machen mußte, aber als sie schwieg, fragte er gerade heraus: «Wollten Sie etwas Bestimmtes mit mir besprechen?»

«Randall Stargill ist gestorben.»

Es klang, als habe sie den Alten gekannt, aber Spencer sagte der Name zunächst nichts. «Das tut mir leid», sagte er mechanisch, aber dann fiel ihm etwas ein. «Das ist der, mit dem zusammen die Gebeine bestattet werden sollten, nicht?»

«Ja. Ich wäre Ihnen dankbar, wenn Sie sie freigeben könnten.»

«LeDonne war gestern hier. Der Laborbericht liegt vor. Keine erkennbare Todesursache, und allem Anschein nach haben die Gebeine lange im Freien gelegen.»

Sie senkte den Kopf. «Das stimmt.»

«Er hat mir noch etwas erzählt. Als er Dovey Stallard in die Höhle auf dem Ashe Mountain nachgegangen ist, hat er in einer Grube in einer der Felskammern eine Leiter stehen sehen. Später, als sie einen Handscheinwerfer herausholten, haben sie die Überreste eines Kinderkleidchens gefunden, alt und brüchig wie vergilbtes Papier, daneben Samen und Hühnerknochen. Es muß da einen Zusammenhang geben ...»

«Jetzt kann ich es Ihnen erzählen», sagte Nora. «Randall ist tot. Das kleine Mädchen war seine Schwester Fayre.»

«Und weiter?»

«Eigentlich seine Halbschwester. Sie war ein uneheliches Kind von Randalls Mutter vor ihrer Heirat mit Ashe Stargill. Nach ein paar mageren Jahren auf der Farm suchte Ashe sich Arbeit in der Stadt. Seine Frau und die Kinder ließ er bei der Mutter zurück. Sie war eine harte Frau. Ich erinnere mich an sie, auch wenn ich damals erst sechs war, besonders an ihre dunklen, leblosen Augen und den Mund, der zuschnappen konnte wie eine Falle.»

Nora Bonesteel sah aus dem Fenster auf die grün verschleierten Berge und schien Spencer Arrowood vergessen zu haben. Sie war weit weg in einer Vergangenheit, die über siebzig Jahre zurücklag. Spencer wartete geduldig, bis sie von selbst wieder anfing zu sprechen.

«Meine Mutter hatte uns das eine oder andere von der alten Mrs. Stargill erzählt. Daß dieses Kind, das keinen Vater hatte, ihr ein Dorn im Auge war. Ein Maul mehr zu stopfen in dieser schweren Zeit ... Und da ...» Die alte Frau holte tief Luft, ihre Stimme zitterte. «Und da ist sie eines Tages mit den beiden Kindern in den Wald gegangen und mit nur einem zurückgekommen.»

«Wurde die Kleine nicht als vermißt gemeldet?»

«Sie haben nach ihr gesucht. Mein Vater und mein Onkel Ben haben mit den Jagdhunden die ganze Gegend durchkämmt. Randall sagte, er und Fayre seien zum Spielen in den Wald gegangen, und dann sei sie plötzlich weggelaufen. Ich möchte gern glauben, daß er aus Angst vor seiner Großmutter gelogen hat, aber wer will das entscheiden? Er war so klein. Hätte sie ihm eine große Tüte Bonbons versprochen dafür, daß er das Geheimnis nicht verriet ...»

«Mrs. Stargill ist mit der Kleinen in die Höhle gegangen?»

Nora nickte. «Und hat sie in die Grube gestoßen, aus der sie nicht herausklettern konnte. Sie hatte sich wohl beim Fallen verletzt, aber sie war nicht gleich tot.»

Spencer dachte an die Samen und die Hühnerknochen. «Und die Großmutter hat ihr etwas zu essen dagelassen?»

«Nein.» Nora verkrampfte die Hände im Schoß. «Die ist einfach weggegangen. Das Essen hat Randall ihr gebracht. Abgespartes von seinem Abendessen und aus der Küche stibitzte Reste. Aber er war klein, herausholen konnte er sie nicht. In diesem nassen, feuchten Loch wurde sie natürlich krank. Er hörte sie husten und nach ihrer Mutter rufen. Und am dritten oder vierten Tag hörte er nichts mehr.»

Der Sheriff versuchte, das Bild zu verdrängen: Ein kleines Mädchen in einer dunklen Höhle, das sich von Essensresten ernährt und auf einen kalten, schleichenden Tod wartet. Allein in der Dunkelheit. Er mußte die Zähne zusammenbeißen. «Haben Sie das von Randall?»

Nora Bonesteel sah ihn an. «Als ich es erfuhr, war es schon zu spät.» Sie hatte es nicht von Randall, sondern von Fayre, aber für solche Dinge hatte Spencer Arrowood kein Verständnis, sie paßten nicht in die Welt, wie er sie sah. Sie würde ihm nicht erzählen, wie sie die Kleine im Wald kennengelernt und mit ihr Freundschaft geschlossen hatte – ehe ihr die ganze Wahrheit aufgegangen war.

«Warum haben Sie es niemandem gesagt?»

«Ich war ein Kind, ich ging noch nicht mal zur Schule. Wer hätte mir geglaubt?»

Du wirst Randy nicht verpetzen, nicht? hatte das blonde Kind bittend gesagt. Die dunklen Augen blickten so traurig, daß Nora schon bei ihrem Anblick die Tränen kamen. Wenn sie erfahren, was er getan hat, peitschen sie ihn bestimmt aus. Und sie wird ihm auch weh tun. Du sagst nichts?

Nein, bestimmt nicht, versprach Nora. Großes Ehrenwort ...

«Damals war ich noch gar nicht auf der Welt», sagte Spencer. «Als Sie mir die Gebeine brachten, hätten Sie es mir getrost sagen können.»

«Solange Randall lebte, war es noch nicht vorbei. Er hätte sich wieder erholen können, und dann hätten Sie ihn befragen müssen, das wollte ich ihm ersparen. Ich denke, er hat genug gelitten, denn er hat Fayre über alles geliebt. Deshalb müssen sie wieder zusammenkommen.»

Spencer nickte. «In Ordnung. LeDonne kann die Gebeine zum Bestattungsinstitut bringen.»

«Sie machen die Trauerfeier zu Hause.»

«Gut. Ich sag ihm Bescheid. Gehen Sie hin?»

«Ich habe schon Lebewohl gesagt.»

«Und was sollen wir der Familie erzählen? Die Wahrheit?»

Nora schüttelte den Kopf. «Nicht die ganze Wahrheit. Sie sollen ihren Vater in guter Erinnerung behalten. Sagen Sie einfach, daß die Gebeine als die von Fayre Stargill identifiziert worden sind. Daß sie umgekommen ist, weil sie sich im Wald verirrt hat, und daß sie in geweihter Erde beigesetzt werden soll. Das stimmt ja auch.»

«Die Wahrheit, aber nicht die ganze Wahrheit ...», wiederholte Spencer.

Die alte Dame seufzte. «Die ganze Wahrheit können wohl nur die wenigsten Menschen aushalten.»

Randall Stargill wurde an einem sonnigen Vormittag Ende März zu Grabe getragen. Clarsies Blumenbeete waren ein Farbenmeer, in dem frühe Tulpen, Krokusse und Narzissen miteinander wetteiferten.

Randall wirkte wächsern und ausgezehrt in seinem schwarzen Sonntagsstaat und auf der Brust gefalteten Händen. Er lag auf dem Quilt, den die Schwiegertöchter für ihn genäht hatten, und in dem von seinen Söhnen geschreinerten Rosenholzsarg. In einer Ecke stand unter dem Quilt ein Holzkasten mit brüchigen Knochen. Im Grunde war es also eine Doppelbeerdigung, aber davon wußte außer der Familie keiner der Trauergäste. Es geht keinen was an, hatte Robert Lee gesagt.

Das schlichte Wohnzimmer war gescheuert und geputzt, die abgestoßenen alten Möbel mit Bienenwachs poliert, so daß sie genauso schön glänzten wie der neue Sarg, und auf dem großen Tisch standen Erfrischungen.

Robert Lee begrüßte die Gäste an der Tür, und Lilah hielt sich bereit, um die Fleischpastete oder den selbstgebackenen Früchtekuchen in Empfang zu nehmen und in die Küche zu den übrigen Gaben der Gemeindemitglieder und Nachbarn zu bringen. Garrett trug seine Paradeuniform, Charles Martin einen Anzug von Armani und Clayt einen marineblauen Blazer und eine graue Flanellhose – das Feierlichste, was sein Kleiderschrank hergab.

Pfarrer Will Bruce traf in dem Moment ein, als Lilah mit einem Makkaroni-Käse-Auflauf in der Küche verschwand.

«Sehr freundlich, daß Sie gekommen sind, Herr Pfarrer», sagte Robert Lee gemessen. «Wir können gleich anfangen. Charles Martin möchte zu Beginn ‹Peace in the Valley› singen, wenn Sie einverstanden sind.»

«Aber ja.» Will sah sich unwillkürlich nach weiteren Country-Stars um, entdeckte aber nur bekannte Gesichter, vor allem Bewohner von Ashe Mountain. Fast befremdet registrierte er, daß Nora Bonesteel nicht unter ihnen war.

Noch ehe er ein paar trostreiche Worte an Robert Lee

hatte richten können, kamen weitere Gäste, und Will wurde an eine hübsche, rothaarige junge Frau weitergereicht, die sich als Kelley Johnson vorstellte, eine Freundin der Familie. «Exverlobte», ergänzte sie mit leichtem Lächeln.

Will Bruce überlegte, wessen Ex sie wohl sein mochte, wollte aber in diesem Augenblick nicht fragen. Sie machte einen ganz munteren Eindruck.

Kelley führte ihn ins Wohnzimmer, wo der Tote aufgebahrt war. «Er sieht friedlich aus, nicht?» sagte sie leise und sah auf den Mann herunter, dem sie im Leben nie begegnet war.

«Ja, das finde ich auch», bestätigte Will.

«Er hatte ein gutes Leben hier auf der Farm», fuhr Kelley fort, «das war ein großes Glück für ihn. Ich finde es so schön hier, daß ich gar nicht verstehen kann, warum sie alle weggezogen sind.»

«Um Geld zu verdienen. Von einer kleinen Farm kann man heutzutage nicht mehr leben.»

«Clayt sagt, daß er es versuchen will.»

«Die Farm wird also nicht verkauft? Ich dachte ...»

«Ja und nein.» Kelley führte den Pfarrer ins Eßzimmer, wo sie relativ ungestört waren, und fuhr in verschwörerischem Flüsterton fort: «Robert und Lilah brauchen das Geld als Altersvorsorge, und Garrett will sich jetzt scheiden lassen, da braucht er auch Geld, aber Charles Martin und Clayt möchten das Land gern behalten, weil es schon so lange in der Familie ist. Deshalb wollen sie es teilen. Wie Salomo es mit dem Baby gemacht hat, Sie wissen schon ...»

Will Bruce nickte und schenkte sich den Hinweis, daß die Geschichte in der Bibel ein bißchen anders gelaufen war, fragte sich aber, ob es der Farm so gut ergehen würde wie dem Baby.

«Das Land an der Straße hat dieser Grundstücksmensch für seine Neubausiedlung gekauft, die Wälder und den steilen Hang hat Clayt behalten. Er will sich dort ein kleines Haus bauen und Vieh züchten. Seine regulären Jobs behält er natürlich.»

Will unterdrückte ein Lächeln, denn Clayt Stargills teilweise recht abenteuerlichen Versuche, sich seinen Lebensunterhalt zu verdienen, waren alles andere als «reguläre Jobs», aber er äußerte sich nicht weiter dazu, sondern fragte: «Und was ist mit Charles Martin? Solange er in Nashville soviel Erfolg in der Musikszene hat, kann er kaum außerdem noch eine Farm betreiben.»

«Nein. Aber er braucht das Geld ja auch nicht so dringend, deshalb will er dafür jemanden einstellen.» Kelley sah sich rasch um, dann flüsterte sie: «Mr. Stallard. Sie wissen ja, daß er sein Zuhause verloren hat.»

Will nickte und dachte an die traurige Beerdigung, die er am Tag zuvor hinter sich gebracht hatte. Zu der schlichten Trauerfeier war auch Clayt Stargill gekommen, aber mit so schmalen Lippen und so rotgeränderten Augen, daß der Pfarrer ihn wohlweislich nicht angesprochen hatte. Jetzt wurde ihm klar, daß diese junge Frau die Mutter des entführten kleinen Mädchens war. Er mußte sie fragen, wie es der Kleinen ging.

«Charlie kann es gar nicht erwarten, wieder nach Nashville zu kommen, aber ich gehe nicht mit, ich habe Nashville so satt. Ich wünschte ...»

«Kelley! Deine Tochter stopft sich in der Küche mit Schokoladenkuchen voll, und Clayt stachelt sie noch an. Du mußt unbedingt ein Machtwort sprechen. Hallo, Pfarrer Bruce, ich hab Sie schon gesucht.» Lilah Stargill, eine eindrucksvolle Erscheinung in dem glänzenden schwarzen Kleid mit Schulterpolstern und Empiretaille, streckte ihm einen Zettel hin. «Was sagen Sie dazu?»

Will Bruce überflog die Liste der Bibelstellen und

überlegte, wie wohl ihre Frage gemeint war. «Ein Vorschlag für Lesungen im Trauerfall?» fragte er. Die Stellen, die hauptsächlich aus dem Alten Testament stammten, waren ihm nicht geläufig. Würde es sie wohl sehr enttäuschen, wenn er gestand, daß er sie nachschlagen mußte? «Woher haben Sie denn das?» fragte er.

Lilah lächelte. «Hab mich schon gefragt, ob Sie es erkennen würden. Wahrscheinlich sind Sie zu jung dafür. Gestern stand plötzlich Nora Bonesteel vor der Tür, überreichte Robert Lee einen Kuchen und diese Liste und verschwand wieder.»

Will Bruce sah wieder auf den Zettel. Die spinnenartige Handschrift war offenkundig die eines alten Menschen, aber sehr leserlich:

Das zweite Buch der Könige 4,22	*4 ½ T*
Das Buch der Richter 5,25	*1 T*
Jeremia 6,20	*2 T*
Das 1. Buch Samuelis 30,12	*2 T*
Nahum 3,12	*2 T*
Das 4. Buch Mose 17,08	*2 T*
Das 1. Buch Samuelis 14,25	*2 EL*
Das 3. Buch Mose 2,13	*¼ EL*
Das Buch der Richter 4,19	*½ TL*
Amos 4,5	*2 EL*
Jeremia 17,11	*6, mittelgr.*

EL? TL?

Dann ging ihm ein Licht auf.

«Das Rezept habe ich schon seit Jahren nicht mehr gesehen.» Lächelnd gab er Lilah den Zettel zurück. «Meine Mutter hat nach diesem Rezept immer ihren Bibelkuchen für den Kirchenbasar gebacken. Man mußte die einzelnen Verse nachschlagen, wenn man die Zutaten wissen wollte. Das möchte ich mir gern für Laura abschreiben. Haben Sie es schon probiert?»

«Gebacken hab ich noch nicht danach. Ich hab ein Stückchen von dem Kuchen gekostet, den Miz Bonesteel mitgebracht hat. Wir hatten sie mal gefragt, was ein Bibelkuchen ist. Nett, daß sie daran gedacht hat. Eine Art Früchtekuchen mit Datteln, Feigen und Mandeln.»

Will Bruce lächelte. «Und mit Schokolade. Nur kommt die in der Bibel nicht vor.»

«Sollte sie aber, sagt Rudy.»

Ehe Will fragen konnte, wer Rudy war, tippte ihm jemand auf die Schulter. «Wir wären soweit, Herr Pfarrer.»

Er nickte. «Ich komme.» Er setzte eine angemessen feierliche Miene auf und ging zurück ins Wohnzimmer. Es war Zeit, den Toten die letzte Ehre zu erweisen, damit das Leben weitergehen konnte.

«Hallo. Ich heiße Daniel Boone.»

Es war Sommer geworden. Von der Bühne der Aula sprach Clayt Stargill zu einem Publikum von Erwachsenen, die zum Erzählfestival in Jonesborough gekommen waren, um mal etwas Besonderes zu erleben oder in den alten Geschichten ihren Wurzeln in den Appalachen nachzugehen. Und nun sahen sie Daniel Boone – oder zumindest eine glaubhafte Nachbildung – in ledernen Kniehosen und einem hirschledernen Hemd mit Fransen vor sich. Manche Zuschauer fragten sich, warum er keine Waschbärmütze trug, andere, warum er nicht in Alamo gewesen war, denn ein gewisser Fess Parker hatte im Fernsehen sowohl den Daniel Boone als auch den Davy Crockett gespielt und damit eine ganze Generation von Amerikanern so konfus gemacht, daß sie diese beiden berühmten Pioniere aus den Appalachen nicht mehr auseinanderhalten konnte.

In der ersten Reihe saß Kayla, die Arme um die angezogenen Knie gelegt, und sah mit glänzenden Augen zu Clayt hoch. «Er wird mein Daddy», flüsterte sie ihrem Nachbarn zu, einem blonden jungen Mann mit weißer Leinenjacke und schwarzem T-Shirt, der als Tourist zu dem Festival gekommen war. Daß ein fremdes Kind ihn vertraulicher Mitteilungen wert befand, verblüffte ihn sichtlich, aber Kayla lächelte nur, legte die Finger an die Lippen und wandte sich wieder dem Mann auf der Bühne zu.

«Daniel Boone ... ihr habt vielleicht schon von mir gehört. Ich bin auf meinen Expeditionen nach Kentucky oft hier durchgekommen. Der Boone-Pfad verläuft unmittelbar durch Jonesborough, das damals ein bedeutender Handelsplatz war. Die Landschaft hier ist noch schöner, noch herzergreifender als in den Ebenen von Kentucky, aber weil hier schon so viele Menschen lebten, daß man manchmal den Rauch aus dem Schornstein des Nachbarn sehen konnte, zog es mich in die Wildnis.

1778 hatten wir in Sycamore Shoals in Kentucky Land von den Cherokee gekauft, und es gibt Leute, die behaupten, daß die Cherokee es eigentlich gar nicht verkaufen dürfen, weil es ihnen nicht gehörte; daß es bei dem Geschäft nicht mit rechten Dingen zugegangen sei, und daß diejenigen, die es den Indianern wegnahmen, ein Fluch verfolgen würde. Fast könnte ich das glauben, Freunde, denn wir Siedler verloren fast alle das Land wieder, so wie die Shawnee es verloren hatten, und zogen schließlich mit ihnen nach Westen.

Nun denkt ihr wohl, daß man in der guten alten Zeit, als dieses Land jung und noch fast menschenleer war, ein Stück Land in Besitz nehmen konnte, indem man darauf siedelte. Du steigst in einen Planwagen, ziehst irgendwohin, wo vorher noch kein Mensch gelebt hat, baust eine

Blockhütte, bestellst deine Felder – und das Land gehört dir. Sagt selber: Habt ihr es euch nicht so vorgestellt? Im Kino sieht es jedenfalls immer so aus.»

Ein paar Zuschauer nickten, und niemand dachte sich etwas dabei, daß «Daniel Boone» von Kino gesprochen hatte. «So unkompliziert stellen wir uns gern die Welt von früher vor», fuhr Clayt fort, «aber so war sie eben leider nicht. Schaut mich an! Daniel Boone ist der lebende Beweis dafür.

Ich habe die ersten Siedler durch die Cumberland Gap nach Kentucky geführt. Habe das Land vermessen, ein Fort in Boonesborough gebaut und für mich einen Claim von 300 000 Acres abgesteckt. Wer – außer den Shawnee – hätte mehr Recht darauf gehabt?»

Er seufzte. «Einen Claim von 300 000 Acres, von dem zum Schluß nicht mehr als 300 blieben. Und auch die habe ich verloren.

Wie das kam, wollt ihr wissen?» Er schüttelte lächelnd den Kopf. «Das wüßte ich auch gern, Freunde. Zu spät hatte ich begriffen, daß man an Land in einem bestimmten Gebiet nicht dadurch kommt, daß man in einem Planwagen hinfährt und die Wildnis urbar macht. Von den Leuten, die um 1700 Kentucky in ihrem Besitz hatten, waren die meisten nie über Richmond, Virginia, hinausgekommen. Kentucky gehörte nämlich damals zu Virginia. Das waren alles clevere Spekulanten, die einem Abgeordneten schöntaten und dafür Tausende von Acres an Landzuweisungen in den neuen Gebieten bekamen. Das müßt ihr euch mal vorstellen, Freunde: Ihr geht in die Wildnis, kämpft gegen die Indianer, hungert, friert euch im Winter fast kaputt und schuftet euch ab, um dem Urwald eine Farm abzuringen – und plötzlich stellt sich heraus, daß ihr einen Grundherrn über euch habt, der Pacht für euer Land will. Und das war noch nicht das Schlimmste. Die Politiker von Virginia schanzten ihren lieben Freunden in der Stadt jede Menge Landzuweisungen zu – mehr als es in ganz Kentucky an Land gab.

Wenn es mehr Leute mit Landzuweisungen als Land gibt, wird es brenzlig, und der Verlierer ist natürlich der ehrliche kleine Mann, der nicht mit den Politikern kungeln kann. So war das auch bei mir. An den Landvermessern hatten wir keine Hilfe. Die meisten verstanden sich nämlich nicht besonders gut aufs Landvermessen und machten die Konfusion komplett. Ich muß es wissen, ich war ja selber einer. Mit Zahlen hab ich noch nie viel am Hut gehabt.

Und so kam es, daß der Anspruch auf dasselbe Stück Land fünf- oder sechsmal geltend gemacht wurde, die Advokaten verdienten sich eine goldene Nase, und wenn es erst mal so weit gekommen ist, macht man am besten, daß man wegkommt.

Da half nur, wieder gen Westen zu ziehen, aus der Zivilisation zu flüchten, ehe die Bürokraten und Steuereinnehmer einen einholen konnten.

Und so kam es, daß ich im Jahr 1800 völlig landlos in Missouri ankam. Ich war inzwischen sechsundsechzig und weltberühmt, weil ein gewisser Filson ein Buch über mich geschrieben hatte, aber gebrochen und entwurzelt war ich.

Irgendwie hab ich den Leuten wohl leid getan, Freunde. Zuerst habe ich Land von den Spaniern bekommen, und als die einen Rückzieher machten, bin ich zum amerikanischen Kongreß gegangen und hab gefragt, ob sie nicht dem Mann, der ihnen die Wildnis erschlossen hatte, ein Stück Land geben wollten. Daß ich die Politiker im Kongreß für Gauner hielt, hab ich wohlweislich nicht gesagt, sondern nur, daß es eine Schande ist, wenn ein alter Mann und Held der Revolution am Ende seines Lebens mit leeren Händen dasteht.

Da haben sie mir ein Stück Land im County Femme Osage, Missouri, gegeben, und mich sogar zu einer Art Friedensrichter gemacht. Dort hab ich mich dann niedergelassen, habe gejagt und gefischt und mich an meinem Land gefreut. Manchmal kamen die Shawnee vorbeigeritten, meine alten Widersacher aus den Siedlertagen in Kentucky. Inzwischen waren wir alle alt geworden und hatten mehr Gemeinsamkeiten miteinander als mit den jungen Leuten aus unseren beiden Völkern. Wir gingen zusammen auf die Jagd und sprachen von alten Zeiten. Von Kentucky. Dem Land, das sie und ich verloren hatten.

Land. Im Grunde war es die Liebe zur Natur, die mich zum Pionier werden ließ. ‹Ich habe anderen die Möglichkeit eröffnet, ein Vermögen anzusammeln, aber ich selbst war nicht auf Vermögen aus› – so soll ich es mal gesagt haben. Im Alter soll man dem, was man hätte haben können, nicht nachtrauern. Ich wäre gern ein vornehmer Herr in Kentucky gewesen mit Vollblutpferden und einem großen Haus für Rebecca und mit Feldern, so weit das Auge reicht.

Der menschliche Geist ist so beschaffen, daß wir das Land lieben müssen und das Verlangen in uns tragen, es zu besitzen. Als könnten wir dadurch, daß wir uns zum Herrn all dessen machen, was unser Blick erfaßt, das ewige Leben oder die vollkommene Glückseligkeit erlangen … Wir wissen natürlich, daß das nicht geht, aber gegen dieses Verlangen kommen wir nicht an. In der Heiligen Schrift steht, daß Gott, der Herr, Adam aus einem Klumpen Erde gemacht hat, und seit jener Zeit geht unser ganzes Sinnen und Trachten danach, durch die Erde, die wir in Besitz genommen haben, was Rechtes zu werden.

Land. Das einzige, wofür es sich zu sterben lohnt.

Schließlich habe ich doch noch mein Land in Kentucky bekommen. 1845 – da war ich schon ein Vierteljahrhundert tot – hat der Staat Kentucky mich zum Helden erklärt und meine sterblichen Überreste ausgegraben, nach Kentucky überführt und dort zu Füßen des Regierungssitzes zur letzten Ruhe gebettet. Da hatte ich nun mein Land. Abgabe- und schuldenfrei für alle Zeit.

Sechs Fuß Land. Alles, was ein Mensch braucht.»

Danksagung

Mein Dank gilt all den großherzigen und sachkundigen Mitmenschen, die mich bei der Abfassung dieses Buches mit fachlichen Informationen unterstützten. Besonders dankbar bin ich dem Appalachen-Dichter und Naturschützer Clyde Kessler, der mich in ornithologischen Fragen beriet und mich auf Exkursionen mitnahm, damit Clayt Stargill sich als Kenner über die Wildnis äußern konnte. Verbunden bin ich auch Warren May, Gitarrenbauer aus Berea, KY, für seine Ratschläge über das Arbeiten mit Rosenholz; Marge Quinlan Hundley für den Bibelkuchen; Garry Barker und dem Berea College Crafts Program für ihre Ratschläge in Sachen Sargbau; dem Schriftsteller und pensionierten Deputy Sheriff David Hunter aus Knox County, TN, sowie Police Sergeant J. A. Niehaus für ihre Auskünfte über polizeiliche Arbeitsweisen; und den folgenden Frauen und Männern für ihre Unterstützung in Detailfragen und ihre Anteilnahme an meinem Vorhaben: Bill und Susan Wittig Albert; Major Sue Tiller, USA; Kathryn Kennison; Jeffrey Marks; T. Campbell Welsh; Dr. Clarence Taylor; Brad Stansberry; Marthy G. Whaley; Charlotte Ross; Jack Pyle; Taylor Reese; Skeeter Davis.

Die nachfolgenden Werke haben mir beim Schreiben meines Romans sehr geholfen. Falls Sie nur eins der angeführten Bücher lesen können, sollte es *Mountain of the Heart* sein, ein sehr einfühlsam-poetischer Führer durch die Naturgeschichte der Appalachen.

Scott Weidensaul, *Mountains of the Heart*, Fulcrum Publishing, Golden, CO, 1994

John Mack Faragher, *Daniel Boone*, Henry Holt, 1992

Jean Starr, *Tales from the Cherokee Hills*, John F. Blair Publisher, Winston-Salem, NC, 1988

John P. Brown, *Old Frontiers*, Souther Publishers, Kingsport, TN, 1938

Samuel Cole Williams, *History of the Lost State of Franklin*, Overmountain Press, Johnson City, TN, 1933, Neuauflage 1993

Pat Alderman, *Nancy Ward: Cherokee Chieftainess*, Overmountain Press, Johnson City, TN, 1978, Neuauflage 1990

Douglas A. Rossman, *Where Legends Live: A Pictorial Guide to Cherokee Mythic Places*, Cherokee Publications, Cherokee, NC, 1988

Gary Carden und Nina Anderson, *Belled Buzzards, Hucksters and Grieving Specters / Appalachian Tales: Strange, True and Legendary*, Down Home Press, Asheboro, NC, 1994

Scott Weidensaul, *Seasoned Guide to the Natural Year: Mid-Atlantic*, Fulcrum Publishing, Golden, CO, 1992

James K. Crissman, *Death and Dying in Central Appalachia*, University of Illinois Press, 1994

Clyde Kessler, *Dancing at Big Vein*, Pocahontas Press, Blacksburg, VA, 1987

David Hutner, *The Moon Is Always Full*, Pocket Books, 1991